【제왕삼부곡 제1작】

# 강희대제 5

중국 최고지도부가 선택한 최고의 역사소설

康熙大帝

얼웨허 역사소설
홍순도 옮김

더봄

# 강희대제 5권

**개정판 1판 1쇄 발행** 2015년 6월 28일
**개정판 1판 4쇄 발행** 2021년 4월 20일

**지은이** 얼웨허(二月河)
**옮긴이** 홍순도
**펴낸이** 김덕문

**펴낸곳** 더봄
**등록일** 2015년 4월 20일
**주소** 서울시 노원구 화랑로1길 78, 507동 1208호
**대표전화** 02-975-8007 **팩스** 02-975-8006
**전자우편** thebom21@naver.com
**블로그** blog.naver.com/thebom21

ISBN 979-11-86589-05-2 04820
ISBN 979-11-86589-00-7 04820(전12권)

책값은 뒤표지에 있습니다.

## 일러두기

1. 번역에 쓰인 원전은 2013년 중국 장강문예출판사에서 출간한 '이월하 문집' 제1판을 사용했다.
2. 맞춤법과 띄어쓰기는 한글 맞춤법과 외래어 표기법에 따랐다.
3. 한자는 우리말로 표기하고, 꼭 필요한 경우에만 괄호 속에 원음을 병기해 이해하기 쉽도록 했다.
   예 : 다이곤多爾袞(도르곤)
4. 인명과 지명은 우리말로 표기했다. 단, 이미 굳어진 표현은 원지음을 존중했다.
   예 : 나찰국羅剎國(러시아). 이후에는 '러시아'로 표기
5. 본문 중의 괄호 안에 뜻을 풀이한 것은 모두 옮긴이의 설명이다.

**정남왕靖南王 경정충耿精忠**

할아버지 경중명은 요동 사람으로, 명나라 말기 공유덕孔有德을 따라 후금에 투항하여 명나라 군대를 물리치는 데 공을 세웠다. 또 상가희와 함께 산해관 전투와 호남의 반란을 진압한 공을 인정받아 1649년 정남왕으로 봉해졌다. 작위를 세습 받은 아버지 경계무가 복건에 주둔하면서 복건을 기반으로 삼았으며, 1671년 정남왕을 세습받아 복건의 번정藩政을 다스렸다.

## 2부 삼번三藩의 난

**평서왕平西王 오삼계吳三桂**

명나라 말기 이자성李自成의 농민봉기군을 토벌하는데 공을 세워 명나라 조정으로부터 평서백平西伯으로 봉해졌다. 하지만 도르곤이 산해관을 공격할 때는 청군과 협력하여 청 조정에 의해 평서왕으로 봉해졌다. 1657년 남명 영력황제가 운남으로 들어가자 정서대장군定西大將軍이 되어 운남雲南에 주둔한 것을 계기로 운남의 번왕藩王이 되었다.

**평남왕**平南王 **상가희**尙可喜

요동 출신으로, 1644년 예친왕 도르곤을 따라 산해관으로 진격해 이자성의 농민봉기군을 진압하는 데 공을 세웠으며, 1646년에는 호남을 평정하는 데 기여한 공로로 평남왕의 작위를 받았다.

# 19장

# 뜨거운 철번撤藩 논쟁

단오가 지나고 사흘째가 되던 날이었다. 위동정과 명주는 명령을 받고 입궁을 했다. 오문에서 가마를 내리자 목자후가 마중을 나왔다.

"두 분께서는 걸음을 서둘러야겠어요. 폐하께서 아침도 안 드시고 와 계세요. 아무래도 군신群臣회의가 이미 시작되지 않았나 싶군요."

두 사람은 목자후의 말을 듣고 거의 동시에 머리를 갸웃거렸다.

'무슨 일이 있기에 이처럼 급히 서두르는 걸까?'

조회에 참석한 사람들은 군신회의라고 하는 이름처럼 많았다. 벽을 가까이 한 작은 의자에는 걸서와 알필륭, 색액도와 웅사리가 근엄한 표정을 한 채 앉아 있었다. 또 그 외에도 20여 명에 이르는 각 부部와 원院의 대신들이 자리를 잡고 있었다. 그들은 하나같이 훈시를 듣는 학생처럼 다소곳하게 앉아 강희만을 바라보고 있었다.

위동정은 주변의 사람들을 죽 둘러봤다. 주국치, 범승모와 호부상서인

미한사米翰思만 뺀 나머지는 평소에 약간씩 안면이 있던 사이였다. 반면 명주는 대부분의 사람들을 다 알고 있었다. 그러나 말은 못한 채 그저 옆에 서서 눈인사를 하느라 바빴다.

강희는 옷을 아주 깔끔하게 차려 입고 있었다. 건청궁 어좌에 앉아 있다 일어서서는 청석 바닥에 신발 소리를 크게 내면서 왔다 갔다 했다. 그가 위동정과 명주를 보더니 머리를 끄덕이면서 "앉게!" 하고 짧게 말했다. 이어 다시 무슨 생각을 하는지 턱을 괸 채 눈을 감았다.

"알필륭과 미한사 외에는 전부 철번에 동의하지 않는다는 말인가?"

강희가 갑자기 발걸음을 멈추고 물었다. 그런 다음 불타는 듯한 눈동자로 웅사리를 뚫어져라 쳐다보았다.

"웅사리, 자네는 학계學界의 영수로 매일 삼강오륜을 가르치지 않는가! 그러니 좀 말해보게. 집안에 호랑이를 키우고 있으면서 나중에 무슨 화를 자초할지 모르는데, 어떻게 군위신강君爲臣綱(신하는 군주를 섬기는 것이 근본임)이 이루어진다는 말인가?"

웅사리가 불안한 듯 몸을 움찔거리면서 대답했다.

"소인의 말은 삼번을 진압하지 말아야 한다는 것이 아니옵니다. 철번을 하는 것은 좋으나 과연 진짜 할 수 있느냐 하는 문제는 신중하게 생각해야 한다는 말이옵니다. 나라가 아직은 원기를 완전히 회복하지 못한 시점에서 철번을 시도했다가 돌발사태가 발생하는 날에는 큰일이 나옵니다. 우선 군량미가 골칫거리로 떠오르게 되옵니다. 병사들 역시 부족한 상황에서 어떻게 대처할지 심히 우려스럽사옵니다."

"폐하!"

색액도가 웅사리의 말을 받았다.

"삼번이 비록 따로 나가 살고 있으나 반역의 조짐은 아직 뚜렷하지 않사옵니다. 과거 조정이 오삼계와 혈맹을 맺지 않았사옵니까? 그에게 운남의 통치를 맡긴다고 말이옵니다. 그런데 조정에서 일방적으로 무단 철번을 선언한다면 조야朝野의 비난을 살 수밖에 없사옵니다. 사람이 신용이 없으면 정말…… 모르옵니다!"

색액도는 흥분한 것 같았다. 부적절한 단어까지 구사하려고 했다. 그러나 그 사실을 곧 깨닫고는 황급히 목구멍까지 나온 말을 삼켜버렸다.

"뭐라고?"

강희가 색액도의 약간 불경스러운 말투에는 별로 관심을 보이지 않은 채 굳어진 얼굴로 물었다.

"무단 철번이라고? 자네는 그렇게 생각하나? 오삼계가 매년 서장西藏에서 만 필 정도의 말을 사들이고 있어. 그것도 부족해 암암리에 내몽고에서 말을 징발하고 있잖아! 그 작자가 갑자기 말이 그렇게 많이 필요한 이유가 뭐야? 그의 무기고에 있는 무기들은 칠십만 명을 완전무장 시키고도 남아. 그런데도 불철주야로 병기를 제조한다고. 그건 어떻게 봐야 하나? 또 조정은 관리들을 남방에 파견할 수가 없어. 이제는 직예, 산동, 하남, 안휘마저도 그가 임명하는 서선관이 더 많을 정도야! 그렇기 때문에 이자들이 조정을 우습게 보고 밑에서 무슨 수작을 꾸며도 조정으로서는 속수무책일 수밖에 없어. 이게 말이나 되냐고! '세상 천하에 황제의 영토가 아닌 곳이 어디 있나. 이 땅에 살아 있는 사람들 누구 하나 황제의 신하 아닌 사람이 있을까'라는 말은 이제 헛소리가 돼버렸다고!"

강희는 말을 마치고 흥분을 한 듯 탁자 위에 놓여 있던 식은 차를 꿀꺽꿀꺽 마셨다. 그런 다음 냉소를 터트리면서 말을 이었다.

"여기 모인 사람들은 꼬박꼬박 조정의 녹봉을 받으면서도 노래를 파는 열두 살짜리 소녀보다 무식해. 짐은 정말 실망을 금할 수가 없군!"

장내는 쩌렁쩌렁 울리는 강희의 말이 끝나자 쥐죽은 듯 고요해졌다.

한참 신나게 욕을 먹은 색액도의 얼굴에서는 식은땀이 줄줄 흘러내리고 있었다.

"폐하는 정말 현명하시옵니다!"

명주가 낭패를 겪고 있는 색액도의 모습을 흐뭇하게 지켜보다 입을 열었다. 뭔가 자신이 있는 듯 가슴을 쫙 펴고 있었다.

"지금 우리는 오배를 진압하고 온 백성이 태평성대를 누리고 있사옵니다. 백성들은 폐하께서 그때의 지혜와 계략으로 다시 한 번 온 천하에 위세를 떨쳤으면 하고 고대하고 있사옵니다. 백성들은 조정이 찢겨져 있는 것을 원망하고 있사옵니다. 철번을 오랜 가뭄에 단비 기다리듯 하는 절박한 심정으로 바라고 있사옵니다. 그런데 이럴 때 철번을 하지 않고 언제 하겠사옵니까? 오삼계는 감히 천심과 민심의 줄기찬 염원에 저항하지 못할 것이라고 생각하옵니다."

"그렇다고 할 수는 없사옵니다!"

웅사리가 차가운 어조로 반대의 입장을 밝혔다. 사실 명주가 한 말은 조회 시작 때 미한사가 한 말과 거의 비슷했다. 웅사리가 가장 싫어하는 공허한 이론이었다. 그가 큰 소리로 아뢰었다.

"명주 대인은 폐하 앞에서 노골적으로 아부를 하고 있사옵니다. 그것은 명실공히 소인배의 행각이라고 할 수 있사옵니다! 지금은 나라의 곳곳이 힘이 들어 원기를 회복해야 하는 때이옵니다. 자고로 한 사람이 이성을 잃고 마구 날뛰면 애꿎은 백성들이 따라서 수난을 당하옵니다. 또 나라 전체가 한바탕 홍역을 치르는 것은 역사적으로도 비일비재하옵니다. 군부君父의 안위를 생각하지 않고 기분 내키는 대로 일을 저질러서야 되겠사옵니까?"

"명주 대인의 말이 일리가 있사옵니다. 그건 아부가 아니옵니다."

이번에는 알필륭이 눈을 부산스레 깜박이더니 마른기침을 하면서 덧붙였다.

“철번은 민심이 원하는 일이옵니다. 이것을 하지 않으면 백성들은 매일같이 불안에 떨 것입니다. 나라는 나라대로 제대로 다스려지지 않을 것이라고 생각하옵니다!”

알필륭은 말을 하면서 2년 전에 운하를 통해 식량을 운반하는 과정에서 고안현에서 제방 공사를 게을리 하던 지부를 만난 일을 떠올렸다. 생각 같아서는 얘기를 꺼내 웅사리에게 반박하고 싶은 생각이 없지 않았다. 그러나 분위기상 그 말을 꺼낼 상황은 아니었다. 그는 꾹 참고 다음 말을 삼켜버렸다.

“소인 생각에는 웅사리 대인의 말이 맞다고 생각하옵니다. 아무래도 우리는 덕으로 사람을 휘어잡아야 하옵니다.”

갑자기 누군가의 목소리가 크게 들렸다. 대리시를 관장하는 위상추魏象樞였다.

“오삼계는 명나라 때는 고작 진鎭(우리나라의 읍면邑面에 해당)을 통치할 능력 정도밖에 없는 인물이었사옵니다. 그러다 마지막에 가서 백작伯爵자리를 하나 얻어 걸치지 않았사옵니까? 그런데 우리 대청제국에서는 그자에게 얼마나 많은 것을 주었사옵니까? 그가 사람이라면 은혜를 갚지 않겠사옵니까?”

명주가 위상추의 말에 반박을 가하려고 했다. 그때 바로 옆에 있던 위동정이 나섰다.

“위상추 대인은 군자의 마음으로 소인배를 가늠하려는 것 같습니다. 그것은 위험하지 않을까요? 대인은 오삼계가 반란을 일으키지 않는다고 장담할 수 있습니까?”

“철번을 하더라도 철저한 대책을 세워놓고 있어야 합니다!”

웅사리가 시뻘겋게 상기된 얼굴로 다시 반박했다.

"《역경》易經에 이르기를 '군주가 비밀을 함부로 발설하면 나라를 잃게 되고, 대신이 입이 가벼우면 자신의 몸을 잃게 된다'고 했습니다! 만약 일이 누구도 원치 않는 사태로 전개되는 날에는 이 나라는 어떻게 되는 겁니까? 식량도 길어야 이 년 정도 먹을 것밖에 비축되지 않은 상태인 것 같고, 국고의 은도 부족한 상황인데……."

"웅 대인!"

웅사리의 말이 채 끝나기도 전이었다. 미한사가 그의 말허리를 잘랐다.

"우리 호부에는 앞으로 오 년 동안 먹을 식량을 살 돈이 있습니다! 또 폐하께서는 오늘 내일 당장 철번하자는 것이 아니지 않습니까? 지금부터 차근차근 준비를 하자는 뜻이죠. 아직 이 년이라는 시간이 있다고 한다면 나는 또 일 년치의 군량미를 마련할 수 있어요!"

미한사의 말에 좌중의 사람들이 수군거리기 시작했다. 강희 역시 놀라움을 금치 못했다. 급기야 머리를 돌려 미한사에게 물었다.

"작년 지진 때 부서진 궁전을 손봐야 한다니까 자네가 돈이 없다고 하지 않았나!"

"폐하께 아뢰옵니다!"

미한사가 자리에서 일어나 허리를 굽실거렸다. 그러더니 큰 소리로 대답했다.

"궁전을 수리하는 일로 돈이 있느냐고 물으신다면 지금이라도 그럴 돈이 없기는 마찬가지라고 하겠사옵니다."

그러자 색액도가 벌떡 일어서면서 일갈했다.

"폐하께서는 미한사가 군주를 기만한 죄를 물으시기 바라옵니다!"

원래 주국치와 범승모는 지방에서 일하던 이른바 외관外官이었다. 인사 명령을 받기 위해 북경에 들어온 지도 얼마 되지 않았다. 당연히 어전회의는 처음이었다. 두 사람은 대신들이 저마다 얼굴을 붉히고 목에 핏대를 세우면서 심한 말을 서슴지 않자 주눅이 들었다. 등골에서 식은땀도 흥건하게 배어나오고 있었다. 특히 둘은 미한사의 불경스런 돌출 행동에 대해 강희가 어떤 죄를 물을 것인지가 은근히 걱정이 돼 손에 땀까지 쥐고 있었다. 그러나 웬걸! 강희는 갑자기 떠나갈 듯한 웃음을 터뜨렸다.

"나라에 이런 훌륭한 신하가 있으니 짐이 두 다리 쭉 뻗고 자지 못할 이유가 뭐 있겠어! 장만강, 내무부에 전하라! 미한사에게 황마괘黃馬褂(황금색 마고자)를 입히고, 쌍안화령雙眼花翎을 씌워주라고 말이야!"

좌중은 다시 깜짝 놀랐다. 황마괘는 그렇다 칠 수 있었다. 그러나 쌍안화령을 쓴다는 것은 달랐다. 청나라 초에 한 오리아소대烏里雅蘇臺(몽고의 지역 이름) 장군이 공로를 세워 후작侯爵으로 진급했을 때였다. 그는 작위 대신 쌍안화령을 요구했다. 이에 당시의 각 부서와 조정은 이 문제에 대해 회의를 거듭했다. 결론은 그가 그토록 요구하는 쌍안화령을 허락하지 않는 것으로 났다. 그런데 아무 공로도 없는 미한사에게 몇 년 동안의 군량미를 착실하게 모았다는 이유만으로 그런 대우를 해준다는 말인가! 대신들은 너 나 할 것 없이 부러움의 찬탄을 터뜨렸다. 그러자 미한사가 감격에 북받쳤는지 땅바닥에 엎드려 쿵! 쿵! 머리를 조아렸다.

"성은이 망극하옵니다. 이 년 내에 일 년치 군량미를 모으지 못하면 기꺼이 하사품을 반환하겠사옵니다!"

"조금 전에 웅사리가 '만약 일이 누구도 원치 않는 사태로 전개되는 날에는 이 나라는 어떻게 되는 겁니까'라고 한 말의 뜻을 짐도 잘 알고 있어. 그러나 웅사리 자네는 《맹자》도 안 읽었나? '사직은 중요하고, 군주는 가볍다'社稷爲重 君爲輕라는 명언 말일세. 짐이 철번을 결심한 것은 나라의 장래와 운명을 위해서야. 짐의 목숨 따위는 내놓았다고. 또 천하의 대권만은 한 사람이 과감하게 결정해야 해. 우유부단하게 여러 사람의 말을 들을 필요가 없어. 짐은 이미 철번을 결정했어!"

강희는 거침이 없었다. 이어 의자로 돌아와 앉더니 자신이 최종 수정한 《철번방략》徹藩方略의 줄거리를 떠올리면서 덧붙였다.

"여러 대신들은 오늘 이후로 모든 일을 처리하고 구상함에 있어서 '철번'이라는 과제를 밑바탕에 깔고 있으라고! 서한西漢 때의 칠국대란 이전에도 오늘과 유사한 논쟁이 있었지. 자네들은 나라의 대사를 앞두고 치열하게 설전을 벌였으니, 이에 대해서는 옳고 그르고를 떠나 죄를 묻지 않겠어. 색액도와 웅사리의 말에서도 취할 부분이 있기도 하고. 철번 전에는 반드시 치밀한 준비가 전제돼야 해. 절대로 충동에 의해 대충 밀어붙여서는 안돼. 나라가 반란을 평정할 힘이 없으면 절대 철번 명령을 내려서도 안 되겠지!"

"폐하!"

웅사리가 강희의 말에 커다란 충격을 받은 듯 자리에서 일어나 땅바닥에 엎드렸다. 그러더니 머리를 조아리면서 아뢰었다.

"얼마 전 오삼계가 운남과 귀주 두 성의 총관 직무를 그만두겠다고 했사옵니다. 폐하께서는 일단 그의 요구를 수용하시옵소서. 그런 후에 어떻게 나올지 지켜보는 것이 나을 것 같사옵니다."

"음, 그래 좋아!"

강희는 같은 생각은 아니지만 최선을 다해 자신에게 협력하려고 하는 웅사리의 태도가 싫지는 않은 모양이었다. 무척이나 만족스러운지 만면에 미소를 띠면서 머리를 끄덕였다.

"짐은 자네가 말한 부분을 받아들이겠네. 오늘 즉시 조서를 내리도록 하게."

강희가 말을 마친 다음 큰 소리로 좌중의 대신들에게 명령을 내렸다.

"오늘 조의朝議에서 결정한 대로 주국치는 운남으로 가서 순무 자리에 취임을 하라. 또 범승모도 귀주 순무 자리에 발령을 내니 서둘러 출발을 하라. 나머지 각 사司의 아문들은 돌아가 각 부서의 계획서를 보내오도록. 자, 그만들 돌아가게!"

사람들이 전부 떠나간 궁전 안은 쓸쓸했다. 그런 궁전 안으로 햇빛이 활짝 열린 문을 통해 미약하게나마 비치고 있었다. 순간 강희는 왠지 모를 허전함에 휩싸였다. 문득 아침에 황후가 보내온 빵 생각이 떠올랐다. 그는 그제야 비로소 여태껏 자신이 아무것도 먹지 않았다는 사실을 깨달았다. 그렇다고 허기를 느낀 것은 아니었다. 그는 피식 웃음을 터뜨리면서 햇빛을 마주하고 기지개를 쭉 켰다. 다리를 툭툭 치기도 하면서 허리를 돌리기도 했다. 그때 저 멀리서 호부의 주사主事로 일하는 하계주가 한아름이나 되는 서류들을 안고 걸어오는 모습이 보였다. 강희가 그를 불러 세웠다.

"하계주, 이리로 와 보게!"

"예!"

하계주는 머리를 푹 숙이고 걷다가 누군가가 부른다는 생각만 하고 대충 대답했다. 그러다 머리를 들어 강희가 자신을 불렀다는 사실을 깨닫고는 황급히 다가왔다.

"폐하께서 소인을 부르셨사온데, 이놈의 눈은 갈수록 태산이옵니다. 통 보이지가 않아서 불경을 저질렀사옵니다!"

하계주가 대답과 동시에 머리를 바닥에 닿을 정도로 깊숙하게 조아렸다.

"소인이 폐하께 큰절을 올리지 못한 지도 아마 반년은 넘은 것 같사옵니다! 폐하께서는 건강은 괜찮아 보이시나 웬일로 눈동자가 조금 꺼져 있는 것 같사옵니다. 웬일이시옵니까? 아무리 일이 바쁘셔도 건강을 챙기셔야 하옵니다."

강희 역시 하계주의 수다에 결코 평범하지 않았던 운명의 열붕점 주인을 다시 한 번 눈여겨 훑어보았다. 몸은 이전에 비해 훨씬 통통해 보였다. 또 얼굴에는 윤기가 돌았으나 귀밑머리는 눈에 띄게 하얗게 변해 가고 있었다. 외관은 육품관의 깨끗한 옷을 입은 탓에 그런대로 괜찮은 느낌을 줬다. 강희는 하염없이 이어지는 하계주의 수다를 빨리 막아야겠다는 생각으로 입을 열었다.

"관직에 몸을 담고 있으면서도 손재주는 여전하겠지? 구 년 전 처음으로 자네 가게에 들렀을 때 자네는 마침 둘째 도련님을 위해 술상을 마련했었지. 나는 그때 먹었던 거북찜이 아주 인상이 깊었다네. 어때? 아직도 만들어낼 수 있겠는가?"

하계주가 느닷없는 강희의 말에 순간 어정쩡한 표정을 짓더니 바로 대답했다.

"폐하의 기억력은 정말 대단하시옵니다! 평생을 주방에서 살아왔는데, 몇 년 안 만졌다고 손이 녹슬기야 하겠사옵니까? 폐하께서 생각이 있으시다면 소인이 곧 가서 만들어오겠사옵니다!"

강희가 하계주의 말에는 즉답을 하지 않은 채 고개를 획 돌렸다. 그러더니 어좌 옆에 있는 목자후에게 말했다.

"자네도 아침부터 쭉 서 있느라고 수고가 많았네. 다들 내려와서 조금 움직이게. 사람을 보내 도해를 불러오라고 해. 생각해 보니 아직 지시할 사항이 남아 있군."

강희가 다시 하계주에게 말머리를 돌렸다.

"짐이 오늘 건청궁 시위들을 불러 어선御膳(황제가 먹는 음식)을 같이 하려고 해. 그러니 자네가 주방에 가서 진두지휘를 해보게. 과거 솜씨를 잘 발휘해보라고. 양심 비뚤어진 그 주방장이 남은 음식을 슬쩍 데워

오기 전에 어서 가서 마련하게. 또 음식이 다 되면 자네도 와서 먹고!"

하계주는 기분 좋게 대답하고는 어선방을 향해 달려갔다. 그제야 강희는 침대에 누워 피곤한 두 눈을 붙일 수 있었다. 그 틈을 이용해 명주를 비롯한 목자후, 낭심, 노새, 소륜과 몇 명의 신입 시위들도 돌계단 위에서 몸을 편하게 움직이면서 한담을 나눴다. 그러나 위동정만은 그들 틈에 끼지 않고 궁전 옆에서 여전히 흐트러지지 않은 자세를 유지하고 있었다.

"소인 도해, 성지를 받잡고 대령했사옵니다!"

강희가 어렴풋이 잠이 들려고 할 때였다. 갑자기 밖에서 카랑카랑한 목소리가 들려왔다. 눈을 떠보니 공작의 깃털이 정수리에 꽂힌 모자를 쓰고 제복을 차려입은 도해가 들어와 한쪽 무릎을 꿇었다.

"소인, 폐하께 문안을 올리옵니다!"

강희가 일어나면서 말했다.

"그만 일어나게. 밥 먹는다고 기다리다 깜빡 잠이 들어버렸네."

도해가 자신을 부른 이유를 물으려고 할 때였다. 하계주가 들어오면서 아뢰었다.

"어선이 준비됐사옵니다. 시위들이 밖에서 폐하를 기다리고 있사옵니다!"

"폐하께서는 아직 용선用膳을 하지 않으셨군요. 소인은 이쪽에서 기다리겠사옵니다."

도해가 황급히 옆으로 비켜섰다.

"짐은 아무래도 마음이 놓이지 않아. 그래 주배공이 뭐라고 하던가?"

강희가 깊은 생각에 잠긴 표정으로 물었다. 도해가 허리를 굽히면서 대답했다.

"주배공은 며칠 전 난면 골목에 볼일이 있다면서 휴가를 냈사옵니다.

그래서 미처 상의하지 못했사옵니다. 그러나 간단하게 보고를 올릴 수 는 있사옵니다. 북경 근교에는 모두 열두 개의 청진사원清眞寺院(회교도 사원)이 있사옵니다. 이곳에 모두 오천사백 명을 나눠서 풀어놨사옵니다. 우선 우가牛街에 있는 청진사를 공격해 불태워 버리기로 했사옵니다. 나머지 열한 곳은 화광火光을 신호로 일제히 움직이기로 했사옵니다. 오늘 저녁이면 반란을 일으킬지도 모르는 회교도들을 한꺼번에 소탕할 수 있을 것으로 생각하옵니다!"

하계주는 강희와 도해의 대화를 대수롭지 않게 생각하고 들었다. 그러나 그게 아니었다. 두 사람의 대화는 너무나도 무거운 얘기였다. 게다가 도해의 얼굴에 비친 살의는 푸들푸들 뛰는 안면근육과 함께 살벌하게 그의 시야로 들어오고 있었다. 그는 순식간에 가슴이 쿵쿵 뛰었다.

"아주 잘했어! 그런데 아무래도 짐은 조금 석연치가 않아. 회교도들이 반란을 꾀한다는 요언을 들었을 뿐이지 확증이 없잖아! 정말 그들이 반란분자들이라면 밤에 모이고 낮에 흩어지는 행동 자체가 조정의 눈에 띌 수 있다는 사실을 모를 리가 없지 않은가?"

강희가 나지막이 물었다. 도해는 체구는 작았으나 목소리는 우렁찼다.

"조정에서 여러 차례 명을 내려 어떤 형식의 민간집회도 금지한다고 했사옵니다. 그런데도 회교도들은 이렇게 암암리에 모이고 있사옵니다. 이 사실 하나만으로도 충분히 죽을죄를 지었다고 할 수 있사옵니다. 게다가 그들은 매일이다시피……."

도해의 말이 채 끝나기도 전이었다. 갑자기 하계주의 놀란 목소리가 들려왔다.

"어이구, 세상에! 폐하와 도해 대인께서는 지금 무슨 말씀을 나누고 계신 것이옵니까? 회교도들은 그저 예배를 드리고 있는 것뿐이옵니다!"

하계주의 얼굴은 하얗게 질려 있었다. 그러나 강희의 진노는 하늘을 찔렀다. 별것도 아닌 육품의 관리가 갑자기 끼어들어 국가대사에 왈가왈부했으니 그럴 수밖에 없었다. 더구나 느닷없이 소리를 지르는 바람에 화들짝 놀란 것도 그의 화를 돋우었다. 그에 버럭 소리를 질렀다.

"끌어내! 짐이 언제 자네더러 끼어들라고 했나?"

위동정은 밖에서 강희의 화가 난 목소리를 듣자마자 바로 달려왔다. 그리고는 하계주를 끌고 밖으로 나가려고 했다.

"잠깐만!"

순간 강희가 무슨 생각이 들었는지 손을 저었다.

"노…… 노재奴才…… 죽을죄를 지었사옵니다!"

하계주는 1년여 전까지만 해도 거의 매일 강희와 얼굴을 맞부딪치고는 했다. 그러나 화를 내는 모습은 한 번도 보지 못했다. 그런데 그런 강희가 언제 그랬는가 싶게 화를 내고 있었다. 하계주는 처음 보는 모습에 너무나도 놀란 나머지 다리를 사시나무 떨듯 떨면서 강희 앞으로 다가와 풀썩 무릎을 꿇었다. 목소리에는 울음이 잔뜩 섞여 있었다.

강희는 거의 사색이 돼 파랗게 질려 있는 하계주가 약간은 가엾게 느껴졌다. 그러자 어조도 조금은 누그러졌다.

"이번 한 번은 용서하지. 그런데 그들이 예배를 보고 있을 뿐이라고 어떻게 단언할 수 있다는 말인가?"

"노재의 어머니가 회교를 믿사옵니다."

하계주는 약간 느슨해진 강희의 태도에 비로소 약간 제정신을 차렸다. 말도 조금 빨라지고 있었다.

"노재는 어렸을 때 늘 청진사로 따라다녔사옵니다. 폐하께서 방금 '밤에 모이고 낮에 흩어지는' 것에 대해 말씀하셨사온데, 그것은 그들의 규칙이옵니다. 열흘 동안 계속된 것으로 볼 때는 재계월齋戒月(라마단을 의미함)을 지내는 것 같사옵니다."

"재계월이 뭔가?"

강희와 도해는 처음 듣는 단어에 서로 번갈아 보면서 고개를 갸웃거렸다. 얼굴에는 몹시 궁금하다는 표정이 담겨져 있었다. 강희가 머리를 죽어라 조아리는 하계주를 보면서 내뱉었다.

"그러다 머리 깨지겠군!"

하계주가 얼른 머리를 들었다. 그의 이마는 어느새 시퍼렇게 멍이 들어 있었다. 그는 차라리 우는 것이 나을 것 같은 어색한 웃음을 지으면서 대답했다.

"그쪽의 규칙이 너무 많아 자세히는 모르겠사옵니다. 우리가 설을 쇠는 것과 비슷한 것으로 알고 있사옵니다."

하계주의 말은 틀리지 않았다. 원래 회교도들은 회력回曆(회교도의 역법) 12월을 일찌감치 재계월로 정했다. 그들은 재계월에 들어서면 계명성啓明星(금성金星, 즉 샛별)을 기준으로 날이 밝으면 바로 금식에 들어갔다. 이후 쭉 배를 곯고 있다가 해가 지면 밥을 먹고 예배를 시작했다. 그들은 오로지 마호메트만을 독실하게 믿었다. 한족들처럼 신이라고 이름 붙여진 것을 다 믿는 게 아니었다. 또 사정이 생겨 청진사로 가지 못하는 경우에는 집에서나마 '마그립'이라고 하는 저녁 예배를 드린 다음 마호메트를 향해 10배를 하고는 했다. 그들은 재계월만 되면 모든 것을 제쳐 놓고 매일 청진사로 가서 경전을 읽었다. 또 설교를 들으면서 평소보다 14배를 더한 24배를 하고 저녁 늦은 시간이 돼서야 집으로 돌아가 밥을 먹었다. 회교도가 아닌 사람들이 보기에 그들은 전부 행동거지가 이상한 사람들이었다. 말주변이 별로인 하계주는 손짓발짓까지 해가면서 겨우 회교도들에 대한 설명을 마칠 수 있었다.

"……그런데 폐하께서 그들을 붙잡아 죄를 물으려는 것은 그들로서는 대단히 억울한 일이 아닐 수 없을 것이옵니다. 사실 얼마나 억울하겠사옵니까? 회력 정월 이십팔일 저녁은 마모메트가 승천한 날로, 이날은 이십사 배를 하고도 일백 배를 더 해야 하옵니다. 건강이 안 좋은 사람들은 예배를 드리다가 죽는 경우도 있다고 하옵니다!"

하계주가 기억을 더듬어가면서 두서없이 말한 다음 손등으로 입가의 흰 거품을 닦아냈다. 그런 다음 눈을 크게 뜨고 마찬가지로 눈이 등잔만큼 커져 있는 강희를 바라봤다.

"폐하께서 결단을 내리셔야 할 때이옵니다!"

도해도 황당하기는 마찬가지였다. 병마는 이미 출발한 후였다. 불길만 보이면 그것을 신호로 삼아 계획대로 움직일 것이 뻔했다. 만약 지금 계획을 변경한다면 일일이 통보를 해줘야 했다. 조금이라도 지체하는 날에는 수만 명의 목숨이 달아나는 상황이었다. 한마디로 누군가의 담뱃불에 의해 볏짚이 불타게 되는 실수는 바로 목전의 일이 돼 있었다.

"자네가 한 말이 틀림없는 사실이라고 봐야겠지?"

강희 역시 사태의 심각성을 분명하게 감지한 모양이었다. 자신의 이마를 툭툭 치면서 묻는 모습이 확실히 그래 보였다.

"짐이 북경에 이처럼 오래 있었는데도 왜 전혀 들어본 기억이 없지? 재계월이든 설이든 왜 하필이면 강희 십 년이 돼서야 그런 얘기가 들리냐고! 정말 이상하지 않은가!"

강희의 말에도 일리가 있었다. 하계주는 눈을 크게 뜨고 한참 고민하는 듯했다. 그러나 뭘 모르기는 마찬가지였다. 그가 이렇다 할 이유를 찾지 못한 채 머리를 조아렸다.

"아무튼 소인의 말은 사실이옵니다. 그런데 몇 해 동안 한 번도 안 지내던 재계월을 왜 올해만 지내는지는 모르겠사옵니다. 그것은 소인도 궁금하기는 마찬가지이옵니다."

"배가 고프군!"

강희가 말을 마치자마자 회중시계를 들여다봤다. 이미 신시申時였다. 그가 자리에서 일어나면서 도해에게 명령했다.

"느닷없이 제동이 걸렸군! 위 군문에게 사람을 보내 성지를 전하라고 해. 청진사를 포위하고 있는 병사들에게 그 자리에서 다음 명령을 기다리라고 말이야. 원래 정한 화광火光 신호는 없던 것으로 하고! 저녁을 먹은 다음 짐이 직접 우가의 청진사를 돌아보겠어. 도해, 자네도 같이 가지."

강희는 뜻하지 않았던 일 때문에 맛있게 먹으려고 준비한 어선을 대충 먹고 물려 버렸다. 당연히 도해와 위동정은 온갖 방법을 다 동원해 강희의 우가행을 만류했다. 그러나 강희는 소용없는 짓 한다는 듯 담담하게 웃기만 했다. 그리고는 자리에서 일어나더니 하계주의 어깨를 두드려 주었다.

"만약 자네 말이 다 맞다면 자네는 정말 공덕이 무량無量할 것일세!"

강희는 말을 마치자마자 잿빛 비단 두루마기로 갈아입고는 파란 중절모를 썼다. 이어 가운데에 고급스런 꽃무늬가 수놓인 주머니를 빼내 하계주에게 던져주었다.

"선물이야!"

강희가 머리를 돌려 도해에게 말했다.

"위 군문에게 잘 분장해 달라고 하게. 이렇게 휘황찬란한 차림으로 갔다가는 무슨 일을 당할지 모르니까."

초여름날 저녁의 꽃향기 머금은 미풍은 정말 황홀할 정도로 감미로웠다. 우가에는 저녁 마실 나온 사람들로 시끌벅적했다. 곳곳에서는 물만두를 비롯해 닭구이, 소병, 쇠고기와 양고기 탕을 파는 장사꾼들이 경쟁이라도 하듯 목소리를 한껏 높이고 있었다. 게다가 어린아이들이 깔깔대면서 쫓아다니는 소리와 가끔씩 들려오는 폭죽소리까지 합세하자

거리는 너무나도 태평스럽기만 했다. 그 어느 누구도 이런 우가에 수만 명의 목이 붙었다 달아났다 할 정도의 위험이 도사리고 있을 줄은 전혀 생각하지 않았다.

그러나 도해와 위동정은 은근히 걱정스러웠다. 뒤에서 목자후를 비롯한 몇십 명의 시위들이 일반 백성들 차림으로 바짝 뒤따르고 있었음에도 그랬다. 사실 수천 명에 이르는 회교도들이 폭동을 일으킬 경우 그런 걱정은 전혀 기우가 아니었다. 정말 생각만 해도 끔찍한 일이었다. 게다가 자유분방하기 이를 데 없는 젊은 황제가 진짜 고집을 부릴 경우 안전하게 위험에서 벗어난다는 보장도 없지 않은가? 강희의 신변안전을 총책임지고 있는 위동정으로서는 더욱 가슴이 옥죄어 올 수밖에 없었다. 그러나 강희는 미풍이 살랑살랑 불어오자 연신 바람 타령을 하면서 기분이 들떠 있었다.

"어르신, 사원에 예배를 드리러 가시는 모양이죠?"

도해와 위동정이 각자 생각에 잠겨 있다 강희의 목소리를 듣고는 머리를 들었다. 강희가 기색이 좋아 보이는 백발의 노인을 보고 말을 건네는 모습이 시야에 들어왔다.

노인은 머리에 회교도들이 즐겨 쓰는 흰 천으로 된 모자를 쓰고 있었다. 또 흰 적삼도 입고 있었다. 뒷짐을 진 채 강희와 나란히 걷고 있었다.

"그렇소! 아이들은 기다리지 못하고 날이 저물기 바쁘게 뛰쳐나갔소. 나는 나이가 드니까 아무래도 젊은것들 따라가기에는 무리이고."

노인의 대답을 들은 강희가 다시 물었다.

"어르신 댁에는 식구가 모두 몇이세요?"

"나 말이오?"

노인이 껄껄 웃으면서 다섯 손가락을 펴보였다. 그러다 한 번 뒤집고는 또다시 뒤집었다.

"모두 합쳐서 열다섯이오! 벌써 다 저 세상으로 갔소. 일찍 가면 그만큼 일찍 복을 받겠지. 그런데 젊은이는 설 준비는 다 했소?"

"저야 뭐……."

강희는 대충 얼버무렸다. 약간 당황하는 눈치였다.

"모처럼 설 같은 설을 쇠어보는군!"

노인이 가까워오는 청진사를 바라보면서 길게 숨을 내쉬었다.

"올해는 그래도 설 같은 분위기가 나는 것 같소. 순치황제 이후부터 거의 삼십 년만에 처음이네! 처음 몇 년 동안은 전쟁 때문에 기를 못 펴고 살지 않았소. 나중에는 재해가 잇따랐고. 그나마 조금 살 만하니까 오배가 권지를 통해 땅을 빼앗는 횡포를 부렸지. 그야말로 하루도 마음 편히 산 날이 없었소! 그러나 이제는 숨통이 조금 트이는 것 같소. 재계월도 챙기게 됐으니 말이오. 다행이야! 아마 몇 년만 더 지나면 당신 같은 젊은이들은 재계월이 뭔지도 모르고 지나가게 될 수도 있었을 거요! 모든 것이 우리 주 알라와 강희황제 덕분이지!"

'그랬었구나!'

강희는 모든 의혹이 한꺼번에 풀리는 느낌을 받았다. 순간 그가 넋나간 사람처럼 멍한 표정을 지었다. 위동정과 도해 역시 부끄러운 표정을 지으면서 서로를 번갈아 쳐다봤다. 두 사람이 더 이상 청진사로 들어갈 필요가 없다면서 강희를 말리려고 할 때였다. 갑자기 강희가 몸을 획 돌려 위동정 앞으로 다가왔다. 그러더니 그의 팔을 부여잡고 한껏 낮춘 목소리로 말했다.

"호신, 저기 좀 보게! 저게 누구야?"

강희의 목소리가 가늘게 떨렸다. 상당히 당황하고 있는 것이 분명했다.

위동정은 강희가 눈짓하는 방향으로 눈길을 돌렸다. 순간 그 역시 강희와 거의 비슷한 반응을 보였다. 강희와 위동정이 주목하는 사람은 맞은편에서 일행 6, 7명과 한담을 하면서 걸어오고 있었다. 한가운데에서 보호받고 있는 사람은 다름 아닌 양기륭이었다. 고안현에서 이광지, 진몽뢰가 수수께끼를 맞힐 때 자리했던 바로 그 사람! 강희는 당시 어딘가 모르게 이상한 기운을 내뿜던 그에 대한 인상이 깊었다. 때문에 대번에 알아볼 수 있었다. 양기륭은 눈에 띄는 복장을 한 채 사람들 무리에 둘러싸여 우가의 사원 쪽으로 향하고 있었다.

## 20장

# 강희, 주삼태자와 지혜를 겨루다

이 멋진 귀공자는 바로 오화산에서 오삼계를 만나 자신을 '주삼태자'라고 자칭한 양기륭이었다. 그는 강북江北과 산좌山左(산동성山東省의 별칭) 일대에서 황자皇子의 신분으로 각지에 흩어져 있는 종삼랑의 향당을 둘러본 다음 북경으로 돌아온 터였다.

그의 진짜 이름은 양기륭이었다. 아버지 양계종楊繼宗이 명나라 희종熹宗황제 때의 좌부도어사左副都御史인 양련楊漣의 먼 친척 조카뻘 되는 사람이었다. 상당히 명망 있는 가문이었다. 그러나 이 양씨 가문은 양련이 위충현魏忠賢을 탄핵하는 바람에 감옥에 갇히면서 한바탕 난리를 겪고 모두들 도망가거나 죽고 말았다. 양계종 역시 주영朱英이라는 가명으로 강호를 떠돌았다. 그래도 다행히 많은 친구도 사귀었고 덕분에 돈도 많이 벌어 어마어마한 재산을 소유하게 되어 오히려 전화위복이 됐다. 일이 되려고 그랬는지 숭정崇禎황제 즉위 초에는 양련의 억울함도 밝혀졌다. 양계종은 바로 북경으로 돌아올 수 있었다. 북경에서 그의 수완은 더욱 빛을 발했다. 우선 그는 주체하기 어려울 정도로 많은 금은보화로 주귀비周貴妃의 사촌동생인 주전빈을 매수했다. 이로 인해 얼마 지나지 않아 광록시光祿寺(궁중의 제사나 조회 및 연회에 필요한 술과 음식의 조달을 전담하는 기관)의 사고주사司庫主事의 자리에 앉게 됐다.

그러다 숭정 17년 3월 29일을 맞았다. 이자성의 군대가 흉흉한 기세로 북경으로 쳐들어왔다. 숭정황제는 놀라 심야에 경양종景陽鍾(문무백관을 부르는 종소리)을 울려 모든 문무백관들을 궁 안으로 불러 모았다. 양계종 역시 부랴부랴 말을 달려 자금성으로 들어갔다. 그러나 이미 상황이 좋지 않았다. 시위를 비롯해 금의위 소속의 장군, 태감, 궁녀들의 시신이 여기저기 너저분하게 널려 있었고 피비린내가 진동했다. 숭정은 공주와 황자 및 황비, 궁녀들을 죽인 다음 매산煤山으로 도망가고 흔적조차 보이지 않았다.

양계종은 워낙 보고 들은 것이 많은 사람인 데다 배짱도 두둑했다. 때문에 다른 사람 같았으면 놀라 자빠졌을 참상을 보고도 침착할 수 있었다. 그는 혼이 빠진 귀신처럼 시신 사이를 지나다녔다. 그러다 하마터면 쓰러진 시신에 걸려 넘어질 뻔했다. 그러다 우연히 죽은 자의 가슴에 안겨져 있던 작은 나무상자를 발견했다. 너무나 고급스럽고 정교한 물건이었다. 그는 뭐가 들었는지 열어볼 생각도 하지 않고 그것을 들고 바로 집으로 향했다.

그는 집에 돌아와서야 비로소 등불 밑에서 상자를 열어봤다. 그러다 입을 있는 대로 벌린 채 길게 숨을 들이마셨다. 상자 안에는 용무늬가 새겨진 금테의 옥새가 들어 있었던 것이다! 또 옥새 밑에는 노란 손수건이 접혀 있었다. 그 위로는 꼬불꼬불한 선들이 그려져 있었다. 그것은 다름 아닌 보물지도였고, 손수건의 왼쪽 아랫 부분에는 깨알 같은 글씨가 적혀 있었다. 홍무황제洪武皇帝(명나라의 건국 군주인 주원장朱元璋)의 옥새도 찍혀 있었다. 300년에 가까운 역사를 지닌 물건이었으나 마치 새것 같았다.

양계종은 여러모로 생각을 거듭했다. 그 결과 마침내 뭔가를 깨달았다. 궁 안에서 비참한 모습으로 죽어간 사람들은 나무상자를 서로 차지하려고 아귀다툼을 벌이다가 모조리 목숨을 잃고 말았다는 사실을 말이다.

양계종이 죽고 난 다음 이 보물지도와 옥새는 양기륭의 손으로 넘어갔다. 자연스럽게 그를 주삼태자로 만들어 주는 증거물과 넉넉한 자본이 됐다. 이 가짜 황자가 이번 순시 결과에 대단히 만족하고 있었던 것도 이런 현실과 큰 관계가 있었다. 더구나 직예, 산동, 하남, 안휘 네 성省만 해도 종삼랑의 신도 수가 점점 늘어나 200만 명이 넘었다.

이뿐만이 아니었다. 그는 강희가 혹시 있을지 모를 회교도들의 반란을 진압하기 위해 우가에 있는 청진사에서 화광을 신호로 일망타진한다는 계획을 세운 사실도 너무나 잘 알고 있었다. 내무부의 황경黃敬이라는 사람을 통해 당일 오후에 바로 소식을 접할 수 있었던 것이다. 그는 그 소식에 흥분을 감출 수가 없었다. 오랫동안 심혈을 기울여 온 모든 일이 자신이 원하는 방향 대로 돛을 올린 채 순항하고 있었으니까!

사실 천하의 회교도들은 한가족이라고 할 수 있었다. 여느 종교나 다 그렇듯 회교도들 역시 자신들의 가족에 대한 애착이 대단했다. 누가 한 사람을 잘못 건드리면 벌떼처럼 달려들어 죽기 살기로 덤비는 것은 기본이었다. 따라서 조정에서 당초 계획대로 죄 없는 회교도들을 대거 학살할 경우 그들은 이성을 잃고 맞서 싸울 것이 뻔했다. 하루아침에 처치 곤란한 큰 적이 될 수 있는 것이다. 이렇게 되면 양기륭 자신은 흐뭇하게 팔짱을 낀 채 먼발치에서 이 피비린내 나는 살육의 현장을 즐기고 챙길 것은 챙길 수 있다고 판단했다. 그는 급기야 흥분에 몸을 떨었다.

양기륭은 저녁을 먹고 난 다음 곧 벌어질 불구경을 하기 위해 주전빈의 아들 주공직周公直, 제견왕齊肩王 초산焦山, 각로閣老 장대張大, 군사軍師 이주李柱, 총독 진계지陳繼志, 제독 사국빈史國賓 등 자신이 황제의 자격으로 임명한 휘하 사람들을 거느리고 청진사로 향했다. 불길이 어느 정도 치솟으면 기회를 노려 유유히 전리품을 챙기려고 생각한 것이다.

강희를 발견한 양기륭 역시 처음에는 약간 놀라는 기색을 보였다. 그러나 곧 여유로운 웃음을 잔뜩 지어보이면서 강희를 향해 두 팔을 벌리고 다가왔다.

"용공자 아닌가요! 고안현에서 그렇게 헤어지고 벌써 일 년이 넘었네요. 늘 보고 싶었는데 이렇게 만나다니, 정말 반갑습니다!"

"아, 양 선생님!"

강희 역시 일부러 놀라는 표정을 지었다. 그런 다음 위동정을 향해 말했다.

"양 선생님을 기억하겠지?"

말을 마친 강희가 이번에는 손가락으로 도해를 가리키면서 양기륭에게 소개를 했다.

"이 사람은 제 가게 분점의 주인장인 김金씨라고 합니다. 가게는 야채시장 입구에 있어요. 이 친구 요리솜씨가 보통이 넘으니 많이 찾아주세요."

위동정은 강희의 임기응변에 적잖게 놀랐다. 터져 나오려는 웃음을 억지로 참았다. 위기에 대처하는 능력이 이다지도 뛰어나다는 사실을 여태껏 몰랐던 것이다. 심지어 강희의 말투와 몸짓은 어느 것 하나 의심스러운 곳 없는 아주 자연스러운 소상인의 그것이라고 할 수 있었다. 위동정 역시 강희를 본떠 양기륭에게 인사를 건넸다.

"반갑습니다! 기억하다마다요. 양 선생님처럼 학문이 뛰어나신 분을 어찌 쉽게 잊어버릴 수가 있겠어요."

도해도 한마디 끼어들었다.

"말씀 많이 들었습니다! 앞으로 잘 부탁드리겠습니다! 선생님도 예배를 드리러 오셨나요?"

"예배는 무슨 예배요? 하도 떠들썩하기에 궁금해서 나왔죠. 같이 들어가시죠."

양기륭이 기분이 괜찮은지 허허 웃었다.

"먼저 들어가세요. 저희들은 아직 몇 사람을 더 기다려야 해서요."

어느새 간사하고 약삭빠른 장사꾼으로 변신한 강희가 실눈을 뜬 채 말했다.

그러자 양기륭이 공수를 하는 것으로 작별인사를 하고는 일행들과 함께 먼저 걸음을 옮겼다.

강희는 심심해서 돌아다니는 척하면서 여기저기 기웃거렸다. 그러다 목자후 등 시위들이 도착하는 것을 확인하고서야 비로소 도해를 데리고 안으로 들어갔다. 안에 있는 척려실滌濾室, 장로분長老墳, 원명비정元明碑亭, 방극루邦克樓, 망월루望月樓…… 등에서는 모두 여러 가지 색깔의 등이 걸려 있었다. 강희는 들어서자마자 여기저기 하나도 빼놓지 않고 꼼꼼하게 눈여겨 봐뒀다. 위동정이 바짝 뒤를 따랐다. 그러자 강희가 목소리를 낮춘 채 엄하게 꾸짖었다.

"왜 이렇게 붙어 다니지 못해 안달인가! 사람들에게 광고를 하는 꼴이 되잖아. 멀리 떨어져 있어. 또 어서 가서 전해줘. 만반의 준비들을 하고 있으라고 말이야. 무슨 일이 일어날지도 모르니까!"

강희는 말을 마치기 무섭게 금세라도 불이 활활 타오를 것 같은 두 눈으로 위동정을 노려봤다. 그 모습을 보고 도해가 깜짝 놀랐다. 그는 수많은 전장에 나가 사람 죽이기를 개미 밟듯 한 사람이었다. 명실상부한 살인광이라고 해도 좋았다. 웬만한 일에는 눈 하나 깜짝 하지 않았다. 그러나 위동정을 노려보는 강희의 눈빛은 예사롭지가 않았다. 도해는 진짜 오랜만에 등골이 오싹해지는 기분을 느꼈다. 그러나 강희는 놀라는 기색이 역력한 도해의 표정을 재빨리 읽고는 담담하게 말했다.

"자네는 내막을 잘 몰라서 그래. 이 양 선생은 보통내기가 아니야! 뭔가 자기 입에 맞지 않으면 바로 일을 저지를 위인이라고!"

강희는 말을 마치자마자 바로 예배당으로 향했다.

그곳은 아주 크고 널찍한 예배당이었다. 18개의 기둥 사이에는 붉은 주단도 깔려 있었다. 또 흰 장막으로 구분지어 놓은 한쪽 공간은 여성 신도들의 예배 공간인 듯했다. 예배당의 안과 밖에는 2000여 명은 족히 될 것 같은 신도들이 무릎을 꿇고 있었다. 강희는 예배당에 들어서자마자 양기륭을 찾았다. 그러나 아무리 찾아봐도 양기륭을 찾을 수 없자 사람들을 따라 그냥 자리에 무릎을 꿇고 앉았다. 도해를 비롯해 위동정, 목자후, 노새, 낭심 등은 강희의 주변을 비집고 들어가 자리를 잡고 앉았다.

"조용히!"

누군가가 큰 소리로 말했다. 그러자 웅성거리던 사람들이 바로 말을 뚝 멈췄다. 실내는 쥐 죽은 듯 조용해졌다. 강희가 사람들 틈에서 누군가를 바라봤다. 빨갛고 긴 두루마기를 입은 웬 장로長老가 한자와 페르시아 글자가 깨알같이 새겨진 경단經壇 앞에서 《코란》을 손에 받쳐든 채 큰 소리로 외우기 시작했다.

라 일랄하 일랄 라 마호메트 라술룰 라!

장로는 한 구절을 외우고는 스스로 번역을 했다.

알라 외에는 신이 없다. 마호메트는 그 분의 사도임을 증언합니다!

"후투바(설교)!"

경단 앞에 선 장로가 다시 뭔가를 한 단락 외웠다. 그리고는 또다시 번역을 하기 시작했다.

알라는 위대하다! 알라는 위대하다! 알라는 위대하다! 알라는 위대하다!
알라 외에는 신이 없다. 알라만이 유일한 신이다!
마호메트는 하나님의 사도이다. 어서 예배하러 오라! 어서 예배하러 오라!
와서 성공하라! 와서 성공하라!

흥분한 장로는 두 손을 높이 쳐든 채 온몸을 마구 흔들어대기 시작했다. 그러다 너무 소리를 질러 쉰 목소리로 정신없이 경전을 읽고 반복해 번역하기도 했다. 무아지경에 빠진 듯 흥분한 장로가 다시 입을 열려는 순간이었다. 갑자기 누군가가 일어서더니 차갑게 말했다.

"당신은 성공할 수 없소!"

목소리는 크지 않았다. 그러나 바늘 떨어지는 소리까지 들릴 정도로 고요한 대전大殿에서는 유난히 으스스하게 들렸다. 교인들은 도저히 있을 수 없는 일이 벌어진 사실에 깜짝 놀라며 하나같이 불쾌한 표정이었다. 곧 가벼운 소동이 벌어지기 시작했다.

강희가 머리를 돌렸다. 역시 예상대로 양기륭이었다. 순간 도해는 허리춤에 숨겨져 있던 무기로 손을 가져갔다. 수많은 전장을 누비고 다닌 탓에 분위기 파악에는 나름 일가견이 있는 사람다웠다.

장로는 분위기를 최고조로 이끌어 가려다 갑자기 누군가가 무례하게 끼어들자 당황한 표정을 지었다. 그러나 곧《코란》을 가볍게 덮고 나서 얼음장처럼 차가운 눈빛으로 양기륭을 노려보았다.

"자중하시오! 여기는 알라의 사도인 마호메트의 신성한 전당이오!"

"내가 뭘 어쨌는데 자중하라고 하는 거요!"

양기륭이 야멸찬 시선으로 분노한 눈빛을 노골적으로 보내는 좌중의 사람들을 째려봤다. 그런 다음 껄껄 웃으면서 말했다.

"당신들은 조정의 유지諭旨를 어기면서 항거하고 함부로 집회를 열어 사교邪教나 퍼뜨리고 있소. 때문에 정신이 제대로 박혀 있다면 설사 내가 아니라도 다른 사람이 나섰을 거요!"

"당신은 회교도가 아니구만! 밥 먹고 그저 소란이나 피우러 찾아온 거군!"

장로가 냉소를 퍼부었다. 그러다 갑자기 안색을 무섭게 바꾸더니 맨 앞줄에 꿇어앉은 젊은이들을 향해 큰 소리로 명령을 내렸다.

"알라의 의지에 따라 이 사악한 자를 쫓아내라!"

장로의 말이 떨어지기 무섭게 몇 명의 건장한 젊은이들이 벌떡 일어났다. 이어 순식간에 양기륭에게 달려들었다. 그러자 양기륭은 태연자약하게 웃으면서 손에서 늘 놓지 않던 부채를 쫙 펼쳤다. 그런 다음 여유 있게 두어 번 부채질을 했다.

그러자 양기륭의 뒤에서도 20~30명은 족히 될 것 같은 사람들이 땅에서 솟구친 듯 일제히 자리에서 일어났다. 그들은 저마다 긴 머리채를 둘둘 감아 정수리에 얹고 허리에는 비수를 숨기고 있었다. 그중에서도 가장 먼저 앞으로 나선 사람은 다름 아닌 양기륭의 경호대장인 주상현朱尙賢이었다. 그는 양기륭을 자신의 뒤로 잡아당기고는 성큼 나서서 다짜고짜 회교도 청년의 귀싸대기를 냅다 후려쳤다. 느닷없는 일격에 젊은이는 입가에 피를 흘리면서 저만치 나가 떨어졌다.

"왜 사람을 때리는 거야!"

좌중의 회교도들이 일제히 소리를 질렀다. 겁에 질린 부녀자들은 공포에 질려 저마다 밖으로 도망치기 시작했다. 그러자 장로가 이들을 향해 소리를 질렀다.

"모두들 제자리를 지켜라!"

장로의 한마디에 우왕좌왕하던 사람들이 다시 자리에 무릎을 꿇고 앉았다. 장로가 주상현에게 물었다.

"당신은 뭐하는 사람이오? 여기 와서 왜 이렇게 난동을 부리는 거요?"

"나는 강희황제의 어전 일등 시위, 흠명선박영欽命善撲營의 총령總領 위동정이오!"

주상현이 목에 힘을 잔뜩 주면서 말했다. 그리고는 손에 들고 있던 공문서 비슷한 종이를 사람들 머리 위로 던지면서 다시 차갑게 말을 이었다.

"눈 똑바로 뜨고 좀 보시오! 내가 당신들을 후려칠 자격이 있나, 없나?"

위동정은 주상현의 횡포에 분노가 치밀었다. 그러나 강희의 옆을 지키면서 계속 은인자중해야 했다. 그래서일까, 그의 온몸은 분노로 부들부들 떨렸다. 그는 다시 한 번 강희를 힐끗 살폈다. 그러나 강희는 아무런 반응도 없이 무덤덤한 표정을 짓고 있었다. 역시 꾹 참고 명령을 기다려야만 했다.

"여기는 청진사입니다!"

장로는 황실에서 파견 나온 사람이라는 말을 듣자 조금 부드럽게 변했다. 이어 천천히 해명을 하기 시작했다.

"우리 무슬림(회교도)들은 지금 재계월을 보내고 있는 중입니다. 경전을 외우고 알라에게 기도를 올리고 있습니다. 태평성대를 찬송하고도 있습니다. 무슨 나쁜 사상을 전파하려고 음모를 꾸미는 것이 아닙니다. 그러니 총령께서는 그렇게 걱정을 하지 않으셔도 됩니다!"

"경전을 외운다고 했소? 알라 외에는 신이 없다고 하지 않았소? 그렇다면 황제 역시 군주가 아니라는 말이 아니고 뭐요?"

자신을 위동정이라고 위장한 주상현이 차가운 어조로 뇌까렸다. 장로가 너무나 어처구니없는 억지에 분개했는지 매섭게 쏘아붙였다.

"그렇게 말하면 안 됩니다! 나는 하나님 외에는 신이 없다고 했습니다. 그러나 황제는 신이 아닙니다. 불경에서는 사대개공四大皆空(세상은 모두 공허하다는 의미)이라고 했습니다. 총령의 말씀대로라면 황제도 속이 텅텅 비어 있다는 뜻이 아니겠습니까? 더구나 태황태후께서도 불교를 믿고 있지 않습니까?"

"자식, 말 하나는 잘 하는군!"

양기륭이 장로와 주상현의 설전을 더 이상 두고 보지 못하겠다는 듯 코웃음을 쳤다. 그러더니 뒤에 서 있던 시위 차림의 사내에게 명령했다.

"노새, 이 자식을 끌어내지 않고 뭐하나?"

그러자 가짜 노새가 다짜고짜 장로를 향해 덮쳐갔다.

그 광경에 진짜 노새는 도저히 더 이상 참을 수 없는 지경에 이르렀다. 급기야 강희의 명령이 아직 떨어지지 않았음에도 잽싸게 앞으로 달려 나갔다. 그런 다음 장로를 자신의 뒤로 숨기고는 가짜 노새의 멱살을 움켜잡은 채 한 손으로 치켜 올렸다. 이어 퉤! 퉤! 하면서 입 안에 가득 모았던 침을 연신 가짜 노새의 얼굴에 뱉었다. 그게 끝이 아니었다. 그는 상대의 귀싸대기를 보기 좋게 후려치고는 이를 악물고 욕설을 퍼부었다.

"어떤 년이 가랑이가 헐어서 너 같은 개자식을 쏟아놓은 거야! 너 같은 거지 자식들이 함부로 부르고 다니라고 이 할배가 별명을 지었는 줄 알아? 오줌물에 네 꼴을 좀 비춰보라고! 네가 백 번 죽었다 깨어나도 노새로 태어날 관상인가?"

"놔둬!"

그제야 강희가 몸을 일으켰다. 그러더니 양기륭을 향해 냉소를 터트렸다.

"양 선생, 이제 보니 위동정도 있고 노새도 있으시네요. 있을 것은 다 있어요. 그렇다면 애신각라愛新覺羅 현엽玄燁도 필요하겠군요. 그렇다면 황제 역할은 당신이 맡은 건가요?"

강희의 말에 양기륭이 껄껄 웃으면서 대답했다.

"용공자, 공자는 정말 똑똑하군요! 내가 사람 보는 눈은 있다니까! 짐이 바로 지금의 황제 애신각라 현엽이야! 왜? 자네도 무슨 불만이 있는가?"

"하하하하!"

강희가 더 이상 참을 수 없다는 듯 장내가 떠나갈 정도로 너털웃음을 터트렸다.

"도해, 호신! 정말 웃기는 세상이구나! 이래서 세상은 한번 살아볼 만하다니까! 정말 재미있어. 내가 오늘 여기 나타나지 않고 누구한테 그냥 전해 듣기만 했다면 절대 이런 일은 믿을 수 없었을 거야! 정말 기가 막힌 쌍룡회雙龍會(주인공이 두 명이라는 의미)라고 할 수 있겠군."

장로는 강희의 말에서 뭔가를 눈치챈 듯했다. 즉시 장내의 회교도들에게 추상 같은 명령을 내렸다.

"누구도 자리를 뜨지 말고 제자리를 지켜라! 모든 출구를 막아버리고 빨리 순천부에 알리도록 하라!"

장내의 회교도들도 무슨 일이 발생한 것이 틀림없다는 것을 알아챘다. 부랴부랴 장로의 지시에 따라 일사분란하게 움직였다. 양기륭 역시 사태의 심각성을 감지했는지 바로 안색이 변했다. 동시에 큰 소리로 외쳤다.

"맞아, 이 가짜 황제를 놓쳐서는 안 돼!"

양기륭의 말에 강희가 한 발자국 앞으로 나섰다. 그러다 양기륭의 몰골을 보고 우스운 듯 피식! 하고 웃음을 흘리면서 물었다.

"묻겠소. 올해 나이가 어떻게 되셨는지요?"

"열일곱이네!"

양기륭은 느닷없는 강희의 예리한 질문에 약간 당황한 표정을 지었다. 그러나 얼굴을 붉히면서도 대답은 했다.

"잘도 둘러 붙이는군!"

강희가 말을 마치자마자 모든 회교도들을 향해 물었다.

"여러분들이 보기에 이 자칭 황제가 열일곱 살처럼 보입니까?"

강희의 말이 떨어지자 장내는 술렁거리기 시작했다. 입을 막고 킥킥대는 사람이 태반이었다.

"조용히들 하시오!"

강희가 장내를 향해 크게 소리치고는 양기륭에게 또다시 질문을 던졌다.

"황제라면 늘 몸에 지니고 다니는 옥새가 있을 텐데?"

"짐의 옥새는 건청궁에 있다. 자네가 뭔데 그런 걸 묻고 그러는가?"

"그래? 그런데 진짜 현엽인 짐에게는 옥새가 있거든!"

강희가 안주머니에서 네모난 황금도장을 꺼냈다. 촛불 밑에서 유난히 황홀하게 빛나는 옥새였다. 강희가 굳어진 얼굴로 위동정을 바라보면서 말했다.

"이자가 진정한 반란분자군!"

"끌어내!"

위동정이 강희의 눈빛에서 모종의 암시를 읽고는 큰 소리로 외쳤다.

위동정의 명령이 떨어지자 도해가 포효하면서 쏴–악! 하는 소리와 함께 긴 유강연편柔鋼軟鞭(부드러운 강철로 만든 유연한 채찍)을 빼내 주상현을 향해 휘둘렀다. 주상현은 찍소리 한마디 못하고 저만치 튕겨나가 쓰러지고 말았다. 동시에 위동정과 낭심, 노새, 소륜 등도 무섭게 소리를 지르면서 며칠 동안이나 굶은 호랑이처럼 튀어나왔다.

양기륭은 파죽지세처럼 달려드는 위동정의 무리에 당황한 듯했다. 부채를 휘두르면서 한 발을 무겁게 들었다 놨다 하면서 큰 소리로 고함을 질러댔다.

"불을 질러! 이놈의 거지 같은 사원에 불을 지르란 말이야!"

양기륭의 말에 그의 수하들이 강희를 향해 덤비다 말고 휘장의 천을 찢었다. 그런 다음 기름을 뿌리고 불을 붙였다. 순식간에 불길이 치솟기 시작했다. 장내는 완전히 아수라장이 됐다. 이 위기일발의 순간에도 일부 회교도들은 침착했다. 강희 일행을 적극적으로 도와주려고 했다. 아우성을 치면서 무작정 밖으로 뛰쳐나가는 사람들과는 확연하게 달랐다.

장로는 더욱 의연했다. 외마디 소리를 크게 지르면서 《코란》을 높이 쳐드는가 싶더니 단상에 뛰어올라 있는 힘껏 외쳐댔다.

"신도 여러분, 당황하지 마세요! 도망가는 것이 능사가 아닙니다. 방화범을 잡아야 합니다! 여기는 유일한 하나님인 알라께서 계시는 성스러운 제단입니다. 어떤 놈이 감히 불을 지른단 말입니까!"

밖으로 뛰어나갔던 신도들은 장로의 결연한 의지에 감동했는지 곧바로 되돌아왔다. 이어 장로의 지휘하에 양기륭 일행과 치열한 전투에 돌입했다. 일부 신도들은 위동정을 도와 강희를 보호하기도 했다. 그들은 또 도해의 무예에도 적지 않은 관심을 보였다. 그가 휘두르는 부드러운 가죽 같은 채찍은 얻어맞으면 살갗이 뚝뚝 떨어져 나가는 지독한 흉기였다. 그들은 그 끔찍한 광경에 몸서리를 치면서도 일제히 박수를 치며 환호했다.

"대단한 요술 채찍이네! 대단한 장군이셔!"

회교도들이 찬탄과 함께 엄지손가락을 치켜들었다. 도해는 그 칭찬에 고무됐는지 더욱 힘을 냈다.

양기륭의 부하들은 도해와 위동정과는 질이 달랐다. 무예에 뛰어나지 못했다. 그러나 저마다 독하고 끈질긴 것에는 일가견이 있었다. 한마디로 악질이었다. 엄청나게 얻어맞았음에도 계속 덤벼들었다. 나중에는 위동정과 도해가 강희를 보호하기 위해 정신이 없는 틈을 타 목자후 등을 몰아붙였다. 다행히 회교도들이 적극 도와준 탓에 목자후 등은 고군분투를 하면서도 치명적인 위기에 빠지지는 않았다.

그 와중에 점점 크게 치솟기 시작한 불길은 혀를 날름거리면서 기둥에까지 옮겨 붙었다. 급기야 경단 위의 붉은 주단이 위에서 떨어져 내린 불꽃에 타들어갔다. 주단은 한데 엉겨 붙으면서 코를 찌르는 냄새를 토해내고 있었다. 예배당은 순식간에 매캐한 연기에 휩싸인 채 앞을 분간하기조차 어렵게 됐다. 도해와 위동정은 하는 수 없이 강희의 옆에 바짝 붙은 채 그를 피신시키기 위해 밖으로 향했다. 순간 도해가 연기 속에서 부상을 입고 쓰러져 있던 가짜 시위를 미처 발견하지 못하고 발길로 차버리고 말았다. 그러자 죽은 듯 엎드려 있던 그가 벌떡 일어나더니 최후의 발악을 하듯 소리를 지르면서 강희를 덮쳤다.

당황한 도해가 순간적으로 재빨리 채찍을 휘둘렀다. 채찍은 바로 가짜 시위의 몸을 휘감았다. 도해가 악에 받쳤는지 채찍에 꽁꽁 묶인 채 숨이 막혀 캑캑대는 그의 팔을 사정없이 꺾어버렸다. 도해는 그래도 분이 풀리지 않았는지 기절한 채 쓰러져 있는 그의 몸을 사정없이 찢어 두 토막을 내고 말았다. 강희는 사람을 마치 짐승 잡듯 하는 도해의 잔인함에 그만 자신도 모르게 눈을 감아버렸다. 양기륭의 부하들 역시 그 광경을 보고는 저마다 잽싸게 도망을 쳤다.

비슷한 시각 노새는 자신의 이름을 도용해 행패를 부리고 다닌 가짜를 잡아 혼내주기 위해 열심히 쫓아가고 있었다. 가짜 노새는 죽어라 하고 도망을 갔으나 곧 포기하고 멈춰 섰다. 더 이상 도망갈 기운이 없는 모양이었다. 하지만 그는 여전히 뻔뻔했다.

"그쪽이 진짜 노새라는 것을 인정하면 되지 않겠소? 그러지 말고 우리 친구 합시다! 우리 사이가 무슨 철천지원수라고 그러시오?"

노새는 위급한 상황에서도 우스갯소리까지 해대는 가짜가 더 없이 괘씸했다. 그러나 감정을 꾹꾹 누른 채 요구를 들어줄 것처럼 여유를 부리면서 그에게 조심스럽게 다가갔다. 그런 다음 잽싸게 그를 낚아챘다. 이제는 한 입에 삼켜버려도 성에 차지 않을 것 같았다. 그의 목을 졸라 단번에 죽여버리려고 했다. 바로 그때 위동정의 다급한 목소리가 들려왔다.

"아우, 죽이지는 마! 뭘 좀 물어봐야 하니까!"

위동정의 말에 노새가 머리를 끄덕여 보이면서 큰 소리로 물었다.

"누가 주동자야? 말해!"

"주…… 주삼태자요!"

"주삼태자가 누구야?"

"부채를 부치던 사람이오!"

"너희들 소굴이 어디야?"

"……."

"말 안 해?"

노새가 이를 악물면서 서서히 가짜 노새의 목을 졸랐다. 그러자 죽음의 공포를 느낀 가짜가 캑캑거리면서 띄엄띄엄 대답했다.

"이, 이러지 마십시오…… 고鼓…… 고……."

가짜 노새의 말이 채 끝나기도 전이었다. 어디에선가 비수가 날아와 그의 목에 정확하게 꽂혔다. 눈 깜짝할 새에 그는 시커먼 피를 내뿜으면서 맥없이 목을 왼쪽으로 떨구었다. 화가 잔뜩 난 노새가 뒤를 돌아봤다. 나무 뒤에 숨어 있던 주상현이 비밀이 탄로 나는 것이 두려워 비수를 던진 것이었다.

주상현은 상처를 입은 것이 확실했다. 더 이상 싸움판에 뛰어들지 못하는 것을 보면 그런 것 같았다. 그러나 그는 끝까지 일사불란하게 부하들을 지휘했다. 마지막에는 손가락을 입에 넣어 휘파람 신호를 보냈다. 그러자 순식간에 열 몇 명이 한데 모이더니 양기륭을 둘러싸면서 보호를 했다. 곧 활활 치솟는 불길 속에서 양기륭의 이성을 잃은 듯한 웃음소리가 터져 나왔다.

"정말 통쾌하구나! 이제 열두 곳 청진사가 모두 잿더미가 될 것이다. 회교도들이 강희 너를 진짜 가만히 놔두지 않을 거야!"

양기륭은 그 말을 남긴 채 부하들의 호위를 받으면서 어둠을 타서 담벼락을 넘었다. 그리고는 순식간에 모습을 감췄다.

장로와 회교도들은 양기륭의 말이 뭘 뜻하는지 정확하게 몰랐다. 때문에 그저 멍하니 강희만 쳐다봤다. 강희가 별일 아니라는 듯 말했다.

"신경 쓸 것 없어! 도해, 병사들을 데려다 불을 끄는 것이 급선무야! 목자후, 자네는 내일 성지를 전하게. 호부에 말해 은 오만 냥을 이 장로께 가져다줘. 청진사를 다시 재건하는 데 보태게 하라고!"

"성은이 망극하옵니다!"

장로가 땅바닥에 엎드려 머리를 조아렸다.

"폐하의 그 한마디에 저희 회교도들은 두고두고 감격해마지 않을 것이옵니다. 우리 주 알라신께서 폐하의 만수무강을 지켜주실 것이라고 확신하옵니다!"

강희가 장로의 말에 머리를 끄덕여 보였다. 이어 도해의 손에서 말고삐를 받아 쥐고는 날렵하게 말에 올라타고는 인사를 했다.

"장로, 다른 걱정은 하지 말고 재계월을 잘 지내게!"

# 21장

# 인간사 새옹지마

오응웅은 선무문 안에 있는 석호 골목에 자리 잡은 액부부에서 불길이 하늘로 치솟기만을 기다리고 있었다. 하지만 불길은 좀체 솟아오를 기미를 보이지 않고 있었다. 그는 점점 더 초조해지는 마음을 억지로 다독이고 있었다. 그가 청나라 황실의 부마駙馬 대우를 받으면서 살고 있는 이 액부부는 사실 원래 그의 소유가 아니었다. 명나라의 대학사였던 주연유周延儒가 살던 집이었다. 그는 원래 성격이 어땠는지는 몰라도 집에 대해서만큼은 아주 대범했다. 남이 살던 집이라는 사실에 전혀 아랑곳하지 않고 자신의 생각대로 아주 오밀조밀하게 개조해 나간 것이다. 이에 따라 여러 개의 방이 빈틈없이 촘촘하게 생기게 됐다. 그 사이로는 가마도 통과할 수 없을 정도였다. 어쨌거나 그는 이 저택에서 저녁을 먹은 다음 내무부의 관사管事인 황경黄敬과 문화전의 총관태감인 왕진방王鎭邦을 은밀하게 만났다. 그들은 그의 얼굴을 보자마자 바로 약속이나 한 듯 고루서가鼓樓西街에 사는 양기륭이 우가에 있는 사원으로 '불구경'을 하러 갔다는 소식을 전했다. 그는 흥분과 긴장으로 얼굴이 불그레하게 달아올랐다. 가슴에서 나는 쿵쿵 소리는 옆사람에게까지 들릴 정도로 세찼다.

사실 이날 저녁 우가에서 막을 올린 연극은 오응웅이 각본을 짜고 연출까지 했다고 할 수 있었다. 처음부터 끝까지 치밀한 계산하에 황경과 왕진방 두 끄나풀을 부추겨 양기륭을 주연으로 끌어들인 것이다.

오응웅은 화청花廳에서 기다리는 것이 너무 갑갑했다. 그래서 황경과 왕진방을 데리고 서쪽의 월동문月洞門을 가로질러 화원 북쪽에 있는 호춘헌好春軒으로 향했다. 하지만 그들은 바위 위에 앉은 채 별다른 대화를 나누지 않았다. 초롱불도 밝히지 않았을 뿐 아니라 술상 역시 봐오게 하지 않았다. 그저 각자 찻잔을 앞에 두고 사원이 위치한 우가의 하늘만 뚫어져라 쳐다보고 있었다. 언제쯤이면 불길이 치솟아 오를까 이제나저제나 기다렸다.

오응웅은 자신이 이미 돈이 많을 뿐 아니라 인맥도 대단한 주삼태자를 확실하게 잡았다고 자신했다. 그럴 만한 이유는 당연히 있었다. 그는 지난번 주전빈이 그렇게 가고 난 다음 달포쯤 지나서 유현초의 편지를 받은 적이 있었다. 기침을 심하게 하면서 겨우 적었을 법한 유현초의 글씨는 비뚤비뚤했다. 내용도 간단명료했다. 주삼태자와의 관계를 적당하게 잘 처리하는 방법을 요약해 놓았을 뿐이었다.

"다가가지 않고 건드리지 말아야 합니다. 또 닿을 듯 말 듯한 거리를 유지하면서 확실하게 이용해 먹어야 합니다."

오응웅은 유현초의 제안에 따라 움직였다. 그 결과 모든 것이 거의 뜻대로 돼 갔다. 그렇게 굳게 믿었다. 일 년이 될까 말까한 시간에 쥐도 새도 모르게 주삼태자의 총향당總香堂에서만 벌써 10여 명이 그의 쪽으로 넘어온 것이다.

그는 20여 년이 다 돼 가는 인질생활을 하면서 확실하게 익힌 것이 있었다. 그것은 바로 자기의 존재를 드러내지 않고 모름지기 뒤에서 수렴청정을 하는 계략과 술책이었다. 때문에 그는 조회에서 몇몇 원로들을 만나는 일 이외에는 별다른 일을 하지 않았다. 대부분의 시간을 집에서만 보냈다. 《역경》도 책 모서리가 너덜너덜해질 정도로 읽었다. 때문에 그가 '위편삼절'韋編三絶(책의 가죽 끈이 세 번이나 끊어짐)이나 '문왕구이연주역'文王拘而演周易(문왕이 감옥에 갇혀서야 주역을 편찬함)이라는 고사가 자신의 처지와 신분에 딱 맞아떨어진다고 생각한 것은 너무나 당연했다. 한마디로 그는 발등에 불이 떨어져도 눈 한 번 깜빡하지 않으며 살아왔다. 그러나 천하의 오응웅도 오늘 저녁만큼은 달랐다. 시간이 흘러감에 따라 슬슬 불안을 느끼기 시작했다. 하기야 오늘 저녁의 일은 대사大事에 직접적인 영향을 미칠 수밖에 없으므로 그럴 만도 했다.

사실 우가 청진사의 연극이 성황리에 끝나는 날에는 세상에 난리가 날 수 있었다. 우선 수만 명의 회교도들이 하루저녁에 천고에 없는 악행의 희생자가 될 것이고, 그렇게 되면 억울한 원혼을 끌어안은 채 아프게 살아가야 할 수백만 회교도들에게 강희는 그야말로 아비를 때려죽이고 자식을 불태워 없앤 철천지원수가 될 것이었다. 오응웅은 외모는 보잘것없으나 꾀를 부리는 데는 둘째가라면 서러울 사람이었다. 가만히 앉아 있다가 누구 뒤통수를 치는 것만 봐도 재주가 그런대로 비상했다. 사실 수백만 명에 이르는 회교도들이 강희의 적이 되면 오삼계는 손가락 하나 까딱하지 않고 그만큼의 세력을 확보하는 셈이 되었다.

오삼계는 이 회교도들을 자신의 편으로 끌어들일 경우 더 이상 상황을 관망하며 기다리고 있지 않을 것이었다. 또 당장 먼저 손을 쓰지는 않더라도 최소한 조정에서 철번을 강행할 용기가 꺾일 것이 확실했다.

오응웅은 아버지의 나이를 떠올렸다. 이미 예순이 넘고 있었다. 게다가 건강 역시 좋지 않았다. 얼마나 세상 구경을 더할지 예측하기는 어렵지 않았다. 그로서는 그것도 행복한 고민이었다. 아버지가 죽으면 조정은 그가 운남으로 돌아가 왕위를 잇는 것을 막을 명분이 없을 테니까. 그때가 되면……. 오응웅은 자신이 왕위를 이을 것이 확실하다는 생각을 하자 절로 표정이 흐뭇해졌다. 찻잔을 들고 일어서면서 우가 방향을 바라보는 눈길에는 자신감이 가득 차 있었다. 하지만 아무리 시간이 흘러가도 기다리는 상황은 발생하지 않았다. 그의 마음은 이제 타다 못해 재가 되었다. 그러다 조금 전까지는 전혀 생각하지도 않았던 것들이 서서히 고개를 쳐들었다. 그것은 회교도들이 주삼태자를 추종할 수도 있다는 시나리오였다.

"그런데, 그렇게 된다면……."

한줄기 회오리바람이 몰아쳤다. 오응웅은 갑자기 몸을 부르르 떨었다.

"회교도들이 주삼태자를 졸졸 따라다니지 말라는 법이 없지! 그러면 죽 쒀서 개 주는 꼴이 돼. 큰일이지. 야, 이거 진짜 회교도들이 주삼태자를 자신들의 수령으로 추대하는 날에는 어떻게 하지?"

"액부額駙!"

맞은편에 앉은 황경이 오응웅을 불렀다.

"급하게 서두르지 마세요. 정월 보름날 달구경 하듯 느긋한 마음을 가지고 계세요. 틀림없다고요!"

"음!"

오응웅이 말 잘 듣는 아이처럼 대답했다. 그러나 혼잣말처럼 중얼거리는 것은 잊지 않았다.

"도해 그자 쪽에서는 무슨 소식이 없나?"

"각 아문에서는 자정을 기해 군대를 보냈습니다. 지금은 다들 도착해 불길이 치솟기만 기다리고 있을 겁니다."

"낭정추인가?"

오응웅은 대답을 한 사람이 자신의 집에서 전문적으로 편지 작성 등의 일을 봐주는 문객 낭정추라는 사실을 모르지 않았다.

"하루 종일 고생이 많았을 것 아닌가? 어서 올라오게."

오응웅의 말이 떨어지기 무섭게 이번에는 건너편에 앉아 있던 왕진방이 자리에서 일어섰다. 무슨 말을 하려는 듯했다. 그러나 이내 꿀꺽 삼켜버리고는 몸을 휘청하더니 뒤로 넘어갔다. 옆에 앉아 지켜보던 황경이 황급히 넘어지려는 왕진방을 부축해 일으켜 세우면서 물었다.

"왜 그러는 거요? 가슴이 아프다더니 다시 발작하는 거요?"

"불! 불!"

왕진방이 한 손으로 가슴을 움켜쥔 채 다른 한 손으로 우가 방향을 가리키면서 떨리는 목소리로 소리를 질렀다. 긴장한 탓에 고질병이 도지는 모양이었다.

"불길이 치솟기 시작했다고요!"

오응웅은 마치 용수철처럼 튕기듯 자리에서 일어났다. 그런 다음 발끝을 있는 대로 쳐든 채 목을 한껏 빼고 바라보면서 중얼거렸다.

"우가가 맞군! 정말 우가에서 불이 났어!"

그의 액부부는 우가에서 멀리 떨어진 곳에 있었다. 하지만 고요와 정적이 깃든 밤하늘 위로 치솟은 불길은 바로 코앞에서 타오르는 것같이 선명하게 보였다. 오월의 바람을 타고 흐느적거리면서 하늘을 향해 날아오르는 불꽃은 붉은색, 파란색, 노란색을 동시에 띤 채 저녁하늘과 더불어 절묘한 색조를 연출하고 있었다. 뭉게뭉게 치솟는 시커먼 연기는 오늘따라 그렇게 멋있어 보일 수가 없었다!

"발동이 걸렸어. 하하, 발동이 걸렸다니까!"

오응웅이 흥분한 목소리로 떠들어댔다. 곧 하늘을 향해 머리를 번쩍 쳐들면서 숨을 크게 내쉬더니 낭정추에게 말했다.

"정추, 자네는 많이 배운 사람이지. 그러니 채문희蔡文姬(한나라 때의 문인)의 《호가십팔박》胡笳十八拍이라는 작품의 제사박第四拍을 기억하겠지?"

그러나 낭정추는 오응웅의 물음에는 즉각 대답을 하지 않았다. 대신 아랫사람들에게 호들갑스럽게 느껴질 정도로 목소리를 높인 채 명령을 내렸다.

"어서 말을 타고 가서 도해가 도대체 뭐 하고 있는지 알아보고 와!"

낭정추의 명령이 떨어지자 오응웅의 정원에서는 사람들이 분주하게 움직이기 시작했다. 이윽고 마구간에서 20여 필의 말이 끌려나오는 소리가 들렸다. 청진사로 가서 어둠 속에서 사태를 주시하고 있는 사람들과 접선을 하려는 모양이었다. 왕진방은 낭정추가 집안일을 비롯한 모든 것을 깔끔하게 잘 처리한다는 생각에 절로 터져 나오는 탄복을 금치 못했다.

"진짜 인물은 인물이군!"

얼마 후 낭정추가 뒷일을 깔끔하게 다 처리했다. 그제야 웃음 띤 얼굴로 《호가십팔박》을 읊어보라던 오응웅을 쳐다보면서 대답했다.

"액부께서도 줄줄 외우시면서 왜 꼭 저에게 읊으라고 하세요? 저는 제삼박밖에 못 외웠는데요."

말을 마친 낭정추가 조용히 읊기 시작했다.

> 한漢나라를 넘어 오랑캐의 땅으로 오니,
> 망국노가 되는 것이 죽는 것보다도 못하구나,
> 여우털을 몸에 걸치니 골육骨肉이 놀라고,

흉노의 노린내 나는 음식을 먹으니 온갖 정이 떨어지는구나.
북소리는 저녁에서 새벽으로 이어지고,
사정없는 오랑캐의 회오리바람은 변방의 병영을 어둡게 하는구나.
현실을 슬퍼하고 옛날을 회상하면서 제삼박을 완성하니,
가슴 속 가득한 비애는 언제나 씻을까?

곧 오응웅도 눈물 글썽이는 얼굴을 한 채 낭정추의 암송에 호응하듯 큰 소리로 다음 박자를 읊기 시작했다.

밤낮 없이 고향을 그리워하니,
세상에 나처럼 괴로운 사람이 또 있으랴.
재앙은 이어지고 나라가 혼란하니 군주는 없구나.
내 운명은 너무나 각박해 홀로 포로가 되었도다.
풍습과 기질이 다르니 어려운 지경에 처해 있구나.
좋아하는 바가 다르니 누구와 말벗을 할까?
옛일을 생각하니 어려움만 많았어라.
제사박이 완성되니 더욱 처량해라!

오응웅이 제4박을 읊자마자 참았던 눈물을 왈칵 쏟았다. 그러더니 억지로 웃음을 지어 보였다.

"지나온 옛일을 생각하니 어려움이 많았어. 정말 내 인생을 그대로 말해주는 내용이 아닌가 싶어. 하지만 앞으로는 좋은 일만 있겠지!"

"지금 우리가 이러고 있을 때가 아닙니다. 아무래도 화청으로 돌아가서 대왕께 소식을 전해야겠어요."

낭정추의 말에 오응웅이 눈물을 닦으면서 머리를 끄덕였다. 그들이 막 자리를 옮기려 할 때였다. 갑자기 액부부의 하인 한 명이 달려와 아뢰었다.

"액부 대인, 고루서가의 주전빈 선생이 찾아왔습니다. 무슨 일이 있다고 하네요."

"나는 잔다고 해."

오응웅이 차가운 어조로 대답했다. 그러나 그는 곧 무슨 일인지도 모른 채 주전빈을 돌려보내는 것이 능사는 아니라는 사실을 깨달았다. 그가 다시 하인을 불렀다.

"아니다. 들여보내라."

오응웅이 하인에게 지시를 하고는 얼굴을 돌려 왕진방에게 말했다.

"당신은 주삼태자의 황문관총령黃門官總領이기도 하니 여기에서 만나면 좋을 게 없어. 아무래도 잠시 피하는 것이 나을 것 같아. 황경 선생은 워낙 여기를 자주 다니니까 같이 만나도 문제될 것은 없을 것 같고. 자, 무슨 일인지 같이 들어 보자고."

오응웅과 황경은 곧 자리를 옮겼다. 주전빈은 그가 황경과 차를 마시면서 담소를 나누고 있을 때 들어왔다.

"아이고, 이게 누구십니까! 어쩐 일로 이렇게……?"

오응웅이 껄껄 웃으면서 자리에서 일어났다. 평소보다 훨씬 더 우호적인 자세였다.

"이 저녁에 나들이 다니는 것을 보니, 기분이 괜찮으신가 봅니다? 자, 자. 어서 차나 같이 드십시다!"

"한가하게 차나 홀짝거리고 있을 때가 아닙니다!"

주전빈은 평소보다 반색하는 오응웅의 말에는 대꾸도 하지 않은 채 잔뜩 구겨진 얼굴로 황경을 향해 씩씩댔다. 곧 오응웅에게는 꽤나 충격적인 말이 그의 입에서 터져 나왔다.

"이게 전부 당신 때문이야! 도해가 우가에 가서 불빛을 신호로 회교도들을 소탕한다고? 그래, 잘도 했겠다!"

"왜 그러는 겁니까?"

오응웅은 지난번 주전빈과의 말싸움에서 약간 어눌한 인상을 준 바 있었다. 때문에 이후부터 주삼태자 측에서 오는 사람들은 하나같이 그를 대단하게 취급하지 않았다. 은근히 으스대면서 건방진 태도로 일관했다. 주전빈 역시 다르지 않았다. 오응웅은 안중에도 없다는 듯 건방을 떨었다. 오응웅은 이번에야말로 따끔하게 한마디 해줘야겠다고 생각했다.

"주 선생, 이거 왜 이러시오! 뭘 잘못 알고 온 것 같은데요? 여기는 선생이 아무렇게나 떠들어도 되는 찻집이 아니라는 말입니다. 조정의 잘나가는 액부이자 태자소보太子少保, 산질대신散秩大臣인 나 오응웅의 저택이라고요! 황경은 내 손님인데, 누가 감히 내 앞에서 대놓고 모욕을 줄 수가 있다는 말입니까?"

"그렇습니까?"

주전빈이 땅딸막하고 미련한 인상의 오응웅이 갑자기 세게 나오자 약간 놀란 듯한 표정을 지었다. 하지만 차가운 어조는 여전했다.

"일이 이 지경에까지 왔는데, 아직도 모르는 척을 하다니! 무슨 배짱입니까?"

"할 말이 있으면 조용히 말하세요."

오응웅은 우가 쪽 상황에 돌발변수가 일어났을 가능성이 높다는 사실을 직감했다. 속으로는 적잖게 놀랐다. 그러나 일부러 담담한 척했다.

"특별한 일 없이 누구 놀려주려는 재미를 보러 왔다면 그만 나가 주시오!"

"강희가 우가에 나타났습니다. 모든 계획이 수포로 돌아갔다고요! 끝장났다고 할 수 있죠! 오히려 우리가 방화범이 되고, 그들이 불을 끄는 입장이 돼버렸다고요. 그런데도 액부 대인께서는 여기에서 팔짱을 끼고 불구경이나 하고 있다니요!"

주전빈이 울분을 터뜨렸다. 오응웅 역시 최악의 경우를 전혀 염두에 두지 않은 것은 아니었다. 그럼에도 변수가 없을 것이라고 믿었다. 그러나 현실은 달랐다. 모든 것이 한꺼번에 원하지 않는 방향으로 뒤집혀 졌다. 그는 가슴이 우르르 무너져 내리는 충격을 받았다. 모든 것이 수포로 돌아갔다. 그가 겨우 정신을 가다듬으면서 이를 악문 채 말했다.

"아닌 밤중에 홍두깨도 아니고 지금 무슨 말을 하는 겁니까? 황제가 우가의 청진사로 가면 갔지 어쩌라는 말입니까? 나하고 황 선생이 등이라도 떠밀었다는 말인가요? 자기가 싼 똥을 남에게 치워달라고 하면 안 되는 것 아닙니까?"

주전빈은 오응웅의 핀잔 섞인 말에는 대답을 하지 않았다. 대신 손에 들고 있던 찻잔을 도로 내려놓은 다음 황경을 노려보면서 물었다.

"황경, 당신 도대체 어떻게 한 거요? 똑 부러지게 말을 좀 해 보시오!"

"나요?"

황경이 씁쓸한 웃음을 머금으면서 말을 이었다.

"내가 뭐 황제의 마음속을 들락날락하는 재주라도 있는 줄 아십니까? 너무 그러지 마십시오! 세상 다 끝난 것도 아니고! 대야에 구멍이 날 경우 땜질을 하면 되고, 못 쓰게 될 경우엔 버리면 되지 않습니까!"

"나는 당신들이 수작을 부려 우리 종삼랑의 향당을 가지고 놀았다는 의심을 떨쳐버릴 수가 없소!"

주전빈이 냉소를 흘리면서 덧붙였다.

"초산焦山의 동생 초하焦河를 비롯한 칠팔 명이 청진사에서 목숨을 잃었소! 우리는 몇 사람 죽는 것쯤은 눈 하나 깜짝하지 않는 평서왕이 아니라고!"

말을 마친 주전빈이 품속에서 종이 두 장을 꺼내 손에 들고 흔들었다. 그러더니 오응웅에게 말머리를 돌렸다.

"이게 뭔 줄 아십니까? 소부 대인의 어르신과 저 황 선생이 몸을 판 증서입니다! 잘 들어요! 다시 한 번 이런 짓을 했다가는 뼈도 못 추릴 줄 알라고요!"

"손님 나가신다!"

오응웅은 주전빈의 거친 도발에 손에 들고 있던 찻잔을 부서져라 탁자 위에 내려놓는 것으로 응수했다. 몇 명의 하인들이 목을 길게 빼고 엿듣고 있다가 황급히 달려왔다. 그러나 손을 써도 된다는 오응웅의 명령이 떨어지지 않은 탓인지 호시탐탐 주전빈을 노려보기만 했다.

주전빈은 오응웅을 놀랍다는 표정으로 힐끔 쳐다봤다. 그러더니 천천히 자리에서 일어나더니 이상야릇한 웃음을 지어 보였다.

"내 말을 잘 기억했겠지요?"

"내 걱정 같은 것은 하지 않아도 좋을 듯합니다. 그만 나가 주시죠!"

오응웅이 대수롭지 않다는 듯 손을 저었다. 그러자 대기 중이던 하인들이 주전빈을 거칠게 떠밀었다.

"액부!"

황경이 식은땀을 흘리면서 덧붙였다.

"그자의 손에 들려 있던 종잇장 말입니다. 하나는 저하고 양기륭 대인이 체결한 서약서입니다. 또 다른 하나는 아마도 대왕과 관련된 중요한 서류 같네요. 이 기회에 빼앗아 버리는 것이 어떨까요?"

"순진하기는 참!"

오응웅이 배짱을 내밀었다.

"군사로 있는 이주李柱 그자가 어떤 사람인데 진짜 물건을 주가 저 친구에게 줘서 보냈겠소?"

황경은 여전히 어두운 표정을 지으면서 머리를 끄덕였다. 자신 없이 중얼거리기도 했다.

"저자가 이번 일로 마음먹고 나를 물 먹이는 날에는 내일을 못 넘길 겁니다. 내 모가지는 이사를 가야 할 운명에 봉착할 겁니다."

"그런 걱정은 붙들어 매시오. 그럴 일은 단언컨대 없을 것이오!"

오응웅이 몸을 의자 등받이에 기대면서 덧붙였다.

"나도 겁내지 않는데, 당신이 뭘 그렇게 겁을 먹고 그러시오? 주전빈이 잠자는 호랑이를 깨우려고 온 것이 틀림없소. 내가 어떻게 나오나 떠보려고 온 거라고 볼 수 있소. 그러니 당신하고는 아무런 상관도 없지 않겠소? 아버님이 반응을 보이지 않고 있는데, 내가 어떻게 저자들과 쉽게 손잡을 수 있겠소? 아버님이 손을 쓰는 날에는 저것들이 찾아오지 않아도 내가 찾아갈 터이니 말이오!"

황경이 이마의 식은땀을 훔쳤다. 아직 두려움이 가시지 않은 표정이었다. 그가 다시 입을 열었다.

"귀신이 곡할 노릇 아닙니까? 황제가 어떻게 직접 그런 곳에 갈 수 있었을까요?"

"그러게 말이오!"

오응웅이 길게 탄식하면서 말을 이었다.

"회교도들을 볼모로 어부지리를 챙기겠다는 양기륭의 계획은 수포로 돌아갔소. 이제는 종삼랑이라는 미끼를 이용하는 수밖에 없게 됐소. 그러나 종삼랑을 이용하려면 천천히 주도면밀하게 준비해야 하오. 뜸을 충분히 들여야 하오. 조급하게 나가는 것은 금물이오. 내 생각에는 운남 쪽의 눈치도 봐야 할 것 같소. 빨리 오차우 건을 마무리 짓고 좀 쉬어야겠어!"

"오 선생 말입니까? 죽었다고 하지 않았습니까?"

황경이 놀라움을 금치 못하면서 물었다.

"하늘은 조조를 죽이지 않는다고 했소! 사람 하나 죽는 것이 그렇게 간단한 문제가 아니오!"

오응웅이 담배를 꼬나물었다. 그런 다음 덧붙였다.

"황보보주 장군 손에 있소. 그 사람에게 빨리 없애버리고 북경으로 오라고 해야겠어. 앞으로 할 일이 많은데, 내 옆에 그런 사람이 없으면 안 돼."

"그 사람은 어디 있습니까?"

황경이 물었지만 오응웅은 즉답을 피했다. 그저 교활하게 웃어 보이더니 바로 고지식하고 우직한 표정을 지었다. 어찌 보면 바보 같은 표정이었다. 그는 한참 동안이나 담배연기만 토해낼 뿐 아무런 말이 없었다.

"저는 그만 가보겠습니다."

황경이 갑자기 불에 덴 듯 놀라면서 자리에서 일어났다.

"그들은 황제로 가장해 청진사에 불을 질렀어요. 황궁에서 누가 비밀을 누설했는지 조사할 게 아니겠어요?"

"그거야 그렇겠지!"

오응웅이 황급히 맞장구를 쳤다.

"당신과 왕진방 두 사람은 얼른 가서 눈에 띄지 않게 몸조심을 잘 해야 할 것 같아. 반년 동안은 두 사람 모두 여기에 출입하지 않는 것이 좋겠어. 무슨 일이 있으면 우리가 비밀리에 접선하던 조양문 밖의 그곳으로 가게. 아, 그리고 진방!"

오응웅이 갑자기 건넌방을 향해 냅다 소리를 질렀다.

"잘 들었는가?"

오차우는 그 날 배 위에서 차가운 물속으로 뛰어들었다가 곧바로 의식을 잃고 말았다. 몸이 파도를 타고 두어 번 흔들린 직후였다.

그가 정신을 차리고 보니 어느 배 위에 뉘여져 있었다. 옆에는 말쑥하고 이목구비가 또렷한 젊은이가 앉아 있었다. 저쪽 선실에서는 싫지 않은 탕약 냄새가 솔솔 새어나오고 있었다. 그는 눈을 가늘게 뜨고 어렴풋하게 눈에 들어오는 그 젊은이를 쳐다봤다. 그러다 다시 머리가 빠개질 것 같은 두통에 눈을 스르르 감고 말았다.

얼마 후 그는 다시 따뜻한 이불 속에 누운 자신을 발견할 수 있었다. 흔들리는 배를 요람 삼아 뱃전에 부딪치는 물소리를 자장가 삼아 눈을 감고 있었던 것이다. 그는 기운이 없다는 사실은 분명히 느꼈다. 하지만 다른 느낌은 나쁘지 않았다. 아니 참 좋았다. 엄마의 품에 안긴 어린아이처럼 곤히 잠들고만 싶은 생각도 들었다. 그럼에도 그의 마음 한구석은 여전히 편치 않았다. 귓전에는 빗소리, 바람소리, 포효하는 파도소리가 한꺼번에 들려오고 있었다. 때로는 자신을 태운 배가 수면을 떠나 미친 듯 허공에서 춤을 추는 것 같기도 했다. 머리가 어지러웠다. 그때 강희가 시무룩하게 웃으면서 다가와서는 그의 손을 잡았다. 이어 그 손을 소마라고에게 이끌어 주었다. 그러나 소마라고는 가까이 다가오지 않은 채 저 멀리에서 수줍은 듯 얼굴을 붉히면서 말했다.

"선생님, 이제 글은 쓰지 마시고 저하고 어디 조용한 곳으로 가서 사는 게 어떨까요?"

오차우가 웃으면서 그렇게 하겠노라고 대답하는 순간이었다. 누군가가 손에 들려 있던 종이를 낚아채 갔다. 황보보주가 피 묻은 얼굴을 한 채 을씨년스럽게 웃고 있는 모습이 보였다. 대경실색한 그가 소리를 질렀다.

"소마라고! 무슨 수를 써서라도 빼앗아 없애버려야 하오!"

순간 오차우는 악몽에서 깼다. 그의 몸은 식은땀으로 흥건하게 젖어 있었다!

"우량!"

오차우는 그제야 자신의 옆에 앉아 빨갛게 충혈된 눈으로 안쓰럽게 내려다보는 젊은이가 바로 함께 연주부에 놀러갔던 이우량이라는 것을 알아차렸다.

"파란 원숭아, 선생님께서 깨어나셨다. 빨리 약을 가져오너라."

이우량이 파란 원숭이를 불렀다. 그런 다음 황급히 오차우를 침대에 눕히면서 부드럽게 말했다.

"온몸이 불덩이 같았어요. 얼마나 놀랐던지……. 내내 헛소리를 해대고 누군가의 이름을 애타게 부르시는 것 같았어요. 무슨 소, 무슨 낭 하면서 말이에요. 또 방략은 뭔지……."

오차우가 이우량의 말에 얼굴을 붉혔다. 자신이 의식이 없는 상태에서 실수를 저질렀다는 사실을 깨달은 것이다. 그가 억지로 몸을 반쯤 일으키면서 말했다.

"아무것도 아니네. 그런데 자네가 나를 어떻게 구했나?"

이우량이 한숨을 내쉬면서 대답했다.

"한두 마디로는 말할 수가 없습니다. 호 사형이 아니었더라면……. 아무튼 이것도 인연이에요. 천만다행이었죠!"

"호궁산 말인가?"

오차우가 외마디 소리를 질렀다. 이우량이 머리를 끄덕였다.

"아직 그분을 기억하고 계시는군요."

오차우가 잠시 침묵하다 물었다.

"그 사람은 어디에 있는가?"

"그분은 일정한 거처 없이 떠돌아다니는 도사예요."

이우량이 덧붙였다.

"하지만 그분도 얼마 후에는 연주로 가실 거라고 하네요. 또다시 만날지도 모르죠."

"지금 우리는 북으로 가고 있는 건가?"

오차우가 배의 속도를 가늠하고 나름 판단을 내렸다.

"동생, 자네는 정말 의리의 사나이야!"

"지금 이대로라면 형님의 병은 연주부에서 며칠 더 치료해야 할 것 같네요. 그 다음에 북경에 모셔다 드리죠."

이우량이 한참 생각에 잠겨 있다 대답했다.

"내가 북경에 가서 뭘 하게?"

오차우가 놀라워하면서 반문했다.

"어제 제가 형님을 위해 점을 봤습니다. 그랬더니 남쪽으로 가는 것은 좋지 않다고 나오더군요."

이우량은 갑자기 왠지 모를 공허함을 느낀 모양이었다. 어조가 몹시 차가웠다. 그가 다시 말을 이었다.

"저에게 북경에서 일자리를 알아봐 주신다고 하셨잖아요. 그런데 형님이 이러고 계시는데, 제가 어찌 나 몰라라 하고 혼자 빠져나가겠어요?"

"오, 맞아!"

오차우가 말을 마치자마자 몸을 일으키려고 했다. 그러나 지탱하기가 어려운지 반쯤 일으켰던 몸을 다시 침대에 맡기고 말았다. 파란 원숭이가 다가와서 약을 먹여주었다.

"저하고 이 선생님은 오 선생님하고 같이 북경으로 갈 생각이에요. 우리가 가지고 있는 돈이 부족해서 오 선생님의 신세를 조금 져야 할지도 모르겠네요."

"나 오차우가 다시 북경으로 돌아갈 줄은 정말 생각지도 못한 일이야!"

오차우가 혼잣말처럼 중얼거렸다.

"그분을 어떻게 만날까?"

"누구요?"

이우량이 민감하게 반응하면서 물었다.

"그 무슨 소라는 사람을 말하는 건가요?"

"자네가 말한 사람은 소마라고라는 사람이야!"

오차우가 처연한 미소를 띠면서 덧붙였다.

"그녀는 이미 출가했어. 나하고 정말 정분이 두터웠지. 하지만 인연이 없으려니까……. 그러나 사내가 할 일도 많은데, 이미 추억이 된 남녀 감정에 얽매어 있어서야……. 나는 모든 것을 털어버릴 수 있어. 내가 방금 입에 올린 사람은…… 황제……, 나의 제자인…… 용공자야."

오차우가 더듬거리면서 간신히 말을 마쳤다. 또다시 정신이 혼미해지는 모양이었다.

"편히 쉬세요."

이우량이 눈물을 한가득 머금은 채 황급히 머리를 숙였다. 그러면서 오차우에게 이불도 정성껏 덮어주었다. 눈물을 보이지 않기 위해 안간힘을 쓰는 모습이 역력했다.

오차우는 다시 깊고도 깊은 잠에 빠져들었다. 차가운 선실의 희미한 등불 아래에는 이우량과 파란 원숭이만이 말없이 앉아 각자 생각에 잠겼다. 한참 후에 이우량이 입을 열었다.

"파란 원숭이, 네가 지난번 둑에서 불렀던 노래가 참 좋더군. 한 번만 더 불러줄래."

"그저 마음이 심란해서 대충 만들어 불렀던 거예요. 노래라고 할 것도 없죠."

파란 원숭이가 별것 아니라는 어투로 대답했다. 그가 나직이 노래를 부르기 시작했다.

하늘이여, 나이가 많아 눈과 귀가 예전 같지 않나요.
사람이 보이지 않고, 듣지도 못하는 건가요.
아니면 말을 못해 대답을 하지 않는 건가요!
양민들을 무자비하게 죽이는 악마에게, 힘을 주시면 어떡하나요.
한 평생을 선량하게 산 사람은 지옥에 떨어지게 하고요.
살인방화를 일삼는 자는 영화를 누리고, 소박하게 사는 양민은 고생을 하네요!
하늘이여, 더 이상 하늘 역할을 하지 못할 거라면 무너져 내리세요!
무너져 버리라고요!

# 22장

# 오차우와 호궁산의 재회

이튿날이 밝았다. 배는 어느덧 연주부 경내에 들어서고 있었다. 부두까지는 아직 몇 리나 남아 있었다. 그러나 운하가 흙모래에 막히는 바람에 배는 더 이상 앞으로 나아가지를 못했다. 이우량은 뱃삯을 내고 파란 원숭이와 함께 오차우를 부축해 배에서 내렸다. 그리고는 언덕 옆에 새로 지은 운하역관運河驛館에 여장을 풀었다. 이우량과 파란 원숭이는 역관에 들기 무섭게 연 며칠 동안 의원을 불러오느라 정신없이 바빴다. 또 약을 지어와 오차우에게 정성스레 달여 먹였다. 두 사람의 정성은 가히 감동적이라고 할 만했다.

강희 10년 봄, 황하 상류가 갑작스럽게 해동解凍이 됐다. 그러자 막혔던 강물이 기세 사납게 흘러내렸다. 우성룡은 치하 총독治河總督답게 운하를 다스리는 데 열정적이었다. 하지만 너무 융통성 없이 옛 방법만 고수했다. 대량의 민간 기술자들을 풀어 그저 하류에 쌓인 흙모래만 청소

해내는 데 그쳤다. 그래서 효과는 빨랐으나 강의 바닥은 근본적으로 복구하지 못했다. 그러던 차에 봄 홍수가 났다. 워낙 부실했던 제방은 급기야 여러 군데가 터져버렸다. 너무나 갑작스럽게 홍수가 닥치는 바람에 속수무책이었다. 그 결과 고高씨들이 많이 모여 사는 방죽 일대에서 수많은 사람들이 죽어나갔다. 수마가 할퀴고 간 연주부는 어느 곳이나 할 것 없이 피폐한 몰골을 드러냈다. 거리에는 이재민들이 득시글거렸다. 무료로 쌀을 나눠주는 곡부曲阜의 공자 생가에도 사람들이 수없이 들이닥쳤다. 역병이 하루가 멀다 하고 번져 나갔다. 이런 상황은 이미 허약해질 대로 허약해진 오차우에게는 치명적이었다. 병이 차도가 보이는 듯하다가 면역력이 떨어진 탓에 또다시 역병에 무방비 상태로 노출되고는 했던 것이다. 이우량은 입맛을 잃은 채 기력 없이 누워 있는 그의 모습을 보면서 발을 동동 굴렀다.

"동생!"

5일째 되는 날 저녁이었다. 오차우가 손가락 하나 까딱할 기력조차 없이 자리에 누워 가쁜 숨을 몰아쉬다 이우량을 불렀다.

"가까이 와 보게! 내가 할 말이 있네……."

이우량이 황급히 다가앉으면서 물었다.

"어디가 불편하세요?"

오차우가 창백한 얼굴에 미소를 지으면서 머리를 가로저었다.

"나는 살면서 죄를 많이 지었어. 하늘이 천벌을 내려 나를 이런 식으로 데려가겠다면 나 역시 억울하지는 않네. 이제는 시간이 얼마 남지 않은 것 같아. 그동안 마음씨 착한 동생과 파란 원숭이한테 너무 고생을 시켰어. 참, 나……."

오차우가 가볍게 기침을 한 다음 다시 말을 이었다.

"내가 워낙 가난한 선비라 가진 것이 없어. 마땅히 남겨줄 것도 없고.

여기 계혈청옥연鷄血青玉硯이 있어. 황제께서…… 특별히 만들어서 하사하신 거야. 이걸 가지고 북경에 가서 위동정을 찾을 때 증거로 내보이게. 도움이 될 거야. 아, 아니야. 가지 않아도 돼. 그냥 기념으로 남겨 둬도 돼. 나중에라도 우리 아버님을 만날 기회가 있어서 이 못난 형에 대해 잘 말해준다면 나는 저승에서라도 편안하게 눈을 감을 수 있을 거야……."

오차우가 절망적으로 말했다. 그의 목숨은 간신히 붙어 있는 것 같았다.

이우량은 가냘픈 오차우의 모습을 지켜보는 것이 너무나도 괴로웠다. 동시에 마음이 몹시 쓰라렸다. 그는 강호를 누비면서 장검 하나로 수많은 사람을 죽이고 다녔다. 그럼에도 언제 한 번 양심의 가책을 받아본 적이 없었다. 아무리 악랄한 방법으로 사람을 죽였어도 두려움에 떨거나 하지 않았다. 그만큼 그는 세상 모든 것에 무덤덤했다. 애착이라고는 없었다. 그러나 그는 자신의 눈앞에 누워 있는 오차우를 보는 순간 느닷없이 자신이 아직 가망이 있는 인간이라는 사실을 깨달았다. 사람에 대해 이토록 관심이 가고 애착이 가기는 정말이지 처음이었다. 그는 오차우와 함께 했던 순간순간들을 떠올리면서 자꾸만 밀려드는 상실감에 급기야 소리 없이 울었다.

"왜 자꾸 그런 불길한 얘기만 하고 그러세요? 제가 무슨 수를 써서라도 형님의 병을 꼭 고쳐드릴게요."

"그럴 것 없어."

오차우의 목소리는 처연했다.

"사람이 죽고 사는 것은 운명이야! 결코 거역할 수 없는 하늘의 섭리이지. 한 가지 궁금한 게 있어. 알고 있다면 반드시 나한테 알려주게."

"뭔데요?"

이우량이 오차우의 눈빛에 약간 당황한 표정을 지으면서 물었다.

"이운낭이 누구인지 알아? 내가 납치를 당할 때 들은 이름이야. 나를 구하러 올지도 모른다고 했지!"

오차우가 나지막한 목소리로 물었다. 사실 이운낭이 누구인지는 파란 원숭이조차 알지 못했다. 방 안에는 잠시 어색한 침묵이 흘렀다. 한참 후에 이우량이 갑자기 훌쩍거리더니 흐느끼면서 대답했다.

"사실은 제가 바로 운낭이에요. 여자……예요."

오차우가 깜짝 놀라 눈을 크게 뜨고 이우량, 아니 운낭을 한참 동안 뚫어져라 쳐다봤다. 그러더니 마침내 한숨을 길게 내쉬었다.

"그랬었구나……. 무슨 말인지 알겠소. 그런데 왜 고생을 사서 하고 그러나?"

"말하자면 너무 길어요."

운낭이 말을 이었다.

"형님, 아니 선생님께서는 건강이 좋지 않으시니 우선 몸조리나 잘 하세요. 선생님이 건강이 좋아지는 대로 처음부터 다 말씀드릴게요."

오차우가 머리를 끄덕였다. 운낭은 애써 눈물을 참으면서 자신의 방으로 돌아갔다.

그러나 이날 밤 운낭은 편하게 잠을 이루지 못했다.

그녀는 원래 섬서성 진원鎭原 사람으로, 조상 대대로 농사를 지으면서 살아왔다. 당연히 힘겹게 살았다. 그러다 아버지 대에 와서는 그나마 형편이 조금 풀리는가 싶었다. 하지만 어느 해엔가 창궐한 역병으로 그녀의 어머니와 고모가 같은 날 세상을 떠나고 말았다. 날씨는 덥고 시신은 썩어 가는데 장례 치를 돈이 없었던 그녀의 아버지는 어쩔 수 없이 운낭을 왕汪씨네 집의 시녀로 들여보냈다. 그 대가로 받은 돈은 은 300냥이었다. 그 돈으로 그녀의 아버지는 대충 부인과 동생을 묻을 수 있었다. 그때 운낭의 나이는 고작 아홉 살이었다.

왕씨 영감은 돈을 주고 사온 운낭에게 그런대로 잘 대해주었다. 그러나 얼마 지나지 않아 왕씨 가문에서 이상한 사건이 발생했다. 이로 인해 운낭은 큰 낭패를 보게 됐다. 왕씨네 큰도련님인 왕사귀汪士貴는 당시 포목장사를 하고 있었다. 때문에 1년 내내 집에 있는 시간이 그야말로 손꼽을 정도였다. 그래서 집안일은 왕 영감의 둘째부인인 유劉씨와 큰며느리인 채蔡씨가 도맡아 했다. 그러나 둘은 매일같이 싸웠다. 그야말로 서로 잡아먹지 못해 안달이 날 정도로 화목하지 못했다.

그러던 두 고부 사이가 왕 영감의 둘째아들인 왕사영이 귀주貴州의 차마 도대茶馬道臺로 발령이 난 후 집에 와서 한 달 동안 머무는 기간에 눈에 띄게 좋아졌다. 너무나 갑작스레 좋아진 것이 여간 이상한 일이 아니었다. 왕 영감은 그러나 이런 사실을 아는지 모르는지 병상에 누워 하루하루를 힘겹게 보내고 있었다.

그러던 어느 날이었다. 여느 때보다 일찍 잠자리에서 일어난 운낭은 습관대로 큰마님 방으로 요강을 가지러 갔다. 아침마다 요강을 비우는 것이 그녀의 일이었던 것이다. 그런데 이날은 문밖에서 조용히 두어 번이나 불렀는데도 안에서 아무런 인기척이 없었다. 그녀는 불길한 예감이 들어 문을 열고 들어가 봤다. 안에는 요강도 사람도 보이지 않았다. 그녀가 영문을 몰라 고개를 갸웃하고 서 있을 때였다. 둘째 도련님의 방문이 살며시 열리더니 왕 영감의 둘째 마누라와 첫째 며느리가 저마다 옷깃을 여민 채 온갖 아양을 다 떨면서 밖으로 나오고 있었다. 심지어 살갗이 훤히 들여다보이는 저고리를 입은 둘은 머리가 한껏 헝클어진 채로 마주보면서 이상야릇한 시선까지 주고받고 있었다. 이내 음탕한 웃음을 흘리면서 좋아라 했다. 곧 둘은 흐트러진 옷매무새를 제대로 여미느라 여념이 없다가 멍하니 자신들을 쳐다보고 있는 운낭과 맞닥뜨렸다. 순간 약속이나 한 것처럼 기절초풍하면서 금세 안색이 변하고 말았다.

"요 불여우 같은 계집애!"

유씨가 이를 악물고 달려왔다. 그러더니 운낭의 귀를 사정없이 잡아 비틀었다. 그런 다음 힘껏 당겨 올리면서 욕설을 퍼부었다.

"닭도 아직 울지 않았는데, 무슨 심보로 이렇게 일찍 일어나 남의 방에 허락도 없이 들어오는 거야?"

유씨는 그래도 성이 풀리지 않았는지 포악스럽게 운낭의 뺨을 후려갈겼다. 그녀의 입가에서는 피가 터져나왔다. 그러자 사태가 불거지는 것을 원치 않은 채씨가 때리는 것만이 능사가 아니라는 사실을 깨달은 듯 가까이 다가왔다. 이어 안됐다는 표정을 지어보이면서 사뭇 부드러운 어조로 말했다.

"지금 막 온 거지? 뭐 다른 이상한 걸 봤다거나 한 것은 없지?"

"없어요."

운낭은 억울함을 참을 수가 없었다. 급기야 엉엉 울음을 터뜨렸다.

"저는 마님들만 봤을 뿐이에요……."

"그래, 바로 그거야."

"아이가 몇 년 동안 집에도 못 가보고 불쌍하네요. 이번 기회에 집에 한번 보내는 것도 나쁘지는 않을 것 같네요. 오늘 안으로 보내주자고요."

채씨가 유씨에게 말했다. 그러자 유씨가 "흥!" 하고 콧방귀를 뀌면서 방으로 들어가더니 한참 후에야 입을 열었다.

"누구 덕분에 집에 가보는지는 알지? 은혜를 갚으려면 어떻게 해야 되는지도 잘 알 테고? 밖에 나가 조금이라도 엉뚱한 소리를 했다가는 알지? 아주 가죽을 벗겨버릴 테니까 조심하라고!"

그날 왕씨의 집을 나온 이후 운낭은 다시는 돌아가지 못했다. 그날 저녁에는 그야말로 장대비가 쏟아졌다. 그녀는 집을 향해 걸어가는 도중에 난데없이 나타난 웬 남자에 의해 뒷산으로 끌려갔다. 두 팔을 뒤로 한 채 나무에 꽁꽁 묶였다. 밤이 이슥하면 늑대들도 출몰하는 곳이라고 소문이 무성한 곳이었다. 만약 그렇다면 운낭은 날이 밝기도 전에 뼈도 추리지 못할 것이 뻔했다.

그녀는 당연히 온몸의 털이 쭈뼛쭈뼛 일어서는 그날 저녁의 공포를 어른이 된 후에도 잊지 못했다. 그때 시커먼 숲속에서는 비바람이 을씨년스럽게 몰아쳤다. 멀리서는 소름 끼치는 늑대의 울음소리 역시 심심치 않게 들려왔다. 또 가까이에서는 부엉이의 구슬픈 흐느낌이 정신을 혼미하게 만들었다. 차가운 빗물에 옷이 몸에 찰싹 달라붙거나 긴 머리가 헝클어진 채 이마와 뺨에 스산하게 붙어 있었던 것은 아무것도 아니었다. 운낭은 추위와 두려움에 몸을 심하게 덜덜 떨면서 체념한 눈빛으로 시커먼 산봉우리를 하염없이 쳐다보며 울었다. 저 산 하나만 넘어가면 그렇게나 그리워하던 아버지와 정겨운 오두막집이 있지 않은가…….

운낭이 거의 기절하기 직전까지 갔을 때였다. 마침 길을 가던 두 사람이 그녀를 발견했다. 한 사람은 종남산 황학관黃鶴觀의 청허 도장淸虛道長, 다른 한 사람은 바로 훗날의 사형이 되는 호궁산이었다. 그녀는 그렇게 해서 극적으로 구조되었다.

그날 저녁 왕가네 저택에는 큰 불이 일어났다. 사나운 불길은 혀를 날름거리면서 새벽 동이 틀 때까지 타올랐다. 거대하기 이를 데 없는 왕가네 저택은 순식간에 잿더미로 변하고 말았다. 장대비가 하염없이 쏟아져 내리기는 했으나 파죽지세로 치솟는 불길을 당해내기에는 역부족이었다. 그 후 그곳 사람들은 "하늘에서 내린 불이 윤리도덕이 무너진 집을 불태웠다"라는 노래를 만들어 부르고 다녔다고 한다. 또 그날 저녁 겨우 도망쳐 나온 왕사영은 바로 귀주로 돌아갔다.

그 이후 오랜 시간이 지났다. 호궁산은 열붕점에서 강희에 의해 처형될 위험에 놓였던 넷째를 구해내 황학관으로 돌아갔다. 그때는 청허 도장이 세상을 떠난 지 이미 반년이 지난 후였다. 이때 운낭은 사형인 호궁산을 다시 만나게 됐다. 그러나 둘은 만나자마자 사이가 틀어졌다. 호궁산으로부터 북경에서 겪은 일들에 대해 얘기를 듣고 있던 운낭이 갑자기 발끈한 것이다.

"사형, 제가 뭐라고 하는 게 아니에요. 오빠는 정말 둔한 구석이 있다고요! 오빠 말을 들으니 저는 명주라는 사람이 인간도 아니라고 생각해요. 그런데 오빠는 그런 자식한테 취고 언니를 양보해요? 또 오 선생님과 소 무슨 고라는 아가씨 일도 그래요. 명주 그 소인배가 멀쩡한 두 사람 사이를 쪼개놓는 것을 빤히 보면서도 오빠는 속수무책으로 구경만 했다는 말인가요? 그러고도 의리의 협객이라고 할 수 있어요?"

운낭은 흥분한 채 고개를 홱 돌려버렸다. 호궁산은 태생적으로 강자에게는 강하나 약자에게는 더없이 약한 사람이었다. 더구나 착한 사람에게는 무조건 쩔쩔매는 사나이였다. 호궁산이 좋은 뜻으로 토라진 운낭에게 말했다.

"운낭, 너는 어쩌다 한 번씩 산에서 내려가 보니까 사람 사는 세상이 그렇게 호락호락한 줄 알지? 하지만 내 마음대로 되는 것이 얼마나 되겠냐? 믿기지 않으면 내려가서 살아보라고!"

"나는 믿어지지가 않아요! 며칠 후에 내려가서 멋지게 일을 저지르고 올 테니까 기대하시라고요!"

운낭은 자신만만하게 큰소리를 쳤다. 그리고는 바로 산에서 내려왔다. 사실상 환속을 한 셈이었다. 당연히 운낭은 모든 것이 밀가루 반죽 주무르듯 자신의 뜻과 원하는 바대로 될 줄 알았다. 정말 단순한 생각이었다. 그러다 그녀는 곧 전혀 자신의 마음대로 움직여주지 않는 세상사에 회의를 느끼기 시작했다. 그물처럼 꽉 짜인 삼강오륜三綱五倫의 제한 속에서 차츰 숨이 막혔다. 그녀는 당초 오차우를 데리고 북경으로 가서 명주에게 다시 그와 소마라고의 사이를 원래대로 복원시켜 놓으라고 협박을 가할 작정이었다. 그러자 파란 원숭이조차도 그녀의 그런 단순 유치한 생각을 비웃었다. 문제는 오차우의 병세가 차도를 보이지 않는다는 사실이었다. 또 자신이 여자라는 사실을 공개했으므로 앞으로 어떻게 해야 할지 걱정이 되기도 했다.

운낭은 이런저런 생각에 밤을 하얗게 지새웠다. 무슨 일이 있더라도 연주로 나가 명의로 소문이 자자한 범종요范宗耀를 불러 오차우의 병을 낫도록 해야겠다는 생각이 더욱 간절해졌다. 그녀는 결국 벌떡 자리를 박차고 일어났다. 막 세수를 하고 났을 때였다. 밖에서 누군가의 목소리가 들려왔다.

"손님 중에 오차우라는 선생님이 계신지요?"

운낭은 익숙한 목소리에 눈을 반짝이면서 황급히 뛰쳐나갔다. 아니나 다를까, 싯누렇게 마른 얼굴에 삼각 눈, 거꾸로 된 팔자 눈썹을 한 기이하리만큼 못 생긴 그는 바로 호궁산이었다. 운낭은 얼굴이 화끈 달아오르며 입가를 실룩실룩했다. 온갖 고초를 겪으면서 의지할 곳 없이 허공에 붕 뜬 것 같은 처절한 몸짓으로 하루하루 힘든 나날을 지탱해온 것이 갑작스럽게 서럽게 느껴지는 모양이었다. 그녀는 급기야 엉엉 울음을 터뜨리고 말았다.

"울지 마라. 울지 말라고!"

호궁산이 머리를 돌렸다. 그런 다음 도사 복장을 하고 뒤에 서 있던 넷째에게 말했다.

"청풍淸風, 이리로 와서 인사드려! 너의 사고師姑님이셔!"

"사고님! 이렇게 뵐 수 있게 돼 영광입니다!"

넷째가 앞으로 다가와 읍을 했다. 운낭은 첫눈에도 넷째가 똑똑한 머리를 가지고 있을 뿐 아니라 눈치가 비상하다는 느낌을 받았다. 그러나 그에 개의치 않고 황급히 돌아서서 파란 원숭이를 불렀다. 그런 다음 호궁산에게 소개했다.

"저도 제자를 한 명 거뒀어요. 파란 원숭이야, 어서 사백師伯과 사형에게 인사를 올리거라!"

파란 원숭이가 운낭의 말에 잽싸게 나서더니 바로 쿵쿵 소리가 나게 머리를 조아렸다.

"사백, 사형! 안녕하세요! 사백께서 뛰어난 의술과 무예를 지니신 분이라는 사실은 이미 알고 있어요. 오 선생님 병을 고쳐드리고 나서 저한테도 무술을 몇 수 가르쳐 주세요!"

"좋아, 그러지!"

호궁산이 흔쾌히 대답했다.

"운낭, 요놈 조심해야겠다. 너의 무예의 정수를 다 훔쳐가겠다!"

그때 넷째가 다그치면서 물었다.

"오 선생님도 여기 있나요? 무슨 안 좋은 일이라도 있는 건가요?"

파란 원숭이가 대답했다.

"몸에 좋지 않은 기운이 들어서 많이 괴로워하고 계세요. 방금 제 스승님께서 눈물을 흘리시는 것을 못 보셨나요?"

호궁산이 서둘러 안으로 들어갔다. 그러더니 침상에 누워 꼼짝을 못하고 있는 오차우를 안쓰러운 듯 쳐다봤다. 그는 한참 후 이마를 잔뜩 찌푸리면서 한숨을 내쉬었다.

"운낭, 너도 참 답답하다. 의학 상식이 전혀 없구먼! 반박할 생각은 하지 말고 어서 창문하고 휘장을 활짝 열어 젖혀!"

운낭이 호궁산의 지시에 따라 창문을 열었다. 그러자 강바람이 바로 들이닥쳤다. 운낭이 몸을 오싹 떨면서 물었다.

"어휴, 얼어 죽겠어요!"

"이 지경에까지 왔는데, 조금 추우면 어때서!"

호궁산이 오차우에게 바싹 다가앉았다. 그리고는 손을 잡은 채 여유를 부렸다.

"너희 두 사람에게 아무 일이 없는 것이 다행이다. 하마터면 멀쩡한 너희들도 같이 드러누울 뻔했어!"

호궁산은 말을 마치자마자 오차우의 맥을 짚어봤다. 그는 고통스러운지 이마를 찌푸렸다.

한참 후에 그가 오차우의 팔을 내려놓으면서 말했다.

"아주 치료 불가능한 병은 아니야. 그러나 하루아침에 완치가 되는 것도 아니야."

"사형께 모든 것을 맡길게요! 잘 부탁드려요."

"걱정하지 마. 우리는 아주 오래 된 친구니까."

호궁산이 처방전을 쓰면서 덧붙였다.

"며칠이 고비이니 그때까지는 내가 지키고 있어야 할 것 같군. 나머지 일은 네가 알아서 처리해라. 하지만……."

"예?"

"약 쓰는 것은 간단해. 하지만 이 병은 정성이 더 필요한 병이라 각별히 신경을 써야 해. 네가 할 수 있겠어?"

"못할 게 뭐 있겠어요!"

"그럼 좋아!"

호궁산이 드디어 결심을 굳힌 모양이었다. 약 처방전을 파란 원숭이에게 건네주면서 당부했다.

"여기 적혀 있는 대로 약을 지어 와."

파란 원숭이가 처방전을 들고 토끼처럼 뛰어나갔다. 바로 그때 호궁산이 자리에서 일어나면서 말했다.

"내가 하는 걸 잘 보라고, 해낼 수 있겠는지! 무엇보다 내공內功을 끌어올려 오장五臟에 엉켜 있는 나쁜 기운을 뽑아내야 해."

말을 마친 호궁산이 열 손가락을 매의 발톱 모양으로 펴 보이고는 오차우의 발바닥을 향해 기를 주입했다. 그런 다음 차츰 윗부분으로 몸을 쓸듯이 올라갔다. 가슴팍에까지 와서는 두 손을 모아 아래로 힘껏 눌렀다. 그러자 오차우의 얼굴에서 금세 핏기가 감돌기 시작했다. 호궁산도 만족스러운 듯 긴 한숨을 토해냈다. 기공치료였다.

운낭은 처음부터 끝까지 호궁산의 동작을 지켜보면서 할 수 있겠느냐고 물은 그의 말뜻을 비로소 이해할 수 있었다. 오차우의 몸을 샅샅이 만지면서 올라가야 하는 기 주입을 자신이 한동안은 매일이다시피 해줘야 하는 것이다. 그녀는 얼굴을 귀밑까지 붉히면서 한참 후에야 대답했다.

"못할 것도 없죠, 뭐!"

"엉뚱한 생각은 하지 말고!"

호궁산이 이상야릇하게 웃으면서 말을 이었다.

"운낭, 나는 이미 겪을 것은 다 겪어본 사람이야. 내 말을 잘 듣는 것이 좋을 거야. 엉뚱한 생각은 버리고 오차우 선생의 병이 차도가 생기면 미련 없이 종남산으로 돌아와. 알겠지?"

"왜요?"

"그냥!"

호궁산이 덧붙였다.

"너한테도 그렇고, 저 오 선생님한테도 그게 좋을 거야."

두 사람이 얘기를 주고받는 사이에 약을 사러 갔던 파란 원숭이가 달려왔다. 그러나 그의 손에는 약이 없었다. 그는 발을 동동 구르면서 안타까워했다.

"정말 귀신이 곡할 노릇이에요! 사백께서 적어주신 약을 사기 위해 동네를 샅샅이 뒤졌는데도 하나도 없네요!"

"그건 아주 흔한 약인데?"

호궁산이 이마를 찌푸렸다. 순간 그의 눈도 동시에 반짝 빛났다.

"얌체 같은 약국 주인들이 환자가 많으니까 머리를 굴리는 것 같군. 약값을 올리기 위해 사재기를 하고 안 파는 것일 거야!"

운낭이 당황한 표정이었다.

"며칠 전에도 있었는데, 왜 갑자기 누가 싹쓸이를 한 거야? 어떻게 하지? 오 선생님의 병은 지체하면 안 되는데!"

"너희 오 선생님은 그럭저럭 괜찮아!"

호궁산이 굳은 표정으로 덧붙였다.

"문제는 수만 명이나 되는 역병 환자들이야. 약 없이 어떻게 하라는 말이야. 약국 주인이 뭐라고 그래?"

파란 원숭이가 옷소매로 콧물을 쓱 닦으면서 대답했다.

"약국 사람이 그러더라고요. 복령茯笭과 두충杜沖, 천마天麻 이런 약재들은 운남과 귀주에서 통제를 하는 탓에 여기까지 들어오지 못한다고요. 게다가 여기의 정 태존鄭太尊이라는 사람이 나머지 약재들을 전부 사들여 종삼랑의 향당에 줬다고 해요. 향당에는 약재가 넘치기는 하나 안 판다는 것을 어떻게 하겠어요?"

"종삼랑…… 그거 뭐하는 새끼들이야! 개자식들 같으니라고! 눈깔에 뵈는 게 없구만! 어떻게 된 게 잡종새끼들이 자꾸만 새끼를 치는 것 같아!"

운낭이 이를 악물면서 거친 욕설을 퍼부었다.

"스승님! 오늘 저녁에 한번 다녀오지 않으시겠습니까?"

운낭의 욕설에 옆에 있던 넷째가 말했다. 그러자 호궁산이 바로 대답했다.

"제 버릇은 개 못 준다고 하더니! 전에 황제의 삼등 시위로 있을 때 왕법을 어겨 죽을 뻔한 것을 겨우 살려놨더니 또 이러는군. 손이 간지러운지 풍월風月을 논하잖아!"

"풍월이라뇨?"

운낭이 어리둥절한 표정으로 물었다.

"그래, 풍월 말이야!"

호궁산이 껄껄 웃으면서 말을 이었다.

"'바람 부는 날에는 불을 지르고, 달이 없는 깜깜한 밤에는 사람을 죽인다'는 말이 있어. 그러니 그 앞의 한 글자씩 따면 풍월이 되는 것이지. 듣기는 좋잖아!"

파란 원숭이는 어느새 눈앞의 못 생긴 사백이 좋아진 모양이었다. 바로 운낭의 팔을 잡아 흔들었다.

"허락해 주세요. 저도 사백님을 따라 나가 볼래요. 그렇게 하게 해주세요. 예?"

운낭은 한참 동안 생각에 잠겼다. 그러더니 머리를 끄덕였다.

이윽고 밤이 깊었다. 호궁산은 파란 원숭이를 데리고 밖으로 나갔다. 그러나 운낭은 밖으로 나가지 않고 내내 오차우의 침상 옆을 지켰다. 그러다 그의 숨소리가 고르게 들려오자 어느 정도 안심이 되는지 방으로 돌아가 잠깐 눈을 붙이기 위해 자리에서 일어났다. 그때 넷째가 들어왔다.

"얁아, 오 선생님은 많이 좋아지고 있는 것 같아."

넷째가 조심스럽게 자리를 잡았다.

"사고님, 오 선생님은 저와 상당히 친한 사이입니다. 이 년 전 제가 처형당할 위기에 몰렸을 때는 조시를 써준 적도 있어요."

운낭이 말없이 머리를 끄덕이면서 한숨을 내쉬었다. 넷째는 그녀가 아무 말이 없자 내친김에 계속 말을 이었다.

"사고님! 오 선생님 곁을 떠나라는 사부님의 말씀은 진정으로 사고님을 위한 것인 듯합니다. 하지만 사고님께서 저에게 사량발천근四兩撥千斤이라는 무공을 가르쳐 주신다면 제가 좋은 방법을 알려드릴 수 있습니다!"

"그게 뭐야?"

"사고님께서 오 선생님을 잠깐 떠나 있는 것은 정말 필요하다고 생각해요."

"왜?"

"화내지 마세요."

넷째가 정색을 하고 말을 이었다.

"……세상일이라는 것은 사실 그렇습니다. 갈구하면 할수록, 가지고 싶어 손을 뻗으면 뻗을수록 나한테서 멀어지게 돼요. 또 뿌리치고 가면 갈수록 따라붙기도 하죠. 이건 거의 만고불변의 진리라고 할 수 있어요. 사고님이 이런 식으로 오 선생님을 죽자 사자 따라다닌다고 쳐요. 그러면 오 선생님은 오히려 친구로밖에는 생각하지 않는다고요. 게다가 오 선생님의 마음속에는 아직도 소……."

"입 닥치지 못해?"

운낭은 수많은 날들을 오차우로 인해 고민했다. 그러나 이처럼 마음을 빼앗겼으면서도 도대체 무슨 감정인지 알아보려고 하지는 않았다. 그런 만큼 넷째에 의해 속마음이 까발려졌다는 사실에 화가 날 수밖에 없었다. 더구나 혼자만의 영원한 추억으로 남겨두는 것만으로도 충분하다고 생각해왔기 때문에 누군가가 자신의 감정에 끼어드는 것도 용납하기가 싫었다. 그녀는 그예 짜증을 내고야 말았다.

"지금 누구를 훈계하려고 드는 거야? 내가 뭘 어쨌다고! 내 속에 들어와 봤어?"

"죄, 죄송해요. 다시는 까불지 않을게요."

넷째가 황급히 사과했다. 그러나 어쩔 수 없어 사과는 했지만 속으로는 코웃음을 치고 있었다.

'뻔한 걸 아니라고 우기면 아닌 건가! 계집들은 정말 알다가도 모를 존재들이야!'

운낭이 자리에서 일어서면서 매서운 눈매로 넷째를 노려봤다.

"잘 들어!"

그런 다음 천천히 위엄스런 목소리로 말을 이었다.

"가르쳐 달라고 하니까 가르쳐 주기는 하겠어. 그러나 이걸 배워서 좋은 사람을 해치는 날에는 쥐도 새도 모르게 내 손에 죽는 수가 있어. 알겠지? 설사 내가 아니더라도 사형이 가만 두지 않을 거야!"

"음, 좋은 말이야!"

갑자기 밖에서 호궁산의 호탕한 웃음소리가 들렸다. 곧 그가 파란 원숭이를 데리고 들어왔다.

"운낭아! 우리 둘은 이제 보니 순 날도둑놈들 둘을 키운 게 아닌지 몰라! 파란 원숭이 이 자식은 조금 전에 나에게 철포삼공鐵布衫功을 가르쳐달라고 정신 사나울 정도로 졸라대더라고. 그런데 청풍은 너한테 졸라댔구나? 완전히 날로 먹으려는 자식들이네!"

호궁산의 농담에 네 사람은 번갈아보면서 크게 웃었다. 그때 침대에 누워 있던 오차우가 살짝 몸을 뒤척였다. 뒤이어 신음소리가 터져 나왔다.

“물, 물…….”

사실 오차우는 이미 사흘째 아무것도 먹지 않고 있었다. 전혀 받아먹으려 하지 않았다. 바로 그런 오차우가 물을 찾고 있었다. 호궁산 이 치료한 효과가 나타나는 모양이었다. 운낭은 너무나 좋아 당장에 춤이라도 추고 싶었다. 등잔불 밑에서 유난히 핼쑥해 보이는 그의 얼굴을 바라보면서 방금 넷째가 한 말들도 떠올렸다. 환희와 슬픔, 감동과 아쉬움이 어지럽게 교차하는 순간이었다. 동시에 그녀는 허리를 굽힌 채 오차우를 찬찬히 뜯어보면서 병세를 살피는 호궁산의 뒷모습에서 형언할 수 없는 감정의 소용돌이도 느꼈다. 지지리도 못 생겼으나 마음 하나만큼은 어느 누구보다 착한 그가 아니던가. 그런 그가 순정을 바쳐 사랑한 취고는 또 죽는 날까지도 명주를 못 잊었으니, 인간의 인연이라는 것은 왜 이다지도 불가사의한 것인가! 이러다가 나도 저 사형의 전철을 밟는 것은 아닐까? 운낭은 그런 생각이 들자 실로 착잡함을 금할 수가 없었다.

호궁산 역시 말은 하지 않았으나 느낌 하나만으로도 오차우에 대한 운낭의 감정을 충분히 헤아릴 수 있었다. 자신이 보기에는 절대로 이뤄지지 않을 것 같은 두 사람이었다. 그런데도 운낭은 오차우에게 지극한 정성을 쏟아붓고 있었다. 그는 가슴이 미어지도록 아팠다. 그러나 내색은 하지 않은 채 오차우의 손을 이불 속에 넣어주면서 위로의 말을 건넸다.

“마음 푹 놓고 여기에서 편히 몸조리를 하십시오. 천하 제일의 호궁산이 있겠다, 착한 운낭 역시 있으니 무슨 걱정이 있겠습니까? 어떤 새끼가 감히 찾아와 시끄럽게 할 이유도 없을 것이고. 파란 원숭이야, 어서 가서 약을 달여 와라!”

"호 형이로군요!"

오차우가 마침내 기력을 회복했다. 그런 다음 옆에 나란히 앉아 있는 넷째에게로 눈길을 돌렸다. 순간 그가 눈을 크게 뜨고 몸을 움찔하더니 말을 더듬었다.

"넷째 아우, 자네…… 자네……, 죽지 않았나? 어떻게 된 일인가!"

"무량수불입니다! 오 선생님은 저승길 어귀에서 서성이다가 겨우 살아난 순간에도 옛 친구를 잊지 않고 있는 것을 보면 정말 대단합니다."

호궁산이 넷째 대신 입을 열었다.

"오 선생님이 말씀하신 그 넷째는 이미 확실히 죽고 없습니다. 지금 여기 있는 사람은 제 제자인 청풍입니다. 그래, 몸은 좀 괜찮습니까?"

"예!"

오차우는 반듯이 누워 운낭이 떠 넣어 주는 물을 한 모금씩 받아먹었다. 그러다가 한참 후에 다시 입을 열었다.

"이번에 살아날 수 있었던 것은 모두 호 형의 덕분이라고 생각합니다. 그런데 방금 밖에서 징소리가 들리는 것 같던데, 도대체 무슨 일인가요?"

"그 놈들 약 몇 상자 빼앗아 왔다고 저 지랄들을 하고 있지 뭐예요!"

파란 원숭이가 웃으면서 덧붙였다.

"우리도 처음에는 크게 할 생각은 없었다고요. 그런데 종삼랑 저 자식들이 돈벌이하려고 약을 사재기하는 것도 아니고 한곳에 쌓아뒀다가 태워버린다고 하잖아요!"

오차우는 파란 원숭이의 말을 듣고 한참 동안이나 깊은 생각에 잠겼다. 그가 천천히 입을 열었다.

"호 형, 뭔가 꿍꿍이속이 있는 것이 분명합니다! 형은 늘 백성들은 나라의 근본이고, 민심이 흔들리면 나라 전체가 흔들린다고 말씀해오지 않았습니까! 저자들이 하는 짓을 보니 분명히 민심을 혼란에 빠뜨리고 백성들을 현혹시켜 자기네가 원하는 방향으로 몰고 가려는 수작인 것 같습니다. 죄질이 너무 나쁘군요!"

오차우의 말에 호궁산은 깊은 감동을 받았다. 확실히 그랬다. 오차우는 죽음의 언저리에서 겨우 살아났어도 깨어나자마자 바로 나라의 운명부터 생각했다. 또 자신의 생명보다는 민초들의 삶을 더 걱정했다. 한 치 앞밖에 내다보지 못하는 자신과 비교하면 얼마나 큰 포부와 의지를 가진 사람인가! 호궁산은 넋이 나간 사람처럼 이런저런 생각을 하다 한숨을 내쉬었다.

"오 선생님, 선생님의 말은 구구절절 다 제 가슴에 와 닿습니다. 과거는 들출 것 없이 지금부터 다시 잘 해보도록 합시다. 여기에서 몸조리 잘 하고 병이 완전히 나은 다음에 가십시오!"

# 23장

# 안타까운 이별

오차우는 호궁산이 지어 준 약을 먹고 이운낭의 정성스런 기공 치료도 받았다. 그 결과 보름이 지나자 예전처럼 걸을 수 있게 되었다. 호궁산과 넷째는 이제 헤어질 때가 됐다고 생각했는지 작별인사를 고하러 왔다.

"이제 다시 헤어지는군요!"

호궁산과 오차우는 북경에 있을 때는 그다지 깊은 사이가 아니었다. 그러나 운낭으로 인해 우연히 다시 만난 이후부터는 언제 그랬나 싶게 정이 두터워졌다. 서로에 대해 본격적으로 알려고도 했다. 하지만 정 들면 이별이라는 말처럼 둘은 각자 갈 길을 재촉해야 했다. 호궁산은 그런 생각이 들자 세상에 아쉬울 것 없는 그답지 않게 기분이 싱숭생숭해졌다. 그가 짙은 팔자 눈썹을 모으면서 말했다.

"우리는 일단 여기에서 헤어져야 합니다. 그러나 나중에 또 만날 겁니다. 그때 멋진 가마에 앉았다고 이 초라한 호궁산을 모르는 척하지는 말아주시기 바랍니다!"

"그럴 리가 있겠습니까! 아마도 저는 평생 멋진 가마에 앉을 기회가 없을 것 같네요. 관리의 길이 싫어서 도망 나온 제가 무슨 재주로 좋은 가마를 타고 다니겠어요. 하지만 목숨을 살려주신 호 형의 은혜는 영원히 잊지 않을 겁니다."

오차우의 말에 이번에는 넷째가 잽싸게 끼어들었다.

"우리는 떠도는 몸이라 욕심이 없어요. 그러나 오 선생님께서 굳이 은혜를 갚고 싶으시다면 방법은 있습니다. 저 청풍은 선생님의 서화 작품을 가지고 싶거든요. 가능하겠어요? 지난번 오육일 제독에게 써주시는 걸 보니 대단히 멋지더라고요."

"허튼소리 하지 마! 집도 절도 없이 떠돌아다니는 놈이 그건 받아다가 어디에다 붙여놓으려고 그래!"

호궁산이 은근하게 넷째를 야단쳤다. 그러자 오차우가 몸을 일으켰다.

"넷째도 쉽게 입을 연 것은 아닐 겁니다. 옛 친구인데, 그냥 써 달라고 해도 못 써주겠어요? 우리 인연을 기념해 그림 한 장 그려보겠습니다!"

오차우는 말을 마치자마자 탁자 옆으로 다가갔다. 그런 다음 호궁산과 넷째를 뚫어지게 쳐다보더니 바로 붓을 놀리기 시작했다. 불과 몇 분 만에 두 명의 도사가 생생한 그림으로 살아났다. 한 사람은 등에 보검을 꽂은 채 허리에는 표주박을 꿰차고 있었다. 또 다른 한 사람은 거의 비슷한 모습에 커다란 눈동자가 마치 살아서 움직이는 것 같았다. 상당히 인상적인 그림이었다. 호궁산을 비롯해 이운낭, 넷째는 흔히 보기 어려운 광경이라는 듯 슬쩍 다가와서 구경을 했다. 그러자 파란 원숭이가 옆에서 투덜거렸다.

"그림이 별로인 것 같네요. 두 사람 모두 꼭 도둑같이 생겼잖아요!"

오차우가 붓을 놓으면서 말을 받았다.

"파란 원숭이의 말도 틀린 말은 아니지. 하지만 악한 관리가 될 바에는 착한 도둑이 되는 것이 더 낫다는 얘기도 있어. 그 얘기를 너는 모를 거야. 내 붓끝이 만들어낸 이 두 도둑을 보라고. 얼마나 멋진가!"

오차우가 이어 그림 옆에 글씨를 쓰기 시작했다. 구름이 바람에 흩어지는 듯한 필체였다.

도둑, 도둑, 도둑

좌중의 사람들이 영문을 몰라 어리둥절하고 있을 때였다. 오차우가 다시 글씨를 써내려갔다.

신출귀몰해서 도저히 종잡을 수가 없네.
불사약不死藥을 훔쳐서는 백성들의 가난을 구제하네!

오차우가 웃으면서 호궁산에게 물었다.

"어때요?"

"묘하군요!"

호궁산이 환한 표정으로 덧붙였다.

"역시 저를 알아주는 사람은 오 선생님밖에는 없네요! 이 그림과 시 모두 제 마음에 쏙 듭니다."

호궁산이 대단히 흡족한 듯 조심스럽게 말하면서 그림을 둘둘 말았다. 그런 다음 넷째에게 넘겨주고는 오차우를 향해 정중하게 읍을 했다. 이내 두 사람은 유유히 사라졌다.

운낭은 호궁산을 떠나보낸 다음 자신도 떠날 때가 됐다고 생각했다. 넷째가 권유한 대로 "헤어지면 가까워진다"라는 진리가 진짜인지 시험해 보려고 그런 것은 아니었다. 마음속에 다른 여자를 품고 있는 남자를 따라 하염없이 떠돌아다닐 수는 없다고 생각한 때문이었다. 더구나 하루 종일 몰래 속을 태우면서 그 남자의 기분에 따라 출렁거릴 자신이 비참하게 느껴졌다. 또한 남의 말 하기 좋아하는 사람들이 자신을 뭐라고 비난할지 두렵기도 했던 탓이었다.

그러나 운낭은 떠나야겠다는 생각을 한 그 며칠 동안 도무지 흔들리는 마음을 다잡지를 못했다. 떠나자니 발길이 떨어지지 않고, 그렇다고 떠나지 않을 수도 없는 일이었다. 그녀는 한마디로 우울함과 아쉬움에 젖어 무슨 정신으로 하루하루를 보내는지 모를 지경으로 고통을 겪었다. 파란 원숭이는 그녀의 마음을 어느 정도 눈치채고 있었다. 그러나 속속들이 안다고 하기는 어려웠다.

4월 초파일은 석가탄신일이었다. 민간에서는 집집마다 녹두(녹두가 들어가는 만두를 먹으면 복이 온다고 생각하는 풍습에서 유래)를 섞은 소로 만두를 빚어 먹는 날이었다. 운낭 역시 약을 달여 놓은 다음 읍내에 나가 시중에서 파는 물만두를 무려 3근이나 사왔다. 그런 다음 파란 원숭이에게 삶으라고 시켰다. 그녀는 그제야 아침부터 오차우를 한 번도 보지 못했다는 생각을 떠올렸다. 곧 부랴부랴 그의 방으로 건너갔다. 그녀는 그곳에서 터져 나오는 웃음을 참기 위해 무진 애를 써야만 했다. 오차우가 면 저고리를 벗어던지고 흰 적삼만 입은 채 손에 바늘을 꽉 틀어쥐고 다 떨어진 두루마기를 깁고 있었던 것이다. 서툴기 그지없는 손동작이 정말이지 너무나 우스꽝스러웠다. 하지만 오차우는 진지했다. 한 손에 두루마기를 움켜잡고 바늘을 꿸 때마다 입을 따라 움직이면서 한 치의 흐트러짐도 없이 바늘의 방향을 예의 주시하고 있었다. 운낭은 그만 참지를 못하고 웃음을 터뜨리고 말았다. 곧 황급히 달려가 오차우의 손에서 바늘과 두루마기를 빼앗아서 자리에 앉아 깁기 시작했다.

정오의 태양이 게으른 햇볕을 들여보내주는 방 안은 따스하기 그지없었다. 이름 모를 여러 새들은 나뭇가지를 분주하게 날아다니면서 기분 좋은 노래를 부르고 있었다. 방에는 그야말로 아늑한 기운이 감돌았다. 운낭이 옷을 다 기울 때까지 두 사람은 아무런 말이 없었다.

"운낭!"

운낭이 마지막 한 땀을 마무리하고 이로 실을 끊고 난 다음 자리를 뜨려고 할 때였다. 오차우가 황급히 그녀를 불러 세웠다.

"어째 요 며칠 기분이 별로인 것 같군요."

"그런 건 없어요. 선생님의 병세가 날로 좋아지니까 저도 따라서 기분이 좋은 걸요! 이제부터는 어디로 가야 하나, 걱정이 돼서 그러는 거예요."

운낭이 가벼운 한숨을 내쉬면서 대답했다. 오차우가 미소를 지었다.

"공림孔林을 유람한 다음 공묘孔廟를 참배하고, 태산泰山에 가서 일출을 보기로 하지 않았소. 그 다음에는 북경에 가고. 그 부분에 대해서는 얘기가 끝난 것이 아니었소?"

오차우의 말에 운낭이 처연하게 대답했다.

"태산泰山이 얼마나 높은데요! 선생님의 그 체력으로 어떻게 올라가겠어요?"

"운낭이 있잖소! 운낭이 있는데 내가 왜 걱정을 하겠소?"

"제가 있어도 그렇죠. 그렇다고 업고 가겠어요, 아니면 옆구리에 끼고 가겠어요?"

"……."

순간 오차우는 할 말을 잃었다. 동시에 앞에 있는 긴 두루마기의 주인공이 '아우'가 아니라 '여자'라는 사실을 실감했다.

'그렇지, 남녀가 서로 업고 업히거나 부축하고 가는 것은 모두 남의 입에 오르내릴 일이지!'

오차우가 오랫동안 고민하다 다시 뭐라고 입을 열려고 할 때였다. 파란 원숭이가 히히 하고 웃으면서 큰 쟁반에 물만두를 담아가지고 들어왔다.

"앗, 뜨거워! 너무 많이 담았나 봐요!"

파란 원숭이가 호들갑을 떨었다. 황급히 탁자 위에 물만두 쟁반을 올려놓은 다음 손을 후후 불면서 말했다.

"저는 만두를 삶으면서 너무 많이 맛을 봤어요. 배가 불러요. 그러니 선생님, 사부님 두 분께서 다 드세요!"

"같이 먹자."

운낭이 기분이 많이 좋아진 듯 유쾌한 목소리로 말했다. 파란 원숭이는 말은 그렇게 했으나 마다하지 않았다. 세 사람은 함께 물만두를 먹기 시작했다.

그러나 운낭은 별로 맛을 못 느끼는 듯했다. 반면 오차우는 유유자적한 자세로 맛을 음미하면서 허겁지겁 게 눈 감추듯 먹어치우는 파란 원숭이를 슬쩍슬쩍 훔쳐봤다. 갑자기 그가 물만두를 먹다 말고 속에 든 녹두를 조심스럽게 꺼내 손에 올려놓고 물었다.

"이게 뭐냐?"

"역시 선생님은 복이 많으신 분이네요. 모두 합해 하나밖에 없는 녹두 물만두를 드시다뇨! 어, 이게 뭐야?"

파란 원숭이가 갑자기 호들갑을 떨었다. 그 역시 녹두가 들어간 물만두를 하나 먹은 것이다. 그러자 오차우가 웃음을 참지 못했다.

"이걸 먹은 사람은 복도 있고 좋은 인연도 맺는다는 거지. 그러면 나

하고 파란 원숭이는 복을 받고 좋은 인연도 있겠네. 그러면 운낭은 우리 하고 인연이 없다는 말이오?"

운낭은 아무리 농담이라도 해도 오차우의 그런 말은 별로 듣고 싶지 않은 내용이었다. 그래서 억지로 웃어 보이면서 대답했다.

"저는 복이 없는 사람이에요. 그러나 두 사람은 아닐 겁니다. 그런데 하나밖에 없어야 할 녹두 만두가 왜 두 개씩이나 있죠?"

운낭이 고개를 갸웃거리면서 자신도 물만두 하나를 집어 입에 넣었다. 그러더니 어이없는 웃음을 터뜨렸다. 그녀 역시 녹두를 넣은 만두를 먹은 것이다.

"돈이 되면 부인이나 남편도 속인다더니, 장사꾼들 속내는 정말 알다가도 모르겠네요! 얼마나 돈을 더 남기겠다고 이러는 건지."

"고기보다 녹두를 만두에 더 많이 넣으면 당연히 더 남지 않겠소. 또 좋은 날에는 다 같이 기분 좋아지라는 그런 깊은 뜻도 담겨 있는지 모르지. 오늘인 석가탄신일이니 다 같이 녹두를 먹고 나중에 부처도 되고 보살도 되면 좋지 않겠소?"

오차우가 오래간만에 환하고 밝게 웃었다. 파란 원숭이 역시 진지하게 몇 마디 끼어들었다.

"선생님은 부처님이 되시고, 제 사부님은 보살이 되시겠으나 저는 아무것도 못 될 거예요. 저는 보살의 연못가에서 금동金童이나 됐으면 원이 없겠네요! 선생님은 부처님이 아니라 나중에 높은 자리에 앉으시면 만두를 먹던 오늘 우리와의 추억을 잊으시면 안 돼요! 우리를 만나도 못 본 척하시면 안 된다는 뜻입니다."

"뭐 '우리를 만나도'라고? 나하고 같이 가기로 하지 않았나?"

오차우가 젓가락을 내려놓았다. 그러자 운낭이 나지막이 입을 열었다.

"우리 풍속에 사람을 보낼 때는 물만두를 먹이고, 맞이할 때는 국수를 먹인다고 했어요. 그러니 그냥 드시지 마시고 우리 둘의 마음이 담긴 물만두라고 생각해 주세요."

"갑자기 왜 그렇게 말하는 거요? 나한테 북경에 가서……."

오차우가 운낭의 말에 반문을 하며 "일자리를 찾아달라고 하지 않았느냐?"는 말을 하려고 했다. 하지만 그 역시 그게 불가능해졌다는 사실을 바로 깨달았다. 그는 풀이 죽어 있다 한참 후에야 입을 열었다.

"이게 운명이라면 우리 모두 담담하게 받아들이는 수밖에 없지 않겠나. 만남이 있으면 이별도 있고, 이별은 또 다른 만남을 위한 거라고 하였으니……. 매일 머리를 맞대는 것도 좋으나 천리만리 헤어져 있어도 마음만 하나라면 언제나 같이 있다는 느낌을 가지는 것도 가능하겠지."

오차우의 목소리가 조금 젖어 들어가기 시작했다. 어느새 눈물도 글썽거렸다. 그러나 억지로 참는 듯했다.

운낭은 비감에 잠긴 오차우의 얼굴을 보면서 진심으로 "저도 함께 가겠어요"라고 말하고 싶었다. 그러나 그렇게 말할 수는 없는 입장이었다.

그날 오후 오차우와 운낭, 파란 원숭이는 마지막으로 함께 모여 앉아 점심을 먹었다. 짧은 시간 동안 서로 당부와 위안의 말을 수도 없이 주고받았다. 오차우는 다음 날 연주부를 방문해 자신을 북경까지 데려다 달라고 요구할 참이었다. 운낭과 파란 원숭이는 오차우와 아쉬운 작별을 고하고 먼저 길을 떠났다.

"사부님! 잘 나가시다가 왜 갑자기 오 선생님하고 따로 가겠다는 거예요?"

파란 원숭이가 운낭을 쳐다보면서 의아스럽다는 표정을 지었다. 그러면서도 버드나무 뒤에 그대로 서 있는 오차우에게 보내는 눈길은 거두지 않았다. 운낭이 망연자실한 표정으로 저 먼 곳의 출렁이는 강물을 바라보면서 넋 나간 사람처럼 대답했다.

"너는 나이가 어려서 말해줘도 몰라. 나중에 커서 다시 생각해봐."
"그럼 우리는 어디로 가는 겁니까?"
"멀리 가지 말고 가까운 곳에서 며칠 묵어가자. 너의 사백께서도 멀리 가지는 않으셨을 거야."
그날 저녁 오차우는 좀처럼 잠을 이루지 못했다. 운낭과 파란 원숭이의 모습이 눈에서 아른거린 탓이었다. 게다가 운낭은 여러 가지 흔적을 많이 남기고 떠났다. 무엇보다 달여 놓고 간 약이 그랬다. 약간 데우기만 하면 바로 먹을 수 있도록 해준 그 약은 오차우로 하여금 계속 그녀를 떠올리게 만들었다. 그래서일까, 그는 운낭이 부채를 부치면서 약을 달일 때 딸깍딸깍하던 약탕기의 소리가 가끔 들려오는 것 같은 착각에 빠지기도 했다. 창문을 스치고 지나가는 바람 소리는 마치 운낭이 약을 입김으로 불어 식히는 소리처럼 들려왔다. 그는 다시 한 번 호궁산, 운낭과 함께 얘기꽃을 피우던 며칠 전의 모습을 떠올렸다. 모두를 떠나보낸 허전함은 이루 말할 수가 없었다.
언제부터인가 밖에서는 비가 내리기 시작했다. 처마 위에서 주르륵 떨어지는 빗물은 이따금씩 대청마루에 떨어지기도 했다. 오차우는 자의든 타의든 수도 없이 겪어온 기상천외한 과거의 일들과 닿을 듯 말 듯 스쳐가는 인연들을 또다시 떠올렸다. 이윽고 빗물이 아닌 눈물이 그의 옷섶에 떨어지고 있었다.

연주부兗州府는 산동성山東省의 고읍古邑이었다. 한마디로 이름난 큰 고을로, 성부聖府(공부孔府의 별칭)의 소재지였다. 연주부 아문은 성城 서북쪽에 자리 잡고 있었다. 팔자 모양의 그 아문의 흰 벽에는 상자가 걸려 있었다. 또 그 안에는 전임 관리가 남겨둔 신발 한 켤레가 들어 있었다. 하지만 오래도록 아무도 신경쓰지 않은 듯 먼지가 두껍게 내려앉아 있었다.

오차우는 가마를 빌려 타고 가다 일부러 아문에서 약간 멀리 떨어진 곳에서 내렸다. 그런 다음 천근만근 무거운 다리를 끌고 아문 앞까지 걸어와서는 문 앞에서 왔다 갔다 하는 서리書吏인 듯한 사람에게 명함을 내밀었다.

"당존堂尊 어른께 양주 선비 오차우가 찾아왔다고 전해주시면 고맙겠소이다."

명함을 받아든 서리는 오차우라는 이름 석 자를 보자마자 웃음을 잔뜩 지어보였다. 그러면서 정중하게 인사를 건넸다.

"전임 태존 어른께서 계실 때 위에서 내려온 공문을 받으시고 오 선생님을 많이 찾아다닌 것으로 알고 있습니다. 이 태존 어른은 지금 고향에 내려가 계십니다. 새로 부임한 정 태존은 잘 모르실 수도 있을 것이니, 소인이 달려가 아뢰고 오겠습니다."

서리는 곧장 안으로 달려 들어갔다.

오차우로서는 대책 없이 쫓겨나는 걱정은 하지 않아도 괜찮게 됐다는 생각에 자연스럽게 안도의 한숨이 나왔다. 그가 이런저런 생각을 하고 있을 때였다. 아문 동쪽의 눈에 띄지 않는 조그마한 쪽문이 빠끔히 열렸다. 서리가 앞에서 걷고 그 뒤로 관리 한 명이 따라 나오고 있었다. 흰 얼굴에 새카만 팔자수염과 팔자걸음이 인상적인 관리였다. 복장도 만만치 않았다. 여덟 마리 맹수와 다섯 마리 동물의 발톱 무늬 옷을 입은 채 백한 보자를 달고 있었다. 또 머리에는 흰색의 유리 정자를 드리우고 있었다. 그 뒤로는 또 앞선 관리의 자문관인 듯한 웬 사람이 따라 나왔다. 새카만 비단 두루마기에 꽁지가 달린 푸른 비단 재질의 중절모를 쓰고 커다란 수정색 안경을 쓴 사람이었다. 끊임없이 오차우를 관찰하는 것이 특이하다면 특이했다.

오차우는 태수가 직접 마중을 나온다고 생각하고 황급히 앞으로 나아갔다. 그런 다음 관리에게 허리를 굽혀 인사를 했다.

"소인 오차우, 태존 대인을 흠모해오던 차에 이곳을 지나다 특별히 만나 뵈러 왔습니다."

"아이고, 오 선생님! 이럴 것까지는 없습니다!"

관리가 황급히 맞절을 올렸다. 그러더니 오차우의 손을 덥썩 잡았다.

"학생學生 정춘우라고 합니다. 오 선생님께서 오실 거라는 상급 기관의 명령을 받고 이제나저제나 기다리고 있던 중입니다. 하도 안 오시기에 남쪽으로 가신 줄 알고 포기를 했었습니다. 그런데 이렇게 찾아주시다니! 아, 참! 이 분은 공영배孔永培라는 분으로, 공자의 후손입니다. 학생이 이곳에 부임한 이후부터는 이 공 형을 모셔다 줄곧 조언을 듣고 있습니다. 방금 얘기 중에도 선생님을 언급했었죠. 이렇게 만나게 되어 정말 영광입니다!"

오차우는 정춘우라는 이름을 어디에선가 들어본 것 같았다. 그러나 금방 떠오르지는 않았다. 그럼에도 정춘우가 반색을 하면서 자신을 흔쾌히 맞아주자 은근히 기분이 좋았다. 옆에 있는 공영배가 공수를 했다.

"처음 뵙겠습니다. 조금 기력이 부족해 보이시네요. 뒤에 저희들이 잔칫상을 차려놓고 있었습니다. 선생님을 위한 자리라고 생각하시고 들어가시죠!"

공영배의 말에 정춘우도 웃으면서 거들었다.

"그렇습니다! 오신 김에 며칠 더 묵었다 천천히 움직이시는 것이 좋을 듯합니다. 여기에는 비파를 비롯해 바둑, 그림, 노리개 등 선생님이 좋아하실 법한 것은 다 갖춰져 있습니다. 그래도 선생님께서 계속 가시겠다고 한다면 저는 억지로라도 붙들어 두겠습니다."

정춘우가 후당으로 오차우를 안내했다.

"자, 이쪽으로 오십시오!"

오차우는 그들을 따라 화청 안으로 들어섰다. 그러다 그 자리에 못 박힌 듯 멈춰서고 말았다. 얼굴도 순식간에 백지장처럼 창백해졌다. 그곳에 안경부 영풍각에서 자신을 납치한 평서왕 오삼계의 시위 황보보주가 웃으면서 떡하니 자리를 잡고 있었던 것이다.

이런 경우를 두고 아마도 사람들은 원수는 외나무다리에서 만난다고 했는지 모른다. 황보보주는 멍하니 서 있는 오차우를 발견하고는 자리에서 일어나면서 과장되게 너스레를 떨었다.

"선생님은 정말 하늘이 내리신 길상吉相입니다. 그렇게 심한 꼴을 당하시고도 건재하시니 말입니다. 여기에서 또다시 만나게 되니 감회가 새롭습니다."

"서선관!"

"아닙니다. 아, 전혀 아닌 것도 아니군요! 저는 십 년 동안 공부를 하고 진사에 두 번 합격한 다음 전시 때도 성적이 괜찮았으니까요. 이갑십일등이었습니다. 비록 선생님만큼 존귀하지는 않으나 그래도 품성도 꽤나 괜찮다고 자부합니다! 그러니 황당하다고 하지 마시고 마음을 편히 가졌으면 합니다."

정춘우가 가느다란 두 눈썹을 치켜세우면서 목소리를 길게 뽑았다.

"그러죠, 뭐!"

오차우는 여기까지 온 이상 싫어도 어쩔 도리가 없다고 생각했다. 그런 생각이 들자 마음을 크게 먹고 상석에 올라가 앉을 용기가 생겼다. 그는 술잔을 단숨에 비웠다. 그런 다음 곰발바닥 요리와 새끼돼지구이를 가리키면서 말했다.

"이 두 가지 요리는 제대로 하지 않으면 먹기가 쉽지 않아요. 적어도 은 백 냥은 써야 제대로 된 맛을 낼 수 있죠. 오늘 뜻하지 않게 여러분들의 연회에 동석하게 되어서 영광입니다. 아무튼 저는 먼저 먹겠습니다!"

오차우가 다시 돼지고기 한 점을 집어 입에 넣고 천천히 음미하더니 다시 입을 열었다.

"병들어 아무것도 먹지 못하고 있다가 모처럼 남의 살을 먹으니 느낌이 좋은데요? 공 선생, 보아 하니 '삼개월 동안 고기를 안 먹었더니, 고기 맛을 모르겠다'고 한 선생 조상의 말도 정확한 것은 아니군요."

"역시 오 선생님이시군요!"

황보보주는 어떤 상황에서도 굴하지 않고 당당한 오차우의 기개에 감동을 받은 듯했다. 자리에서 일어나 오차우에게 술을 따라주었다.

"선생님은 정말 여러모로 본받을 점이 많은 분입니다. 저는 평서왕 휘하에서 십 년 동안 있었으나 선생님 같은 분은 처음 뵙습니다."

공영배도 끼어들었다.

"황보 장군이 여기에 온 지 벌써 삼 개월이 지났습니다. 선생님의 소식만 눈 빠지게 기다렸죠! 그런데 선생님께서 먼저 찾아주시니, 얼마나 반가운 일입니까?"

공영배는 사실 조금 전 오차우가 한 말 중 '선생 조상'이라는 말이 귀에 몹시 거슬렸던 터였다. 기회를 잡아 복수를 하려고 은근히 노리고 있었다. 때문에 그의 빈정거림은 당연한 것이었다. 오차우는 공영배의 비아냥에는 아무 대꾸도 하지 않고 다시 술 한 잔을 비웠다. 창백하던 얼굴에는 어느덧 불콰한 술기운이 감돌기 시작했다. 그가 순간 술잔을 탁자 위에 내려놓더니 냉소를 터트렸다.

"그건 나 오 아무개가 재수가 옴 붙어서 그런 거죠! 수주대토守株待兎(그루터기에 토끼가 부딪치기를 기다리는 것. 이를테면 상대가 걸려들기를 기다린다는 의미) 전략에 말려든 것이죠."

정춘우가 오차우의 말에 껄껄 웃었다. 그가 오차우에게 술을 따라주면서 장황하게 말을 늘어놓았다.

"세상 어디에 그렇게 큰 나무가 있겠습니까! 잎은 하늘을 덮고 뿌리는 삼천三泉(땅 속 깊숙한 곳. 삼중천三重泉이라고도 함)과 통하면서 흔들리면 광풍이 이는 그런 큰 나무 말입니다. 숨 한 번에 비가 내리고 기린과 맹수가 노닐면서 원앙과 봉황이 집을 짓는 그런 큰 나무 말입니다."

"그것은 그런 의미에서의 나무가 아니라 귀곡지수鬼谷之樹라고 해야겠죠! 오래되면 변해서 나무귀신이 되는 그런 것 말입니다. 내가 그런 것도 모르겠습니까?"

오차우는 정춘우가 어쩌고저쩌고 한 말들이 바로 〈귀곡자치소진장의서〉鬼谷子致蘇秦張儀書, 다시 말해 '귀곡자가 소진과 장의에게 보내는 편지'를 베낀 것이라는 사실을 바로 알아챘다. 그는 기세가 눌릴세라 그 뒷부분도 바로 읊었다.

"황제가 대로하면 풍운의 색깔이 변합니다. 우레가 하늘을 가르고 번개가 내리쳐 불길이 치솟은 다음 복희씨伏羲氏가 육룡천마六龍天馬를 타고 오화산을 내려온다는데, 이 나무가 살아남을 수가 있겠어요?"

정춘우는 자기 딴에는 술잔을 들고 머리를 굴려가면서 멋있는 말을 골라 입에 올렸던 것인데, 이토록 분기탱천한 오차우의 반격을 당할 줄은 몰랐다. 그가 마른웃음을 지었다.

"그렇게 흥분하실 것까지는 없을 것 같네요. 그러나 선생님의 말은 그나마 들어줄 만은 하군요."

황보보주와 공영배는 오차우의 말에 은근히 감탄하는 눈치였다. 하기야 오차우가 전혀 기죽지 않은 채 자리에 앉기 무섭게 벼락 치듯 우레 울리듯 매섭게 말을 이어갔으니 그럴 만도 했다.

"하고 싶은 말을 할 때가 되지 않았나요? 첫 대면의 인사치고는 나쁘지 않았으니, 하고 싶은 말을 하십시오."

오차우는 전혀 큰 병을 앓고 난 사람 같지 않았다.

"사실은…… 이렇습니다."

황보보주가 입을 열었다. 그는 이제 겨우 두 번째로 오차우를 만나보는 터였다. 하지만 만날 때마다 자꾸만 그의 인간적인 매력에 빠져드는 자신을 느꼈다. 그가 미소를 지으면서 말을 이었다.

"선생님께서도 짐작하고 계셨듯 저희들은 대왕의 명령을 받고 움직이는 사람입니다. 그런 이상 달리 어찌할 방법이 없네요. 제일 좋은 것은 선생님께서 이번에 저희들과 같이 가 주시는 겁니다. 우리 대왕을 만나보시면 생각보다 얘기가 잘 통할 거라고 생각합니다."

"운남에는 절대 안 갈 생각이에요!"

오차우가 황보보주의 간곡한 제안을 단호하게 거절했다. 그런 다음 다른 사람들은 전혀 의식하지 않는다는 듯 덧붙였다.

"그쪽은 거의 모든 곳이 공기가 탁해요. 사람 살 동네가 못 된다고요. 이왕 죽을 거라면 난 깨끗한 곳에서 죽고 싶네요."

정춘우가 오차우의 말을 듣고는 간사하게 웃음을 흘렸다. 이어 얼굴을 오차우에게 가까이 대면서 은근히 위협했다.

"가시기 싫다면 굳이 강요하지는 않을 겁니다. 소문에 의하면 폐하께서 선생님께 무슨 초안을 만들라고 지시하신 것이 있다고 하던데요. 그것만 주신다면 즉각 선생님에게 자유를 드리겠습니다."

"내가 못하겠다면요? 내가 여기 들어오는 것을 본 사람이 한두 사람인 줄 아십니까?"

오차우가 실눈을 뜬 채 정춘우를 노려보았다. 그리고는 손가락으로 가볍게 술잔을 두드렸다.

"지금 생각나네요. 음, 정춘우 선생! 선생은 도대체 어느 가문의 신하입니까? 버젓이 조정의 관복을 입은 채 암암리에 오삼계를 대신해 사람을 잡아들이는가 하면 종삼랑에게 엉뚱한 간판이나 써주고. 게다가 약까지 몽땅 사재기 하지를 않나……. 선생은 섬기는 주인이 도대체 몇 명입니까? 둘? 셋? 아니면 하나?"

오차우가 황보보주 앞에서 정춘우와 종삼랑과의 관계를 과감하게 까발렸다. 그러자 정춘우가 적잖이 당황하는 태도를 보였다. 물론 그가 주삼태자와 죽이 잘 맞는 척하는 모습을 보이는 것은 오삼계 조카인 오응기의 지시와 무관하지 않았다. 하지만 암암리에 더욱 결탁한 것은 자신의 생각이었다. 정춘우로서는 그런 아픈 곳을 찌른 오차우가 이가 갈리도록 미울 수밖에 없었다.

"다른 사람 걱정할 때가 아닌 것 같은데요? 잘 아셔야 할 것은 선비가 사람을 죽이려고 하면 수단이 여러 수십 가지라는 사실이 아닐까 싶어요. 예를 들어 봅시다. 조금 전에 선생의 명함을 건네주던 그 서리가 지금 어디에서 뭘 하는지 아십니까? 살아 있는지 죽었는지 아느냐고요!"

"마음대로 해요. 죽이든 살리든 말입니다."

오차우가 별꼴 다 본다는 듯 냉소를 터트렸다. 그러더니 자리에서 일어서면서 물었다.

"우물에 들어갈까요, 아니면 기둥에 목을 맬까요? 칼을 쓸까요, 아니면 도끼를 쓸까요? 시간 끌지 말고 어서 말하세요."

"나는 그렇게 밑지는 너무나도 뻔한 장사는 하지 않을 겁니다. 하지만 선생님께서는 너무 거만하십니다. 이렇게 하죠. 아직 병세가 완전히 회복되지 않은 몸이신 것 같습니다. 서둘러서 될 일도 아니고요. 그러니 여기에서 며칠만 더 묵으십시오. 언제든 마음의 문을 열 준비가 되면 그때 같이 떠나도록 하죠. 여기서 몇십 명이 번갈아가면서 잘 모실 테니 역병이 돌고 날씨도 추운 밖에만 나가지 말아 주십시오."

황보보주가 손을 들더니 가볍게 흔들었다. 그러자 대기 중이던 건장한 사내 두 명이 출입문을 막아섰다. 오차우는 자리에서 일어나 소매를 힘껏 털었다. 그리고는 머리를 꼿꼿하게 쳐든 채 따라나섰다. 전혀 주눅 들지 않은 자세였다.

정춘우는 너무나 당당하고 기세 사납게 대드는 선비에게 한 방 얻어맞은 느낌이 드는 것을 어쩌지 못했다. 그가 멋쩍은 표정으로 공영배에게 물었다.

"어떻게 하는 것이 좋겠습니까?"

"이 사람은 강하게 하면 부러져 버리는 강직한 성격인 것 같습니다. 살살 구슬리되, 가능한 한 큰 소리는 내지 말아야 할 것 같군요. 기분을 맞춰주는 것이 좋을 것이라는 말입니다. 우리도 한번 조조를 본떠 '사흘마다 작은 잔치 한 번, 닷새마다 큰 잔치 한 번' 하는 식으로 대접을 해보도록 하죠! 미녀들도 불러 앉히고요. 옥베개에 비단이불을 준비하는 것은 더 말할 것이 없겠죠. 그러면 아무리 빼는 사람들도 다 녹아나게 돼 있습니다! 아자 아가씨가 북경에 가지 않았더라면 더욱 좋았을 텐데 말입니다."

황보보주가 약간 비아냥거리는 어조로 입을 열었다.

"성인의 후예답게 좋은 발상인 것 같습니다. 그러나 오 선생에게는 안 통할 걸요?"

"아무래도 빨리 운남으로 압송하는 것이 더 좋겠습니다!"

정춘우가 심사숙고를 하는 것 같더니 결론을 내렸다. 오차우를 장기간 가둬봤자 백해무익하다는 생각인 듯했다. 황보보주는 그에 공감하지 않았다.

"운남까지의 거리는 장난이 아닙니다. 순순히 따라나서는 사람도 아니고 억지로 끌고 가야 합니다. 그러다 조정의 눈에 띄기라도 하는 날에는 날고 기는 재주가 있어도 운남까지는 가지 못할 게 뻔합니다. 나는 자신이 없습니다! 게다가 가는 도중 아무것도 먹지 않고 죽어버리는 날에는 죽은 시체를 바치는 격이 된다고요. 그러면 대왕에게 욕을 바가지로 먹게 되죠."

공영배가 부채를 부치면서 생각에 잠겨 있다 천천히 입을 열었다.

"오차우는 이미 도마 위의 생선 꼴입니다. 굳이 안 가겠다고 버티는 걸 억지로 데려갈 생각은 하지 맙시다. 대왕께서 원하는 것만 얻어내면 굳이 운남으로 데리고 갈 이유도 없지 않나요? 오차우야 죽든 말든 신경 쓰지 말고 그쪽으로만 주력하자고요."

공영배의 제안에 황보보주가 이번에도 다른 생각을 개진했다.

"그래도 사람을 살리는 쪽으로 방향을 잡는 것이 좋아요. 대왕께서는 오차우를 일회용으로 생각하는 것이 아니라는 얘기입니다. 이 사람을 통해 인재를 광범위하게 끌어들이고, 철번에 강경 대응할 수 있는 빌미를 만들 수 있다면 얼마나 좋겠습니까. 죽이면 그만큼 큰 손해를 보는 거예요."

"이 거지 같은 자식한테는 씨알도 안 먹히니 어쩌란 말입니까?"

정춘우는 오차우에게 당한 생각을 하자 분통이 치밀었다. 게다가 황보보주가 은근히 오차우를 감싸고돈다는 느낌이 들자 말이 더욱 거칠어졌다.

그러자 공영배가 묘한 웃음을 지었다.

"아까 얘기했던 대로 한번 해보자고요. 미운 놈 떡 하나 더 준다고 생각하고 무조건 좋은 차, 좋은 밥, 좋은 잠자리를 제공하는 겁니다. 우리도 가만히 있지 말고 먼저 다가가서 손도 잡고 술도 마시고 하면서 친해져 보자고요. 시간이 흐르면 좋은 수가 생길지 모르죠. 황보 선생은 장기 좋아하잖아요? 매일 몇 번씩 그자와 겨루라고요."

## 24장

# 황궁의 첩자

주배공이 아쇄를 마음속에 담아두기 시작한 것은 상악회관에서 그녀로부터 순두부를 얻어먹은 다음부터였다. 때문에 이후에 시간이 날 때마다 찾아가 보았다. 그러나 그녀는 그때마다 그곳에 없었다. 나중에는 난면 골목에 가서 수소문해 보았다. 그제야 비로소 그녀에 대해 많은 것을 알 수 있었다.

아쇄는 성이 고顧였다. 집에는 병석에 누워 있는 아버지와 남의 집 막일을 하는 오빠가 있었다. 생활은 말할 것도 없이 몹시 궁핍했다. 그러나 그녀가 왜 순두부 장사를 그만뒀는지에 대해 아는 사람은 단 한 명도 없었다.

주배공은 단오가 지난 어느 날 또다시 밖으로 나가려고 했다. 도해가 평상복으로 갈아입는 그를 보고 말을 걸어왔다.

"또 난면 골목으로 아쇄라는 여자를 찾으러 가는 건가? 아우, 내가 자네 일에 감 놔라 배 놔라 하는 것 같기는 하지만 그러나 자네도 이제는 신분 생각도 조금은 해야 한다고! 지난번에도 호부의 낭중郎中인 강姜씨가 사람을 시켜 슬쩍 물어보더군. 아마 자기 여동생을 자네한테 소개시켜 주려고 하는 것 같았어. 그래서 내가 대충 얼버무렸어. 아쇄는 좋은 아가씨이기는 해. 그러나 신분이 너무 차이가 나. 또 이미 임자가 있는 몸인지도 모르잖아. 우리끼리니까 하는 소리네만 자네의 순정은 순두부 한번 얻어먹고 지불하는 대가치고는 너무 대단하다는 생각이 들지 않나? 정 은혜를 갚고 싶으면 내 앞으로 그어놓고 오백 냥쯤 가져다 줘도 되네!"

"별말씀을 다 하세요! 그런 것이 아닙니다. 제가 딴 생각이 있어서 그런 것이 아닙니다. 어려울 때 도와준 사람이니 만큼 잊을 수가 없어서 그러는 거죠. 한번 찾아가 인사라도 하려고 그러는 겁니다. 절대 헛다리 짚지 마십시오! 아무튼 상상력이 너무 풍부해도 탈입니다!"

주배공이 황급히 도해의 입을 막아버렸다. 그러자 도해도 껄껄 웃으면서 말했다.

"정말 자네 말대로 그렇다면 갔다가 돌아오고 그러지 말라고. 쭈뼛쭈뼛할 것 없이 당당하게 찾아가 문을 두드리라는 말이지. 또 남자답게 '지난번 일이 너무 고마워 은비녀도 돌려주고 은혜도 갚을 겸 찾아왔소!' 뭐 이런 식으로 말하면 되잖아!"

도해는 말을 마치자마자 휭하니 가버렸다.

주배공은 도해에게 속마음을 남김없이 도둑맞은 것 같은 생각이 들었다. 쑥스럽기 그지없었다. 얼굴이 귀밑까지 붉어졌다. 그러나 곰곰이 생각해보니 도해의 말이 일리가 있었다. 무슨 죄를 지은 것도 아닌데, 당당하게 찾아가지 못할 이유가 어디 있다는 말인가! 급기야 그는 용기를 내서 아쇄의 집으로 찾아가기로 했다.

그러나 씩씩하게 단숨에 아쇄의 집 앞까지 찾아간 그는 또다시 망설였다. 처음 보는 젊은이가 무턱대고 동네 처녀 집에 찾아가면 꼬치꼬치 캐묻는 것이 정상일 테니까 말이다. 그런 날에는 상황이 난감할 수도 있었다.

그는 문을 두드리려던 손을 다시금 움츠렸다. 그 와중에도 순두부를 담아줄 때의 아쇄가 보여준 다소곳하고 얌전한 모습이 계속 뇌리에서 떠나지를 않았다. 자기 먹고 살기도 바쁜 어려운 세상에 가진 자의 야박함과는 차원이 다른 착한 심성을 가진 아쇄의 배려가 순간순간 떠오르는 것을 어쩔 수 없었던 것이다. 그는 순간 다른 것도 아니고 용기가 부족해 아쇄와 다시 만나는 것을 포기한다면 영원히 후회하면서 살 것 같다는 생각을 했다.

그가 그런 생각에 용기를 내서 문을 두드리려는 순간이었다. 거적문이 살며시 열리는가 싶더니 아쇄가 빨랫감을 잔뜩 담아가지고 밖으로 나오는 모습이 보였다. 그녀는 문 앞에 서 있는 그를 발견하고는 놀란 듯이 뚫어지게 쳐다봤다. 그러더니 이내 쑥스러운 듯 머리를 숙이면서 나지막한 목소리로 말했다.

"주…… 대인!"

주배공은 '대인'이라는 두 글자가 자신이 그렇게도 보고 싶었던 아쇄의 입에서 나오는 것을 들었다. 순간 때아닌 찬바람의 기습을 받은 것처럼 가슴이 싸늘하게 식어가는 기분을 느꼈다. 그러나 그는 곧 서운함을 떨쳐버리고 웃으면서 말했다.

"주 대인이라니? 나는 그냥 주배공이오! 몇 번씩이나 이 동네에 찾으러 왔다가 집을 찾지 못해 그냥 돌아가고는 했었어. 진작 찾아왔어야 하는데 말이오."

아쇄는 주배공의 말에 머리를 더욱 깊이 숙였다. 얼굴에서는 알듯말 듯한 미소가 잠깐 스쳐 지나갔다. 그녀가 발가락으로 땅바닥을 후비면서 말했다.

"동네가 너무 외딴곳에 있다 보니 찾기 힘들었을 거예요. 또 저희는 그다지 눈에 띄는 사람들이 아니다 보니 더 그랬을 거고요."

아쇄가 출입문을 열었다. 주배공을 향해 가볍게 허리를 굽히면서 들어오라고 권했다.

"너무 지저분하지만 잠깐 앉았다 가세요."

주배공은 아쇄의 말에 얼굴을 붉혔다. 자신이 몇 번씩이나 찾아와서 보여준, 문에 손을 댔다 말았다 하는 모습을 들키지는 않았나 하는 생각을 한 것이다. 그가 황급히 말했다.

"괜히 들어가 병중에 계시는 아버님을 놀라게 해드리지는 않을지 걱정이 되오. 빨래하러 가던 길이지 않았소? 나도 그쪽 방향으로 친구를 만나러 가야 하는데, 괜찮다면 같이 가는 게 어떻겠소?"

아쇄가 주배공을 힐끗 쳐다봤다. 그러더니 주변에 사람이 없는 것을 확인하고는 약간 주저하면서 머리를 끄덕였다.

두 사람은 말없이 한참을 걸었다. 누구도 먼저 침묵을 깨려고 하지 않았다. 두 주먹을 꽉 쥔 주배공의 손은 땀으로 흥건하게 젖어들기 시작했다. 그는 한참 후에야 비로소 뭔가 생각나는 것처럼 아무 얘기나 마구 꺼냈다.

"먹고 사는 것은 문제가 없소?"

아쇄 역시 어색하기는 마찬가지였다. 주배공이 안간힘을 다해 겨우 물어본 말에 그저 "예!" 하고 대답할 뿐이었다. 그러나 천천히 입을 열어 자신의 처지에 대한 얘기를 풀어놓았다.

"아버지는 이 년 전부터 몸져누워 계세요. 그때부터 집안 사정은 더욱 안 좋아졌죠. 저하고 오빠하고 둘이서 아무리 죽기 살기로 벌어도 입에 풀칠하기도 어려웠어요. 그 와중에 또 오빠가 일을 저질러서…….”

아쇄는 한참을 얘기하다 잘 모르는 사람에게 너무 많은 것을 말했다고 생각했는지 바로 입을 다물었다. 쑥스러움에 혀를 날름 내밀기도 했다.

“오빠가 왜?”

주배공이 걸음을 멈추고 물었다.

“그건 말할 수 없어요.”

주배공이 멈추어 서자 아쇄는 어쩔 수 없이 함께 걸음을 멈췄다. 그곳은 명나라 때의 학자인 장각張閣의 무덤 앞이었다. 스산하기가 이를데 없었으나 무성한 소나무와 잣나무들은 따스한 햇살을 받아 여기저기에서 반짝반짝 빛나고 있었다. 또 새빨간 들장미들도 묘지 주변에 군데군데 핏자국처럼 흩어져 피어 있었다. 행인들은 점심시간이어서인지 거의 보이지 않았다. 아쇄가 주배공을 힐끗 쳐다보는가 싶더니 나지막하게 한숨을 내쉬었다.

“오빠는 원래 성 동쪽에 있는 우尤씨 집에서 일했어요. 그러다 그 집 큰마님의 시녀하고 좋아했지 뭐예요. 그런데 나중에 밖에서 덜미를 잡혀가지고서는 한바탕 얻어맞고 머리채까지 잘려 버렸어요. 지금은 집에서 상처를 치료하고 있어요. 머리 때문에 창피해서 두문불출하고 있죠. 그런데도 우씨 집에서는 일하러 나오지 않는다고 닦달을 해 대니……, 참!”

아쇄의 눈에서는 어느덧 눈물이 방울방울 흘러내렸다. 하소연을 하려다가 그만 서러움에 젖은 모양이었다.

“대인에 대해 어느 정도 믿음을 가지고 있기 때문에 이런 얘기도 하는 거예요. 아니면 창피해서 어디 가서 얘기를 하겠어요!”

주배공은 그제야 아쇄가 두문불출하면서 순두부 장사까지 하지 않는 이유를 알 것 같았다. 뭔가 사례를 해야 한다는 생각이 그의 뇌리를 스쳤다. 그는 조심스레 장화 속에서 은표銀票 한 장을 꺼내 아쇄에게 주었다.

"오십 냥짜리 은표요. 많지는 않으나 이걸 가져가면 당장 어려운 상황은 좀 넘길 수 있을 거요."

하지만 아쇄는 이내 고개를 흔들며 손을 뒤로 숨겼다.

"아니, 아니오! 사양할 것 없소! 다른 뜻이 있어서가 아니오. 나는 내가 처음 북경에서 밥 한 끼 사 먹을 돈이 없어 군침만 흘리고 다닐 때를 기억하오. 그때 나한테 베풀어줬던 그 따스함을 결코 잊을 수가 없소. 그때의 감격을 어찌 은 몇 냥으로 다 갚을 수 있겠소!"

"그래서 그러는 게 아니에요."

아쇄가 황급히 해명했다. 그러더니 뭔가 할 말이 남은 듯 입을 실룩거렸다. 그러나 더 이상은 말하지 않았다.

"그렇다면……, 왜?"

"아버지가 돈이 어디에서 생겼냐고 물으시면 뭐…… 뭐라고 대답해요?"

두 사람은 순간 침묵하고 말았다. 임기응변에 능하고 말재주 역시 뛰어난 주배공 역시 뾰족한 말이 떠오르지 않았다. 그는 할 수 없이 은표를 내밀었던 손을 거둬들였다.

"알았소! 이 다음에 내가 직접 아버님을 찾아뵙고 말씀을 드리겠소. 그러면 되겠소?"

주배공과 아쇄는 천천히 묘지 사이의 오솔길을 따라 걸었다. 그때 갑자기 아쇄가 외마디 비명을 지르면서 뒤로 물러섰다. 그바람에 자연스럽게 주배공의 품에 안기고 말았다.

주배공이 깜짝 놀라 눈앞을 자세히 살펴봤다. 말라비틀어진 뱀의 껍질이 길 한가운데 놓여 있었다. 그는 얼른 뱀의 껍질을 주워 풀숲에 던져 버렸다.

"이건 약으로도 쓰는 건데, 뭐가 그렇게 무섭다고 그러오? 나는 또 무슨 시체가 무덤 속에서 걸어 나오는 것을 봤나 했소!"

"이곳은 귀신이 자주 출몰하는 곳이에요. 오늘 저 혼자였다면 아마 이 길을 못 가고 저만치 돌아서 갔을 거예요."

아쇄가 놀란 기색이 가시지 않은 듯 식은땀을 닦으면서 말했다. 주배공은 웃을 수밖에 없었다.

"세상에 귀신이 어디 있다고 그러시오! 선불신도仙佛神道라는 것은 모두 사람들이 지어낸 것이오. 내가 처음 북경에 왔을 때 보니까 법화사 뒤편에 무덤이 무질서하게 많았소. 나는 여름이면 혼자서 거기 그늘에 누워 잠도 자고 했었소. 그런데 단 한 번도 귀신을 본 적이 없었소. 아직도 귀신이 있다고 믿다니, 나 참!"

"그런 말은 함부로 하는 게 아니에요. 귀신은 정말 있어요. 귀신을 안 만난 것은 주 대인께서 복이 많으셔서 그런 거예요. 귀인이기 때문이라고 할 수 있죠."

아쇄는 사뭇 진지한 태도였다. 주배공은 할 말이 궁한 듯 한참 동안 말없이 서 있었다. 그러다 갑자기 껄껄 웃기 시작했다.

"왜…… 왜 그렇게 웃는 거예요?"

아쇄가 주배공의 웃는 모습에 놀란 듯 발걸음을 멈췄다. 그리고는 그를 뚫어져라 쳐다봤다. 눈이 그야말로 등잔불처럼 커지고 있었다. 그가 귀신이라도 들린 줄 아는 눈치였다.

"어릴 때 겪은 일이 떠올라서 그래요!"

주배공이 앞서 나가면서 계속 추억을 얘기했다.

"흉년이 심하게 든 해였소. 변변이 먹지 못한 탓에 어머니가 병환으로 앓아누우셨소. 그때 의원이 그러지 않겠소. 환자를 몸보신 잘 시켜주는 것이 무엇보다 중요하다고. 그래서 몇십 리 길을 달려 먼 친척 집에 갔었소. 쌀도 얻었고. 떠날 때는 씨암탉 한 마리도 넣어주면서……. 이런 얘기 듣기 좋아하시오?"

"예, 말씀하세요. 듣고 있어요."

주배공이 한숨을 내쉬면서 말을 이어나갔다.

"집에 도착해서 막 닭을 삶았을 때였소. 마침 친척 아주머니가 게거품을 물고 달려왔소. 그러더니 다짜고짜 닭을 내놓으라는 것이 아니겠소. 내가 자기 집의 닭을 훔쳐다 삶았다는 거였소. 내가 아무리 친척 집에서 얻어왔다고 해도 믿어주지 않았소. 나중에는 두 팔을 걷어붙이고 침을 튕기면서 삿대질을 해대고 난리도 아니었소. 동네 사람들이 우르르 모여들어 수군대면서 듣기 거북한 소리도 하고 그랬소. 듣다 못한 어머니는 겨우 몸을 지탱하고 계시다가 나오셔서 그 여자한테 빌었소. 못난 자식을 한 번만 봐달라고 말이오. 그야말로 통사정을 하셨소. 또 신발을 벗어 날 때려죽이신다면서 무조건 잘못했다고 빌라고도 하셨소. 하지만 나는 한사코 말을 듣지 않았소. 어머니는 끝내 그 자리에서 기절하고 말았소."

주배공은 말을 하다 말고 금방이라도 엉엉 울어버릴 것처럼 울먹였다. 아쇄의 눈에서도 어느덧 눈물이 그렁그렁 맺혔다.

"그때 내 나이 겨우 열 살이었소. 화가 나서 도저히 못 참겠다는 생각이 들었소. 게다가 어머니까지 땅에 쓰러지셨으니 눈에 뵈는 게 있었겠소? 그래서 미친 듯 달려가 그 여자를 치받으면서 욕을 퍼부었소. '이 개 같은 년아! 우리 어머니가 잘못되는 날에는 너하고 나하고 없어지는 날이라는 걸 알라고! 내가 닭을 훔쳤다고? 가, 우리 관제묘關帝廟(관우를 모신 사당)에 가서 시비를 가려보자고. 신을 앞에 두고 맹세할 수 있어?'라고 말이오. 그러자 그 여자가 '못 갈 게 뭐 있어!'라고 하면서 오히려 큰소리를 치지 않겠소. 그래 앞서거니 뒤서거니 하면서 관제묘로 갔었소. 나는 가서 부들부들 떨면서 향을 사른 다음 무릎을 꿇고 앉아 머리를 쿵쿵 소리나게 조아렸소. 통곡하고 소리를 지르기도 했소. '관 대인, 관 대인! 관 대인은 하늘 아래의 진정한 신입니다. 이 땅의 억울한 사연에 대해서는 발 벗고 나서는 분이십니다. 제가 저 아주머니의 닭을 훔쳤다고 하는데, 어디 한번 굽어 살펴 주십시오. 진실을 가려주십시오. 제가 닭을 훔쳤다고 생각하시면 이 관제묘를 나서자마자 저에게 다리가 부러지는 형벌을 내려주십시오. 반대로 저 아주머니가 억지를 부린다고 생각하시면 관제묘를 나서자마자 기절하게 해주세요!'라고 말이오. 그렇게 간절하게 기도하고 일어서니 그만 눈앞이 핑그르르 돌지 뭐겠소. 비틀거리면서 밖으로 나오는 순간 나는 그만 그 높은 문턱에 걸려 넘어지면서 퍽! 하는 요란한 소리와 함께 계단 밑으로 굴러 떨어지고 말았소. 데굴데굴 굴러서 저 밑에까지 굴러가다 보니 정말로 발목이 삐었지 않았겠소."

주배공은 아픈 추억을 떠올리면서 저도 모르게 눈물을 흘렸다. 그러나 아쇄가 넋이 나간 듯 진지하게 듣고 있는 모습을 보고는 황급히 옷소매로 닦은 다음 물었다.

"아쇄는 귀신이 있다고 했잖소. 그러면 내가 방금 말한 것들을 다 믿는다는 말이오?"

"아미타불! 대인께서 말씀하신 내용이 사실이라는 것을 믿어요. 그러니 그렇게 된 것은 아마도 그쪽이 전생의 죗값을 치른 걸 거예요!"

처음에는 어른이라고 부르더니, 어느새 아쇄는 주배공에게 가까이 다가왔다. 어느새 호칭도 바꿔서 슬쩍 반말도 서슴지 않았다. 주배공에게 마음을 열기 시작했다는 증거였다. 그녀가 궁금한 듯 물었다.

"그래서 어떻게 됐나요?"

"그때부터 나는 미친 듯이 공부했소. 언젠가 내가 성공하는 날에는 제일 먼저 온 세상의 관제묘부터 없애버리겠다는 다짐을 하면서 말이오! 그런데 책을 읽다 보니 그런 마음이 눈 녹듯 사라지더라고. 다 지나간 일인데, 그까짓 흙으로 빚은 사람한테 화를 낼 것은 없지 않은가 하는 생각도 들고 말이오."

주배공과 아쇄는 울다가 웃고, 웃다 울면서 진지하게 많은 얘기를 나눴다. 그러다 어느덧 자기들만의 세계에서 엄연한 현실로 돌아오게 되었다. 어느새 사람들이 많은 큰길가로 나오게 된 것이다. 현실은 젊은 남녀가 어깨를 나란히 한 채 걸으면서 얘기를 나누는 것을 고운 시선으로 바라보지 않았다. 두 사람은 당연히 그 사실을 알고 있었다. 둘은 곧 약속이나 한 듯 발걸음을 멈췄다.

"나는 이제 그만 가봐야겠소."

주배공이 아쉬운 작별의 정을 억누르면서 말했다. 그러나 깊고 부드러운 눈매는 여전히 아쇄를 응시하고 있었다.

"그러세요."

몸을 살짝 낮춰 인사를 올린 아쇄 역시 아쉬운 듯 머리를 숙인 채 돌아섰다.

"아쇄!"

주배공이 갑자기 아쇄를 다시 불렀다. 아쇄가 가던 발걸음을 멈추고 돌아서서 주배공을 바라보았다. 그러자 그가 황급히 몇 걸음 다가가면서 목소리를 낮춰 물었다.

"오빠가 당한 일을 우씨 댁에서 아는 사람이 많소?"

"거의 모를 걸요? 밖에서 머리를 잘렸으니까요."

"그러면 걱정할 것이 뭐가 있소. 아쇄가 머리를 가위로 잘라준 다음 누군가가 그렇게 해버렸다고 큰 소리로 마구 떠들면 되잖소. 그렇게 선수를 치면 안 좋은 소문의 싹을 미리 잘라버릴 수 있소."

주배공의 말에 아쇄는 새카만 눈동자를 깜박거렸다. 그러다 한참 후에야 무슨 뜻인지 알겠다는 듯 "픽!" 하면서 입을 감싸 쥔 채 웃었다. 얼굴까지 살짝 붉혔다. 그러더니 "그쪽은 정말……"이라는 말을 내뱉고는 종종걸음으로 저만치 사라져 버렸다.

강희가 우가의 청진사에서 황궁으로 돌아왔을 때는 이미 한밤중이 돼 있었다. 금방이라도 쓰러질 듯 피곤이 몰려왔다. 하기야 저녁에 설전을 벌인 데다 직접 싸움판에 뛰어들어 임전무퇴의 정신을 보여줬으니 그럴 만도 했다. 하지만 모든 일이 잘 마무리 됐기 때문에 전혀 졸음을 느끼지 못했다. 흥분도 가라앉지 않은지라 그는 아무나 붙잡고 얘기가 하고 싶어졌다. 급기야 장만강에게 지시를 내렸다.

"가마를 대기시키게. 짐은 오늘 저녁에는 저수궁儲秀宮으로 가야겠네. 귀비 유호록씨도 부르게."

장만강이 황급히 대답하고 강희의 지시를 이행하기 위해 밖으로 뛰어나갔다.

이 늦은 시각 잠자리에 들지 않은 사람은 강희만이 아니었다. 황후 혁사리씨 역시 혼자서 등불 밑에서 골패로 점을 보고 있었다. 아들이 언제 생기겠느냐는 점을 하루에도 수십 번이나 보는 그녀다웠다. 그녀는 황제가 도착했다는 소식을 접하고는 부랴부랴 일어나 옷을 단정하게 차려입고 마중을 나갔다.

강희가 그런 황후를 보고 기분 좋게 말했다.

"짐이 오늘 저녁 좋은 일을 겪었소. 다른 사람들에게 말을 하지 않고는 도저히 못 배길 정도로 말이오!"

강희가 말을 마치자마자 황후의 손을 잡은 채 계단을 올라 궁전 안으로 들어갔다. 곧이어 도착한 귀비 유호록씨도 황제와 황후가 얘기를 나누는 것을 보고는 조용히 한쪽에 무릎을 꿇고 앉았다. 강희는 그런 유호록씨를 바라보면서 고개를 살짝 끄덕였다.

"들어오게."

"폐하!"

혁사리씨가 자신이 미리 준비해뒀던 인삼탕을 강희에게 가져다주도록했다.

"무슨 좋은 일인지 어서 말씀해 주시옵소서. 저희들도 같이 즐거워하게 말이옵니다."

"알았소!"

강희가 소매를 걷고 인삼탕을 한 모금 마셨다. 그런 다음 조금 전 우가 청진사에서 있었던 일의 자초지종을 하나도 빠뜨리지 않고 들려줬다. 마치 눈앞에서 일어난 듯 생생하게 연출했다. 그러자 유호록씨는 때때로 얼굴을 일그러뜨리며 놀라다가 또 때로는 웃음을 참느라 입을 감싸 쥐었다.

그러나 황후는 강희의 말을 듣고 한참 동안 아무 말도 하지 않았다. 생각에 잠겨 있는 듯했다. 그녀가 드디어 입을 열었다.

"폐하, 전에 오 선생께서 폐하의 수업 시간에 말씀하시는 것을 신첩이 잠깐 엿들은 적이 있사옵니다. 그때 오 선생은 '명命을 아는 사람은 자기 몸을 사랑하고, 바위나 담 같은 위험한 곳에는 서 있지 않는다'는 말을 했사옵니다. 평범한 일반인들도 이런 것에 각별히 신경을 씁니다. 그런데 폐하께서는 이 나라의 주인이 아니옵니까? 앞으로는 위험한 곳에는 가지 마시옵소서. 특히 오늘 같은 장소에는 장군들을 파견하는 것이 좋을 듯하옵니다. 이게 첫 번째 말씀이고요……."

"그래? 그러면 두 번째도 있나?"

황후가 강희의 질문에 대답하려다 잠깐 멈칫 했다. 순간적으로 몇 명의 궁녀와 태감들이 문어귀에 서 있는 것을 본 것이다. 그녀가 소매를 휘저으면서 지시했다.

"다들 나가고 묵국만 남도록 해라."

묵국墨菊은 황후 혁사리씨가 친정에서 데려온 시녀였다. 가장 믿는 사람이었다. 충성심 역시 의심의 여지가 없었다. 묵국은 황후의 말에 허리를 굽혀 대답하고는 밖에 나가 망을 보기 시작했다.

"너무 조심스러워 하는 것 같소. 황후가 데리고 있는 애들도 못 믿는다는 말이오?"

"두 번째 말씀드리고 싶은 것은 바로 이것이옵니다."

황후가 자리에서 일어나더니 강희에게 직접 차를 따라주면서 말을 이었다.

"폐하께서 방금 하신 말씀을 신첩은 한 글자도 빠뜨리지 않고 다 들었사옵니다. 그 양씨라는 자는 나중에 폐하께서 직접 우가 청진사로 행차하셨다는 것을 알면서도 도망을 가지 않았사옵니다. 그러기는커녕 끝까지 남아 불까지 싸질렀사옵니다. 대단히 놀라운 사실이옵니다. 간이 배 밖에 나오지 않고서는 도저히 상식적으로는 이해가 가지 않는 부분이기도 하옵니다."

황후의 말에 귀비 유호록씨도 놀라는 눈치였다. 황후가 말하는 방향으로는 전혀 생각하지 않았던 것이다.

"화광을 신호로 한다고 했지!"

강희는 그제야 뭔가 짚이는 데가 있는 듯 낯빛이 변했다. 나중에는 자리에서 벌떡 일어섰다. 안 그래도 황궁으로 돌아오는 내내 이 일이 석연치가 않은 터였으니까. 그런데 황후까지 의심을 품고 있지 않은가. 그의 머릿속에 갑자기 뭔가가 번개처럼 떠올랐다.

'화광을 신호로 한다'는 결정은 원래 건청궁에서 비밀리에 정해진 것이었다. 그런데 그자들이 그처럼 빨리 소식을 접하고, 오히려 그걸로 뒤통수를 치려고 하지 않았는가!

강희는 뭔가 감이 잡힌다는 듯 찻잔을 거칠게 탁자 위에 내려놓았다. 그런 다음 용암처럼 이글거리는 눈빛으로 궁전 밖을 내다보면서 이를 악물었다.

"황후 말이 맞소! 궁중에는 확실히 간첩이 있소. 알고 보니…… 이런 일이…… 있었군!"

황후는 강희가 놀라움과 분노로 안색이 무서울 정도로 변하는 것을 지켜보다 황급히 자리에서 일어났다. 강희를 진정시키기 위해 간곡하게 아뢰었다.

"다 지나간 일이옵니다. 너무 화를 내셔서 건강을 해칠 필요까지는 없다고 생각하옵니다. 그자들의 간계에 넘어간 것은 아니니, 이 일은 신첩과 귀비가 알아서 천천히 확실하게 조사하도록 하겠사옵니다."

"여봐라!"

강희가 갑자기 소리를 질렀다.

"양심전의 장만강과 소모자를 불러들여라!"

강희의 명령에 묵국이 문 밖에서 황급히 대답하고는 바로 사람을 보냈다. 황후는 그런 강희를 걱정했다.

"폐하께서는 오늘 너무 힘드셨을 것이옵니다. 그런데 이 시간에 다시 사람을 부르시옵니까? 늦은 시각이라 궁문도 전부 닫혔을 것이기 때문에 사람을 불러오려면 또 번거롭게 소동이 일어나야 하옵니다. 그렇게 되면 큰일도 아닌데 또 문서로 기록이 남을 것이옵니다."

"기록으로 남기려면 남기라고 하지!"

강희가 차갑게 내뱉었다. 그런 다음 찻잔을 유호록씨에게 넘겨주면서 말했다.

"다 식었소. 뜨거운 걸로 바꿔 오시오! 쇠뿔도 단김에 빼라고 하지 않았소. 궁문이 닫혀서 알아봤자 몇 사람밖에는 모를 테니 차라리 더 잘됐소. 여봐라! 누구라도 오늘 저녁 일어난 일을 허락 없이 마음대로 떠들고 다니면 내무부에 가둬놓고 굶겨 죽이는 처벌을 받을 것이라고 전하라!"

황후가 강희의 말에 머리를 끄덕였다.

"폐하께서는 정말 현명하시옵니다. 다만 건강에 조금 더 유의하셨으면 하옵니다!"

강희가 한숨을 내쉬었다.

"세상에 짐같이 힘든 황제도 없을 거요. 누구라도 한번 이 자리에 앉아보라고 해. 쉽지 않을 걸? 한족들의 말대로라면 황후나 나나 모두 오랑캐들이오. 말 잘 듣는 소를 끌고 가려고 해도 쉽지가 않은 일인데, 들이받기나 하고 자꾸 다른 데로 방향을 틀려고 하는 소를 끌고 가려고 해 보오. 얼마나 신경이 쓰이고 힘이 드는지. 그러니 더욱 신중에 신중을 기할 수밖에! 만약 명나라 황제가 손가락 까딱할 힘으로 해낼 수 있었던 일이라면 나는 다섯 배, 열 배의 힘과 노력을 들여야 할 거요!"

"지당하신 말씀이옵니다."

유호록씨가 맞장구를 쳐주었다.

"지금은 나라 안팎으로 중요한 일들이 산재해 있소. 그야말로 일이 많은 때라고! 이럴 때일수록 짐이 모든 일에 직접 관여하고 더욱 철저하게 감시해야 하오. 또 올바른 판단도 내려야 하고. 그러나 아랫것들을 시키면 돌이킬 수 없는 실수를 저지를 수가 있소."

강희가 깊은 한숨을 내뱉고 나서 다시 말을 이었다.

"오 선생이 짐에게 편지를 보내 '백성을 다독거려 재우지 못하고는 삼번의 평정을 논할 수가 없다. 또 돈을 모으지 않고는 병사兵事에 대해 말할 수 없다!'라는 조언을 했소. 이 얼마나 기가 막힌 명언이오! 짐의 국고國庫는 지금 텅텅 비어 있소. 매년 무리를 해가면서 이천만 냥이나 되는 돈을 그 애물단지들에게 고스란히 가져다 바치고 있다고! 자고로 나만큼 재수 없는 황제가 또 어디 있겠소? 더구나 그자들은 그 많은 돈을 가져다 딴짓이나 하고 있으니 말이오. 백성을 다독거리는 것이나 돈을 모으는 것, 병사 등은 모두 백성들과 친밀하게 지내는 것으로부터 시작하는 거요. 그런데 짐이 민생을 나 몰라라 하고 백성들의 삶에 가까이 다가가려는 자세도 없이 몸조심을 하느라 매일 건청궁에나 박혀 있어 보오. 또 세상 돌아가는 물정을 다른 사람에게서 보고나 받고 해보오. 그러면 당 태종은커녕 무능하기로 소문난 송나라 휘종徽宗, 흠종欽宗보다도 더 못한 바보등신 황제가 되는 것은 시간문제요! 황후도 장손長孫황후(당 태종의 황후)가 되기를 바라오, 아니면 별 볼 일 없는 황후가 되기를 원하오? 후자의 황후는 '군주가 성 위에 깃발을 세워서 항복을 하는데, 첩은 깊은 궁궐에서 낮잠만 자는구나'라는 소리를 들어도 할 말이 없을 거요."

강희는 자신도 모르게 흥분해서 한참 열변을 토했다. 마침 그때 장만강과 소모자가 헐레벌떡 숨을 몰아쉬면서 들어왔다. 둘은 황제와 황후에게 머리를 조아린 다음 유호록씨에게는 가볍게 인사만 올렸다. 장만강이 물었다.

"폐하, 무슨 일로 소인들을 부르셨사옵니까?"

강희는 그새 화가 많이 가라앉은 모양이었다. 굳이 자신이 얘기를 할 필요가 없다는 표정으로 황후에게 말했다.

"황후가 육궁六宮의 주인이니 얘기를 해주시오. 나는 조금 쉬어야겠소."

"예, 폐하!"

황후가 강희의 지시에 즉각 대답했다. 그런 다음 그의 맞은편에 앉아 장만강과 소모자에게 물었다.

"오늘 폐하께서 건청궁에서 정사를 의논하셨어. 그때 두 사람 가운데 누가 당직을 섰나?"

황후의 말에 장만강이 황급히 무릎을 꿇으면서 대답했다.

"황후마마께 아뢰옵니다. 소인이 당직을 섰사옵니다."

"폐하께서 부르신 그 몇몇 대신들 외에 궁 안의 사람들은 누구누구가 있었나?"

"우선 소인이 있었고요……."

장만강이 머리를 들었다. 동시에 손가락을 꼽으면서 기억을 더듬었다.

"유위劉偉, 황사촌黃四村, 상보주常寶柱, 진자영陳自英……. 모두 스물네 명이옵니다. 아, 또 문화전의 왕진방도 다녀갔사옵니다."

장만강의 말이 끝나자 강희가 옆에서 끼어들었다.

"짐이 화광을 신호로 해서 열두 곳의 청진사를 한꺼번에 불태워 버리라고 한 말을 자네들도 들었는가?"

"소인은 들었사옵니다."

장만강은 강희의 질문을 듣고 비로소 오늘 저녁 자신들이 불려온 이유를 알 것 같았다. 그가 황급히 머리를 조아리면서 말을 이었다.

"다른 사람들은 들었는지 모르겠사옵니다. 하지만 아무래도 들은 사람이 더 많을 듯하옵니다. 그 당시 이 일을 두고 한참 동안 의논을 한 다음 도해 대인에게 행동에 옮길 것을 명령하신 것으로 소인은 알고 있사옵니다. 폐하께서는 소인들에게 나가 있으라는 말씀을 하시지 않으셨사옵니다."

"황제폐하께서 이쪽에서 말을 하자마자 저쪽에서는 비밀 아닌 비밀이 돼 버렸으니, 이게 말이 되는 소리인가?"

황후가 장만강에게 발끈 화를 냈다.

"장만강, 도대체 당직을 어떻게 선 거야?"

황후의 목소리는 높지 않았다. 그러나 한껏 무게가 있었다. 옆에 있는 소모자가 놀라 얼굴이 창백해질 정도였다. 그는 황급히 무릎을 꿇은 채 머리를 깊이 숙이고는 숨도 제대로 못 쉬고 있었다. 장만강 역시 뭘 잘못했는지도 모르면서 연신 머리를 조아린 채 "지당하신 말씀이옵니다"라는 말만 반복하고 있었다.

강희가 그런 장만강이 안쓰러운지 부드러운 목소리로 물었다.

"장만강, 짐도 자네가 그동안 쭉 조심스럽게 일처리를 잘해온 것은 인정해. 그러나 오늘 일은 워낙 구멍이 크게 났다고. 그걸 알고 있나?"

"소인, 백번 죽어 마땅하옵니다!"

장만강이 울먹이며 대답했다.

"황후마마의 처벌을 달게 받겠사옵니다!"

"처벌을 위한 처벌이 무슨 의미가 있어? 자네 생각에는 범인이 누구인 것 같나?"

황후가 다시 입을 열었다.

"그건……."

장만강의 등과 이마에서는 식은땀이 비 오듯 흘러내렸다. 난감한 표정이었다. 그가 한참을 생각하더니 간신히 입을 열었다.

"소인은 아무리 생각해봐도 갑자기 떠오르는 사람이 없사옵니다. 함부로 망언을 퍼뜨려 군주를 기만할 수는 없다고 생각하옵니다."

그때 소모자가 끼어들었다.

"소인은 알 것 같사옵니다. 왕진방과 황사촌이 아니면 그럴 사람이 없사옵니다! 또 어차방御茶房에서 일하는 아삼阿三도 약간 의심스럽기는 하옵니다만…….”

장만강은 소모자의 거침없는 말에 깜짝 놀랐다. 반사적으로 고개를 돌려 소모자를 쳐다봤다.

“소모자, 이건 사람 목숨이 달린 문제야! 아무렇게나 말했다가는 큰 경을 치게 돼!”

장만강의 표정은 심각하기 이를 데 없었다. 소모자는 그 표정에 화들짝 놀랐는지 바로 말문을 닫아버렸다.

“이 미련한 작자야!”

황후가 거칠게 탁자를 내리치면서 화를 냈다. 옆자리에 앉은 강희까지 깜짝 놀랄 정도였다. 황후는 내친김에 더욱 위엄어린 목소리로 소리쳤다.

“당신, 뭐하는 사람이야! 아랫것이 어떻게든 황제폐하께 도움을 드리기 위해 걱정을 하고 있잖아. 그런데 당신은 말도 못하게 기죽이는 것밖에 몰라? 폐하께서 억울한 사람을 함부로 죽이실 분인가?”

“황후마마…….”

장만강은 온몸을 사시나무 떨 듯했다. 목소리 역시 덜덜 떨렸다.

“소인은 미련하기 이를 데 없사옵니다! 폐하께서 억울한 원혼을 만드시지 않을까 걱정을 하다니, 소인이 바보천치입니다!”

“흥!”

황후가 냉소를 터뜨렸다. 즉각 처벌에 못지않은 인사조치를 내렸다.

“자네는 더 이상 양심전에 있을 자격이 없어. 앞으로는 자녕궁으로 가서 일하게!”

사실 자녕궁으로 쫓겨나서 태황태후의 시중을 드는 것은 처벌이라고 할 것도 없는 일이었다. 그러나 쫓겨나는 것만은 분명했다. 그런 만큼 장만강은 자신에게는 말할 것도 없고 태황태후에게도 송구스러웠다. 강희 역시 이런 생각을 하면서 명령을 내렸다.

"둘 다 나가 있어!"

강만강과 소모자는 강희의 명령에 바로 일어나더니 다리를 후들후들 떨면서 지체 없이 밖으로 나갔다. 둘은 밖으로 나와서도 희미한 불빛이 비치는 정원 한구석에 엎드린 채 불안에 떨었다.

황후는 그래도 여전히 화가 풀리지 않은 듯했다. 강희가 그런 황후를 보고 웃으며 말했다.

"정말 몰랐소! 황후에게 그토록 대단한 면이 있는 줄을 말이오!"

옆에 있던 유호록씨가 강희의 말에 동감한다는 표정으로 고개를 끄덕였다. 황후는 강희의 웃는 얼굴을 보고서야 비로소 긴장이 풀렸다. 평소처럼 침착한 모습으로 돌아온 황후가 결의를 다졌다.

"호락호락하게 보여서는 결코 안 되겠사옵니다. 자신의 집안도 잘 다스리지 못하면서 치국평천하는 불가능하다고 생각하옵니다."

황후가 정색을 하자 강희도 바로 맞장구를 쳤다.

"멋진 말이야."

그러나 강희는 얼마 후 처벌만이 능사는 아니라는 어조로 다시 입을 열었다.

"하지만 당장은 장만강을 처벌해서는 안 될 것 같소. 짐이 생각해 보니, 이번에 비밀이 새어 나간 것은 태감들이 입을 잘못 놀려서가 아니오. 누군가 작정을 하고 간첩을 보낸 것이 틀림없소. 마음먹고 치밀하게 뚫고 들어오는 놈들을 장만강이 무슨 수로 막겠소? 짐이 마음 편하게 부릴 수 있는 사람은 그나마 이 둘이오. 소모자는 짐이 알아서 처리할 테니, 황후는 장만강을 용서하시오. 우리 내부가 불안하다는 냄새를 절대 외부에 풍겨서는 안 되기 때문에 더욱 그렇소. 그건 적들의 간계에 우리가 속수무책으로 놀아나는 것이나 다름없소. 그러면 그놈들은 뒤에서 손뼉을 치면서 좋아할 게 틀림없소."

"무슨 말씀인지 알겠사옵니다."

황후가 강희의 말에 동의를 했다. 그러면서 얼굴을 돌려 묵국에게 명을 내렸다.

"두 사람더러 다시 들어오라고 해!"

## 25장

# 황제를 위한 살신성인

세월은 빠르게 흘러갔다. 어느새 음력 9월 9일인 중양절重陽節이 다가왔다. 하늘은 시리도록 푸르고 단풍은 울긋불긋 곱게 물들고, 코스모스는 하늘하늘 춤추고 있었다. 여름철 더위에 지친 사람들을 밖으로 불러내게 만드는 천고마비의 계절이었다. 높은 누각에 올라 술잔을 기울이면서 시원한 가을바람에 답답한 가슴이 뚫리도록 풍류를 즐기기에는 더 없이 좋은 날이기도 했다. 그래서일까, 사람들은 삼삼오오 무리를 지어 저마다 어디론가 향하고 있었다.

궁중의 겨울 준비는 일반 백성들의 집보다 조금 빨리 시작됐다. 당연히 황궁의 일꾼들은 온돌 수리, 난로 설치에 서둘러 나서는 외에도 음식을 저장할 구덩이를 파느라 그야말로 눈코 뜰 새 없이 바쁘게 움직였다. 소모자 역시 새벽이라고 해도 과언이 아닌 인시寅時에 일찍 일어나 찬물로 대강 얼굴을 씻고 부랴부랴 양심전으로 향했다. 강희는 벌써 일어나 있었다. 소모자는 재빨리 다가가 털모자를 씌워줬다. 강희가 두 팔을 벌렸을 때는 능숙하게 갈색 비단 솜저고리를 입혀줬다. 그런 다음 푸른 비단의 양털 조끼를 걸치도록 하고 금 허리띠까지 채워줬다. 마지막으로는 호박으로 된 목걸이를 조심스럽게 목에 걸어주는 것으로 수발을 마쳤다. 소모자는 자신의 일을 다 마치자마자 두 손을 공손히 드리운 채 머리를 숙이고 한편으로 물러섰다.

강희는 사실 소모자에게 몇 개월 전부터 쭉 불만이 있는 듯한 눈치였다. 툭하면 혼낸다거나 과거 같으면 웃고 넘어갈 일도 크게 호통을 치고는 했기 때문이다. 그렇다고 소모자에게 그럴 만한 이유가 있는 것도 아니었다. 속 시원하게 물어볼 수도 없었다. 그로서는 매일매일 애간장이 탔다. 또 강희의 눈 밖에 나지 않기 위해 각별히 조심하고 신경도 써야 했다.

강희는 나갈 차비를 끝내자 소모자를 데리고 먼저 흠안전欽安殿으로 향했다. 향을 피우고 조정과 백성들의 안녕을 빈 다음에는 자녕궁으로 가서 태황태후에게 아침 문후를 올렸다. 그의 다음 행선지는 양성재養性齋였다. 새로 북경으로 발령이 난 병부상서 막락을 접견해야 했다. 또 주국치와 범승모 역시 만나봐야 했다. 서로 비밀리에 할 얘기들이 많아 일부러 조용한 곳을 택한 것이었다. 강희는 세 사람과 머리를 맞댄 채 한참 동안 밀의密議를 마치고 난 다음에야 비로소 저수궁으로 돌아와 황후와 함께 아침을 먹었다.

"오늘 만나 본 이 세 명의 대신들 말이오……."

강희가 음식을 먹으면서 말했다.

"막락과 주국치는 그런대로 괜찮은 것 같소. 그러나 웬일인지 범승모의 얼굴에는 그늘이 져 있는 것 같았소."

황후가 산약주山藥酒로 푹 삶은 오리고기를 강희의 그릇에 덜어주면서 물었다.

“왜 그런지 물어보지는 않으셨사옵니까?”

“아니, 물어보지 않았소. 짐의 느낌이 그랬다는 말이오. 내일이면 남쪽으로 향해야 하니 아무래도 가족을 남겨 놓고 가는 기분이 좋지 않을 것 아니오.”

강희의 말에 황후가 살을 붙였다.

“그 사람과 삼번의 경耿씨들과는 사돈 간이옵니다. 이상한 기미가 보이면 물어봐야 하지 않겠사옵니까?”

황후의 말에 강희가 약간 놀라는 표정을 지었다. 하지만 이내 웃으면서 말했다.

“그건 기우라고 해야 하오. 범승모는 정직한 군자라고 해도 좋소. 보기 드물게 양심적이고 충성스러운 사람이오. 홍승주, 전겸익錢謙益과는 차원이 다른 사람이오.”

황후가 뭐라고 다시 입을 열려고 할 때였다. 옆에서 식사 시중을 들던 소모자가 불쑥 대화에 끼어들었다.

“폐하께서 방금 황후마마께 물으신 부분은 소인이 조금 알고 있사옵니다!”

“뭐라고?”

소모자가 또 끼어드는 바람에 강희가 음식을 집으려고 들었던 젓가락을 내려놓았다. 그러더니 얼굴을 돌려 화를 내는 듯한 표정으로 물었다.

“알기는 뭘 안다는 거야?”

“범 대인 집에 며칠 전에 호랑이 한 마리가 뛰어 들어갔다는 말을 들었사옵니다.”

“말도 안 돼! 개국 초기도 아닌데, 북경에 아직 호랑이가 있다는 말인가?”

강희가 소모자를 나무랐다. 그래도 소모자는 진지하게 대답했다.

"사실이옵니다. 범 대인의 집은 옥황묘玉皇廟 외곽에 있사옵니다. 정말 외딴 곳이옵니다. 그런데 듣자 하니 사냥꾼들이 며칠 전에 서산西山에서 호랑이굴을 덮쳤다고 하옵니다. 그러자 갓 낳은 새끼를 빼앗긴 어미 호랑이가 발광을 하며 대낮이든 야밤이든 마을로 내려와 찾으러 다녔다고 하옵니다. 그러다 범 대인 댁으로 들어오게 되었죠. 그곳에서 범 대인 댁의 노새를 한 마리 물어죽이면서 완전히 난리가 났사옵니다. 당연히 호랑이도 맞아죽었죠!"

"그 일 때문에 우울하다 그런 말인가?"

강희가 반문하면서 황후를 힐끗 쳐다봤다. 소모자가 말을 이었다.

"나중에 범 대인의 어머니가 수월水月 스님을 찾아가 점을 봤다고 하옵니다. 그랬더니, 다른 것은 다 괜찮다고 하더랍니다. 다만 범 대인에게 한 가지 명심할 것이 있다고 했다는군요. 산에 있는 큰 벌레大蟲는 마구 때려잡아도 별 문제가 없으나 문 안의 큰 벌레는 건드리지 말아야 한다고요. 범 대인은 집에 돌아오자마자 그 얘기를 전해 듣고는 기분이 우울했을 것이옵니다."

"문 안의 큰 벌레가 뭐지?"

황후가 고개를 갸웃거린 채 물었다.

"소인이 듣기로는 복건성을 줄여서 민閩이라고 부른다고 하옵니다. 이게 바로 문 안에 벌레가 있는 글자가 아니고 뭐겠사옵니까? 복건성을 건드리지 말아야 한다는 말이 되옵니다."

황후가 재미있다는 듯 웃으면서 화답했다.

"그러고 보니 정말 그렇네!"

소모자는 황후가 웃자 재미있는 얘기로 식사 시간을 즐겁게 해줬다는 칭찬을 들을 것으로 지레 기대했다. 그러나 그게 아니었다. 강희는 그가 그런 기대를 하고 있을 때 갑자기 자리에서 벌떡 일어서기 무섭게 사정없이 그의 귀싸대기를 후려쳤다.

소모자는 전혀 예기치 못했던 강희의 돌발적인 주먹질에 비틀대면서 뒤로 넘어질 뻔했다. 그러나 워낙 몸이 날렵한 덕분에 다행히 넘어지지는 않았다. 그저 뒤로 몇 걸음 가재걸음을 쳤을 뿐이었다. 그는 그런 다음 황급히 무릎을 꿇고는 죽어라 머리를 조아렸다. 황후와 주위의 태감 및 시녀들도 너무나 갑작스런 강희의 행동에 깜짝 놀랐다. 두 눈이 휘둥그레져 서로를 번갈아 쳐다볼 뿐이었다.

"빌어먹을 자식! 어디서 거지 같은 말만 듣고 다니는 거야?"

강희의 얼굴은 너무나 화가 나서 그런지 벌겋게 달아올랐다.

"폐하! 소인, 이 천치 같은 바보 머저리가 죽을죄를 지었사옵니다!"

소모자의 한쪽 뺨은 어느새 만두처럼 부어올라 있었다. 제대로 맞은 듯했다. 그러나 그는 아픔을 참고 온몸을 심하게 떨면서 말을 이었다.

"소인이 버르장머리 없이 끼어들기는 했사옵니다. 그러나 소인의 말은 모두 사실이옵니다!"

강희가 소모자의 변명에 냉소를 흘렸다.

"범승모가 떠날 준비를 마치고 수심에 가득차 있기에 짐이 황후하고 그냥 지나가는 말로 편하게 얘기를 나눴던 거야. 그런데 네가 그렇게 부풀려서 말할 수 있어? 네가 지금 뭐라고 한 줄이나 알아? 내감內監이 감히 조정의 의정議政에 관여하고 대신을 비방하다니! 네가 지금 얼마나 큰 죄를 지었는지 아직도 모르는가?"

강희가 고래고래 소리를 질렀다. 그러더니 소모자에게 다가가면서 더욱 신랄하게 일갈했다.

"길 떠나는 사람한테 덕담은 못해줄지언정 웬 악담이야!"

"소인은 정말 범 대인께 악담을 한 것이 아니옵니다! 저는 곧 죽어도 수월 스님이 그렇게 말했다고 할 수박에 없사옵니다!"
소모자가 억울하다는 듯 해명했다.
"요것 봐라!"
강희는 꼬박꼬박 대드는 소모자에게 더욱 화가 치밀었다. 금방이라도 잡아 먹을 듯 두 손을 부들부들 떨었다.
"다른 것은 제쳐둘 수 있어. 그러나 짐과 황후의 대화에 끼어든 죗값은 치러야겠어. 여봐라, 이자를 끌어내라! 즉시 곤장 백 대를 안겨라. 그때까지도 입이 살아 있나 보게 말이다!"
황후는 강희가 처음 화를 낼 때만 해도 별것 아닌 문제를 가지고 생떼를 부린다는 생각이 없지 않았다. 또 황제의 품위를 손상시키지는 않을까 우려했다. 그러나 강희의 말을 듣고 보니 일리가 없지도 않았다. 입 한 번 잘못 놀려 곤장 백 대를 맞게 생긴 소모자를 위해 변명 한마디라도 해주려고 했으나 끝내 아무말도 하지 않은 것은 다 그런 판단과 무관하지 않았다. 게다가 이번 기회에 소모자의 고약한 버릇을 확실하게 고쳐놓겠다는 생각도 없지 않았다.
"끌어내지 않고 뭣들 하는 거야?"
강희가 두 눈을 무섭게 부릅뜨면서 다시 한 번 소리를 내질렀다.
"끌어내!"
문 앞에 서 있던 태감들은 강희가 재촉하자 감히 더 이상 우물쭈물하지 못했다. 바로 달려들어 눈에 눈물이 그렁그렁한 소모자를 끌고 밖으로 나갔다. 소모자는 그 와중에도 억울하다는 눈빛으로 장만강을 쳐다보았다. 순간 장만강은 자신에게 일말의 기대를 하고 있는 소모자가 갑자기 불쌍하다는 생각이 들었다. 바로 황급히 허리를 굽히면서 강희에게 아뢰었다.
"폐하, 소인이 가서 벌을 집행하는 것이 어떻겠사옵니까?"

"필요없어! 너희 태감들의 약은 수작을 짐이 모를까봐!"

강희가 냉소를 퍼부으면서 자리로 돌아가더니 젓가락을 들었다. 그런 다음 쟁반을 신경질적으로 뒤졌다. 곧 죽순을 찾아내더니 입에 넣고 질겅질겅 씹었다. 얼마 후 그가 다시 주위에 있는 모든 사람들을 향해 말했다.

"태조와 태종께서 가법은 엄하게 세우라고 하셨어. 그런데 짐과 황후가 바빠 조금 주변을 소홀히 했더니, 태감들이 아주 머리 위로 기어 오르는구만! 짐이 그냥 오냐오냐 봐줄 줄 알았어? 여봐라, 신형사慎刑司(죄를 심문하는 기관. 주로 태감들을 다뤘음)에 전하라! 태조황제께서 '내감이나 궁녀들 중에서 조정의 일에 간섭하는 자는 단칼에 처단하라'고 한 조지詔旨를 철판에 새겨 각 궁전의 곁채에 세워두도록 하라고!"

좌중의 사람들은 그제야 강희가 소모자를 일벌백계의 희생양으로 삼으려 한다는 사실을 눈치챘다. 보통 일이 아니었다. 모두들 숨을 들이마시고 입을 뚝 다물었다.

그때 밖에서 소모자에 대한 형벌이 집행되기 시작했다. 폭죽과 사람들의 웅성거리는 소리도 요란하게 들려왔다. 한편에서는 소모자의 울음소리가 귀청을 때리고 있었다. 그는 거의 실신하듯 비명을 질러대다 급기야 황제에게까지 도움의 손길을 애걸했다.

"폐하, 황후마마…… 살려주시옵소서. 노재奴才, 다시는……, 다시는 까불지 않겠사옵니다! 아이고, 살려주세요!"

궁전 안팎에 있던 태감과 궁녀들 수십 명 중의 일부는 평소 소모자와 친하게 지내던 사이였다. 때문에 그의 비명이 들려올 때마다 눈을 질끈 감으며 고통스러워했다. 한솥밥을 먹기로 약속한 사이인 목국의 마음은 더 말할 나위가 없었다. 급기야는 방으로 뛰어들어가 이불을 뒤집어 쓴 채 울음을 터뜨렸다. 반면 평소 소모자를 질시하고 미워했던 이

들은 속으로 좋아라 하고 환호성을 질렀다.

황후 역시 소모자를 안쓰럽게 생각하는 쪽이었다. 나중에는 도저히 안 되겠다고 생각했는지 강희에게 약간 비굴한 웃음까지 지어보이면서 말했다.

"잘 하셨사옵니다. 이참에 아주 버릇을 확실하게 고쳐놓아야 하옵니다. 그러나 소모자가 부지런하고 일을 잘했던 점도 감안하셨으면 하옵니다. 그냥 몇 대 때려주고 마는 걸로 끝내시옵소서. 또 큰 명절은 아니나 그래도 명절이니 만큼 괜히 이런 일로 아침부터 기분 상하지 말았으면 하옵니다."

"황후가 그렇게 생각한다면 좋소. 서른 대 감형하라고 하겠소!"

강희가 한참 후 뭔가 생각을 하다 말고 장만강에게 지시했다.

"소모자에게 이제부터 다시 어차방에서 일하라고 하라! 자네, 잘 들었지? 아랫것들 단속 잘 하라고! 오늘 봤지? 태감이 함부로 입을 잘못 놀려 비밀을 누설하는 날에는 오늘 소모자처럼 되는 거야!"

강희는 말을 마치자마자 자리에서 일어섰다. 그런 다음 황후에게까지 온다 간다 말도 없이 어디론가 가버렸다.

그날 저녁 이경二更쯤 됐을 때였다. 강희는 일을 마치고 양심전으로 돌아왔다. 대기 중이던 장만강이 묵묵히 조주朝珠(예복의 목걸이)를 벗겨줬다. 또 곤룡포를 조심스레 벗겨 침대에 반쯤 기대게 눕어놓고는 까치발을 한 채 밖으로 나가려고 했다. 바로 그때 강희가 장만강을 불러 세웠다.

"장만강, '군주와 같이 있는 것은 마치 호랑이와 같이 있는 것과 같다' 라는 말이 있지. 정말 그런가?"

"뭐…… 그렇기까지야 하겠사옵니까?"

장만강이 대충 얼버무리면서 강희를 쳐다봤다. 강희는 웬일인지 입가에 웃음을 흘리고 있었다. 기분이 나쁘지만은 않은 눈치였다. 그러나 장만강은 상황을 쉽게 판단하지 않았다. 그는 자신이 쭉 그 성장과정을 곁에서 지켜봐 온 강희에 대해 이제야 어느 정도 알 것 같다는 생각을 하고 있었다. 강희는 적어도 얼굴 표정으로 모든 것을 말하는 황제는 아니었던 것이다. 한마디로 얼굴에 나타나는 '웃음'과 '짜증'만으로 속마음을 점칠 수 없는 사람이 바로 강희라는 사람이었다.

더구나 장만강은 강희의 말투가 어쩐지 그다지 우호적이지 않다는 느낌을 받았다. 그의 뇌리에 바로 이번에는 내 차례인가 하는 불길한 생각이 스쳐 지나갔다. 그는 긴장한 나머지 부들부들 떨면서 더듬거렸다.

"소모자는 맞아죽어도 싸다고 생각하옵니다. 그놈의 입이 방정이어서 폐하를 화나게 만들었사옵니다. 폐하께서 그 정도 하고 봐주신 것은 대단한 아량이라고 소인은 생각하옵니다."

강희가 갑자기 주변을 두리번거렸다. 아무도 없었다. 그러자 그가 갑자기 큰 소리로 웃기 시작했다.

"자네는 왜 그리 사색이 돼서 그러나! 짐은 용이지 호랑이가 아니야! 옛말에 '신령스러운 용은 누구도 그 신출귀몰한 종적을 모른다'라는 말이 있어. 자네는 그런 말을 들어봤나?"

"무슨 말씀이시온지……."

"내 말은……."

강희가 짧게 깎은 머리를 쓰다듬었다. 그리고는 잠시 뭔가 생각한 다음 다시 입을 열었다.

"자네, 찰과상에 바르는 약을 조금 얻어다 몰래 소모자에게 가져다줘. 걸을 수 있나 없나 살펴보고, 걸을 수 있으면 데리고 오게. 다른 사람 눈에 띄는 것은 곤란하니까 자네가 알아서 잘하게."

장만강은 전혀 예상치 못한 강희의 뜻밖의 명령에 깜짝 놀라지 않을 수 없었다. 입만 벌린 채 한동안 대답을 하지 못했다. 그러다 그만 한아름 안고 있던 빨랫감을 땅바닥에 떨어뜨리고 말았다. 그가 한참 후에야 머뭇거리면서 입을 열었다.

"오늘 꽤나 맞았사옵니다. 아직 걷지 못할 것 같사옵니다. 또 올 수 있다고 해도 양심전의 눈은 비켜갈 수 없사옵니다!"

"음, 그렇기도 하겠군!"

강희가 자리를 고쳐 앉으면서 말했다.

"그렇다면 짐과 함께 한번 가 보세!"

"예?"

장만강이 더욱 크게 놀라 벌린 입을 다물 줄 몰랐다. 그는 설마! 하는 생각에 강희를 다시 한 번 쳐다봤다. 하지만 강희는 근엄하기만 했다. 그는 그제야 농담이 아니라는 것을 깨닫고는 황급히 "예, 폐하!" 하고 대답했다.

강희가 자리에서 일어서더니 방 안을 서성거렸다. 그러다 누군가 들으라는 듯 큰 소리로 말했다.

"장만강, 어째 몸이 찌뿌드드하군. 가슴도 답답하고 말이야. 짐과 함께 궁전이나 좀 돌고 오자고!"

두 사람은 얼마 후 수화문을 나섰다. 때는 밤 9시가 넘은 시각이었다. 저 멀리 보이는 초승달은 허공에 걸린 채 어디론가 발걸음을 재촉하는 검은 구름들 사이에서 추위에 오들오들 떨고 있었다. 그래서인지 자금성은 그 어느 때보다 빨리 정적에 잠들어 있었다. 그래도 멀리에서 야경을 도는 태감들이 외치는 "등불 조심! 등불 조심!"하는 소리가 종종 들려왔다. 사실 황궁의 태감들은 미신을 상당히 신봉하는 편이었다. 당직을 서는 날이 아니면 저녁 무렵 밖에는 코빼기도 비치지 않는 것은 다 그 때문이라고 할 수 있었다. 심지어 그들은 저마다 요강을 준비해 놓고 용변도 방에서 해결했다. 물론 넓디넓은 자금성에서 건청궁 쪽만 그나마 등불이 반짝이고 어디나 할 것 없이 조용한 것은 강희가 경비 절감 차원에서 태감의 수를 1000여 명으로 대폭 줄인 것과도 무관하지 않았다.

코끝이 찡하게 찬바람이 불어왔다. 장만강은 그렇지 않아도 겁에 잔뜩 질려 있던 터라 온몸을 부르르 떨었다. 소름이 끼치는지 몸도 움츠렸다. 강희는 그런 사실을 아는지 모르는지 뒤에서 따라오면서 신발소리를 무겁게 내고 있었다. 그 소리는 마치 고요한 대지에 메아리치듯 울렸다. 장만강은 그 소리에 "덕망 높은 천자는 모든 신이 돕는다"라는 항간의 말을 갑자기 떠올렸다. 그제야 모든 두려움이 어느 정도 가시는 듯했다.

강희와 장만강은 시커멓고 으스스한 골목을 몇 개나 돌았다. 저 멀리 나지막한 지붕들이 한 줄로 길게 늘어선 모습이 보였다. 동시에 소모자의 끊어질 듯 이어지는 신음소리도 심심찮게 들려왔다. 강희가 발걸음을 멈추면서 물었다.

"다른 사람이 있는 것은 아니겠지?"

장만강이 황급히 대답했다.

"오늘 지독하게 얻어맞지 않았사옵니까. 다들 재수 옴 붙는다고 피하기에 급급했을 것이옵니다!"

장만강이 몇 걸음 앞서 창가로 다가갔다. 그런 다음 조용히 창문을 두드리면서 목소리를 한껏 낮춰 불렀다.

"소모자! 소모자!"

소모자는 곤장을 무려 70대나 사정없이 얻어맞았다. 그냥 아픈 정도라면 그게 오히려 이상할 일이었다. 등을 비롯해 엉덩이의 살점까지 떨어져 나간 탓에 참기 어려운 살인적인 고통이 뒤따랐다. 원래 사람들은 남 잘 되는 꼴은 보기 싫어하기 마련이다. 소모자의 경우도 예외는 아니었다. 주변에서는 이미 오래 전부터 승승장구하면서 잘 나가는 그를 보고 은근히 질시하는 이들이 많았다. 당연히 안타까워하는 사람들보다 속으로 좋아라 하는 인간들이 더 많았다.

소모자는 예기치 못한 큰 봉변을 당했으면서도 입을 감싸 쥔 채 킥킥 웃고 있을 그런 사람들을 떠올렸다. 마음이 아팠다. 하지만 육체적인 아픔은 그보다 훨씬 심했다. 몇 배나 된다고 해도 과언이 아니었다. 오죽했으면 두 다리를 질질 끌면서 간신히 어차방으로 기어왔을까. 그는 겨우 한숨을 돌린 다음 잠시나마 아픔을 잊어볼 요량으로 황주를 한 사발 들이키고는 흐리멍덩한 정신으로 침대에 엎드렸다. 등이 너무 아파 바로 누울 수가 없었던 것이다.

바로 그때 밖에서 누군가가 부르는 소리가 들렸다. 소모자는 신음소리로 우선 인기척을 내고는 두 팔로 겨우 몸을 지탱한 다음 머리를 들면서 말했다.

"장 공공이세요? 문이 안 잠겼으니 그냥 들어오세요. 아이고! 아이고, 어머니! 나 죽어요."

강희는 소모자의 말을 듣고는 안에 다른 사람이 없다는 사실을 확신했다. 그래서 별 부담 없이 장만강에게 망을 보게 한 다음 약을 들고 살며시 문을 열고 안으로 들어갔다. 소모자는 몸을 옆으로 한 채 희미한 불빛 아래에 누워 끙끙 앓고 있었다. 무엇보다 엉덩이가 시뻘겋게 부어 있었다. 또 얼굴도 많이 창백한 것이 수척해 보였다. 강희는 순간 가슴이 찢어질 듯 아팠다. 자신도 모르게 황급히 앞으로 다가섰다. 그런 다음 침대 가에 서서 맥없이 눈을 감고 있는 소모자를 측은한 표정으로 내려다봤다.

"장 공공, 앉지 않고 뭐 해요?"

소모자는 눈을 뜰 기운조차 없는 듯했다. 눈을 감은 채 침대 가를 툭툭 쳤다.

"너무 지저분해서 그래요? 그러면 저쪽에 의자가 있으니 당겨 앉으세요. 아무래도 양심전하고는 비교가 안 되죠……."

바로 그 순간 소모자는 비로소 강희를 알아보았다. 동시에 기절할 듯 놀라며 두 눈을 등잔불처럼 크게 떴다.

"아니 이게 누구십니까? 폐, 폐하!"

몸이 그대로 굳어버렸는지 침대에서 제대로 움직이지를 못했다.

"그래, 짐이야!"

강희가 말했다. 소모자는 온몸을 칼로 도려내는 것 같은 아픔을 억지로 참으면서 이를 악물고 자리에서 일어나려고 했다. 그야말로 안간힘을 썼다. 그러자 강희가 황급히 어깨를 누르며 자리에 눕혔다.

"일어나지 마. 그대로 누워 있어. 혼났지?"

"그런 대로 참을 만하옵니다."

소모자의 두 눈이 반짝거렸다. 강희가 이 야밤에 위험을 무릅쓴 채 직접 찾아왔다면 긴 설명이 필요 없었다. 눈치 하나는 정말 기가 막힌 소모자였다. 그는 강희가 만만한 자신에게 치도곤을 안김으로써 주변에 일벌백계의 교훈을 남기려 했다는 사실을 깨닫자 아픔이 순식간에 스르르 사라져 버리고 말았다. 그가 끝내 자리에서 일어나면서 눈물을 글썽였다.

"폐하께서 저를 미워하셔서 그런 것이 아니라는 사실은 알고 있었사옵다. 저를 혼내시는 것도 저를 위한 것이라는 사실 역시 믿어 의심치 않았사옵니다. 이런 영광을 누렸으니, 저 소모자는 이제 죽어도 여한이 없사옵니다!"

강희가 엷은 미소를 지었다.

"짐이 자네에게 중요한 임무를 맡기려고 일부러 이런 일을 벌였네. 그런데 자네가 이렇게 이해해주고 받아주니 짐이 오히려 고맙네. 충신이 따로 있는 것이 아니야!"

"성은이 망극하옵니다, 폐하!"

소모자가 흥분에 겨워 일어서다가 그만 엉덩이를 침대 모서리에 찧고 말았다. 순간 뼈까지 스며드는 아픔이 몰려왔다. 그러나 그는 오만상을 찌푸리면서도 억지로 웃어 보이기 위해 애를 썼다.

"소설《삼국연의》를 보면 오吳나라의 주유周瑜가 부하 장군 황개黃蓋를 마구 때리는 장면이 나옵니다. 고육계苦肉計를 쓰기 위해서 그렇게 했죠. 그게 아마 폐하께서 소인에게 원하는 것이 아닐까 하옵니다. 그러나 미리 폐하께서 사전에 귀띔이라도 해주셨더라면 마음은 아프지 않았을 것 아니옵니까? 그게 아쉬울 따름이옵니다."

"자네는 역시 똑똑하군!"

강희가 만족스러운 표정을 지었다.

"바로 그거야! 주유가 마구 때리지 않았다면 어떻게 황개가 조조의 신임을 얻었겠는가! 원래는 삼 개월 전부터 이 일을 추진하려고 했었네. 그런데 너무 서두르다 괜히 의심을 살까봐 지금까지 오게 된 거네. 자네한테 미리 귀띔을 해줬더라면 그처럼 멋진 연기가 안 나올 것이 아닌가?"

소모자가 강희의 말에 장난스럽게 눈을 위로 치켜 올렸다.

"삼 개월 전이라면 틀림없이 우가에서 발생한 일 때문에 그러신 거죠? 사실 궁 안의 태감들 중에는 종삼랑인가 뭔가 하는 것을 믿는 사람이 적지 않사옵니다. 소인에게 그 중의 우두머리를 찾아내라는 말씀이신 것 같사옵니다. 두말할 것도 없사옵니다. 왕진방을 비롯해 아삼, 황사촌이 그들이옵니다!"

"그자들은 아무리 설쳐봐야 하룻강아지야! 짐이 원하는 것은 자네가 그들 속으로 위장하고 들어가 뒤에 숨어서 진짜 지휘봉을 휘두르는 조조를 찾아내는 것이네. 어때, 할 수 있겠는가?"

"폐하께서 소인을 이토록 믿어주시고 밀어주시는데 못할 것이 뭐 있겠사옵니까?"

소모자는 기분이 날아갈 듯했다. 덧붙이는 말에도 흥분했다는 느낌이 물씬 풍겨났다.

"죽는 한이 있더라도 반드시 해내겠사옵니다!"

"좋았어! 소모자, 자네 형이 말썽을 일으킨다는 것은 짐도 들어서 알고 있네. 자네도 처지가 처지인 만큼 마음만 있었지 큰 도움이 못 돼 속상해 한다는 것도 알고 있고. 늘 안쓰럽게 생각했지. 그러나 이번에 이 임무만 충실히 수행하면 모든 게 잘 될 거야. 자네는 짐만 따라와 주면 돼. 자네 어머니 쪽에는 짐이 자주 사람을 보내 찾아뵙도록 할 거야. 또 일이 잘 끝난 다음에는 자네 조카들 중 한 명을 입궁시켜 자네의 시중을 들도록 하겠네. 자네 어머니에게는 일정한 작위에 봉하는 고명誥命을 내려 그 지긋지긋한 가난에서 벗어나도록 해주겠네. 그러면 이보다 더한 가문의 영광은 없을 게 아닌가!"

강희가 한참 동안 소모자의 아픈 곳만 절묘하게 찌르면서 설득했다. 소모자는 소문난 효자였다. 어머니를 위한 일이라면 물불을 가리지 않았다. 한마디로 둘째가라면 서러울 정도였다. 처음 황궁에 들어올 때도 어머니의 병수발을 할 돈이 없어 입궁했으니 말이다. 그런데 강희가 그에게는 거의 절대적인 어머니를 호강시켜 줄 수도 있다는 얘기를 하지 않는가. 소모자는 강희의 말을 듣자 바로 침대에서 뛰어내려 땅바닥에 머리를 조아렸다. 조금 더 멋있고 그럴 듯한 말로 성은의 망극함을 나타내고 싶었으나 안타깝게도 딱히 떠오르는 단어가 없었다. 그는 한참을 끙끙대다 그만 "으앙!" 하고 울음을 터뜨리고 말았다. 그렇게 구슬플 수가 없는 울음소리였다. 진지하고도 처량했다. 강희가 그를 위로하려고 할 때였다. 갑자기 장만강이 밖에서 허겁지겁 들어왔다.

"폐하, 인기척이 들리옵니다!"

순간 소모자가 놀라는 기색을 보였다. 그러나 그것도 잠시였다. 그는 계속되는 울음을 멈추지 못했다. 아니 나중에는 오히려 통곡을 했다. 한 손으로 이불을 움켜쥐는가 하면 베개 속에 머리를 처박기도 하면서 완전 난리법석을 떨면서 울어댔다. 그러더니 목소리를 한껏 낮추더니 "열쇠는 걸상 위에 있는……, 그것 맞사옵니다. 폐하께서는 잠시만 들어가 욕을 보시옵소서. 소리는 내시지 말고요……"라고 말하고는 또다시 악을 쓰면서 울어댔다. 장만강은 열심히 울음을 터뜨리는 소모자를 뒤로 한 채 강희와 함께 어차고 속으로 들어가 조용히 몸을 숨겼다. 어차고 속은 앞이 보이지 않을 정도로 어두웠다.

소모자의 방으로 들어온 사람은 바로 아삼과 황사촌이었다. 소모자는 당연히 두 사람과는 잘 아는 사이였다. 아삼과는 어느 해엔가 맺어진 악연도 있었다. 당시 그는 어머니의 병 치료에 들어간 빚을 갚지 못해 전전긍긍하고 있을 때였다. 할 수 없이 궁여지책으로 아삼이 일하던 어주방의 도자기 찻잔을 하나 훔치는 잘못을 저지르고 말았다. 그때 아삼은 자신의 양아버지인 눌모에게 즉각 고자질해 어차방을 완전히 뒤집어놓았다. 물론 당시 눌모는 소모자가 훔쳐간 찻잔을 찾지 못했다. 오히려 그에 의해 어차고 안에 갇혀 큰 낭패를 당했다.

아삼은 눌모가 죽고 난 다음 어주방에서 쫓겨나는 신세가 됐다. 그러다 어찌어찌 어차방으로 흘러들었다. 소모자가 양심전 태감으로 승진한 다음이었다. 아삼은 겨우 기사회생은 했으나 그래도 기댈 언덕이 없었기 때문에 완전히 기가 죽어 있었다. 결국 소모자를 만나 무작정 두 다리를 부여잡은 채 빌었다. 소모자는 그때 그를 발로 짓이겨 죽이고 싶은 충동을 강하게 느꼈다. 그러나 참회하는 모습이 너무 가여워 차마 그렇게 하지 못했다.

황사촌 역시 소모자와는 친구 사이였다. 처음에는 지위가 소모자보다 높았다. 아니 솔직히 말하면 그때만 해도 소모자는 지위라고 할 것도 별반 없었다. 누구나 화가 나면 한 번씩 툭툭 걷어차는 그런 돌멩이 같은 신세였다. 그럼에도 그는 황사촌과는 가끔 만나 흉금을 털어놓으면서 가깝게 지냈다. 하지만 나중에 소모자가 운 좋게 강희의 신임을 등에 업고 승승장구하면서부터 상황은 많이 달라졌다. 둘 사이가 소원해지기 시작한 것이다. 황사촌이 소모자를 단순하게 질투하는 것에서 훨씬 더 나아가 아예 잘 나가는 꼴을 못 봐준 것이 무엇보다 결정적인 이유였다. 소모자 역시 저런 자식을 친구로 뒀다는 것이 억울하다는 듯 멀리 하기 시작했다. 나중에는 길에서 만나도 말조차 섞지 않는 사이가 돼버렸다.

아삼과 황사촌은 초롱불을 든 채 약을 가지고 들어왔다. 우선 황사촌이 먼저 소모자가 눈물과 콧물 범벅에다 땀투성이가 된 몸으로 꼼짝 않고 우는 모습을 보더니 곧장 침대 가에 걸터앉았다. 초롱불은 이미 끈 다음이었다. 그가 아삼에게 약을 책상 위에 올려놓으라고 말했다. 일부러 '약'이라는 단어에 힘을 주었다. 그런 다음 소모자를 위로하기 시작했다.

"세상에! 그렇게 서럽게 울 만도 하지. 이게 뭐야. 무슨 죽을죄를 지었다고 사람을 어쩌면 이렇게 개 패듯 한다는 말인가! 소모자, 지금 같은 때에 이런 말을 해도 되는지 모르겠지만 오늘 저녁에 내가 너의 어머니한테 가 봤다네. 그랬더니 네 어머니는 아직 이 일을 모르고 계시더라고. 내일 네 생일이라면서 음식을 못 차려준다고 대단히 속상해 하시더라!"

소모자는 어머니라는 단어가 툭 튀어나오자 갑자기 마음이 몹시 아렸다. 잠시 그친 울음을 다시 본격적으로 터뜨리기 시작했다. 눈물을 비 오듯 흘리는 것을 보면 진짜인 듯했다. 눈물을 별로 흘리지 않고 소리만 질러대면서 의도적으로 우는 것과는 확실히 뭔가 달라 보였다. 심지어 목소리도 잠기고 얼굴이 퉁퉁 붓기까지 했다. 나중에는 기침을 하면서 코도 푸는 등 유난히 소란을 떨었다. 어차고에 몸을 숨긴 장만강이 소모자의 호들갑에 겨우 웃음을 참으면서 강희의 귓전에 대고 속삭이듯 아뢰었다.

"폐하, 소모자 이 자식 꽤나 쓸 만한 녀석이옵니다!"

강희는 어둠 속에서 머리를 저었다.

"이제부터는 일부러 그러는 것 같지 않은데? 진짜로 발동이 걸린 것 같네."

두 사람이 대화를 나누고 있을 때 밖에서 다시 소모자의 목소리가 들려왔다. 울음을 그친 목소리였다.

"셋째! 넷째! 다른 놈들은 내가 저지른 일이 자기들한테까지 불똥이 튈까 봐 코빼기도 보이지 않는데, 이렇게 찾아주기까지 하고……. 정말 어려울 때 찾아오는 친구가 진짜 친구라는 말이 실감이 나네."

"그래, 말 잘했어! '난세에 영웅이 나고, 혼란한 상황이 돼야 충신을 알아본다'는 말도 있잖아!"

아삼이 실눈을 뜬 채 아부조로 말했다.

"소모자! 솔직히 그때 그 일이 있은 후로 내가 겪어보니까 너는 정말 의리의 사나이야. 폐하한테 맞아죽은 오양보보다도 훨씬 낫다고. 그 자식은 조금 잘 나간다고 바로 안하무인으로 나왔거든. 하지만 너는 정말 존경받을 만해!"

황사촌 역시 소모자의 베개 밑에 놓여 있던 금창金瘡(칼이나 화살 같은 쇠붙이무기에 다친 상처) 고약을 발견하고는 대뜸 아부하는 듯한 말을 입에 올렸다.

"아삼의 말이 맞아! 인품과 덕행이 웬만하지 않고서는 이런 금창 고약을 어디에서 구경이나 하겠어? 이런 고약은 양심전과 저수궁에서나 찾을 수 있지 아무 데서나 구할 수 없는 귀한 약이라고! 평소에 덕을 쌓지 않았다면 이럴 때 아무도 이런 고약을 가져다주지 않지!"

황사촌의 말에 어차고에 숨어 있던 강희와 장만강은 깜짝 놀랐다. 소모자 역시 마찬가지였다.

"이거 말이야……."

소모자가 짐짓 아무 일도 아니라는 표정으로 대수롭지 않게 말했다. 그러더니 이내 입을 비죽거리면서 다시 울려는 시늉을 했다. 그러다 겨우 울음을 참는 척하면서 말을 이었다.

"묵국이 나 같은 걸 만나서 고생이야. 황후마마 시중드는 묵국이 조금 전에 인편으로 보내왔더라고."

소모자의 임기응변은 정말 기가 막혔다. 강희는 어둠 속에서도 머리를 절레절레 흔들었다. 황사촌도 소모자의 말을 전혀 의심하지 않았다.

"묵국은 보면 볼수록 참 듬직하고 착한 여자 같더라고! 그러나 아쉽게도 네가 태감이니까 묵국하고는 이런 식으로 만족할 수밖에 없을 것 같아. 결혼하지 않은 채 그냥 따로 사는 거지."

소모자가 몸을 일으키더니 조심스럽게 앉았다. 그런 다음 수건으로 얼굴을 문지르면서 흐느끼듯 말했다.

"사실 폐하와 황후마마께서도 나에게 잘해 주시는 거야. 어떤 개자식이 고자질을 해서 그렇지. 너희들은 안에 있지 않으니까 궁전 내부 생활이 얼마나 고된지 잘 모르지? 장난이 아니라고! 장 공공마저도 혼날 때가 있다고! 지난번에는 하마터면 황후마마의 눈 밖에 나서 자녕궁으로 쫓겨날 뻔도 했다고!"

"방금 우리가 왕진방 대인과 술을 먹으면서 마작도 했거든!"

아삼이 웃으면서 말을 이었다.

"왕 대인도 그랬어. 폐하께서 소모자 너를 좋아한다고 말이야. 게다가 장 공공마저 힘껏 밀어주니, 넌 조만간에 또 승진할지 몰라. 왕 대인도 그러더라고."

소모자가 다시 눈을 문질렀다. 그러다 머리를 끄덕이면서 한숨을 내쉬었다.

"그럴지도 모르지. 그러나 반드시 확신할 수는 없는 일이야. 장 공공은 원래 태황태후마마 밑에서 일했으니까 여기저기 봐주는 사람들이 많아. 그러나 나는 그게 아니잖아? 비빌 언덕이라고는 없어. 너희들도 알다시피 소마라고 이모가 뒷심이 되는가 싶었어. 그러나 어느 날 갑자기 출가를 해버렸잖아. 위 군문의 어머니인 손어멈이 있었더라면 아마 나를 많이 도와주셨을 거야. 하지만 그분 역시 아들 집으로 가버리셨잖아. 너희들도 보다시피 누가 있어? 폐하께서 화가 가라앉기를 기다렸다가 눈치껏 해보는 수밖에는 없어!"

소모자의 대답은 물샐틈없이 완벽했다. 강희는 다시 만족스러운 웃음을 지었다.

황사촌과 아삼은 애초부터 소모자의 상대가 아니었다. 둘은 소모자의 함정에 빠져 머리만 끄덕이다가 일어섰다.

"늦은 시간이라 우린 그만 갈게. 세상일이라는 것은 원래 새옹지마인 거야. 더럽고 치사해도 꾹 참고 잘 이겨내야 한다고. 나중에 좋은 일이 있을지 누가 알아? 사람 일이라는 것은 정말 모르는 거야. 오배 봐라, 길길이 날뛰다가 하루아침에 골방에 갇혀 이빨 빠진 호랑이가 됐잖아! 이럴 때일수록 잘 먹고 꿋꿋하게 버텨내야 한다고."

초롱불을 밝힌 채 문을 나서던 아삼이 한마디 덧붙였다.

"네 어머니한테는 네가 바빠서 못 오니까 나중에 뵈러 갈 거라고 했어. 상처가 나으면 한번 다녀와라!"

"고마워!"

소모자는 허튼소리만 하면서 자리를 지키던 황사촌과 아삼이 때려죽이고 싶도록 미웠다. 그러나 일부러 억지웃음을 지어 보였다.

"그래도 너희들이나마 이렇게 찾아주니 살 것 같다. 까짓것, 뭐! 앞으로 살면서 더 심한 경우도 당할 텐데, 괜찮아. 왕진방 대인에게 시간 나면 우리 어머니 좀 들여다 봐 달라고 전해주면 고맙겠어."

## 26장

# 오차우와 운낭의 위기일발

황보보주는 오삼계가 자신과 정춘우에게 보낸 편지를 받고 갑자기 밀려오는 괴로움에 마음이 무척이나 아팠다. 오차우를 죽여야 한다는 사실이 천벌을 받을 짓이라는 것을 절감한 것이다. 그것은 그가 처음으로 느껴보는 감정이었다. 그 정도로 그는 오차우에게 깊이 빠져 있었다.

그는 과거를 돌이켜봤다. 많은 나이는 아니었으나 오삼계를 따라다닌 지 이미 10년째에 접어들고 있었다. 이 기간 동안 그는 호랑이를 때려잡으면서 오삼계를 구해준 공로와 뛰어난 무예를 인정받았다. 시위가 되는 것은 일도 아니었다. 사실 오삼계는 그에게 너무나도 잘 대해줬다. 무엇보다 큰 소리 한 번 낸 적이 없었다. 또 명절 때만 되면 다른 사람의 몇 배나 되는 격려금을 보내주고는 했다. 이 때문에 오응기를 비롯한 조카뻘 되는 사람들도 전부 그를 작은아버지처럼 대접해 주었다. 나이는 그가 더 어린 경우가 많기는 했지만 말이다. 어쨌든 그 역시 오삼계를 위해 일하면서 언제 한 번 꾀를 부려본 적이 없었다. 오삼계가 하는 일의 정당성 여부에 대해서도 깊게 고민해 본 적이 없었다.

그러나 최근 몇 개월 동안 오차우를 가까이 접하고 난 다음부터는 종종 자책감과 회의에 빠져들었다. 이토록 정직하고 학식이 뛰어나면서도 멋지고 풍류가 넘치는 인재를 자신들과 가는 길이 다르다는 이유만으로 살해하는 것은 양심에 어긋난다는 사실을 뼈저리게 느끼게 된 것이다. 하늘이 용서하기를 바라는 것은 후안무치하다고 해도 좋았다. 때문에 그는 오차우를 처음 만난 그 자리에서 진작에 없애버리지 못한 것을 후회하기도 했다. 적어도 그때는 이토록 양심의 가책을 느끼지 않을 수 있었으니까. 이런 상황에서 빨리 오차우를 처리하고 북경으로 가라는 오삼계의 편지를 받았으니, 그는 그야말로 진퇴양난에 빠진 심정이었다.

"황보 장군!"

정춘우가 편지에 불을 붙여 사르면서 그를 불렀다. 황보보주는 대답을 하지 않은 채 말없이 술만 마셨다. 정춘우 역시 그냥 의례적으로 불러본 듯 편지가 불에 타 전소될 때까지 지켜보면서 더 이상 말을 건네지 않았다. 얼마 후 그가 다시 입을 열었다.

"십 년 묵은 체증이 확 내려가는 것 같네요. 반년 동안 전혀 가망이 없는 그 고집쟁이를 데리고 있느라 얼마나 조마조마했습니까. 이제는 어쨌든 결단을 내렸으니 잘 됐습니다. 모든 것을 장군의 의사에 따르겠습니다."

황보보주는 자신의 심적 변화에 속으로 적지 않게 놀랐다. 스스로를 자책하기도 했다.

'내가 왜 이렇게 우유부단해졌지? 유현초, 하국상이 나에게 의외로 남들에게 잘 이용당할 것 같다고 했지. 과연 그래서 그런 것일까?'

황보보주는 갑자기 머리를 번쩍 쳐들었다. 희미한 불빛 아래의 침대에서 느긋한 표정으로 누워있는 정춘우의 모습이 눈에 들어왔다. 그는 이를 악물었다.

"나는 정 대인한테서 좋은 수가 나올 것으로 기대하고 있었는데요……."

사실 정춘우 역시 교묘하게 감추고 있어서 그렇지 생각이 많았다. 어떻게 보면 황보보주 못지않았다. 그는 선비 가문에서 태어나 자신의 능력만으로 강희 3년에 진사 시험에 합격했다. 나중에는 내무부의 황黃씨 덕분에 북경 밖에서 동지同知 벼슬자리를 하나 얻었다. 그러나 세상에 둘도 없는 아첨꾼 명주, 별 볼 일 없는 색액도, 융통성이라고는 눈곱만큼도 없는 웅사리 등이 저마다 높은 자리에 올라가 있는 모습을 보고 있노라면 너무나도 억울했다. 그들보다 훨씬 많은 재주를 가지고 있으면서도 썩히고 있는 자신의 불운이 한스러웠던 것이다. 그가 화가 난 김에 스스로 오삼계를 찾아간 것도 그런 신세에 대한 한탄과 무관하지 않았다.

정춘우는 이후 오삼계와 본격적으로 교류하면서 이 썩어문드러진 오랑캐들을 쫓아내고 한족의 나라를 다시 일으켜 세우는 일에 기여하려는 꿈에 부풀었다. 그러나 이번 오차우의 일을 처리하면서 생각이 조금 달라졌다. 무엇보다 자신은 그래도 조정에서 임명한 관리라는 자각이 든 것이다. 게다가 내륙에 있기 때문에 언제든지 엉덩이를 툭툭 털고 가버리면 되는 황보보주와도 처지가 많이 달랐다. 그가 말했다.

"대왕의 뜻은 불을 보듯 뻔하지 않습니까. 한 번만 더 심문해보고 막판까지 말을 안 들으면 죽여 버리는 수밖에 없습니다. 조정에서는 이미 막락을 병부상서로 임명하고 여전히 평량平凉을 견제하고 있어요. 곧 손을 쓸 모양인데, 액부 곁에 아무도 없어서는 곤란하죠."

"나도 조급합니다. 세자가 북경에서 여러 번 편지를 보내 재촉했습니다. 더구나 이번에는 대왕께서도 닦달을 해대고 말입니다. 예로부터 선비가 사람을 죽이면 흔적을 남기지 않는다고 했습니다. 그러니 이번 일은 대인께서 맡아서 처리하는 게 어떻겠습니까? 나는 내일 떠나고 말입니다."

황보보주의 대답에는 묘한 의미가 담겨 있었다. 말 속에 뼈가 있다고, 슬쩍 발을 빼겠다는 뜻을 담고 있었다. 그가 고민에 고민을 거듭한 끝에 생각해낸 마지막 방법이기도 했다. 아무려나 지금으로서는 자신의 손에 오차우의 피를 묻히고 싶지 않다는 것이 그의 생각이었다. 그렇다면 어떻게 되든 상관이 없을 것 같았다.

정춘우가 고민이 되는지 곰방대를 급하게 연거푸 빨았다. 그러더니 갑자기 "푸우!" 하고 웃음을 터뜨렸다.

"천하에 두려울 것이 없을 것 같은 장군 같은 맹장이 아녀자의 어진 마음을 가지고 있다니! 모든 일을 나한테 맡기고 북경으로 가겠다면 말리지는 않겠습니다. 하지만 나는 오차우를 먼저 죽여서 황보 장군을 위한 이색적인 환송회를 마련하고 싶군요."

"만약 오차우가 순순히 우리의 말을 듣는다면 어떻게 하겠습니까?"

황보보주가 물었다.

"그렇더라도 살려줄 수는 없어요!"

정춘우가 여유만만하게 곰방대를 빨았다. 입가의 근육이 묘하게 실룩거렸다. 마음속에서 살의가 꿈틀댄다는 증거였다.

"그 자식이 여기에서 살아 나간다는 것은 불행의 씨앗이 뿌려지는 것과 같아요! 여기 남겨두더라도 좋을 것은 없고요!"

정춘우가 몸을 앞으로 숙이더니 속삭이듯 덧붙였다.

"세자가 편지에서 했던 말을 명심하십시오. 황제가 이미 사람을 보내 오차우를 찾아 나섰다고 하지 않습니까. 지금 이 시각 이미 우리 연주부 근처에 잠입했을지도 모르는 일이에요!"

정춘우가 말을 마치고는 긴장이 되는 듯 숨을 한껏 들이마셨다. 사실 그의 걱정은 괜한 게 아니었다. 바로 그때 창문 하나를 사이에 두고 운낭과 파란 원숭이가 모든 내용을 엿듣고 있었으니 말이다.

사람은 만물의 영장이라고 한다. 그만큼 복잡하고 이해하기 쉽지 않은 것이 사람이라고 할 수 있다. 특히 여자는 더욱 그렇다. 알다가도 모를 존재라고 단언해도 괜찮다. 오차우가 연주부로 스스로 들어가 불나방 신세를 자초한 지 딱 4일째 되는 날이었다. 파란 원숭이와 길을 떠났던 운낭은 왠지 모를 불길한 예감에 사로잡혔다. 결국 다시 몰래 연주부로 되돌아오는 선택을 했다.

그녀는 아문의 사람들은 말할 것도 없고 길거리의 사람들을 통해 몰래 오차우의 행적을 탐문하고 나섰다. 답은 한결같았다. 오 선생이라는 사람이 지부 정춘우를 찾아왔다는 것이었다. 사람들은 또 정춘우가 온갖 예의를 다 차리면서 오 선생을 맞았다고도 전해줬다. 이튿날에는 고급 가마에 태워 성부省府로 갔다는 사실 역시 입에 올렸다.

운낭은 연주부 아문에서 사람을 보내 오차우를 성부로 호송했다는 말을 그대로 믿었다. 다른 의심은 전혀 하지 않았다. 때문에 그녀는 이왕 밖에 나온 김에 한번 원 없이 돌아다니다가 종남산으로 들어가자는 생각으로 성부로 걸음을 옮겼다. 이제 들어가면 다시는 세상에 나오지 않으리라고 다짐했던 것이다.  그러나 행여나 하고 수소문해본 결과는 엉뚱했다. 오차우는 성부로 발길을 한 적이 없었던 것이다. 오히려 성부의 순무와 번사藩司(순무의 바로 아래 행정장관), 학대부學臺府(성 교육기관의 수장) 등의 사람들이 그녀에게 오차우의 행방을 물었다. 운낭은 일이 뭔가 잘못 돼 가고 있다는 불길한 예감에 휩싸였다. 그래서 다시 연주부로 돌아와 여러 경로를 통해 오차우의 행방을 수소문했다. 그 결과 그가 연주부 아문의 화원에 갇혀 있다는 사실을 확인할 수 있었다. 그러나 황보보주 휘하의 군졸들이 화원을 삼엄하게 지키고 있는 것이 문제였다. 운낭으로서도 손을 쓰기가 쉽지 않았다.

"여봐라!"

정춘우가 목소리를 높여 사람을 불렀다. 그러자 밖에 있던 하인들 몇 명이 안으로 들어왔다. 밖에서 엿듣고 있던 운낭과 파란 원숭이는 마치 약속이나 한 듯 일사불란하게 움직였다. 자신들의 모습이 드러나지 않도록 하기 위해 한편으로 재빨리 몸을 숨겼다. 정춘우가 "후우!" 하는 소리와 함께 손에 묻은 종이의 재를 불면서 덧붙였다.

"오 선생을 모셔 오너라!"

한참 후에 오차우가 여유 있는 표정을 지으면서 들어서더니 두 사람을 향해 가볍게 읍을 했다.

"나 오 아무개는 이미 각오를 한 사람이니, 당신들 마음대로 하시오!"

"오 선생님, 계속 오해하시는 것 같네요!"

정춘우가 얼굴 가득 웃음을 지으면서 말을 이었다.

"어제 대왕의 편지를 받았습니다. 대왕께서는 조정에 먼저 철번을 제안할 것이라고 하셨어요. 축하드립니다. 곧 나갈 수 있게 될 것 같습니다!"

오차우는 편한 자세로 의자에 등을 기대고 앉아 있었다. 그러나 더 이상 입을 열지 않았다. 그러자 곧 오차우가 봉변을 당할 수도 있다는 사실을 모르지 않는 황보보주가 거의 애걸하듯 말했다.

"들어서 아시다시피 이제 그 철번 방안은 무용지물이 됐습니다. 장기를 둘 때도 여러 수 양보하지 않았습니까? 그러니 이번 기회에 그 철번 방안에 대한 궁금증을 조금만 풀게 해주십시오. 그렇다고 선생님이 아끼시는 제자 용공자가 하는 큰일에 방해가 되지는 않을 것입니다!"

"장기의 수를 양보하는 것과 이것은 다르죠!"

오차우가 결코 지지 않겠다는 어조로 반박했다.

"나는 정말 선생한테는 아무런 불만이 없어요. 원하는 것을 전부 해 줄 수도 있어요. 하지만 선생 뒤에는 오삼계가 있지 않습니까! 나는 선생의 몸에서 풍기는 기질이 마음에 듭니다. 정도를 걷는다면 선생은 크게 될 사람이 틀림없어요. 그러나 머리 좋은 사람이 어찌 이렇게 간단한 판단도 제대로 못한다는 말입니까! 눈앞의 이익에만 눈이 어두워 이런 일이나 하고 다녀서야 되겠어요? 나는 세상 살다 살다 별일을 다 봅니다."

황보보주는 오차우의 훈계에 화가 나지 않았다. 그러기는커녕 왠지 가슴이 뭉클해졌다. 심지어 뭔가 시큼한 것이 코를 찌르는 것 같았다. 참다 못해 얼굴을 돌리고 말았다. 그러자 오차우가 다시 입을 열었다.

"오늘 저녁이 술이나 마시면서 학문을 논하는 자리라면 나는 기꺼이 같이 할 용의가 있습니다. 하지만 선생의 말을 들어보니 평서왕의 편지에 나를 풀어주라는 내용만 있는 것은 아닌 것 같군요. 나는 그만 일어나겠습니다."

"별것 아닙니다! 또 선생님은 당연히 보내드려야죠. 하지만 선생님께서 한 가지만은 약속해야 할 부분이 있습니다."

정춘우는 오차우가 거만한 표정을 지으면서 일어나자 제지하고 나섰다. 그러면서 술도 한 잔 따라주었다.

"선생님을 여기에 모셔놓은 것은 제가 원해서 그런 것이 아닙니다. 그러니 나가셔서 우리가 같이 있었다는 얘기를 아무에게도 하지 말아주십시오. 선생님께서 결코 과분하지 않은 저의 부탁을 들어주실 수 있다면 이 술 한 잔을 받아주시기 바랍니다. 그러면 고맙기 그지없겠습니다."

"그다지 무리한 요구도 아니네요, 뭐."

오차우가 넙죽 술잔을 받았다. 그러다 잠시 뭔가를 고민하는 듯 하더니 바로 입안에 술을 털어 넣었다. 자연스럽고 태연한 모습이었다.

"선생들이 전에 했던 일이나 앞으로 할 일에 대해서는 나중에 하늘이 알아서 옳고 그름을 판명할 겁니다. 그러니 우리 사이에 있었던 일들은 그냥 사사로운 교류라고 생각하고 깨끗하게 지워버립시다!"

"그러나 나는 소인입니다. '군자는 건드려도 괜찮으나 소인은 웬만하면 건드리지 말라'고 했어요. 이 만고불변의 진리를 아셔야 한다고요. 나는 아무래도 선생님의 약속을 믿을 수가 없네요. 선생님이 나가셔서 입 한번 잘못 놀리는 날엔 우리 집안은 구족九族이 당장에 목이 날아갈 겁니다!"

정춘우가 묘한 말을 하더니 얼굴에 징그러운 웃음을 지어 보였다. 조금 전의 고분고분하던 모습과는 달리 위압적인 자세였다.

"그러면 어떻게 하겠다는 얘기입니까? 내가 여기에서……."

갑자기 오차우의 말이 자연스럽지 않은 느낌을 주면서 끊겼다. 그 역시 순간적으로 목이 타 들어가는 듯한 따가움을 느꼈다. 따가움은 곧 참기 어려운 통증으로 이어졌다. 오차우는 마른기침을 두어 번 연달아 하면서 뭔가를 깨달았다. 고통스러울 정도의 통증으로 미뤄 볼 때 자신이 이미 간사한 계략에 걸려들었다는 사실을! 오차우의 얼굴은 바로 고통으로 빨갛게 달아올랐다. 극도의 분노를 참느라 온몸을 심하게 떨었다. 한 손으로는 의자 손잡이를 잡고 다른 한 손으로는 정춘우에게 삿대질을 했다. 그러나 입만 실룩거렸을 뿐 아무 말도 하지 못했다.

"말을 못하게 되는 약이오!"

정춘우는 득의양양한 태도를 보였다. 자신의 계책이 성공했다는 뿌듯함이 얼굴에서 바로 읽혔다.

"책을 그렇게 많이 읽으면 뭘 하시겠소! 입을 막는 방법은 죽이는 것만 있는 게 아니지 않소. 책은 다 어디로 읽었기에 이런 이치도 모르는 거요? 그 약은 효력이 며칠밖에는 가지 않소. 그러나 나는 이틀이면 족하오! 우리 부에서는 내일 흉악범들을 처형할 예정이오. 심심하면 따라가서 구경이나 하는 것도 좋지 않겠소? 그냥 내버려둘까 하다가 저승 갈 때 엉뚱한 소리를 지껄여대면 안 될 것 같아 이런 수를 썼으니, 괘씸하더라도 용서해 주시오!"

황보보주는 정춘우의 말을 듣는 순간 가슴속에서 울분이 치솟았다. 지금 눈앞에 보이는 이 비참한 장면이 앞으로도 영원히 잊혀질 것 같지가 않았다. 그는 본의 아니게 수많은 사람을 죽이기는 했다. 그러나 정춘우처럼 이렇게 비열하고 악랄하게는 하지 않았다. 그는 고통에 일그러진 오차우의 얼굴을 똑바로 쳐다볼 엄두가 나지 않았다. 급기야 고개를 돌려버렸다.

"거기 누구 없나?"

정춘우가 이를 악물고 악에 받쳐 소리를 질렀다. 그 말이 채 끝나기도 전이었다. 한 청년이 장검을 빼든 채 문 앞에 나타나서 물었다.

"대인, 무슨 분부가 있으신지요?"

"너는 누구냐?"

정춘우는 본능적으로 들려오는 목소리가 이상하다는 생각을 했다. 바로 돌아서서는 경계어린 눈으로 청년을 주시했다.

"이우량이라는 사람이오!"

"나는 파란 원숭이다!"

청년의 대답과 동시에 또 한 사람이 나타났다. 운낭과 파란 원숭이는 안으로 뛰어들자마자 바로 기선을 제압했다. 다짜고짜 황보보주에게 다가가 칼로 위협을 가했다. 아마도 둘은 그를 없애지 않고서는 오차우를 구하기 힘들다는 사실을 분명히 파악하고 있는 모양이었다.

황보보주는 너무나 갑작스런 습격에 일단 어정쩡한 모습을 보였다. 그러다 검법이 예사롭지 않아 보이는 둘에 대한 경계심을 높이기 시작했다. 이어 서슬 퍼런 칼이 위협해 들어오자 두 손을 땅에 짚고 몸을 뒤로 회전하는가 싶더니 구석에 놓여 있던 철제 옷걸이를 번쩍 들어 마구 흔들어대면서 공격을 막아냈다. 언제 무방비 상태로 있었던가 싶을 정도였다. 운낭 역시 기회를 틈타 황보보주를 향해 칼을 힘껏 찔렀다. 황보보주 역시 옷과 모자를 걸어두던 옷걸이를 가벼운 비수 사용하듯 휘두르면서 발 빠르게 대응했다. 곧이어 칼과 철제 옷걸이가 사정없이 부딪치면서 순간순간 불꽃이 사방으로 튀었다. 황보보주는 손이 거의 마비될 정도의 큰 충격이 전달되는 것을 느끼고 상대가 만만치 않음을 직감했다. 그제야 그는 상대를 눈여겨봤다. 영풍각에서 언제 한번 겨룬 적이 있는 사람이라는 사실을 알아차렸다.

황보보주는 상황이 여의치 않다고 생각했다. 갑자기 크게 화를 내면서 소리를 내질렀다.

"시위들은 정 대인과 오 선생님을 빨리 피신시켜라! 이자들은 내가 처리하겠다!"

황보보주는 말을 마치자마자 곧바로 운낭과 파란 원숭이를 덮쳤다. 이내 세 사람은 한 덩어리가 돼 싸우기 시작했다. 정춘우는 겁에 질려 구석자리만 찾아 피하다가 기회를 틈타 재빨리 밖으로 도망을 쳤다. 그런 다음 목을 빼든 채 고래고래 고함을 질렀다.

"앞문 뒷문 전부 닫아걸어! 날강도가 들었으니 확실하게 잡으라고! 한 명 잡는데 상금 삼천 냥을 주겠다!"

운낭은 졸지에 물샐틈없는 포위망에 갇혀 버렸다. 그러나 그렇게 되자 오히려 살기가 등등해졌다. 싸움도 더 잘하는 것 같았다. 몸을 날렵하게 움직이면서 벌떼처럼 덤벼드는 상대를 지칠 정도로 여기저기로 몰고 다녔다. 그녀는 이제나저제나 확실하게 손 쓸 기회를 찾았으나 집안에 사람이 너무 많다는 사실을 곧 절감했다. 몸도 갈수록 무거워졌다. 급기야 그녀는 몸을 뒤로 회전시켜서 창문을 깨고는 순식간에 밖으로 달아나는 선택을 했다.

파란 원숭이 역시 나름 잘 싸우고 있었다. 정원으로 나온 다음 네 명의 건장한 사내들에 의해 포위당했음에도 최선을 다해 맞서고 있었다. 그러나 싸워본 경험이 아무래도 부족한 것이 곧 약점이 됐다. 나중에는 왠지 불안해 보였다. 운낭이 그 모습을 불안하게 곁눈질하다 큰 소리로 외쳤다.

"파란 원숭이야, 어서 도망 가!"

운낭이 고함소리를 내지른 것과 동시에 왼손가락 사이에 끼워져 있던 작은 비수를 냅다 던졌다. 그러자 파란 원숭이를 에워싸고 있던 자들 중 두 명이 비명을 지르면서 쓰러졌다. 파란 원숭이는 진작부터 기운이 떨어져가고 있었다. 때문에 운낭의 말을 듣고는 몸을 날려 처마 밑으로 삐죽 나온 나뭇가지를 잡고 힘껏 솟구쳐 올랐다. 운낭도 도망갈 준비를 하는 줄 알고 지붕 위로 올라간 것이다. 그는 곧 안도의 한숨을 내쉰 다음 왼손에 끼워뒀던 비수를 운낭에게 덤비는 자들을 향해 던진 다음 소리쳤다.

"사부님, 저는 이미 빠져나왔어요. 사부님도 빨리 나오세요!"

파란 원숭이는 말을 마치자마자 바로 지붕과 지붕 사이를 잽싸게 넘나들더니 어느새 자취를 감춰버렸다. 멀쩡히 눈 뜨고 있다 순식간에 그를 놓친 지부아문은 그야말로 아수라장이 되고 말았다.

이제 정원에서는 운낭이라도 잡으려는 발악이 이어졌다. 그러나 운낭은 가소롭다는 듯 냉소를 머금는가 싶더니 사람들의 약을 한껏 올려놓고는 다시 잉어처럼 유연하게 몸을 날렸다. 그 많은 사람들의 벽을 뚫고 가볍게 다시 집안으로 들어온 것이다. 사람들은 너무나도 신출귀몰한 그녀의 모습에 닭 쫓던 개 지붕 쳐다보듯 멍청하게 바라보다가 다시 우르르 집안으로 몰려갔다. 그 순간 집안에서 갑자기 비명소리가 울려 퍼졌다. 불과 몇 초 후에는 피가 낭자한 사람의 머리가 창문을 통해 내던져졌다. 운낭이 그 사이에 오차우를 지키고 있던 두 명의 목을 따버린 것이다.

깜짝 놀란 사람들이 더욱 큰 무리를 지어 정원을 향해 달려갔을 때였다. 갑자기 쿵! 하는 소리와 함께 정원의 뒷담장이 무너지는 소리가 들려왔다. 사람들은 다시 그쪽을 향해 머리를 돌렸다. 운낭이 오차우를 업은 채 뒷담장을 무너뜨리고 정원을 벗어나려 하고 있었다.

"퇴로를 차단하라!"

정춘우가 악을 바락바락 쓰면서 그야말로 포효했다.

"절대 놓쳐서는 안 돼!"

정춘우의 말이 떨어지기 무섭게 어디에선가 또 한 쪽의 담벼락이 무너지는 소리가 들렸다. 큰길은 이미 물샐틈없이 차단됐을 것이라고 판단한 운낭이 앞쪽의 담벼락을 무너뜨린 다음 퇴로를 찾아 나선 것이다. 그녀는 오차우를 업고 있음에도 가볍게 포위망을 뚫고 저만치 도망가고 있었다. 그때 황보보주가 굳어진 얼굴로 다가가더니 구멍이 난 담벼락 사이로 화살을 날렸다. 어둠 사이로 운낭이 비틀거리는 모습이 사람들의 시야에 들어왔다. 삽시간에 환호성이 진동했다. 그러나 그들이 달려갔을 때 현장에는 핏자국만 있을 뿐 사람의 흔적은 보이지 않았다.

"아문의 모든 사람은 총출동해서 샅샅이 뒤져라!"

정춘우가 심한 낭패감에 어쩔 줄 몰라 하면서 소리쳤다. 그는 식은땀을 비 오듯 흘리고 있었다.

"잠깐!"

마침 그때 뒤에 서 있던 공영배가 정춘우의 팔목을 잡아챘다.

"태존, 훔쳐온 북은 치지 말라고 했습니다!"

그러자 황보보주도 이마의 땀을 닦으면서 차갑게 냉소를 흘렸다.

"그만 합시다! 나는 오늘 저녁에 서둘러 떠나야겠습니다. 정 태존도 떠날 채비를 하는 게 좋을 것 같습니다!"

파란 원숭이는 먼저 포위망을 뚫고 도망쳐 나온 다음 지부아문의 서쪽에서 운낭을 기다리고 있었다. 이제나저제나 하고 발을 동동 구르면서 기다리던 중 어디서엔가 쿵! 쿵! 쿵! 하는 요란한 소리가 들려왔다. 담벼락이 무너지는 소리 같았다. 그는 이제는 됐구나 하고 생각했다. 하지만 그런 기쁨도 잠시였다. 곧 일제히 "맞았어. 어서 가서 잡아와!" 하는 소리가 진동을 하더니 이내 잠잠해졌다. 그는 바로 불길한 예감에 휩싸였다. 본능적으로 소리 나는 방향으로 시선을 돌렸다. 더 이상 운낭인 듯한 사람을 쫓는 소리는 들리지 않았다. 그로서는 운낭이 지부아문 사람들에게 잡혔을 것이라고 생각하지 않을 수 없었다. 그렇다고 구하러 달려갈 상황도 아니었다. 그는 잔뜩 낙심한 채 지친 몸을 끌고 숙소로 돌아왔다. 과연 어디에도 운낭의 모습은 보이지 않았다. 그는 허물어지듯 바닥에 쓰러져 목놓아 울었다.

"사부! 바보 같이……. 오차우, 그 거렁뱅이 같은 선비가 뭐가 좋다고 그랬어요? 아이고, 이제 어떻게 하나? 사부까지 잡혀 갔으니……."

"오차우라니! 오차우가 어디 있다고?"

갑자기 파란 원숭이의 뒤에서 누군가가 물었다. 그가 상심에 젖어 넋두리를 하면서 우는 소리를 듣고 찾아온 것이다. 순간 그는 깜짝 놀라 고개를 돌렸다. 어둠 속에서 얼굴 윤곽만 보이는 건장한 체구의 사나이가 그의 시야에 들어왔다. 파란 원숭이는 울다가 느닷없이 놀란 것이 억울했는지 자리에서 벌떡 일어나 냅다 소리를 질렀다.

"내가 여기에서 울고 있는 게 뭐가 잘못 되기라도 했어요? 별꼴이네, 정말! 귀찮게 굴지 말고 어서 꺼지라고요!"

"대량신戴良臣, 거기 버릇없이 구는 사람이 도대체 누구야?"

파란 원숭이의 말이 끝나자마자 저 멀리에서 또 한 사람의 목소리가 들려왔다. 파란 원숭이는 자신도 모르게 눈을 가늘게 뜨고 소리가 난 쪽으로 눈을 돌렸다. 궁장宮裝(궁중의 복장)을 한 웬 여자가 네 개의 궁등宮燈이 전후와 좌우에서 비추는 가운데 그가 있는 쪽으로 걸어오고 있었다. 그 뒤로는 보검에 손을 올려놓은 군복 차림의 병사가 따라오고 있었다. 그녀는 바로 강남으로 길을 떠나는 공사정이었다. 강희의 고모뻘이라고도 하는 바로 그 여자, 넷째 공주였다. 아마도 강남으로 가는 길에 막 연주부에 여장을 푼 모양이었다. 그러나 파란 원숭이는 사부인 운낭도 이미 잘못된 마당에 두려울 게 뭐가 있겠냐고 생각한 듯 허리를 곧게 펴면서 퉁명스럽게 대꾸했다.

"뭐하는 사람이에요? 내가 여기에서 울든 웃든, 죽든 살든 그쪽하고 무슨 상관이 있다고 그래요?"

그러자 대량신이라고 불린 사람이 허리를 굽실거리면서 말했다.

"넷째 공주마마, 이 자식이 조금 전에 울면서 오차우 어쩌고저쩌고 하기에……."

공사정은 파란 원숭이가 오차우의 이름을 입에 올렸다는 말에 흥분을 감추지 못했다. 즉각 앞으로 나서면서 넋 나간 듯 기운 없이 앉아 있는 파란 원숭이의 어깨를 두 손으로 잡아 흔들었다. 그러더니 떨리는 목소리로 다그치듯 물었다.

"착하기도 하구나. 어서 말해 봐. 오차우라는 사람을 만났니?"

"도대체 누구신데 그걸 묻는 거예요?"

파란 원숭이가 경계하는 눈초리로 공사정을 쳐다보면서 뒤로 두어 발짝 물러섰다. 공사정은 그런 파란 원숭이를 자세하게 살펴봤다. 몰골이 도무지 말이 아니었다. 우선 옷이 군데군데 찢겨진 탓에 맨살이 드러나 있고, 얼굴도 어디에 부딪쳤는지 시퍼렇게 멍이 들어 있었다. 또 흙투성이가 된 손으로 눈물을 닦았는지 얼굴에는 묘한 지도까지 그려져 있었다. 파란 원숭이는 그런 꼴로도 기가 죽기는커녕 바락바락 대들며 악에 받쳐 소리를 질러댔다. 공사정은 어이가 없어 웃음을 터뜨렸다. 하지만 이내 웃음을 멈춘 그녀는 고개를 돌려 뒤에 있던 남편 손연령에게 동의를 구하듯 말했다.

"이래서 모든 일은 기회를 잘 타야 한다고 했습니다. 몇 날 며칠을 고생하기는 했어도 이렇게 엉뚱한 곳에서 소식을 듣잖아요!"

손연령도 동의한다는 표정으로 대답했다.

"그러게 말이오! '신발이 닳도록 찾아다니다 돌아와 보니, 그 사람이 옆에 와 있더라' 하는 말도 있지 않소!"

공사정이 부드러운 표정을 한 채 파란 원숭이에게 다가갔다.

"나는 오차우 선생의 사촌 여동생이야. 얼마나 찾아 헤맸다고! 너, 정말 착한 것 같다. 어디 있는 줄 알면 좀 알려줄래? 응?"

파란 원숭이는 공사정의 의도적인 호감 표시에도 불구하고 눈 하나 깜빡하지 않은 채 뚫어져라 그녀를 쳐다봤다. 그녀의 눈매는 그의 당초 생각과는 완전히 달랐다. 운낭이 보내줬던 것과 같은 사랑과 관심이 가득 담긴 부드러운 눈매였다. 한참 후 그는 머리를 숙이면서 소매로 눈물을 훔쳤다.

"알려드린들 무슨 소용이 있겠어요? 사부님과 오 선생님은 모두…… 잡혔어요. 내일……."

"울지 마. 우리 함께 방법을 생각해보자꾸나."

공사정이 진심에서 우러나오는 위로의 말을 건넸다. 그런 다음 다시 말을 이었다.

"그런데 네 이름이 뭐라고 했더라? 이 고모하고 같이 배를 타고 천천히 얘기나 나누자꾸나."

공사정은 파란 원숭이를 천천히 구슬리기 시작했다. 나중에는 옷깃을 잡아당기기까지 했다. 파란 원숭이는 할 수 없이 공사정 등이 타고 온 배가 있는 운하 쪽으로 걸음을 옮겼다.

## 27장

# 구원의 손길

운낭은 어깨에 화살을 맞았으면서도 짐짝처럼 꽁꽁 묶인 오차우를 풀어줄 겨를도 없이 그대로 업은 채 정신없이 내달렸다. 동서남북을 가릴 정신도 없었다. 샛길이든 논길이든 밭길이든 길이라고 생각 되는것만 보면 그대로 따라갔다. 가다가 물길을 만나도 전혀 주저하지 않고 풍덩 뛰어들었다. 그야말로 그물을 간신히 빠져나온 물고기, 집 잃은 동네 개 신세가 따로 없었다. 하기야 잡히면 두 사람의 운명은 그 자리에서 끝장이 날 게 뻔했으니 달리 방법이 없었다. 줄기차게 달린 결과 다행히 어느덧 연주兗州를 벗어나게 되어 더 이상 추격하는 소리도 들리지 않았다. 그제야 운낭은 오차우를 내려놓고 포승줄을 풀어줬다. 힘들기는 꽁꽁 묶인 채 업혀오면서 피가 흐르는 운낭의 어깨를 안쓰럽게 지켜본 오차우 역시 마찬가지였다. 가슴을 졸였다는 말로는 부족했다. 둘은 어깨를 나란히 하고 앉아 잡풀들로 뒤덮인 물웅덩이를 바라보며 천천히 숨을 골랐다.

"드디어 벗어났군!"

오차우가 코 끝 시린 허허벌판의 찬바람을 맞으면서 나오지 않는 목소리로 조용히 웅얼거렸다. 그제야 자신이 드디어 구출되었다는 사실이 실감났다. 그는 눈물이 핑 도는 눈으로 하늘을 올려다봤다. 아름다운 별들이 시야에 들어왔다. 어느덧 새벽녘이 가까워진 것 같았다. 그가 다시 허공을 향해 길게 한숨을 내쉬었다. 동시에 결박당해 감각이 없는 팔뚝을 잡으면서 속으로 생각했다.

'운낭…… 이 여자, 참 대단한 여자야! 일을 저지르는 데는 아무튼 따를 사람이 없는 것 같군!'

운낭은 어깨에 통증이 몰려왔다. 자신도 모르게 신음소리가 터져 나왔다. 그러자 흠칫 놀란 오차우가 황급히 머리를 숙여 상처를 살펴봤다. 그러나 그는 정춘우가 술수를 써서 먹인 약 때문에 그 어떤 말도 하지 못했다.

"괜찮아요."

운낭이 안쓰러워하는 오차우를 바라보고는 별일 아니라는 듯 고개를 저었다.

"어떤 자식이 나한테 한 방을 날린 거죠, 뭐!"

오차우는 산비탈에 비스듬히 누워 얼굴이 창백해진 채 기운 없어 힘들어 하는 운낭을 쳐다봤다. 가슴이 찢어지도록 아팠다. 급기야 자신도 모르게 그녀의 손을 잡고 손바닥에 글씨를 써 보였다.

"어디 다쳤소? 많이 아프오?"

운낭의 상처는 사실 크게 심한 것은 아니었다. 다만 제때 치료를 받지 못해 피를 많이 흘린 것이 문제였다. 그래서일까, 머리가 깨질 듯이 아프고 눈앞이 가물거렸다. 심지어 하늘과 땅, 별을 비롯해 주변의 풀과 나무들까지 빙글빙글 도는 것 같았다. 그러나 그녀는 억지로 참으면서 고개를 흔들었다.

"어깨만 조금 다쳤을 뿐이에요. 괜…… 괜찮아요……."

순간 오차우는 자신의 고통은 잊은 채 다짜고짜 운낭에게 다가갔다. 그런 다음 그녀의 옷고름을 벗기려 했다. 그러자 운낭이 깜짝 놀라 외마디 소리를 질렀다.

"안 돼요!"

동시에 오차우 역시 불에라도 덴 듯 화들짝 놀라 손을 거두어들이며 움츠렸다. 자신의 옆에 누워 있는 사람은 더 이상 '이우량 선생'이나 '우량 아우'가 아니었던 것이다. 그가 그 사실을 깨달은 것은 그야말로 순간이었다.

한참 동안 손을 움츠린 채 말없이 고개를 숙이고 생각에 잠겨 있던 오차우가 처연한 표정을 지었다. 그리고는 운낭의 손에 몇 글자를 써내려갔다.

"나는 우매한 도학자가 아니오. 또 그대는 행실이 몹쓸 여자가 아니오. 공자께서 말씀하시기를 '물에 빠진 여자 손 잡아주는 것은 융통성이 있는 행동이다'라고 했소!"

그러나 운낭은 더 이상 말이 없었다. 기력이 다 빠져 정신을 잃은 것 같았다. 오차우는 조심스레 피에 젖어 몸에 착 달라붙은 옷을 벗겼다. 그런 다음 자신의 두루마기 자락을 찢어 상처 난 부위를 꽁꽁 감쌌다. 마침 그때 뭔가 딱딱한 물건이 그의 손가락에 닿았다. 그는 조심스레 물건을 만져 보았다. 그리고는 바로 깨달았다. 자신이 사경을 헤맬 때 그녀에게 주었던 계혈청옥연이었다.

순간 그는 온몸에 전류가 흐르는 것 같은 느낌에 몸이 가볍게 떨렸다. 회한을 비롯한 연민, 망연함, 속상한 감정들이 한데 뒤엉켜 뭔가 형언할 수 없는 기분이었다. 그는 운낭이 옷이 흠뻑 젖을 정도로 피를 흘리면서도 끝까지 자신을 업고 온 것을 다시 한 번 생각했다. 그러자 아무리 힘들고 지쳤어도 그냥 이대로 앉아 있어서는 안된다고 생각했다.

오차우는 몰골이 말이 아니었다. 그러나 혼수상태에 빠진 운낭을 들쳐 업었다. 이어 새벽녘의 찬 공기를 맞으면서 거친 풀숲을 헤쳤다. 거의 한 시간 가량 걸으면서 헤맸을 때였다. 저 멀리서 닭이 홰를 치는 소리가 들려왔다. 순간 오차우는 기쁨보다는 걱정이 앞섰다.

'두 사람 모두 피투성이가 된 살벌한 꼴을 한 채 사람들 눈에 띄면 큰일이 나지 않을까.'

두렵기는 했지만 무작정 걸었다. 얼마 지나지 않아 제법 큰 마을이 나타났다. 그는 비틀거리면서도 한 발자국씩 앞으로 간신히 나아갔다. 얼마 후 마을 어귀에 절처럼 보이는 시커먼 건물이 보였다. 그러나 그것은 절이 아니라 비각碑閣이었다. 그는 운낭을 내려놓고 앞으로 다가가 눈을 비빈 다음 비석을 만져봤다. 순간 그 자리에서 기절초풍할 듯 놀라고 말았다. 그렇게 하염없이 걷고 걸었으나 밤새도록 고생하면서 찾아온 곳이 바로 곡부曲阜의 공묘孔廟(공자孔子의 위패를 모신 사당)였던 것이다!

오차우는 순간적으로 절망감을 느꼈다. 하지만 마음 한구석에는 성인을 배출한 마을 사람들인 만큼 착한 사람들도 있을 것이라는 막연한 기대를 했다. 스스로를 위안하는 자기 암시였다. 그러나 그것도 잠시뿐이었다. 공영배를 떠올리자 금세 마음이 다시 무거워졌기 때문이다.

'어떻게 하나?'

이제 와서 다시 다른 곳으로 간다는 것은 더욱 위험했다. 날이 밝아오기 때문에 남의 눈에 띄지 않는다는 보장이 없었다. 게다가 운낭도 빨리 안정을 취한 다음 의원에게 상처를 보여야 했다. 오차우는 먼저 잠시 머물다 갈 곳을 찾는 것이 역시 급선무라는 판단을 내렸다. 또 그

와중에 '부필통관'富必通官, 다시 말해서 '부자들은 반드시 관리들과 통한다'는 말도 떠올렸다. 아무래도 가난한 집을 찾아 부탁을 하는 것이 더 좋을 듯했다.

그러나 딱히 마음에 흡족하게 드는 집이 없었다. 어떤 집은 괜찮다 싶으면 너무 초라해 몸을 숨기는 것조차 마땅치 않아 보였다. 또 다른 집은 너무 오밀조밀하게 붙어 있어 주위의 이목이 걱정스러웠다. 그 때문에 오차우는 날이 훤히 밝을 때까지 헤매지 않으면 안 됐다. 그러다 드디어 공묘 동북쪽에서 으리으리하지도, 그렇다고 째지게 가난할 것 같지도 않은 적당한 수준의 집을 찾아냈다.

그 집은 정원이 대단히 컸다. 또 두 부분으로 나뉘어져 있었다. 마당이 깨끗하게 정리정돈이 돼 있는 아담한 초가집이었다. 옆에는 땔감이 높다랗게 쌓여 있는 것이 보였다. 날이 밝아 여기저기에서 개 짖는 소리가 들리고 행인들 역시 하나둘씩 눈에 띄었다. 오차우는 더 이상 지체하면 좋지 않을 것이라는 판단하에 큰마음 먹고 그 집으로 다가가 문을 두드렸다.

곧 대문 안에서 개 짖는 소리가 들려왔다. 그러자 옆집의 개들도 따라 짖어댔다. 이윽고 안에서 웬 노인의 목소리가 흘러 나왔다.

"누구시오?"

침묵이 흘렀다.

"누구요?"

목소리에는 위엄이 실려 있었다. 그때 마침 운낭이 잠시 정신이 돌아온 듯했다. 오차우가 아직 말을 못한다는 사실을 깨달았는지 애써 목소리를 가다듬으며 바로 대답을 했다.

"저…… 저희들은 북경에 시험을 보러 가는 거인擧人들이이에요. 저녁에 강도를 만나 간신히 도망쳐 나왔어요. 저희들의 사정이 좋지 않아 그러니 어르신께서 한 번만 도와주십시오."

이번에는 안에서 침묵이 흘렀다. 이윽고 웬 부인의 목소리가 들려왔다.

"장대張大, 문을 열어주게. 날도 다 밝았는데, 무슨 일이야 생기겠는가?"

잠시 후 문이 열렸다. 흰 수염이 긴 일꾼 차림의 웬 노인이 허리를 구부정하게 굽힌 채 서 있는 모습이 보였다. 노인은 우선 옷섶에 핏자국이 있을 뿐 아니라 온통 지저분한 느낌을 풍기는 오차우를 힐끗 쳐다봤다. 그러다 오차우가 겨우 운낭을 안고 있는 것을 보고는 황급히 다가왔다. 오차우는 노인이 운낭을 받아드는 순간 그만 눈앞이 캄캄해지면서 그 자리에서 푹 고꾸라지고 말았다. 놀라고 지친 데다 밤새도록 배고픔과 목마름을 참고 간신히 버티고 있었으니 그럴 만도 했다.

오차우가 깊은 잠에서 깨어났을 때는 이미 해가 중천에 떠 있었다. 그는 습관적으로 좌우를 두리번거렸다. 자신과 운낭은 뒤뜰의 서상방西廂房에 나란히 뉘어져 있는 듯했다. 당초 그가 이 집을 선택했던 것은 평범하기 그지없어 부담이 덜할 것이라고 생각했기 때문이었다. 그러나 방은 밖에서 보던 것과는 전혀 다른 분위기를 풍기고 있었다. 예상했던 것과는 달리 고급스런 가구와 침대, 또 책장과 다탁 등이 그의 눈에 들어왔다. 그는 놀라지 않을 수 없었다. 물론 모든 것이 다 호화스럽지는 않았다. 그럼에도 저마다 고풍스러운 멋을 풍기고 있었다. 분명 뼈대 있는 선비 집안인 것이 분명했다.

더욱 이상한 것은 운낭의 침대 머리맡에 앉아 있는 자상하고 푸근한 외모를 한 부인의 존재였다. 몇 번씩이나 덧기운 것 같은 무명 치마저고리를 입은 그녀는 외견상 무척 평범한 시골아낙의 모습을 하고 있었다. 머리 매무새 역시 그랬다. 그러나 옆에서 공손하게 시중을 드는 하인은 푸른 비단의 중절모를 쓰고 비단 솜저고리에 양가죽 조끼를 걸치고 있는 것이 아닌가! 주객이 전도돼도 유분수지, 완전히 옷차림이 상반되는 주인과 하인이었다. 박식하기로는 둘째가라면 서러운 오차우도 이런 경우는 처음이었다. 그러나 그는 애써 얼굴에 드러내지 않았다.

"선비님, 깨어나셨네요? 다행입니다. 우선 차부터 좀 드세요."

오차우는 아직도 목소리가 나오지 않았다. 그러자 부인이 다시 입을 열었다.

"장대, 차를 좀 더 가져오고, 간단하게 먹을 것도 좀 챙겨오게!"

오차우가 겨우 일어나 앉았다. 그리고는 찻잔을 받아들고 냉수 마시듯 꿀꺽꿀꺽 삼켰다. 완전 꿀맛이었다. 물을 마셔본 것이 언제인가 싶을 만큼 목이 말랐던 것이다. 그러나 먹을 것에는 미안해서 손이 가지 않았다.

"선비님, 어쩌다 이렇게 됐는지는 묻지 않겠습니다만……."

부인이 미소를 머금은 얼굴로 말했다. 그런 다음 운낭에게 시선을 돌렸다.

"남장을 한 이 여자분은 선비님의 여동생인가요? 아니면 부인인가요?"

오차우는 모든 것을 시원스럽게 말해줄 수 없는 것이 속상했다. 또 손으로 대충 얼버무리는 것은 결례가 된다는 생각도 들었다. 결국 그는 손가락으로 목을 가리키면서 머리를 저었다. 그런 다음 종이에다 적어 드리겠다는 의사를 표했다. 그러자 부인이 머리를 끄덕였다.

"알았어요. 장대, 붓과 종이를 가져오게!"

마침 그때 운낭도 신음을 토하면서 잠에서 깨어났다. 그래도 부인은 오차우에게 이것저것 계속 물었다. 운낭이 안 되겠다고 생각했는지 황급히 자리에서 일어나 앉으면서 대신 말했다.

"목이 아파서 말을 못하세요. 마님께서 궁금한 것이 있으시면 저한테 물어보세요."

"음!"

부인이 운낭을 향해 몸을 돌렸다.

"아가씨, 내가 그대들의 신분이 의심스러워서 캐묻는다고 생각하지는 말아줬으면 하오. 우리 집에 머무는 한 최소한 어디에서 온 누구인지는 알고 있어야 하는 것 아니겠소? 무슨 사정이 있는지도 알아야 하고. 그러니 부담 가지지 말고 말해 보시오. 만약 그대들이 내 마음에 들기만 한다면 이 장張 외할미가 보장하겠소. 이 산동성 경내에서 누구 하나 그대들을 괴롭히지 못하게 할 것을 말이오. 물론 내가 그대들을 도와주고 싶어 해야 한다는 전제조건이 있어야 하오."

'대단한 자존심이군! 공부孔府의 연성공衍聖公(공자의 직계 자손들이 가질 수 있는 작위를 일컬음. 일종의 세습 신분)과 관련이 있는 사람일까? 아니 이 부인은 장씨라고 했잖아.'

오차우는 스스로를 장 외할머니라고 칭한 부인의 말에 속으로 감탄했다. 그런 다음 그녀가 도대체 어떤 사람인지를 파악하기 위해 한참이나 머리를 굴렸다. 운낭도 오차우와 비슷한 생각을 하는 것 같았다. 그를 바라보면서 한참 머뭇거리더니 비로소 입을 열었다.

"이분은 저의 오빠예요. 저희들은…… 저희들은……."

운낭이 잠시 말을 멈췄다. 순간적으로 진실을 말해야 할지 대충 꾸며대야 할지 판단이 서지 않았던 것이다. 그녀는 다시 생각에 빠졌다. 바로 그때 갑자기 옷차림이 화려한 웬 젊은 사람이 들어오더니 한쪽 무릎을 꿇으면서 아뢰었다.

"외할머니, 공부孔府의 공영배가 명함을 가지고 외할머니를 뵈러 왔습니다."

순간 오차우와 운낭은 약속이나 한 듯 서로를 마주봤다. 순식간에 안색이 창백해졌다.

"알았어. 혼자 왔는가?"

장 외할머니가 묻자 젊은이가 즉각 대답했다.

"공정기孔貞祺의 넷째조카인 양아良兒도 왔습니다. 또 십여 명의 아역衙役들을 데리고 왔어요."

"아역들을 거느리고 나한테 왔다는 말이지!"

장 외할머니의 안색이 갑자기 어두워졌다. 불쾌한 모양이었다.

"뭣 때문에 왔다고는 말을 하지 않던가?"

"말했습…… 아니요, 말하지 않았습니다. 외할머니하고 밖에서 얘기를 하고 싶다고 했습니다."

"인간말종 공영배 자식, 칼침 맞고 죽을 정춘우 놈하고 매일같이 붙어 다니더니!"

장 외할머니가 덧붙였다.

"양아는 그렇게 안 봤는데, 어쩌다 그런 자들하고 어울리는지! 너는 뭘 좀 아는 것 같은데, 왜 말을 하지 않는 거야? 더듬거리면서 말이야!"

"외할머니께 말씀드리겠습니다. 저는 정말 아는 것이 없습니다."

젊은이는 장 외할머니가 화를 내자 황급히 그녀의 귓전에 입을 가져갔다. 그리고는 뭐라고 소곤거렸다.

"좋아!"

장 외할머니가 무슨 말을 들었는지 갑자기 자리에서 벌떡 일어나더니 시원스럽게 내뱉었다.

"옆방에서 만나주지. 내 잠깐 갔다가 올 테니, 두 분은 다른 생각 하지 말고 여기서 기다리고 계시오."

운낭은 장 외할머니의 말에서 별로 이상한 점을 느끼지 못했다. 하지만 오차우는 달랐다. 마치 쇠방망이에라도 얻어맞은 것처럼 머리가 얼얼해지는 기분이었다. 하기야 그럴 만도 했다. 그가 알기로 지난 이천년 동안 공자의 직계 자손만 누려온 연성공의 권위로도 알 수 있듯이 곡부 내에서 공부의 지위는 그야말로 엄청났다. 왕조는 망해도 '연성공'이라는 지위만큼은 대대로 세습을 통해 이어져 내려왔으니, 한마디로 '천하제일가'天下第一家라는 말이 무색하지 않았다. 제독이나 순무에서부터 지부와 현령에 이르기까지 지방관들 역시 이에 대해서는 토를 달지 않았다. 공부의 사람들을 보면 깍듯하게 예우하는 것이 관례였다. 그런데 이처럼 감히 범접 못할 위력을 가지고 있는 공부의 사람들이 찾아왔음에도 장 외할머니는 "만나준다"라는 표현을 입에 올리고 있었다. 대단한 배짱과 자존심이 아니면 불가능하다고 할 수 있었다.

얼마 후 공영배가 실없이 웃으면서 들어왔다. 그러나 장 외할머니는 눈길 한 번 주지 않았다. 그저 차만 마시고 있었다. 그럼에도 공영배는 이런 분위기가 별로 어색하지 않은지 전혀 개의치 않고 인사를 올렸다.

"반년 동안이나 못 뵈었는데도 외할머님께서는 세월이 무서워서 비껴가는 것 같네요. 갈수록 젊어지시니 말입니다. 조카의 인사를 받으십시오!"

"일어나게. 연주부의 정춘우한테 붙어서 한자리 잘 해먹는다고 하더구만! 그런 대단한 귀인이 어떻게 여기 올 시간이 다 있는가? 그리고 양아, 너 말이다! 너의 큰형인 빙지聘之는 석문石門에서 열심히 공부를 하고 있어. 내가 보기에는 곧 뭔가 큰 깨우침을 얻을 것으로 믿어. 그런데 너는 왜 갈수록 태산인 거야? 제대로 된 일을 해볼 생각은 하지 않고 자꾸 엉뚱한 곳으로 빠지려 하느냔 말이야!"

"외할머님께 말씀을 드리겠습니다."

공영배가 두루마기 자락을 들고 자리에 앉으면서 입을 열었다.

"그게 아닙니다. 넷째 형은 방금 석문에서 돌아왔다고요. 빙지 형님에게 책을 받아 왔죠. 그런 다음 외할머님도 찾아뵐 겸해서 온 거예요. 또 저는……."

공영배가 갑자기 목소리를 낮췄다. 때문에 옆방에 있던 오차우와 운낭은 뒷부분은 한마디도 알아듣지 못했다.

"그것도 코라고 달고 다니는 건가! 냄새를 맡으려면 제대로 맡으라고. 그 사람들이 우리 집에 숨어 있다는 증거라도 있는 거야?"

한참 후에 장 외할머니가 공영배를 윽박질렀다. 공영배가 오차우와 운낭을 숨겨 주고 있지 않느냐는 말을 한 것이 분명했다. 다시 그가 입을 열었다.

"둘 중에 한 명은 상처를 입었어요. 그 자가 흘린 피를 따라 여기까지 왔어요. 상처 때문에 어디 멀리 가지는 못했을 겁니다!"

옆방에서 엿듣고 있던 오차우와 운낭은 공영배의 말에 가슴이 터질 것 같은 긴장감을 느꼈다. 그가 자신들을 붙잡으러 온 것이 확실했던 것이다.

"오, 그래?"

장 외할머니가 대충 대답하고는 다시 덧붙였다.

"누군가 숨겨주고 있다면 샅샅이 찾아서 데리고 가면 되잖아?"

"집집마다 다 찾아봤습니다. 그런데 없네요."

"자네 공씨 가문에는 엄청나게 많은 소작농들이 있지 않은가. 그러니 어느 동네에 숨어 있는지 어떻게 알겠는가. 모래밭에서 바늘 찾기일 테지. 그래도 천천히 찾아보면 나오겠지. 상처까지 입었다는데 하늘로 날아가기야 했겠어?"

장 외할머니는 시종일관 조롱하는 듯한 어투였다. 공영배는 그럼에도 웃음을 잃지 않았다.

"솔직히 말씀을 드리죠. 소작농들의 집은 전부 샅샅이 뒤졌어요. 그런데 누군가 그러더군요. 새벽녘에 외할머님 댁의 개가 유난스레 짖었다고요! 솔직히 외할머니께서는 유식한 분이시니까 범인은닉죄를 지을 까닭이 없지 않아요? 뭐 이런 생각은 하면서도 혹시나 하는 생각으로 감히 와 봤습니다. 이 조카도 입장이 난감해서 그러니 허락만 해주신다면 하인들의 방에 가서 한번…… 휙 둘러보고 나오면…… 나중에라도 찜찜하지는 않을 텐데……."

"어쩐지 갑자기 찾아와서는 친절을 베풀고 살갑게 군다 싶었어! 이 늙은이가 보고 싶어 온 게 아니라 우리 장씨 가문의 집을 수색하러 왔구먼!"

장 외할머니는 냉소를 흘리더니 더욱 준엄하게 공영배를 꾸짖었다.

"까불지 마! 네가 뭔데 감히 우리 집을 수색하겠다는 거야? 간이 배 밖으로 나와도 유분수지! 너의 아버지는 생전에 순무를 지냈지. 또 네 가까운 친척인 공우덕孔友德은 왕까지 됐고. 그런 사람들조차 우리 집 마당에 들어설 때는 항상 깍듯하게 예의를 갖췄어. 그런데 감히 네까짓 것이!"

장 외할머니가 굳어진 얼굴로 단호하게 말했다. 공영배는 그녀의 서슬 퍼런 말에 주눅이 들었는지 찍소리조차 내지 못했다. 그러자 양아로 불린 옆에 있던 공상량孔尙良이 대화에 끼어들었다.

"안 그래도 영배가 오면서 말했습니다. 외할머님께서 기분 나빠 하실 것 같다면서 저에게 잘 말해달라고요. 윗사람들의 이목도 있고 하니까 대충 하인들 방만 둘러보고 가겠다고 했어요."

"필요 없다니까! 너는 빨리 가서 네 형 빙지가 준 책이나 제대로 챙겨 읽기나 해. 바보 같은 녀석 같으니라고!"

장 외할머니가 화를 버럭 냈다. 이어 호통을 쳤다.

"다시 한 번 말하겠어. 우리 장씨 집은 그 어떤 범인도 감춰주지 않아. 우리 어른이 세상을 떠난 이후 남아 있는 하인들은 그야말로 대대로 우리 집에서 살았던 사람들이야. 언제 한 번 남의 물건 하나 그냥 가져오는 걸 못 봤다고. 착하디착한 사람들이지! 그래도 우리 집에서 도둑을 잡아야겠다면 나를 먼저 잡아가라고 할 수밖에!"

공영배는 운낭이 흘린 피의 흔적을 따라 장 외할머니의 집으로 들어왔다고 자신의 입으로 분명히 말한 바 있었다. 그의 입장에서는 불 보듯 뻔한 물증이 있는 셈이었다. 그럼에도 장 외할머니는 악을 바락바락 쓰면서 감히 범접 못할 위엄을 과시했다. 그 권위를 인정해주지 않을 수도 없는 상황이었다. 그는 어찌할 바를 몰라 한참을 고민했다. 그러다 드디어 입을 열었다.

"외할머님, 제가 괜히 이러는 게 아니에요. 저라고 해서 외할머님에게 찍히는 것이 좋겠어요? 워낙 중요한 사건이라 관부에서도 저를 못 살게 굴 거라고요. 연성공께서도 북경에 가서 아직 돌아오지 않았으니, 누가 말 한마디 해줄 사람도 없고……."

"연성공이 있으면 뭐가 달라질 게 있을 것 같아서 그래?"

장 외할머니가 가소롭다는 듯 코웃음을 쳤다. 더욱 기세등등했다.

"우리는 칠백 년 동안이나 공부와 이웃이자 친척으로 살아왔어. 공부에서 우리 집을 우습게 여긴 적은 단 한 번도 없었지! 언제나 깍듯하고 각별하게 대해줬어! 그런데 네까짓 게 뭐라고 감히 이러는 거야!"

"정 이렇게 나오신다면 조카도 더 이상 어쩔 수가 없네요! 칠백 년 동안 없었던 무례를 범하는 수밖에요!"

공영배는 오차우를 놓치는 바람에 거의 죽을 맛이었다. 자신과 정춘우에게 어떤 화가 닥칠지 전전긍긍하고 있었다. 겉으로는 웃고 있어도 속은 새까맣게 타서 재로 변하고 있었다. 당연히 장 외할머니와 더 이상 의미 없는 설전을 하고 있을 때가 아니었다. 그는 곧 자리를 털고 일어나 가볍게 읍을 했다.

"나중에 이 조카가 가족을 데리고 와서 죗값을 치르겠습니다!"

공영배는 말을 마치자마자 성큼성큼 대문 밖으로 걸어 나갔다. 그리고는 곧장 대기 중이던 아역들을 향해 소리를 질렀다.

"다들 안으로 들어가 샅샅이 뒤져라!"

"거기 누구 없나?"

장 외할머니도 흥분한 듯 뒤따라 밖으로 나왔다. 그런 다음 돌계단 위에 서서 행여 질세라 큰 소리로 명령을 내렸다.

"일꾼들을 모두 집합시켜라!"

사실 집합시킬 것도 없었다. 이미 눈치 빠른 장씨 댁의 하인들이 한곳에 모여 대책을 논의하고 있었던 것이다. 그들은 장 외할머니의 목소리가 들리자 일제히 공부의 상징물이 새겨져 있는 몽둥이를 집어 들고 몰려왔다. 이어 두 줄로 쫙 늘어섰다. 법사法司의 아문衙門은 완전히 저리 가라고 할 정도로 일사불란한 행동이었다. 장 외할머니는 흥! 하고 콧방귀를 뀌면서 공영배를 노려봤다.

"봤는가? 이 몽둥이들은 연성공이 보내온 뒤로 한 번도 사용하지 않았던 새것들이야. 이 몽둥이에 가장 먼저 얻어맞는 행운의 주인공이 되고 싶어?"

"뭣들 하는 거야, 어서 뒤지지 않고!"

공영배가 장 외할머니의 말을 애써 외면한 채 이를 악물고 악을 썼다. 그는 장 외할머니에게 충분히 알아듣도록 설명을 했다고 생각했다. 게다가 사리에 밝고 매사에 긍정적인 것으로 소문난 그녀가 양보를 할 것으로 판단했다. 그러나 아니었다. 그녀는 손톱만큼도 양보하려고 들지 않았다. 오히려 앞뒤가 꽉 막힌 사람처럼 굴었다. 공영배는 그런 장 외할머니의 태도를 보며 오차우를 숨겨주고 있다고 확신을 했다.

"장대, 고조할머니의 용두장龍頭杖을 가져와서 운판雲板(주로 불교에서 의식에 사용되는 일종의 악기)을 두드리게!"

장 외할머니는 공영배가 가소롭다는 듯 계속 냉소를 흘렸다.

"장씨 가문에 도둑이 들었으니 공부의 사람들도 다 같이 달려와서 도와줘야 하잖아!"

"예!"

오차우에게 문을 열어줬던 하인이 즉각 대답하고는 곧장 뒤뜰로 뛰어갔다.

"아, 아이고……, 아닙니다! 제가 잘못했습니다!"

그때까지 버티고 있던 공영배가 순간 당황하더니 어쩔 줄을 몰라 했다. 원래 공가孔家의 가법은 엄하기로 정평이 나 있었다. 그래도 그의 지위가 공씨 가문에서 확고부동하다면 괜찮을 수 있었다. 그러나 아니었다. 불행히도 그의 지위는 한없이 낮았다. 또 하는 일마다 웃어른들의 눈 밖에 났다. 일부 친척들이 그를 아주 때려죽이지 못해 이를 갈고 있을 정도였다. 그런 상황에서 운판이 울리면 난리가 날 게 분명했다. 공부의 최고 웃어른에서부터 까마득한 아랫사람들까지 모두 순식간에 벌떼처럼 모여들 수도 있었다.

문제는 진짜 그렇게 됐을 때였다. 사람들은 틀림없이 다른 사람도 아닌 지위가 한없이 낮은 그가 어렵기로 정평이 나 있는 장 외할머니를 노하게 했다는 사실을 알고는 노발대발할 터였다. 잘못하면 뼈도 못 추릴 수도 있었다. 아니 깊은 연못에 던져지거나 생매장을 당할 수도 있었다. 그는 순식간에 기가 죽었다. 황급히 달려와서는 비굴하게 웃어 보이기까지 했다.

"제가 인간말종이에요! 죽을 때가 됐나 봅니다! 외할머님, 다 제 잘못입니다. 그만 화를 푸세요. 제가 깨끗하게 물러나 드릴게요!"

공영배는 말을 마침과 동시에 뒤로 돌아섰다. 그런 다음 바로 아역들을 향해 소리를 질렀다.

"빌어먹을! 어서 흩어져서 찾지 못해. 이 주변이나 뒤져보라고. 어디 멀리 가지는 못했을 거야!"

오차우와 운낭은 공영배가 길길이 날뛸 때만 해도 한껏 마음을 졸이고 있었다. 그러나 얼마 후 정원이 조용해지자 둘은 그제야 비로소 안도의 숨을 내쉴 수 있었다. 모든 것이 장 외할머니의 덕이었다. 둘은 속으로 감사의 인사를 꼭 해야겠다고 생각했다.

그러나 기회는 바로 오지 않았다. 장 외할머니가 온갖 집안일로 바빠 모습을 나타내지 못했던 탓이었다. 그 때문에 둘이 먹고 마실 밥과 차도 모두 장대가 직접 챙겨왔다. 물론 가끔씩 마당에서 집안 일꾼들에게 해야 할 일을 지시하고 밭일을 시키거나 하는 말소리는 들려왔다. 또 자신이 직접 하인들을 거느리고 일하는 방에 들어가 길쌈을 하는 것 같기도 했다.

그녀가 하루가 다 가도록 보여주지 않은 멋진 모습을 다시 드러낸 것은 거의 저녁 무렵이 다 됐을 때였다. 이름난 의원을 데리고 들어와 두 사람의 병까지 봐주는 정성을 기울였다. 이어 하인을 시켜 약을 지어오게 한 다음 운낭을 위해 다른 방도 마련해줬다. 그녀는 저녁도 먹고 의원도 돌아가자 비로소 두 사람 앞에 자리를 잡고 앉았다.

"나는 낮에는 무지하게 바쁜 사람이라오. 농사짓는 사람이라 손님 대접에는 거의 낙제생이라고 할 수 있소. 내가 손님을 집에다 모셔놓고 일에만 매달렸던 것을 이해해 줬으면 좋겠소."

운낭과 오차우는 사실 하루 동안 푹 쉬면서 기력을 많이 회복하고 있었다. 모두가 장 외할머니가 정성스럽게 도와준 덕택이었다. 오차우는 장 외할머니를 향해 진심으로 우러나는 감사의 절을 드린 다음 의자에 앉았다. 하지만 그를 대신해 먼저 입을 연 것은 운낭이었다.

"할머님께서 베풀어주신 크나큰 은혜는 나중에 반드시 결초보은할 때가 있을 것입니다."

"그대들의 일은 벌써 대충 알고 있소."

장 외할머니가 대수롭지 않다는 듯 대꾸했다.

"사람 목숨 하나 구해주는 것이 칠층의 부도탑浮屠塔을 쌓는 것보다 낫다고 하지 않소! 영배 저 녀석은 공씨 가문의 실패작이오! 어릴 때는 나름 괜찮아 보이더니 갈수록 태산이군! 반년 전에 정춘우라는 사람을 처음 만났다고 하는데, 나를 보자마자 종삼랑이 어쩌고 오삼계가 어쩌고 하더니만 바로 하늘이 내리는 진정한 천자가 탄생한다고 그러더군! 미친 사람처럼 횡성수설하면서 말이오. 사실 근래에는 오배의 횡포가 없어서 사람들이 모처럼 기를 펴고 살만 했소. 그런데 이제 얼마 됐다고 다시 천하대란을 일으키지 못해 안달인지 모르겠소! 나뿐만 아니라 백성들은 오랑캐냐 아니냐를 떠나서 진심으로 백성을 위하고 진정한 아버지 역할을 할 군주를 좋아한다오. 그렇지 않고 말만 번드르르하게 하고 등이나 처먹으려고 혈안이 돼 있다면 정말 죽이고 싶도록 미워할 수밖에 없소. 강희황제는 한족은 아니나 공자와 맹자를 존중하고 하늘과 조상을 경외하는 사람으로 알고 있소. 황제이기 이전에 인간적인 모습이 참으로 보기 좋아요. 게다가 일도 똑 부러지게 잘 하는, 어디 하나 나무랄 게 없는 사람이니 어엿한 중국인이라고 할 수 있소!"

장 외할머니는 강희에 대한 칭찬을 늘어놓았다. 자신의 말이 진심이라는 듯 미소도 지어 보였다.

오차우는 그녀의 말을 들으면서 시시각각 눈빛을 반짝거렸다. 세상 그 어떤 미사여구보다 훨씬 듣기 좋은 강희에 대한 찬사였던 것이다. 그러나 목이 아파 맞장구를 칠 수는 없었다. 그는 그게 너무 안타까웠다.

"그 사람들이 저희들에 대해 뭐라고 말하던가요?"

운낭이 궁금한 듯 물었다.

"뭐라더라? 아가씨는 악명 높은 비적, 저쪽은 우육于六이라면서 무슨 우칠于七의 형이라고 허튼 소리를 하는 것 같더라고?"

"외할머님께서는 어떻게 생각하세요?"

"순 개소리 아니겠소? 정춘우 그 자식이 또 억울한 누명을 씌워 사람을 해치려는가 보다 하고 생각했소. 과거 우오于五라는 사람을 죽이더니, 어느 날 다시 우팔于八이라는 사람을 도둑으로 내몰아 죽이더라고. 이번에는 다시 우육이라니! 그놈의 바보 같은 자식은 머리통에 두부만 들었나. 이름도 제대로 못 지어내는지 내내 한 집안 식구들만 줄줄이 만들어 낸다니까! 자기 눈에 거슬리는 사람만 있으면 바로 도둑으로 내몰아 죽여 버리는 아주 나쁜 자식이지!"

장 외할머니가 연신 한숨을 내쉬었다. 그러나 내친김이라고 생각했는지 말은 더욱 강경해졌다.

"더구나 우칠이 반란을 일으켰을 때 내 나이는 겨우 열아홉 살밖에 되지 않았소. 그런데 그 우칠의 형인 우육의 나이가 이렇게 젊을 수가 있겠소? 아가씨 같은 경우는 더 믿을 수가 없소. 이렇게 얌전하고 아리따운 아가씨가 무슨 도둑이겠느냐고! 아미타불 관세음보살!"

"외할머님께서는 정말 혜안이 있으시네요. 또 진짜 여장부 같으세요."

운낭이 웃으면서 말했다. 그러나 그 뒤에는 전혀 엉뚱한 말이 흘러나왔다.

"실망하실지는 모르겠습니다만 저는 정말 '마적'이라고 해도 할 말이 없는 사람이에요!"

운낭은 마음속에서부터 존경하고 싶은 마음이 우러나오는 장 외할머니에게 진짜 손톱만큼의 거짓말도 하고 싶지 않았다. 경계심 같은 것은 어느새 사라지고 없었다. 그녀는 급기야 자신이 어린 시절에 겪은 불운을 비롯해 왕씨 집안에 들어간 이유, 나중에 어쩌다가 종남산으로 입산했다가 다시 내려와 오차우를 구하게 된 사연까지 거의 모든 것을 장 외할머니에게 낱낱이 털어놨다.

"아무튼 포위망을 뚫고 탈출했으니 다시 환생한 것이나 다름없소."

운낭의 말을 듣고 난 장 외할머니가 한숨을 내쉬었다. 그러다 다시 더 해줄 얘기가 있는 듯 말을 이었다.

"세상에 그 어떤 소설이 이보다 더 재미있겠나. 내가 직접 만나서 들은 얘기가 아니라면 절대 믿을 수가 없을 것 같소. 그렇다면 그 소마라고 아가씨는 이미 불교에 귀의한 몸이니 어쩔 수가 없을 것 같고, 내가 보기에는 두 사람이 잘 어울려 보이는데……."

좌중의 분위기가 장 외할머니의 말에 갑자기 어색해졌다. 동시에 무거운 침묵이 흘렀다. 운낭이 얼굴을 붉히면서 머리를 숙이더니 한숨을 토해냈다. 오차우 역시 멍하니 어둠이 짙게 깔린 창밖을 바라보았다. 조금은 을씨년스러운 듯한 찬바람이 창밖의 나무들을 마구 흔들어 대고 있었다.

"내가 괜한 얘기를 꺼낸 모양이군."

장 외할머니가 난감해하는 두 사람의 표정을 살폈다. 그러더니 당연하다는 어조로 권했다.

"오빠, 동생이라고 생각하고 여기에서 편안하게 며칠 푹 쉬도록 하시오. 오 선생은 그 좋은 문학적 재능을 써먹지 않으면 두고두고 억울할 것 같소. 여기 근처 석문산石門山이라는 곳에 작은 암자가 있어요. 그곳에 공씨 가문의 수재秀才인 상임尙任이라는 아이가 책을 읽고 있소. 자字가 빙지라는 아이요. 그러니 오 선생은 건강이 좋아지거든 거기 가서 같이 공부도 하고 동무도 되어주는 것이 좋을 것 같소. 그러다 조금 잠잠해진 후에 북경에 가서 황제를 만나면 그야말로 일석이조 아니겠소?"

장 외할머니가 말을 마치고는 곧바로 자리를 뜨려고 했다. 매일 바쁘다는 그녀다웠다. 그러자 운낭이 아쉬운 듯 황급히 제지했다.

"외할머님, 왜 벌써 가시려고 하세요! 궁금한 것이 있어요. 공씨 집안은 산동성에서는 세력이 하늘을 찌르는 어마어마한 집안이잖아요! 관가에서도 공씨 집안을 무시하지 못할 뿐 아니라 깍듯이 대접할 정도니까 더 이상의 설명도 필요 없겠죠. 그런데 공영배는 외할머님 앞에서는 쩔쩔 매던데요? 그건 도대체 왜 그렇습니까?"

오차우가 운낭의 질문이 끝나자 말은 못하고 눈을 크게 뜨고 장 외할머니를 쳐다보았다. 뚫어지게 쳐다본다는 표현이 적당했다. 그 역시 운낭처럼 그것이 하루 종일 궁금했던 차였다.

# 28장

# 공부孔府의 비밀

“그 얘기를 하려면 아마도 몇 날 며칠은 해야 될 거요!”

장 외할머니가 운낭의 질문에 밖으로 나가려다 잠시 주춤했다. 그러나 이미 일어선 터였으므로 오차우와 운낭에게 차를 따라주고는 하인에게 지시했다.

“약이 다 달여졌으면 어서 가져오게.”

그리고 다시 자리에 앉으면서 그녀는 길게 한숨을 내뱉었다.

“밖에서는 이 일에 대해서 거의 모를 거요. 우리 두 집안도 소문을 내지 않고 있소. 우리 두 집안의 역사는 최소한 칠백년 전부터 시작했다고 볼 수 있소.”

운낭은 장 외할머니의 말에 흠칫 놀랐다. 말이 쉬워 700년이지 함부로 입에 올릴 말이 아니었던 것이다. 오차우 역시 그랬다. 속으로 조용히 계산을 해봤다. 700년 전이라면 후당後唐과 오대五代 시대라는 결론이 바로 나왔다. 장씨와 공씨 두 가문의 인연이 700년 전이나 거슬러 올라간다니! 오차우는 다시 한 번 놀라지 않을 수 없었다.

장 외할머니가 둘의 생각을 아는지 모르는지 여유 있게 차를 한 모금 마시고는 다시 말을 이어갔다.

“그 당시는 후량後梁 때였소. 천하대란이 일어난 때였소. 그때 공부는 가문이 급속도로 쇠락하고 말았소. 당시 가문의 사십이대四十二代 어른은 공광사孔光嗣라는 분이었고, 아마 3대 독자였을 거요. 다행히도 그 어른은 나이 오십 세에 아들을 낳았소. 이름을 공인옥孔仁玉이라고 지었소. 당시 어른의 기쁨은 대단했을 것이오. 늦둥이기도 했으나 가문의 혈맥을 이을 아들이었으니까 그럴 수밖에 없었을 거요. 한편 긴장이 앞서기도 했을 거요. 때문에 공부에서는 유모의 집에 아예 아이를 맡겨 버렸소. 집에서 자라면 잘 자라지 못하지 않을까 하는 걱정이 있었던 거요. 그 유모가 바로 우리 장씨 가문 최초의 외할머니였소. 나는 그 이십일대二十一代 외할머니요.”

오차우가 장 외할머니의 말에 가만히 고개를 끄덕였다. 그제야 모든 의문이 해소되는 모양이었다. 말하자면 공부 집안의 유모이자 스승이 되어 내려온 ‘외할머니’라는 호칭은 장씨 가문에서 세습돼 내려오는 빛나는 훈장이라고 할 수 있었다.

“그 당시 공부 집안의 하인 중에 유말劉末이라는 사람이 있었소. 공부에 들어오면서 공말孔末로 이름을 바꾼 사람이었소. 그때 어르신은 그 하인이 착실하고 부지런해 무척이나 신뢰했다고 하오. 나중에는 집안의 모든 재산을 관리하는 권한까지 넘겨줬소. 그래서 그 사람이 곳간 열쇠를 비롯해 제사를 지낼 때 쓰는 각종 제기며 다기, 엄청난 규모의 비단 등을 다 관리하게 됐소. 심지어는 육십 권도 넘는 호적과 공부의 족보까지 책임지고 관리하게 됐다오. 처음에는 이 사람이 문제를 일으킬 줄은 전혀 생각도 못했소, 단 한 사람도!"

"그 사람이 정말 공묘의 청소도 하면서 공부를 위해 일한 하인이었나요? 공씨 가문에서는 '남자는 노奴, 여자는 비婢로 부리지 않는다'라는 말이 있지 않습니까?"

"그것은 명나라 이후부터 생긴 가법이오. 그 전에는 남자 하인도 있었소. 또 하인들 모두가 공씨 성을 따랐소."

장 외할머니가 바로 대답했다. 그런 다음 다시 설명을 곁들였다.

"그런데 누가 꿈에서라도 생각을 했겠소. 어르신의 신임을 한몸에 받으면서 공씨 가문에서도 확실한 상전 대접을 받던 유말, 아니 공말 그자가 세상이 혼란스러운 틈을 타 엄청난 흑심을 품게 될 줄을 말이오. 그 자는 몰래 은을 훔쳐다 파는 것도 모자라 제멋대로 족보를 뜯어 고쳤소. 자신이 마치 진짜 공씨 가문의 자손인 척 위장을 한 것이오. 나중에는 그가 공씨 가문의 자손일 뿐 아니라 성인聖人의 혈통을 가졌다는 사실에 대해 시비를 거는 사람이 없을 정도였소."

장 외할머니의 설명은 계속됐다.

"그러던 건화乾化(후량의 태조인 주전충朱全忠의 연호로, 911년부터 913년까지 사용됨) 삼년 팔월 십오일이었소. 어르신이 화원에서 연회를 베풀었소. 집안의 하인들을 위로하는 자리를 만든 것이었소. 그런데 이날 공말이 사고를 쳤다고 하오. 술에 취한 어르신을 방으로 모시는 척하면서 그대로 목을 졸라 목숨을 뺏었다고 하오."

장 외할머니의 설명은 다소 장황했다. 운낭이 궁금증을 참지 못하겠다는 듯 바로 물었다.

"그자가 살인까지 저질렀는데, 관가에서는 가만히 있었나요?"

"이 답답한 아가씨야! 그때는 천하대란이 일어났을 때라고 하지 않았나!"

장 외할머니가 운낭에게 톡 쏘아붙였다.

"오십 년 동안에 조정이 다섯 번이나 바뀌었으면 말할 필요가 없잖소. 그러니 그 난리에 어떻게 그런 것까지 신경을 썼겠소."

"그렇다면 그 늦둥이 아이는 어떻게 됐나요? 그날이 팔월대보름이었다고 하셨잖아요. 집에 안 데려갔었나요?"

운낭이 궁금증을 참지 못하고 또다시 물었다. 장 외할머니가 머리를 끄덕이면서 대답했다.

"명이 긴 아이였나 보오. 뭘 알고 그랬는지는 모르겠으나 그날 열이 많이 났다고 하오. 그래서 공부 측에서 데리러 오기는 했어도 못 보냈소. 외할머니가 바람이 이렇게 많이 불고 아이가 건강이 좋지 않으니 보낼 수 없다고 하셨다고 하오. 그때 공말은 공 어르신을 살해한 다음 공부의 하인들을 모두 불러 모아 놓고는 너무나도 뻔뻔하게 말했다고 하오. '공 대인이 병으로 돌아가셨다. 돌아가시기 전에 나에게 모든 권한을 물려주셨다'고 말이오. 그런 다음 공인옥은 공 어르신이 밖에서 낳아가지고 온 사생아이기 때문에 공씨 가문의 뒤를 이을 수 없다고 주장했소. 나중에는 사람을 보내 죽여 버리라고도 했소."

"그래서 어떻게 됐나요?"

운낭은 장 외할머니의 옛날 얘기에 완전히 빠져들었다. 표정도 너무나 진지했다. 장 외할머니가 계속 말을 이었다.

"하인들은 이미 공말에게 돈으로 매수된 상태였소. 때문에 초롱불을 밝히고 횃불을 든 채 기세등등하게 우리 장씨 가문으로 달려왔소. 외할머니 댁 사람들이 보름달 구경을 마치고 잠자리에 막 누우려고 할 때였을 거요. 밖에서 불이라도 난 듯 시끌벅적한 소리가 들렸소. 공말이 수십 명의 하인들을 거느리고 벌떼처럼 들이닥쳤던 거요. 외할머니는 놀라서 부들부들 떨었소. 그러자 공말은 시퍼런 비수를 외할머니의 목에 들이대면서 공인옥이 어디 있느냐고 물었소. 내놓지 않으면 가족 모두를 몰살시키겠다고 협박을 가했소! 완전히 우리 집안의 씨를 말려버리겠다는 얘기였다오. 외할머니는 사시나무 떨 듯하면서 거의 쓰러질 것처럼 비틀거릴 수밖에 없었소. 그래도 안방에는 들어갈 수 있었다고 하오. 그곳에서 외할머니는 자신의 막내아들인 강아지와 공인옥이 온돌방에서 월병月餠(추석 때 먹는 빵)을 독차지하기 위해 서로 싸우는 것을 봤소. 둘은 방 이곳저곳을 마구 기어 다니면서 쫓고 쫓기고 있었소. 그러니 빵가루가 온 방에 흩어지게 되지 않았겠소? 그러거나 말거나 아기들은 침을 질질 흘리면서 키득키득 웃고 있었소. 순간 대책이 없었던 외할머니는 공인옥을 껴안고 볼에 입을 맞추면서 하염없이 울었다고 하오. 이 눈에 넣어도 아프지 않은 어린 것을 살인마들에게 내주자니 너무 슬펐던 거요. 그래서 외할머니는 자신이 기둥에 머리를 처박고 죽는 한이 있어도 아이를 내주지는 않을 거라는 결심을 했다고 하오. 외할머니는 공인옥을 내려놓고는 강아지를 품에 꽉 안았다고 하오. 그러자 강아지가 그 포동포동한 손으로 자신의 고추에 붙어 있던 빵부스러기를 떼어 외할머니 입에 넣어줬다고 하오. 입을 쩝쩝 다시면서 먹어보라고도 했다고 하오. 아마 외할머니는 둘 모두 버릴 수 없는 기로에 놓여서 절망을 느끼지 않을 수 없었을 거요!"

장 외할머니가 갑자기 말을 멈추더니 처연한 표정을 지었다. 깊은 한숨과 함께였다. 오차우는 그녀가 더 이상 말하지 않아도 뒷얘기를 충분히 짐작할 수 있을 것 같았다. 운낭 역시 그랬다. 뒷얘기가 너무 슬플 것이라는 생각에 이미 눈물범벅이 돼 콧물을 훌쩍거리고 있었다. 장 외할머니가 촉촉한 눈가를 닦으면서 다시 말을 이었다.

"외할머니는 어쩔 줄 몰라 발을 동동 굴렀소. 눈물도 마구 흘렸소. 마침 그때 안방문이 거칠게 열리더니 공말이 뛰어 들어왔소. 그러더니 살기등등한 어조로 물었소. '어느 아이가 공인옥인가?'라고 말이오. 깜짝 놀란 두 아이는 '으앙!' 하고 울음을 터뜨렸소. 그와 동시에 세 사람은 서로 부둥켜안은 채 하늘이 무너져라 하고 정신없이 울었다고 하오. 외할머니는 그때 아들이 셋이나 있는 자신의 집안과는 달리 공씨 가문의 경우 이 아이가 없으면 대가 끊긴다는 생각을 할 수밖에 없었소! 그래서 차가운 칼이 목에 닿는 결정적인 순간 그야말로 피눈물을 쏟으면서 이를 악문 채 자신의 아들인 강아지를 공말에게 넘겨주고 말았소. 강아지는 무서움에 떨며 악을 쓰고 울어댔소. 외할머니를 붙잡고 떨어지지 않으려 했다고 하오. 외할머니는 칼로 생살을 도려내는 듯한 아픔을 느끼면서도 아이에게 다가가 사탕과 월병을 주머니에 넣어주고는 말했다고 하오. '아가야, 조금만 참아……. 곧 괜찮아질 거야!'라고 말이오. 공말은 그 아이가 공인옥이라고 단정할 수밖에 없었을 거요. 징그럽게 웃으면서 나가더니 그 자리에서……."

장 외할머니도 옛날 얘기가 슬픈지 하염없이 눈물을 흘렸다. 방안은 졸지에 쥐죽은 듯 고요해졌다. 마치 700년 전의 참담한 비극의 현장이 다시 재연되는 듯했다. 오차우는 말할 것도 없고, 사람을 수도 없이 죽인 경험이 있는 운낭마저도 소름이 끼치고 가슴이 아리는지 눈가가 촉촉히 젖어 있었다. 한참 후에야 그녀가 머리를 들었다.

"나중에는 어떻게 됐나요?"

"그 뒤로 외할머니는 또 다른 화를 불러오지 않을까 두려운 나머지 바로 이사를 갔소. 석문 일대의 야산에서 십수 년을 살았소. 그곳에서 외할머니는 매일 실을 뽑고 베를 짰소. 남의 집 삯바느질도 해서 돈을 벌었소. 그 돈으로 공인옥을 뒷바라지했고, 결과도 좋았소. 공인옥이 후당後唐 명종明宗 때 북경으로 시험을 보러 가서 태학생太學生이 된 것이오. 그제야 외할머니는 공인옥에게 지나간 과거사를 들려줄 수 있게 됐소. 그러나 그때 외할머니의 눈은 이미 실명한 상태였다고 하오. 어머니를 북경으로 모셔가려고 집에 왔던 공인옥은 외할머니에게서 참혹했던 과거사를 듣고는 즉시 북경으로 돌아가 피눈물로 얼룩진 역사를 구구절절이 적어 황제에게 올렸소. 분노한 황제는 즉각 공말을 북경으로 붙잡아 올려 갈가리 찢어죽이는 극형으로 다스렸소. 하마터면 영영 대가 끊기고 말 뻔한 공씨 가문은 외할머니의 이런 헌신에 힘입어 다시 맥을 이을 수 있었소. 공인옥도 사십삼대 중흥조中興祖가 됐고."

운낭은 마지막 부분에서 기어코 뜨거운 눈물을 흘리고 말았다. 그럼에도 장 외할머니의 얘기는 계속됐다.

"공인옥은 장씨 가문의 크나큰 은혜에 보답하고자 조정에 상주문을 올렸다고 하오. 그러자 조정에서는 장씨 가문을 공씨 가문의 세대은친世代恩親(세대를 이어가면서 은혜를 갚도록 하는 친척 관계)으로 삼으라고 명했소. 외할머니라는 호칭은 관칭官稱으로 변했고. 이후 대대로 장씨 가문의 맏며느리가 그 영광을 가질 수 있게 됐소. 나는 그로부터 이십일대째요."

운낭은 가슴 아픈 얘기를 다 듣고는 깊은 감명을 받았다. 곧이어 털어놓는 말에서는 그에 대한 여운이 여전히 묻어 있었다.

"저하고 오빠는 공영배가 외할머니 앞에서 쩔쩔 매는 모습을 보고 하루 종일 궁금했어요. 이제 보니 그러지 않을 수가 없겠네요!"

"그 자식은 아무것도 아니지! 칠백년 동안 우리 두 집안은 사돈도 많이 맺었다오. 우리 큰딸은 바로 지금 연성공의 안사람이오. 그러니 매번 공씨 가문의 새 어른이 연성공 직위를 세습할 때마다 이전과 같은 용두장을 보내올 수밖에. 이걸 가지고 말을 안 듣거나 마음에 안 드는 공씨 가문의 누군가가 있으면 속 시원하게 때려주라는 얘기요. 물론 우리는 한 번도 그렇게 해본 적은 없소. 아까 공영배가 용두장 얘기가 나오자 알아서 설설 기는 것 보지 않았소?"

어느새 보름이 훌쩍 지났다. 그새 운낭의 상처는 완전히 나았다. 오차우의 목소리 역시 거의 회복되었다. 두 사람은 길 떠날 준비를 했다. 운낭의 생각대로라면 오차우는 지방에서 떠돌면 안 될 것 같았다. 어디를 가나 정체가 바로 드러날 가능성이 높은 탓이었다. 사실 그녀의 생각은 틀린 것이 아니었다. 괜히 지방에서 봉변을 당하느니 북경으로 돌아가 철번을 준비하는 황제를 돕는 것이 그에게는 더 좋은 일이라고 할 수 있었다. 또 사실 할 일이 많을 것도 같았다.

그러나 오차우는 다른 생각을 가지고 있었다. 황제가 큰일을 하라고 격려하면서 밖으로 내보내 줬는데, 기대에도 못 미치고 무슨 낯으로 북경으로 가서 얼굴을 본다는 말인가? 또 관리가 되는 것과는 인연을 끊었는데, 다시 북경에 가서 뭘 어쩌겠다는 것인가? 이를테면 그는 이런 생각들을 하고 있었다.

"선생님께서 북경으로 돌아가시지 않는다면……, 제가 곁을 떠나겠어요!"

그녀의 말은 협박이 아니었다. 그동안 그녀는 자의 반 타의 반 오차우와 꽤 오랜 나날을 같이 했다. 자연스럽게 여성 특유의 섬세함을 통해 오차우가 아직도 소마라고와의 과거에 집착하고 있다는 사실을 눈치챌 수 있었다. 또 그와 소마라고 사이는 영원한 평행선일 뿐이라는 사실 역시 모르지 않았다. 그렇다고 해서 자신이 들어갈 틈이 있는 것은 아니었다. 그렇게 하려면 마음만 더 아플 것이었다. 그녀가 떠나겠다고 한 것은 어쩔 수 없는 선택이라고 해도 좋았다.

오차우가 운낭을 바라보더니 한참 후에야 입을 열었다.

"떠나고 싶으면 떠나시오. 나로서는 말릴 수도 없는 일이오. 그러나 떠나더라도 장 외할머님의 은혜는 조금이라도 갚았으면 하오."

"아, 그건 그렇네요! 목숨을 구해준 은혜를 갚지 않으면 사람이 아니죠. 그런데 우리는 아무것도 가진 것이 없는데, 어떻게 하죠? 아무래도 오늘 저녁 나가서 한탕하고 와야겠어요."

운낭이 비로소 뭔가를 깨달은 듯했다.

"운낭!"

오차우가 운낭을 질책하듯 불렀다. 또 강도짓을 하겠다는 말에 발끈한 것이 분명했다. 그가 준엄하게 훈계조의 말을 이어갔다.

"내가 입이 닳도록 말하지 않았소. 이제는 손을 깨끗하게 씻으라고! 운낭이 나가서 막무가내로 사람들의 금품을 빼앗았다고 합시다. 그러면 빼앗긴 사람들은 얼마나 괴롭고 힘들겠소? 만약 그 금품이 인명을 구하는데 긴급하게 필요한 것이었다면 어떻게 하겠소? 은혜를 갚기 위해 다른 사람의 마음을 아프게 하는 것이 말이 되는 소리요? 외할머니가 이런 사실을 아시면 그 금품을 받으려 하겠소?"

"그러면 어떻게 하죠?"

운낭이 이마를 찌푸렸다. 달리 뾰족한 수가 없었기에 답답한 눈치였다. 그러다 한참 후에 입을 열었다.

"그렇다면 계혈청옥연을 팔아서 돈을 만드는 수밖에 없겠네요?"

운낭의 얼굴이 동시에 하얗게 변했다. 다른 방법이 없어서 오차우가 준 보물을 판다는 얘기를 한 것이 그녀로서도 몹시 안타까운 모양이었다. 그것은 자신의 마음을 오차우에게 분명하게 밝히는 도발이기도 했다.

오차우는 그런 운낭의 막무가내에 웃지 않을 수 없었다. 사실 툭 터놓고 말을 하지 않아서 그렇지 그의 입장은 정말 애매했다. 그는 소마라고를 잊지 못하는 것이 아니었다. 운낭을 좋아하지 않는 것도 아니었다. 그러나 무거운 짐을 진 채 뜨거운 사막을 걷는 낙타처럼 허리가 짓눌릴 정도의 압박감이 없지 않았다. 도의적으로나 감정적으로나 분명히 그랬다. 한마디로 자신의 불행은 본인 하나만으로 충분하다고 생각했다. 자기 앞가림도 못하면서 굳이 여자까지 고생시킬 수는 없다는 것이 그의 지론이었다. 그는 계혈청옥연을 팔겠다고 말하는 것이 자신에 대한 운낭의 마지막 시험이라는 사실을 모르지 않았다. 때문에 단호함보다는 부드럽게 대응해야 한다는 사실도 분명히 알고 있었다.

"운낭, 내 말 좀 들어주오. 세상에는 부부가 아니면서 부부 사이보다 훨씬 더 정이 돈독한 사람들이 없지 않소. 또 친형제는 아니나 그 이상으로 우정과 친분을 나누는 사람들도 많소. 나는 나와 소마라고, 그리고 운낭 우리 모두가 이런 관계에 해당된다고 생각하오. 운낭은 툭하면 계혈청옥연을 들먹이고 있소. 그것은 운낭 자신의 마음도 상처를 받는 말이 되지만 나 역시 괴롭소. 현실을 재빨리 직시하는 것도 지혜로운 것이라고 할 수 있지 않겠소? 우리는 서로에게 상처를 주지 말아야 하오. 그렇지 않아도 살기 힘든 세상인데! 장 외할머니의 은혜는 반드시 돈으로 갚으라는 법은 없는 거요. 또 돈으로 쉽게 갚을 수 없는 것이기도 하고……."

"맞는 말이오!"

장 외할머니는 밖에서 오랫동안 엿듣고 있었던 모양이었다. 휘장을 걷고 방안으로 들어서면서 오차우의 말에 맞장구를 쳤다. 얼굴 표정으로 미뤄볼 때 그녀는 오차우의 진심어린 말을 들으면서 감동과 슬픔이 교차하는 감정을 느끼는 듯했다. 또 두 사람의 의견이 맞지 않아 어떻게 해야 할지를 모르자 적극적으로 자신의 의견을 피력했다.

"나는 옷이 없으면 실을 뽑고 베를 짜면 되오. 또 먹을 것이 없으면 밭에 나가면 되오. 한마디로 돈이 필요 없는 사람이오. 게다가 출처가 불투명한 돈은 아주 싫어하오! 아가씨, 지금 우리 아들놈들이 장사를 한다고 밖에 나가 있소. 얘기할 친구도 없는데 얼마 동안만이라도 나하고 같이 있는 것이 어떻겠소? 이 외로운 할머니의 친구가 돼 달라는 말이오!"

운낭은 어려서부터 가족의 애틋한 정을 받아보지 못하고 자랐다. 그랬으니 장 외할머니의 자상한 마음씨에 끌리는 것은 지극히 당연했다. 더구나 진지하게 같이 있을 것을 제안받자 갑자기 뜨거운 그 무언가가 목구멍으로 솟구치는 것만 같았다. 그녀는 급기야 감정을 주체할 수가 없어서 울먹이면서 장 외할머니의 품에 쓰러지고 말았다.

"외할머님! 제가 딸이 돼 드릴 자격이 있는지는 모르겠어요. 그러나 원하신다면 수양딸이 돼 드릴게요."

"자격은 무슨 자격!"

장 외할머니가 까맣고 반지르르한 운낭의 머리를 쓰다듬었다. 이어 고개를 돌리더니 오차우에게 진지하게 권했다.

"지난번에 내가 얘기하지 않았소. 공씨 가문의 상임尙任이라는 아이가 석문에서 글을 읽으면서 책도 쓴다고 말이오. 선생 같은 대단한 학자는 그냥 가면 안 될 것 같소. 여기에서 일 년이고 이 년이고 있으면서 그 아이를 조금 가르쳐주면 좋지 않을까 하오. 그 아이가 출세를 하게 되면 황제를 위해서도 좋은 일을 하는 셈이니 말이오. 또 나한테 진 빚도 톡톡히 갚는 셈이 되지 않겠소? 아이고 참, 우리 아들놈들은 어려서부터 통 공부에는 흥미가 없었소. 아니면 이런 기회에……."

장 외할머니의 말이 미처 끝나지 않았을 때였다. 뜰에서 한바탕 웃음소리와 함께 우렁찬 목소리가 들려왔다.

"외할머님! 그분은 어디 계신가요?"

장 외할머니는 그 목소리를 듣자 기분이 좋은 듯 운낭의 손을 잡더니 얼굴 가득 웃음을 머금었다.

"양반은 못 되나 보오! 자기 말을 하니까 바로 찾아오는 걸 보니 말이오! 우리는 옆방에 건너가 얘기나 나눠야겠군. 빙지야, 어서 들어오너라!"

장 외할머니가 말을 마치자마자 운낭을 데리고 밖으로 나갔다. 오차우는 그녀의 말과 행동으로 미뤄볼 때 목소리의 주인공이 말로만 듣던 공상임이라는 젊은이임을 바로 알아챌 수 있었다.

외할머니와 운낭이 나가자 동시에 공상임이 사람 좋게 웃으면서 큰 걸음으로 들어왔다. 오차우를 보고서는 길게 읍을 한 다음 카랑카랑한 목소리로 말했다.

"때를 못 만나 아무런 미래가 없는 선비가 대단한 선비님을 만나 뵈러 왔습니다!"

"좋소이다!"

오차우는 공상임의 첫 마디를 듣자마자 그가 마음에 쏙 들었다. 자리를 권하는 그의 얼굴에 간만에 웃음꽃이 피었다.

"온갖 풍상을 다 겪은 늙은 선비가 호기가 충만한 젊은 선비를 맞이하겠습니다. 앉으시죠!"

공상임은 오차우의 맞은편에 털썩 주저앉았다. 20세 전후의 젊은이로 갈색 두루마기를 입고 허리에는 연두색 띠를 두르고 있었다. 갓 깎은 듯한 앞머리에는 모자를 쓰고 있지 않았으나 길게 땋아 내린 머리채는 윤기가 반지르르했다. 크지도 작지도 않은 쌍꺼풀 없는 눈은 나름 매력적으로 보였다. 전체적으로 생기가 넘치는 호감 가는 인상의 젊은이였다. 오차우는 속으로 '멋지군! 성인의 후예다워!'라고 중얼거리면서 연신 감탄을 했다. 그런 생각은 바로 말로 이어졌다.

"외할머님한테 귀 아프게 들었소. 무슨 책을 쓰고 있다면서요? 보여주지 않을 테요?"

"기이한 일들을 기록하는 일종의 전기傳奇입니다. 선생님께서는 그에 대한 고견이 있으신지요?"

공상임이 즉시 대답했다. 그도 오차우에 대한 첫 인상이 좋은 듯했다. 오차우 역시 흥미가 생기는 모양인지 마치 미리 준비하기라도 한 것처럼 질문을 던졌다.

"전기는 학문을 하는 사람이 쓸 만한 것이 아닌데! 그대는 이미 수재가 아니오. 그런데 어찌 경사經史나 팔고문을 연구하지 않고 석문에 틀어박혀 전기 같은 것을 썼다는 말이오?"

"전기는 물론 대단한 것은 아닙니다. 그러나 대단한 학문의 원천이 될 수도 있다고 봅니다. 솔직히 말해서 시사詩詞나 곡부曲賦, 야사野史, 경사자집經史子集에 정통하지 못하면 쓸 수가 없습니다. 선생님은 팔고문을 좋아하시는 분이라고 알고 있는데, 제가 한 편 읽어보겠습니다. 지도를 바랍니다!"

공상임을 말을 마치자마자 바로 팔고문을 대표하는 사詞 한 편을 줄줄이 외우기 시작했다.

> 천지는 우주의 건곤乾坤이라, 내 마음에 있은 지 오래일세. 옛 일을 따르려고 하면서 왜 고대의 기록을 연구하지 않는가. 원후元后(제왕)는 제왕帝王의 천자天子이고, 창생蒼生(백성)은 백성의 여원黎元(백성)이라…….

"하하하하……!"

공상임이 사를 미처 다 외우기도 전에 오차우가 너털웃음을 터뜨렸다. 그동안 좀체 보여주지 않았던 통쾌한 표정이었다. 그래서일까, 곧 터져 나온 말도 호쾌하기 이를 데 없었다.

"정말 천하의 모든 쓰레기 같은 글들을 비웃는 글이군. 내가 한 구절

더 읽지 않을 수가 없구려."

세상에 쓰이기를 원한다면 왜 조정을 바라보지 않는가!

공상임 역시 오차우가 사를 읊자마자 터져 나오는 웃음을 참지 못했다. 이어 몸을 앞으로 숙이면서 정색을 하면서 물었다.

"제가 쓰는 이 전기는 오 선생님 같은 유식한 분이 읽으면 괜찮습니다. 그러나 아무것도 모르는 사람이 읽으면 해가 됩니다. 일대一代의 흥망興亡의 색色과 기氣에 대한 글이거든요. 그래서 실례를 무릅쓰고 여쭤보고 싶습니다. 대체 색이라는 것은 무엇일까요?"

"색은 이합지상離合之相이라고 할 수 있소! 남자는 모름지기 자신의 패거리가 있소. 여자 역시 자신의 무리가 있는 것은 같소. 슬픔과 기쁨, 만남과 헤어짐이 그 속에서 비롯되는 것이오. 때문에 사소한 남녀 간의 일로 대사를 그르치기도 한다오."

오차우가 시원스럽게 대답했다. 그러나 그는 자신의 처지를 생각하니 웃음보다는 서글픔이 앞섰다.

"그렇군요. 그렇다면 기는 뭡니까?"

공상임은 오차우의 대답에 상당히 만족스러워하는 것 같았다. 연신 머리를 끄덕이면서 적극적으로 질문을 던졌다. 오차우는 조금 전 공상임이 입에 올렸던 '일대의 흥망'이라는 말을 떠올렸다. 그가 잠시 후 나지막이 견해를 밝혔다.

"기라는 것은 흥망의 이치를 말하는 것이오. 그래서 옛말에 '군자는 친구를 사귀고, 소인은 파벌을 만든다'고 하였소. 그러면 어떤 것이 흥하고 망하겠소? 인간사의 복잡다단함은 여기에서 해답을 찾을 수 있소. 한 치도 틀린 말은 아닌 것 같소!"

공상임이 오차우의 말에 수긍을 했다. 이어 자리에서 벌떡 일어나면서 말했다.

"제가 《금국향》金菊香이라는 곡曲을 지은 적이 있습니다. 한번 들어봐 주시죠."

"좋아, 좋아! 아주 좋소!"

오차우가 공상임이 지었다는 곡을 한참 진지하게 듣더니 시원스럽게 박수를 쳤다. 개인적인 평도 곁들였다.

"장 외할머님께서 나에게 그대를 가르쳐 달라고 요청했소. 하지만 그대가 지은 작품을 들어보니 내가 더 가르칠 것은 없다는 생각이 드오."

공상임은 오차우의 말에 고무됐는지 이번에는 품에서 원고 한 뭉치를 꺼냈다. 오차우가 두 손으로 원고를 받으면서 물었다.

"이게 뭐요?"

"제가 쓴 《도화선》桃花扇이라는 작품입니다. 모두 네 권으로 이뤄져 있습니다. 완성본은 아닙니다만 한번 봐주십시오. 저는 십 년의 시간을 그 작품을 개작하는 것에 바치려고 합니다. 그런 다음 세상에 가지고 나갈 생각입니다. 오늘 저는 헛걸음을 한 것이 아니네요. 부디 선생님께서 많은 가르침을 주시기 바랍니다!"

공상임은 말을 마치자마자 바로 일어섰다. 그런 다음 창밖의 매화를 물끄러미 바라봤다. 얼마 후 오차우가 탁자를 치면서 감탄하는 소리가 들려왔다.

"대단해! 내가 이십 년이나 글을 읽었지만 그대에게는 미치지 못하는 것 같소. 모든 글들이 읽는 사람의 마음을 움직이는군. 그대는 하늘이 내린 인재요! 어떻게 그대 같은 사람이 아직 산동山東에 있다는 말이오. 정말 불가사의한 일이오!"

"너무 칭찬하지 마십시오. 부끄럽습니다. 대신 보완할 곳이 있으면 말씀을 해주시기 바랍니다."

"이런 글을 내가 어떻게 보충한다는 말이오. '하늘이 나에게 재주를 준 것은 반드시 사용하라고 그런 것이다'라는 말이 있소. 내가 추천서를 한 장 써줘도 되겠소?"

"군자는 때를 지키고 운명을 기다린다는 말이 있습니다. 선생님의 추천서는 제가 감히 받지 못하겠습니다."

"음, 정말 대단하군! 그대와 같은 인재는 충분히 스스로 청운의 꿈을 펼칠 수 있을 거요. 하지만 추천하지 않으면 내가 어찌 견디겠소? 나중에 황제를 뵐 날이 있을 때 반드시 추천을 하겠소!"

"그러나 애석하게도 제 글은 나라를 경영할 만한 그런 글이 못 됩니다. 황제께서는 제 글을 마음에 들어 하지 않을 겁니다."

오차우는 공상임이 겸손하게 나오자 더욱 흐뭇했다. 다소 흥분했던 감정을 조금 누그러뜨리면서 천천히 입을 열었다.

"지금 황제는 뛰어난 분이오. 그런데 어찌 그대를 쓰지 않으시겠소? 다만 아쉬운 것은 삼번이 아직 정리가 되지 않은 것이 아닐까 싶소. 그들은 지금도 조정을 호시탐탐 노리고 있소. 때문에 황제께서는 설사 마음이 있으셔도 그대와 같은 인재를 돌아볼 여유가 없으실 거요!"

"저는 선생님의 도덕적인 글에 대한 많은 얘기를 들었습니다. 황제께서도 선생님의 능력을 굉장히 높이 사고 계신 줄로 압니다. 그런데 왜 선생님께서는 그 모든 것을 마다하시고 이 고생을 자초하시는 겁니까? 이제 황제가 계신 곳으로 돌아가셔서 큰일을 하셔야죠!"

그 말은 오차우가 그동안 귀가 따갑게 들어오던 것이었다. 그러나 그는 이번만큼은 별로 기분이 나쁘지 않았다. 오히려 색다른 느낌이 들었다.

'그래! 난세에 사는 사람은 어쩌면 태평성대에 사는 닭이나 개보다도 못해. 공부처럼 거대한 가문도 쇠망의 길로 접어드니까 공인옥과 같은 참극을 당하지 않았는가 말이야. 그렇다면 이런 천하의 인재인 공상임은 때를 지키고 운명을 기다려야 한다는 말인가? 태평천하를 기다려야 하는가?'

오차우가 심각한 표정으로 상념에 젖어 있을 때였다. 장 외할머니가 운낭을 데리고 다시 들어왔다. 그리고는 곧바로 놀랄 만한 얘기를 입에 올렸다.

"상임과 오 선생이 웃고 떠들고 하는 것을 보니 얘기가 잘 통하는 것 같군요. 그러나 저러나 우리 집에 이런 웃음꽃이 피는 것이 얼마만인가! 아, 그리고 오 선생께는 희소식이 있소. 흠차 대인이 정춘우를 죽여버렸다고 하오. 연주부도 이제부터는 좀 사람 사는 동네가 될 것 같소. 나하고 운낭은 앞서 얘기했던 대로 하기로 했소."

"그것 참 잘 됐군요. 우리 두 사람도 아직 할 얘기가 굉장히 많습니다!"

오차우가 흔쾌히 대답했다. 그러나 가슴속은 너무나도 혼란스러웠다. 흠차가 정춘우를 죽여 버렸다는 말이 영 이상했던 것이다. 흠차가 왔다는 말은 못 들었는데, 어떻게 갑자기 정춘우를 죽였을까. 그는 내내 고개를 갸웃거렸다.

## 29장

# 사형장에 나타난 넷째 공주

운낭과 오차우는 가볍게 포위망을 빠져나갔다. 공영배는 장 외할머니한테 호되게 당하고 초라하게 돌아왔다. 그럼에도 연주 지부 정춘우는 이때까지만 해도 크게 걱정하지 않았다. 여전히 감옥에 갇혀 있는 죄인들을 사형에 처하겠다는 당초의 계획을 실행에 옮기려고 벼르고 있었다. 이유는 하나였다. 오차우를 놓친 것이 결정타였다. 그것은 시위를 떠난 화살을 잡을 수 없는 것과 다를 게 없었다. 그렇게 된 이상 그가 계속 지부 자리에 엉덩이를 걸치고 앉아 있는다는 것은 말이 안 됐던 것이다. 이미 그는 뭔가 조금이라도 건질 수 있는 운귀雲貴로 도망갈 작정을 하고 있었다.

그런 마당에 감옥에 갇혀 있는 죄인들 32명을 가만히 놔둔다는 것은 있을 수 없는 일이었다. 그들 중 도둑과 간음을 저지른 형사범 4명을 뺀 나머지는 모두 운남에서 반란을 일으키고 중원으로 도주한 고급 장교 출신들이었으니까. 더구나 그들 중에는 종삼랑鍾三郎에게 등을 돌린 배신자들도 있었다. 사실 그가 오차우를 놓친 것은 정말 크나큰 실책이었다. 그로 인해 그의 정체는 온 천하에 드러날 수밖에 없게 됐다. 당연히 조정에서 그를 가만히 놔둘 까닭이 없었다. 그뿐만이 아니었다. 오차우는 연주부의 죄인들을 사형에 처할 것이라는 사실을 알고 있었다. 때문에 조정에서는 그의 말을 듣고 죄인들에 대해 다시 심사를 시작할 가능성이 높았다. 형부에서 직접 사람을 파견할 게 분명했다. 그는 만주족에 협조하는 오차우라는 '한적'漢賊을 놓친 것이 정말 자신의 인생 최대의 실수이자 유감이었기에 코가 한 자나 빠져 낙심하고 있었다.

그러나 어쨌든 일은 벌어진 터였다. 더구나 운남쪽으로 도망을 간 다음 오삼계를 만나려면 빈손으로 가는 것은 곤란했다. 죄인들을 처단해 조그마한 실적이라도 들고 가야 했다. 그런 생각을 하고 있을 때 곡부에서 돌아온 공영배가 들려준 얘기는 그를 더욱 절망에 빠져들게 했다. 그는 실성한 사람처럼 크게 웃었다.

"하하…… 하…… 하! 천하의 정춘우가 심혈을 기울여 쌓은 공든 탑이 이렇게 허무하게 무너지는구나…… 하하……."

공영배는 완전히 미쳐버린 듯한 해괴한 표정의 정춘우를 한참이나 바라봤다. 그가 왜 그토록 좌절하는지 이해가 되지 않았던 것이다. 그는 얼빠진 사람처럼 멍하니 서 있다가 한참 후에야 더듬거리면서 입을 열었다.

"태존…… 왜…… 왜 그러십니까!"

"태존이라고?"

정춘우가 더욱 고통에 찌든 목소리로 반문했다. 두 눈은 이미 시뻘겋게 충혈되어 있었다. 그가 두 눈을 부릅뜨고 덧붙였다.

"태존은 이미 물거품처럼 사라졌소. 지금의 나는 그저 대명大明을 그리워하는 의민義民일 뿐이오!"

원래 정춘우는 배포 하나만큼은 하늘을 찌를 정도였다. 평소 고래고래 소리를 지르고 한 것도 다 이유가 있었다. 그러나 그는 이제 모든 것을 포기했다는 표정으로 고개를 푹 떨어뜨리더니 허물어지듯 의자에 쓰러졌다. 그리고는 머리를 감싸 쥐고 한참 동안 있더니 눈물이 그렁그렁한 얼굴을 들었다.

"내가 삼 년 동안 청나라의 지부로 있으면서 은 십만 냥을 벌었소. 그런데 여기 와서는 일 년 반 동안에 얼마나 챙겼는지 아오?"

공영배가 머리를 흔들었다. 아예 대답할 엄두가 안 난다는 투였다.

"십오만 냥이야!"

정춘우는 주저하거나 망설이지 않았다. 이왕 이렇게 된 마당에 막 나가기로 작정한 듯했다.

"나는 십오만 냥을 세 등분했소. 우선 평서왕과 주삼태자에게 나눠줬소. 나머지는 주변에 사람들을 심는 데 사용했소! 청나라 조정에서 이런 사실만 보고 나더러 천하에서 제일가는 탐관오리라고 한다면 과히 틀린 것은 아니오. 그러나 명나라 입장에서 보면 최고로 깨끗한 관리가 되오! 그러니 내가 무슨 변을 당하는 날에는 그대가 이런 얘기를 천하에 퍼뜨려주면 좋겠소."

공영배는 갑작스레 비관적이 된 정춘우의 언행이 이해가 되지 않는 모양이었다. 급기야 고개를 갸우뚱하면서 물었다.

"그렇게야 되겠습니까! 오차우는 아직 연주부 경내에 있는 게 분명합니다. 대책을 세워 잡을 수도 있고요. 너무 나쁜 쪽으로만 생각하지 마십시오!"

"내 손에 군대만 있다면 그렇게 할 수 있겠지만 그렇지 않소. 내가 그렇게 할 줄 몰라서 안 하는 줄 아시오? 정말 통탄스러운 것은 조정에서 연주부에 군대를 주둔시키지 않고 있는 것이오. 공부에는 군대가 있기는 하나 그대의 말은 씨알도 안 먹히니……."

정춘우가 공영배의 말에 냉소를 흘렸다. 뱉어내는 말도 갈수록 절망적이었다.

"그러면 나는 어떻게 해야 합니까?"

정춘우의 말에 공영배가 울상을 지었다. 그러자 정춘우가 말없이 책상 쪽으로 다가가서는 종이에 뭔가를 적었다. 그런 다음 조심스럽게 자신의 도장을 찍어 공영배에게 건네줬다.

"이걸 가지고 은고銀庫에 가서 만 냥짜리 은표 하나와 교환하시오. 그런 다음 운남으로 가든 세자를 찾아 북경으로 가든 마음대로 하시오. 마음대로 멀리 훌훌 떠나버리라는 얘기요!"

"그러면 태존께서는 어떻게……?"

"나 말이오?"

정춘우가 이를 악문 채 덧붙였다.

"걱정하지 마시오. 나도 바보는 아니니까! 오늘 감옥 안에 있는 자들을 모조리 처단해버릴 거요. 그런 다음 돈 보따리를 짊어지고 도망을 가겠소!"

정춘우는 말을 마치고 나서 다시 종이 위에 글을 시원스럽게 갈겨썼다. 죄인들을 처형하라는 문서를 작성하는 듯했다. 미리 작심하고 있어서 그런지 쓰는 데는 시간이 얼마 걸리지 않았다. 그는 문서를 한번 쓱 훑어보고는 멍하니 앉아 있는 공영배를 재촉했다.

"아직도 가지 않고 뭘 하시오?"

공영배는 정춘우의 강권에도 우물쭈물했다. 그러다 한참 후에야 겨우 한마디를 토해냈다.

"오차우가 우리 집을 발칵…… 뒤집어 놓을 것 같아서……."

"이것 보시오. 이제 나도 없어지는데, 무슨 집 걱정을 하시오!"

정춘우가 공영배의 말에 냉소를 터트렸다. 복수를 다짐하는 것 역시 잊지 않았다.

"오차우 그 자식은 내가 결코 가만 놔두지 않을 것이오! 나에게는 외사촌동생 주보상이라는 친구가 있소. 그 친구가 어떻게 하다 고안현에서 관직을 그만두게 됐소. 그후 포독고抱犢崮에서 유명한 마적인 유대파劉大疤와 의기투합하게 됐다고 하오. 지금은 휘하에 무려 칠백 명이나 되는 부하들을 거느리고 있소. 내가 이미 편지를 보내 신경 써서 내 주변을 살펴보라고 당부를 했소. 그런데 내 속사정을 아는 그 친구가 오차우 그 자식을 그냥 놔두겠소? 나는 지금……."

정춘우가 말을 하다 말고 가쁜 숨을 몰아쉬었다. 갑자기 숨이 막히는 모양이었다. 하지만 곧 다시 정신을 차리더니 벽에 걸려 있던 장검을 밑으로 끌어내렸다. 그런 다음 칼집에 쌓여 있는 먼지를 후! 후! 하고 불더니 곧장 칼을 뽑아 들었다. 한눈에 보기에도 소름이 끼치는 날카로운 장검이었다. 살짝 닿기만 해도 목이 날아갈 것만 같았다. 때문에 공영배는 그 장검을 꺼냈을 때의 금속 마찰음이 내내 귓전에서 맴도는 것 같은 기분을 느꼈다.

"내가 지금 제일 원망하는 사람은 솔직히 황보보주 그 친구요! 대왕에게는 사람이 그렇게나 없는 모양이오. 그런 병신 같은 자식을 붙여주다니 말이오. 도움을 주기는커녕 오차우를 없애는 일에 걸림돌 역할만 하지 않았소. 진작에 버렸어야 하는 건데. 만약 그랬다면 나 정춘우가 이렇게 비참하게 되지는 않았을 거요!"

정춘우는 계속 투덜거렸다. 그러다 뭔가 생각하는 듯한 표정을 지은 채 한 손으로 뺨을 감싸 쥐었다. 그런 다음 천천히 공영배 쪽으로 다가오더니 갑자기 홱 돌아서면서 이를 악물고 그의 가슴팍을 사정없이 칼로 찔러버렸다. 어찌나 세게 찔렀던지 피가 낭자한 칼날이 반이나 그의 등 뒤로 삐져나왔다.

"다, 당신!"

공영배는 그야말로 날벼락을 맞았다고 해도 좋았다. 정말 생각지도 않은 횡액이었다. 정신이 있을 까닭이 없었다. 그래서였을까, 그는 손잡이를 잡고 비틀거리면서도 쉽게 넘어지려고 하지 않았다. 그러다 최후의 발악을 하듯 정춘우를 노려보면서 따지듯 물었다.

"이게 도대체 뭐하는 짓이오? 죽더라도 이유를 알아야 억울하지 않을 것 같소!"

공영배는 자신에게 희망이라곤 전혀 없다는 사실을 알았다. 말투도 더 이상 복종적이지 않았다. 정춘우는 대답은 하지 않고 식은 차를 따르더니 천천히 한 모금 마셨다. 그리고는 음흉한 표정을 지으면서 입을 열었다.

"나라를 사랑하려면 집안을 돌볼 수가 없지. 그러나 집안을 걱정하면 몸을 사리게 되지. 몸을 사리기 시작하면 친구도 팔아먹게 되고! 그러니 내가 너를 도와주는 셈이 아닌가? 네가 내 손에 죽었다는 사실을 오차우가 알면 네게도 나쁘지는 않을 거야. 네가 걱정하듯 네 집안을 발칵 뒤집어놓지도 않을 테니 말이야!"

공영배는 힘없이 눈을 희번덕거렸다. 얼마 후에는  스르르 자리에 쓰러져 눈도 감지 못하고 숨을 거두고 말았다. 정춘우는 침착하게 그의 몸에서 칼을 뽑아 탁자보로 깨끗하게 닦은 다음 칼집에 도로 넣고 대문을 나섰다. 여느 때와 달리 대문도 잠가버렸다. 그리고는 장검을 지닌 채 아무런 일도 없었다는 듯 태연한 얼굴로 씩씩하게 감옥으로 향했다.

연주부 서채西菜시장 주위에 마련된 형장刑場에는 찬바람이 스산하게 불어대고 있었다. 주변까지 살기가 넘쳤다. 사형 집행을 기다리는 32명의 망나니들은 하나같이 허리에 검은 띠를 두르고 오른쪽 가슴팍을 드러낸 채 서 있었다. 손에는 시퍼렇게 날이 선 도끼 모양의 칼을 들었다. 얼굴에는 표정조차 없었다. 그러나 오랫동안 기다린 듯 그 자리에서 가끔씩 가볍게 뛰기는 했다. 그러자 하나같이 피둥피둥한 얼굴살이 출렁거리면서 아래위로 마구 춤을 췄다. 그들의 얼굴색은 모두가 검붉었다. 술을 몇 대접씩은 마신 듯했다. 형장 주변은 앞으로 벌어질 일이 궁금한 만큼 아역들로 가득 차 있었다. 족히 400명은 되는 듯했다. 아역이라는 아역은 거의 모두가 나온 것이 분명했다. 인근 현까지도 아문이 텅 비었다는 소문이 무성할 정도였으니 말이다.

형장 한가운데에는 높은 단상이 마련돼 있었다. 또 그곳의 탁자 위에는 목이 달아날 죄인들의 이름을 써넣은 명패가 놓여 있었다. 새 관복을 차려 입은 정춘우는 붉은 먹물이 묻은 붓을 든 채 전혀 주저하지 않고 명패 위에 줄을 쓱쓱 그어 나갔다. 그런 다음 그것들을 다시 기록을 담당하는 아문의 관리인 사서司書에게 건네줬다. 그가 자리에서 일어나더니 바로 명령을 내렸다.

"준비를 하라! 내가 직접 집행을 지휘하겠다!"

"예-에-!"

단상 밑에서 긴 대답소리가 들렸다. 동시에 저마다 자신들의 이름이 적힌 명패를 꽂은 죄인들이 밀려나오기 시작했다. 그러자 주변의 구경꾼들은 정말 오랜만에 그럴듯한 볼거리를 만났다고 생각한 듯 일제히 소동을 일으키면서 몰려들었다. 저마다 목을 한껏 빼든 채 정지선 안까지 넘어오기도 했다. 당연히 안에 있던 아역들은 몽둥이와 채찍을 휘둘렀다. 구경꾼들은 순식간에 뒤로 물러났다.

그 시각, 공사정孔四貞도 현장에 나와 있었다. 물론 그녀 역시 한 번도 망나니가 사람을 죽이는 장면을 실제로 목격한 적이 없었다. 때문에 지옥의 삼라전森羅殿과 똑같이 만들어 놓은 형장의 모습에 잔뜩 겁을 집어먹고 있었다.

그녀가 어정쩡한 표정으로 뒤를 돌아다봤다. 파란 원숭이가 손연령孫延齡의 옆에 서서 해바라기 씨를 까먹는 모습이 그녀의 눈에 들어왔다. 사형수 중에서 누가 오차우와 운낭인지를 알아내기 위해 눈을 이리저리 굴리고 있는 듯했다. 어디에 눈을 고정시켜야 할지 모르는 것 같은 표정이었다. 하지만 그런 지극정성에도 불구하고 그는 사형수들의 얼굴을 알아볼 수 없었다. 그들이 저마다 수의囚衣를 뒤집어쓴 채 칼을 손에 든 망나니들에 의해 목이 푹 눌려져 있었기 때문이었다. 죽음을 눈앞에 둔 처량한 닭 신세가 따로 없었다고 해도 좋았다. 손연령은 차가운 시선으로 아무런 관심 없이 뒷짐을 진 채 살기등등하게 앉아 있는 현장의 정춘우를 바라보고 있었다.

"자고로 반역을 꾀한 자들에 대해서는 미련을 가지지 말고 죽여버려야 한다고 했다!"

정춘우가 두 손으로 책상을 짚고서 일갈했다. 말에서 느껴지는 권위만큼이나 표정도 근엄했다. 자신이 지부로 있으면서 실시하는 최대이자 마지막 사형 집행이기 때문에 더욱 그러는 것 같았다. 얼마 후 그가 특별히 주문제작한 깃발 쪽으로 시선을 돌렸다. 이번 사형 집행을 보다 그럴싸하게 치르기 위해 그가 마음먹고 만든 깃발이었다. 가운데에는 그가 진사에 합격한 후 황제의 명령으로 오품의 중헌대부 지부가 된 정춘우라는 내용의 그의 친필도 적혀 있었다.

欽命進士及第五品中憲大夫知府鄭

정춘우가 직접 쓴 열다섯 자의 노란 글자는 을씨년스러운 날씨와 딱 어울렸기에 보는 사람들의 시선을 더욱 움츠러들게 만들었다. 정춘우는 그럼에도 아무런 표정의 변화 없이 살기가 번득이는 눈으로 사방을 훑어보면서 덧붙였다.

"우리 부府에서는 지역의 안정과 백성들의 불안 해소를 위해 옥문獄門을 부순 대도大盜 이우량과 반란을 일으킨 두목인 우육을 포함한 죄인들을 오늘 여기에서 처형하기로 했노라. 당연히 황궁에 육백 리 긴급 상주(하루에 600리를 가는 파발을 이용한 특급 청원문서)를 올려 허락을 받은 바 있다. 사형 집행인들은 준비를 마쳤는가?"

"예!"

정춘우의 말이 떨어지기 무섭게 32명의 망나니들이 일제히 소리를 질렀다.

"대인께서는 명령만 내려주십시오!"

"잠깐만!"

바로 그때였다. 공사정의 눈짓을 받은 대량신이 큰 소리로 외치면서 형장으로 뛰어들었다. 그런 다음 정춘우를 노려보면서 물었다.

"지금 황궁의 명령을 받들었다고 했소. 그렇다면 성省의 얼사臬司(형벌 집행을 관장하는 관청)에서 내려온 허가 문서를 보여주시오!"

한참이나 술렁이던 장내가 물을 뿌린 듯 갑자기 조용해졌다. 어느 누구도 감히 하지 못한 질문을 대량신이 뱉어낸 탓이었다. 좌중의 사람들은 이내 점차 재미있는 일이 벌어질 것이라는 기대감을 본능적으로 느끼는 듯했다. 곧 다투듯 목을 빼든 채 발을 들고 구경하느라 정신을 차리지 못했다.

"건방진 놈!"

정춘우는 오웅웅으로부터 이미 편지를 받은 터였다. 때문에 갑자기 뛰어나온 사내가 흠차의 부하라는 생각을 하고 있었다. 그는 미리 단단히 준비를 했는지 "탁!" 하는 소리와 함께 소리를 냅다 질렀다.

"겁도 없이 형장에서 소란을 피우는 저자를 당장 끌어내지 않고 뭘 하는가!"

정춘우의 호통에 옆에 있던 몇 명의 곰처럼 생긴 사내들이 다짜고짜 뛰쳐나왔다. 그때 공사정이 돌아서면서 큰 소리로 손연령에게 말했다.

"손 장군, 몸을 풀 수 있는 좋은 기회가 왔네요!"

정춘우 역시 지지 않았다. 즉각 단상 위에서 형장을 총괄해서 이끄는 지휘관의 이름을 불렀다.

"유천일劉天一, 소란을 떨려고 하는 자가 누구야?"

유천일은 정춘우의 말을 듣고 바로 상황을 알아차렸다. 누군가가 형장을 노리고 있다는 사실을. 그러나 그는 전혀 예상치 못했던 일이었던 터라 그저 놀란 얼굴로 멍하니 사방을 두리번거리기만 했다. 바로 그때 파란 원숭이가 미꾸라지처럼 앞으로 나서면서 자신의 코를 손가락으로 가리켰다.

"네 할아버지인 나다, 왜! 황제의 명령을 받들어 흠차로 파견 나왔다, 어쩔래?"

파란 원숭이는 동시에 쉿소리를 내면서 허리춤에서 칼을 뽑았다. 그러더니 겁도 없이 유천일을 잽싸게 붙잡고 순식간에 팔을 뒤로 꺾어버렸다. 하지만 그게 끝이 아니었다. 유천일의 목을 향해 칼을 힘껏 내리치면서 냅다 소리를 질렀다.

"누가 감히 더 까불 거야?"

파란 원숭이는 운낭과 호궁산을 쫓아다닌 이후부터 무술을 가르쳐달라고 귀찮을 정도로 졸랐다. 어깨 너머로 눈동냥도 적지 않게 했다. 그 새 무술 실력이 제법 많이 늘어 만만치가 않았다. 그러나 눈 깜짝할 사이에 튀어나와 그토록 잔인한 짓을 저지를 줄은 누구도 예상하지 못했다. 그야말로 깔끔하고 신속하기 이를 데 없는 솜씨였다. 유천일의 머리는 피를 사방에 튕기면서 저만치 날아가 떨어지고 말았다. 아역들이 공사정을 잡으러 달려오다 놀라서 그 자리에 멈춰설 정도였다!

"어서 저 자식을 잡아! 어제 저녁 죽일 놈의 탈옥을 도운 놈도 저놈이야!"

정춘우가 포효하듯 고래고래 고함을 쳤다.

"잡기는 누구를 잡는다는 거야!"

드디어 공사정이 정춘우를 매섭게 노려보면서 성큼 앞으로 나섰다. 동시에 강희가 준 금패金牌를 가슴 속에서 꺼내 번쩍 쳐들었다. 금패는 흔들거리면서 눈부시게 빛나는 광채를 발했다.

"나는 어전의 일등 시위이자 화석和碩공주 공사정이다! 이것은 황제가 하사한 금패이다. 나는 사복 차림으로 민정을 시찰하러 나왔다!"

정춘우는 순간 깜짝 놀랐다. 자신도 모르게 숨을 길게 들이마셨다. 속으로는 '이 여자가 바로 그 이름도 유명한 넷째 공주라는 말인가!' 하는 생각 역시 들었다. 당황하지 않을 수 없었다. 하지만 그것도 잠시였다. 목숨이 경각에 이른 마당이었으므로 당당하게 나갈 수밖에 없었던 것이다. 하기야 나빠져 봤자 더 이상 나빠질 것도 없었다. 그가 징그러운 냉소를 흘렸다.

"당신이 흠차欽差라고? 그런데 왜 정기廷寄(황제의 지시에 따라 작성한 문서를 전달하는 비밀스런 통신 방법)가 전해지지 않았지? 또 감합勘合(관리가 공무를 수행할 때 소지하는 증명서)도 없지 않은가? 어디 그뿐인가. 위에서도 흠차가 온다는 연락은 없었어. 흥! 게다가 나는 여자 흠차가 있다는 말은 머리털 나고 처음 들어봐. 어디서 순 미친년이 흠차 좋은 건 알아가지고! 너, 죽고 싶냐?"

정춘우가 다시 목소리를 한껏 높여 소리를 질렀다.

"한 놈도 빼놓지 말고 모조리 잡아들여라!"

공사정은 정춘우가 예상보다 훨씬 더 강하게 반발하자 머리를 뒤로 젖힌 채 하늘이 떠나가라 웃어댔다. 그녀로서는 정춘우가 가소롭기만 했던 것이다. 그녀는 강희의 명령을 받고 화석공주의 신분으로 이제는 남편이 된 손연령과 함께 광서廣西로 내려가던 중이었다. 아버지의 옛 부대를 접수하러 가는 길이기도 했다.

북경을 떠나기 전 손연령은 육로로 가자는 입장을 견지했다. 반면 그녀는 수로를 따라 남하하자고 한사코 우겼다. 결국 그녀의 주장이 관철돼 둘은 하루 전날 저녁에 연주부에 도착했다. 또 지부아문에서 탈출한 파란 원숭이를 우연히 만나 오차우의 소식을 듣고 그를 구하러 온 것이었다.

정춘우는 솔직히 금패에 쓰인 '여짐친림'如朕親臨, 즉 '짐이 직접 온 것처럼 생각하라'는 글자를 보고 상당히 겁을 집어먹었다. 아무리 정신을 차리고 강한 모습을 보여주려고 했으나 몸이 제대로 움직여지지 않았다. 그야말로 막무가내로 힘이 빠져나가는 것을 어쩌지 못했다.

아니나 다를까, 좌중의 구경꾼들은 그의 이런 마음을 알기라도 하는지 금패를 보자마자 술렁이기 시작했다. 아역들도 서로를 번갈아 보면서 수군대고 있었다. 정춘우는 그러나 최악의 상황이라고 판단하고 독기를 품기로 작정했다. 기선을 제압하지 못하고 밀리는 날에는 모든 계획이 수포로 돌아갈 게 뻔한 절망적인 상황이었다. 게다가 공사정의 일행은 달랑 네 명에 지나지 않았다. 그 사실에 어느 정도 안심을 했는지 그가 다시 음흉하게 웃으면서 입을 열었다.

"그게 진짜인지 아닌지 어떻게 알지?"

공사정은 진드기처럼 물고 늘어지는 정춘우와 더 이상 입씨름하기 귀찮다는 듯 입가에 냉소를 흘렸다. 동시에 손을 저어 보였다. 그러자 손연령이 황급히 한 걸음 다가서면서 공수를 했다.

"공주, 무슨 분부가 있으시오?"

"공주?"

좌중의 사람들은 손연령의 말에 놀라면서 눈을 크게 뜬 채 순간적으로 숨을 죽였다. 모두의 시선이 일제히 공사정에게 쏠렸다. 틀림없이 그녀가 공주일 것이라는 생각들을 하는 듯했다.

"손 장군!"

공사정이 침착하게 정춘우를 가리켰다.

"저 자식을 끌어내세요!"

"예!"

손연령이 큰 소리로 대답했다. 그리고는 성큼성큼 감참대監斬臺(죄인에게 가하는 형벌을 감시하는 곳)로 올라갔다. 그러자 서리書吏인 듯한 웬 사내가 막아섰다. 손연령은 다짜고짜 귀싸대기를 올려붙였다. 그 한 방에 사내는 그 자리에서 큰 대자로 땅바닥에 널브러지고 말았다. 그의 얼굴에 상대방을 경멸하는 듯한 냉소가 흘렀다.

"나도 흠차야! 나는 상주국上柱國장군 화석액부和碩額駙로, 광서 병마도통廣西兵馬都統 손연령이라는 사람이다! 알겠는가!"

손연령은 그 정도로 그치지 않았다. 모여 있는 인파를 향해서도 크게 소리쳤다.

"내가 시키는 대로 하고 싶은 사람은 앞으로 나오도록! 상금을 두둑하게 주겠다!"

손연령의 말이 떨어지기 무섭게 십수 명의 사내들이 달리기 시합이라도 하듯 감참대로 뛰어올라왔다. 그 중 두 명은 교위 복장을 한 손연령의 수행원이었다. 나머지는 그도 처음 보는 얼굴들이었다. 그러나 정춘우에게 그동안 고통을 당한 한이 많은 사람들일 것이라는 사실은 의심의 여지가 없어 보였다. 그들은 즉각 손연령을 향해 깊숙이 허리를 굽혔다.

"뭐든지 시켜만 주십시오!"

그때 처형을 기다리던 죄인들도 뭔가 이상한 낌새를 차린 듯했다. 일제히 자리에서 무릎을 꿇으면서 "억울합니다!"라는 말을 토해냈다. 주위에서 구경하던 사람들 역시 흥분한 듯 "개보다 못한 자식을 처단해 버리세요!" 하고 소리를 내질렀다. 어찌나 경쟁적으로 나서는지 서로 앞뒤로 심하게 밀고 밀릴 정도였다.

정춘우는 사태가 수습하지 못할 만큼 악화되자 모든 것을 포기하는 듯했다. 의자에 털썩 주저앉아 처분만 바라는 눈치였다. 하지만 곧 무슨 생각이 들었는지 용수철 튕기듯 벌떡 일어나더니 탁자를 내리치면서 냉소를 터트렸다.

"흠차가 무슨 동네 강아지 이름이야? 산토끼처럼 그렇게 많다는 말이야? 한꺼번에 둘씩이나 내려오게! 또 누가 흠차야? 나와 보라고!"

정춘우가 말을 마치고는 태연자약하게 주위를 훑어봤다.

"없지? 좋아!"

정춘우가 감참대에서 내려왔다. 그러더니 죄인 한 명을 가리켰다. 동시에 공사정에게도 물었다.

"흠차라는 말이 그렇게도 듣고 싶으면 한번 불러주기는 할게. 그런데 흠차 대인, 이 자와 나머지 서른한 명은 각각 무슨 죄를 지었는지 아는가? 흠차니까 잘 알지 않을까?"

정춘우가 말을 마치고는 헤헤 하고 비웃었다. 곧 손연령에게도 말머리를 돌렸다.

"무슨 흠차기에 이렇게 무지막지하게 하급 관리의 공무를 방해하는 거야?"

정춘우의 말은 사실 흠잡을 데가 없다고 해도 좋았다. 손연령 역시 흠차가 지켜야 할 사항들에 대해 모르는 것은 아니었다. 그러나 오차우를 구해야겠다는 일념 하나가 그를 그렇게 물불 가리지 않은 채 서두르게 만들었다. 물론 그와 공사정은 오차우의 얼굴을 몰랐다. 그가 파란 원숭이에게 눈짓을 보냈다. 그러자 파란 원숭이는 처음과는 달리 죄인들 가운데 오차우가 없다는 듯한 낙심천만한 표정을 지어 보였다. 공사정은 자신의 계획이 차질을 빚을 가능성이 높다는 사실을 바로 눈치챘다. 하지만 잠시 생각을 하더니 전혀 주눅들지 않고 큰 소리로 정춘우의 물음에 대답했다.

"나는 이곳까지 암행하면서 당신이 악명 높은 탐관오리라는 사실을 알았지. 또 지은 죄가 이루 말할 수 없이 많다는 사실 역시 알 수 있었어. 황제폐하의 성지도 없이 사사롭게 이처럼 많은 사람을 죽이려고 하다니! 그 심보가 더욱 의심스러워! 죄인들이 억울함을 호소하는 만큼 즉각 집행을 멈추고 재조사를 해봐야겠어. 게다가 당신은 나라의 법률을 조목조목 다 어겼어. 그러면서도 감히 누구 앞이라고 객기를 부려, 부리기를!"

"나는 당신을 흠차라고 인정을 하지 않았어. 당신 이름이 공사정인지 뭔지도 관심이 없어!"

정춘우가 안색을 싹 바꿨다. 금세 검을 뽑아든 채 껄껄껄 냉소를 터트렸다.

"여봐라!"

"예!"

아역들은 정춘우가 부르자 마지못해 여기저기에서 대답을 했다. 아무튼 그가 직속상관이었으니까. 그러나 그들은 일단 대답은 하면서도 무슨 영문인지를 몰라 계속 어리둥절한 표정을 감추지 못했다. 두 세력 사이의 신경전을 지켜보는 것이 정말 곤혹스러운 모양이었다.

"모든 나쁜 결과는 내가 책임을 지겠어. 너희들은 저자들을 잡아들이기만 하면 돼! 한 명 체포하는데 삼백 냥씩 상금을 걸겠다!"

정춘우가 드디어 이성을 잃은 채 시뻘건 두 눈을 부라렸다. 그런 다음 다시 검을 내리쳐 책상 한 모퉁이를 싹뚝 잘라버리면서 뇌까렸다.

"겁이 나서 뒷걸음질 치는 놈이 있으면 이렇게 될 줄 알라고!"

손연령은 정춘우의 객기를 더 이상 봐줄 수는 없다고 판단했다. 급기야 크게 화를 내면서 쏜살같이 달려가더니 이내 그의 두 팔을 뒤로 꺾어버렸다. 동시에 칼을 빼앗은 다음 다짜고짜 그의 어깨를 칼로 무 베듯 싹둑 베어버렸다. 거의 살을 썰어냈다고 할 수 있었다. 그리고는 싸늘한 표정으로 물었다.

"고기가 모자라면 말해! 더 베어줄까?"

"야, 이 새끼 죽여 버려!"

정춘우는 최후의 발악을 했다. 목을 배배 틀면서 이성을 잃은 채 마구 소리를 질러댔다.

그러나 아역들은 용맹하기가 독수리보다도 더한 손연령의 기세에 잔뜩 주눅이 들어 있었다. 하나같이 그 자리에 얼어붙은 듯 감히 나서는 사람이 없었다. 바로 이때라고 생각한 공사정이 금패를 번쩍 쳐들었다. 그런 다음 대량신, 파란 원숭이와 함께 감찰대로 재빨리 올라갔다. 바로 책상 위에 지저분하게 널려 있던 지부의 도장 등도 한 손으로 쓸어내 버렸다. 이어 금패를 조심스럽게 내려놓고 공손하게 삼궤구고三跪九叩의 큰 절을 올렸다. 그녀는 그제야 숙연한 표정으로 자리에 앉아 입을 열었다.

"손 장군, 정춘우를 끌어내 처단하시오!"

"예!"

손연령이 목소리도 우렁차게 대답하고는 피투성이가 된 채 혼수상태에 빠져 있는 정춘우를 끌고 아래로 내려갔다. 곧바로 짐짝 던지듯 그를 내던진 다음에 칼을 뽑아들었다. 그때 파란 원숭이가 황급히 그의 앞을 막아섰다.

"액부 대인, 이 자식은 너무나도 교활하고 악질이에요. 그렇게 하면 안 돼요. 저한테 맡겨 주세요!"

파란 원숭이는 말을 마치기 무섭게 자신의 칼을 단단히 움켜잡았다. 곧 끔찍한 난도질이 시작됐다. 파란 원숭이는 가로세로로 수도 없이 칼질을 한 다음에야 이미 사람 몰골은 흔적도 없이 사라진 정춘우의 뒤로 돌아갔다. 그런 다음 심장을 향해 있는 힘껏 칼을 찔렀다. 파란 원숭이의 행동은 정말 악랄하기 그지없었다. 천하의 여장부라고 자부하던 공사정마저 놀라 눈이 휘둥그레지고 말았다.

"죄인들을 다시 감옥에 가두고 철저히 감시하도록 하라!"

공사정이 정신을 차리고 큰 소리로 명령했다. 후속 조치에 대해서도 일갈하는 것도 잊지 않았다.

"산동성 관련 부서에 공문을 보내 재수사를 하도록 요청해. 그 결과를 형부에 보고한 다음 폐하께서 최종 결정을 내리시면 그때 가서 처형해도 늦지 않아!"

사실 엄격하게 따지면 공사정이 말한 과정이 사형수를 처리하는 올바른 순서였다. 법리에도 어긋나지 않았다. 아역들은 그래서인지 모두들 수긍하는 눈치였다. 그들이 일제히 우렁차게 대답했다.

"예, 알겠습니다!"

공사정 일행은 일이 끝난 다음 지부의 관사에 머물기로 했다. 힘도 적지 않게 쓴 만큼 저녁도 그곳에서 거나하게 해결했다. 그제야 손연령이 한시름 놓았다는 듯 말했다.

"오늘 정말 멋진 한판승을 거뒀네요. 연주부가 들썩거렸을 정도였으니 말이오! 공주께서 든든한 배경이 되어 준 덕분이오. 빨리 조정에도 알려야 할 것 같소이다."

"당연하죠. 저녁 먹고 나서 손 장군이 대신 상주문을 써줘요. 내가 훑어보고 바로 보낼게요."

공사정은 말을 마치고는 정신없이 밥을 퍼먹는 파란 원숭이를 대견스럽게 바라봤다. 나중에는 자신의 앞에 있던 오리구이까지 그의 앞으로 밀어주면서 자상하게 말했다.

"파란 원숭아, 오늘 정말 잘했다. 내 마음에 아주 쏙 들었어. 나를 따라가서 멋지게 한번 살아볼 생각은 없느냐?"

"싫어요!"

파란 원숭이가 즉각 거부했다. 그럼에도 무척 조심을 해서 그런지 입안 가득히 쑤셔 넣은 음식은 전혀 튀어나올 생각을 하지 않았다.

"사부님을 찾아야 해요!"

파란 원숭이의 말에 공사정이 혀를 찼다.

"불쌍한 것! 내가 너의 사부를 찾아줘야 하겠구나. 그나저나 오 선생은 진짜 어디 있는 거야? 더 이상 찾아볼 시간도 없는데."

손연령은 뭘 먹을지 몰라 젓가락을 든 채 반찬 그릇들 사이를 헤매다 말고 입을 열었다.

"우리가 산동, 직예 일대에서 지체한 시간이 너무 길었어요. 큰일을 그르칠지 모르니 우리는 이만 갈 길을 갑시다. 오 선생을 만나지는 못했으나 탈출에는 성공한 것 같다고 아까 아역들이 다들 말하지 않았소이까."

공사정은 손연령의 말이 틀리지 않다고 생각했다. 그러나 그녀에게 있어 가장 절친한 사람은 누가 뭐래도 소마라고라고 할 수 있었다. 오차우를 찾지 못했으므로 미안한 생각을 가지는 것은 당연했다. 한참을 신중하게 생각한 것은 다 그 때문이었다. 하지만 그녀는 얼마 후 한숨을 내쉬면서 스스로를 위안하듯 말했다.

"그러는 수밖에는 없겠네요. 여자의 마음이 타서 재가 되는 걸 남자들이 알기나 하겠어요? 소마라고 생각만 하면 나도 따라서 우울해지는 마음을 어떻게 할 수가 없네요."

이튿날이 밝았다. 파란 원숭이는 여전히 공사정과의 동행을 한사코 거부했다. 하늘이 두 쪽이 나더라도 운낭을 찾아 나서겠다고 계속 버텼다. 공사정은 그럴수록 파란 원숭이가 가여웠다. 험한 세상에 홀로 남겨둔다는 것은 말이 안 된다고 생각했다. 그녀는 다시 간곡하게 권했다.

"착하기도 하구나. 사부를 못 찾아서 안달이 난 너의 마음을 이 고모 역시 십분 이해한다. 그러나 사내대장부에게는 입신공명도 중요하다고. 나와 함께 남쪽으로 내려가 멋지게 공을 세우는 것도 나쁘지는 않아. 그렇게 해서 붉은 정자頂子라도 하나 달고 네 사부를 만나면 얼마나 좋아하겠니? 더구나 너의 엄마는 광동으로 팔려갔다면서? 거기에서 멀지 않은 곳이니까 내가 찾을 수 있도록 도와줄게!"

파란 원숭이는 엄마 얘기가 나오자 그제야 갈등하기 시작했다. 너무나 사무치게 그리운 엄마였으니 그럴 수밖에 없었다. 일말의 희망이 서서히 샘솟고 있었다. 그가 한참 후 눈물이 그렁그렁한 눈을 들어 공사정과 손연령을 바라다봤다. 그러더니 결국에는 엉엉 울음을 터트리고 말았다.

## 30장

# 계림의 군권을 장악하다

공사정이 파란 원숭이를 데리고 계림桂林에 도착했을 때는 강희 11년 4월이었다. 꽤 오랜 시간이 걸린 셈이었다. 이처럼 시간이 많이 걸린 것은 거의 대부분 수로水路를 선택한 탓이었다. 하긴 수로 외에는 다른 길이 별로 없기도 했다. 그녀는 우선 운하를 따라 남하하여 광릉廣陵까지 갔다. 그런 다음 과주瓜洲에서 큰 배로 바꿔 타고 강을 거슬러 올랐다. 그나마 육지에 올라설 수 있었던 것은 무호蕪湖, 구강九江, 무한武漢, 악양岳陽을 거쳐 중경重慶까지 온 이후였다. 그러나 그곳에서부터는 다시 배를 타거나 육로를 걷기를 반복하면서 남행길에 올라야 했다. 때문에 횡단橫斷으로 이뤄진 산맥들은 원 없이 구경할 수 있었다. 왼쪽에는 천길 낭떠러지, 오른쪽은 소리치면서 흐르는 급류가 나타나는 것이 보통이었다. 그것뿐만이 아니었다. 깊은 산속의 울창한 수림樹林 사이로는 세월의 무상함을 느끼게 해주는 고목들이 종종 점잖게 자리를 잡고 있었다. 또 이끼가 잔뜩 낀 돌길은 우거진 수풀 사이 저 멀리로 이어지고는 했다. 그랬으니 사람 소리 들리는 마을은 가끔씩 보일까 말까 할 정도였다. 그 마을을 끼고 흐르는 냇물 위의 안개나 폭포소리 역시 남달랐다. 특히 폭포소리는 마치 호랑이가 포효하거나 원숭이가 구슬피 우는 듯 묘한 여운을 남기고 있었다. 물빛과 산의 색깔은 확실히 북방의 처량한 분위기와는 달랐다. 그렇다고 마냥 좋다고 말할 수만은 없었다. 음침하고 약간 우울한 기분을 느끼게 하는 그런 것이었다. 강회江淮(중국 대륙에서 가장 긴 강인 장강長江과 회하淮河를 일컬음)평원에서 나고 자란 파란 원숭이는 그런 풍경은 처음 접했다. 그래서일까, 모든 것이 신기한 듯 말도 타지 않고 껑충껑충 마구 주변을 뛰어다녔다. 연신 놀라움을 금치 못했다.

"와! 조금만 다른 생각하고 지나가다가 여기에서 미끄러지는 날에는 그야말로 뼈도 못 추리겠네요. 그런데 이게 뭐야! 저 밑의 물은 왜 저렇게 새까맣죠?"

"파란 원숭아! 힘들게 뛰어다니지 말고 어서 말에 올라타기나 해. 왜 새까맣냐고? 그러니까 강 이름이 오강烏江이지! 사실은 물이 새까매서 그런 것이 아니야. 산이 높고 물이 깊으니까 색깔이 시커멓게 보이는 거지. 그러데 저기 맞은편 숲속에 촘촘하게 보이는 시커먼 구멍이 무엇인지는 알아?"

공사정이 미소를 머금은 표정으로 물었다. 그러자 파란 원숭이가 손을 이마에 얹고는 멀리 내다봤다. 과연 깎아지른 듯한 절벽 중간에 작은 구멍들이 나무에 살짝 가려진 채 신비한 모습을 드러내고 있었다.

"예, 보이네요!"

파란 원숭이가 머리를 끄덕였다. 공사정은 여전히 여유 있는 표정으로 말했다.

"자식, 뭘 가르치기가 무섭군! 눈이 정말 좋아! 당시 너한테 걸렸더라면 나는 살아나지 못했을 거다. 나하고 유모가 병사들에게 쫓기다가 바로 저기 저 구멍에 숨어 있었거든."

"그때가 몇 살이었나요?"

파란 원숭이가 궁금한 표정으로 물었다.

"다섯 살이었어."

"그때 일을 아직도 기억하세요? 저는 다섯 살 때 기억이라고는 바지를 안 입고 다녔던 것 외에는 생각이 안 나요."

파란 원숭이가 혀를 내둘렀다. 그러나 공사정은 그의 말에는 아무런 반응을 보이지 않은 채 깊은 한숨을 내쉬었다. 그리고는 추억에 잠긴 눈빛으로 산봉우리들을 하염없이 바라봤다.

그때는 순치 9년 9월 초나흘이었다. 공사정으로서는 영원히 기억 속에서 지워버리지 못할 날이었다. 그날 계림은 항청抗淸 명장으로 유명한 이정국李定國의 공격으로 함락되고 말았다. 그러자 그녀의 아버지 공유덕은 더 이상 희망이 없다고 생각하고 자결하는 길을 선택했다. 다행히도 그녀는 유모의 도움으로 야밤에 겨우 사지에서 탈출할 수 있었다. 그녀에게는 잊을 수 없는 슬픈 과거였다.

그러나 그녀는 이내 당시의 살벌했던 기억을 더 이상 떠올리기 싫은 듯 머리를 흔들었다. 파란 원숭이가 눈 하나 깜빡하지 않고 앞을 응시하고 있는 모습이 시야에 들어왔다.

"파란 원숭아, 무슨 생각을 하는 거냐?"

"아, 예! '우리 중국이라는 나라는  정말 무지무지하게 크구나. 내가 모르는 일들도 엄청나게 많겠지!' 이런 생각을 했어요."

파란 원숭이가 대답했다. 그녀 역시 그렇게 생각하던 차였다. 얼마 후 그녀는 남편 손연령에게 눈길을 돌렸다. 그는 계속 침묵을 지키면서 여기저기 두리번거렸다. 나름대로 무슨 생각에 잠겨 있는 듯했다. 그녀는 그의 그런 모습을 보면서 형언하기 어려운 우울한 감정이 솟구치는 것을 어쩌지 못했다. 남편이 하자는 대로 순순히 따라주고는 있으나 어쩐지 둘 사이가 늘 보이지 않는 장벽으로 가로막혀 있다는 생각이 들었기 때문이다. 그녀는 둘 사이에 존재하는 보이지도 만져지지도 않는 그 장벽이 무엇일까 하고 고민을 했다. 물론 어떨 때는 그게 아무것도 아닌 것 같기도 했다. 그럴 때는 아버지의 충직한 부하였던 대량신마저도 낯설게 느껴졌다. 현재 광서廣西에서 병사를 거느리고 있는 실력자는 바로 도통都統인 마웅馬雄과 왕영년王永年 두 사람이었다. 그런데 둘은 서로 못 잡아먹어 안달을 하는 그런 사이였다. 둘 중 마웅은 묘하게도 손연령과 아주 가까웠다. 동시에 오삼계의 손자인 오세종吳世琮과도 막역한 사이였다. 반면 왕영년은 조정에는 충성을 보이고 있었으나 손연령과는 아주 껄끄러운 관계였다. 서로 늘 탐탁치 않게 생각하고 있었다. 공사정이 복잡하게 뒤엉킨 이들의 관계가 심상치 않다고 생각하는 것은 당연할 수밖에 없었다.

공사정이 한참 그런 생각을 하고 있을 때였다. 갑자기 파란 원숭이가 소리를 질렀다.

"넷째 공주마마!!"

"왜? 뭐 또 신기한 것을 봤니?"

공사정이 흠칫 놀라면서 물었다.

"그게 아니고요. 제가 느끼기에는 액부 대인께서 요즘 좀 이상한 것 같아서 말이에요. 완전히 다른 분 같아요. 중경부重慶府를 지난 이후부터는 막 어린아이처럼 함성을 질렀어요."

"오, 그랬어?"

파란 원숭이의 말에 공사정이 조금 놀라는 기색을 보였다.

'며칠 전부터 어쩐지 이상하다 했는데, 바로 이거였구나!'

그녀가 말고삐를 당겨 파란 원숭이에게 다가가면서 부드럽게 말했다.

"누구나 고향 근처에 오면 다 아이가 되는 거야. 착한 것 같으니라고! 나는 네가 똑똑해서 무척 마음에 드는구나. 이제부터 공주라고 부르지 말고 그냥 고모라고 부르지 않겠니? 내가 운낭 사부 못지않게 잘해줄게."

"음, 그럼 그렇게 할게요."

파란 원숭이가 아랫입술을 잘근잘근 씹더니 금세 환한 표정을 지었다. 그러나 이내 다시 머리를 갸우뚱했다.

"우리 사부님은 솔직히 말씀드리면 마적 출신이에요. 그렇지만 저를 위해서라면 사람도 죽일 수 있는 분이에요. 공주마마처럼 귀하신 분도 그럴 수가 있을까요?"

공사정이 파란 원숭이의 말에 기가 막힌다는 표정을 지었다.

"누가 그러더냐? 내가 사람을 죽이지 못한다고!"

공사정이 말을 더 이으려고 할 때였다. 손연령이 대량신 등 몇 명을 데리고 공사정과 파란 원숭이 옆을 쏜살같이 지나갔다. 그러면서 채찍을 마구 휘둘렀다. 산토끼를 사냥하려는 듯했다. 공사정이 놀라서 허둥지둥하는 산토끼를 정신없이 쫓아가는 손연령의 모습을 지켜보다 말고 이마를 찌푸리면서 고함을 질렀다.

"손 장군!"

손연령이 황급히 말고삐를 잡아당겼다. 그 즉시 말에서 미끄러지듯 내린 손연령이 물었다.

"공주, 무슨 분부라도 계시오?"

남의 눈도 없는 조용한 곳으로 왔는데도 손연령은 여전히 깍듯하게 존댓말을 쓰고 있었다.

"당신도 이제는 육만 명의 대군을 거느리는 상주국장군이에요. 조금 무게를 잡아야죠!"

"알았어요! 집이 가까워지다 보니까 나도 모르게 마음이 홀가분해져서 그만……."

손연령이 공사정의 질책에 즉각 대답했다. 아부성이 짙었다. 그러자 공사정이 밉지 않게 흘겨보면서 웃었다. 그런 다음 대량신에게 지시했다.

"손 장군을 잘 모셔. 요 며칠 조금 해이해진 것 같아. 계림에 가서 혼나지 않으려면 조심하라고!"

공사정의 걱정은 괜한 기우가 아니었다. 상황은 그녀가 생각한 것보다 더 위험하게 전개되고 있었다. 계림 장군들인 왕영년과 마웅이 군량미가 제대로 분배되지 않는다는 이유로 한바탕 싸움을 시작한 것이다. 실제로 손연령이 도착하기 전부터 각각 계림의 서쪽과 남쪽에 주둔하고 있던 왕영년과 마웅의 부대는 하루라도 조용히 지내는 일 없이 끊이지 않고 문제와 말썽을 일으키고 있었다. 물론 손연령의 영향 아래에 있는 십삼좌十三佐의 병력은 두 부도통副都統인 엄조강嚴朝綱과 서민진徐敏振이 꽉 잡고 있는 탓에 그런대로 말을 잘 듣는 편이었다. 그렇지만 두 사람은 마, 왕 두 도통의 싸움을 말리지는 못했다. 한편 상가희의 옛 부하인 광서총독 김광조金光祖는 마웅을, 웅사리의 제자인 광서순무 마웅진馬雄鎭은 왕영년의 뒤를 봐주거나 밀어주고 있었다. 당연히 이 둘 역시 서로 눈을 부라리면서 으르렁대고 있는 사이였다. 게다가 경정충과 상가희가 철번을 순순히 받아들였다는 풍문이 돌자 정세는 더욱 복잡다단해지고 있었다.

그러니 병사들의 군기가 잡혀 있을 리 만무했다. 상황이 어수선한 틈을 타서 병영 밖으로 나가 강도와 강간을 일삼는 것은 거의 일상이었다.

그러자 김광조가 더 이상 병사들의 일탈을 묵과하지 못하고 칼을 빼들었다. 잘못을 저지른 왕영년의 부하 병사 스무 명을 잡아넣은 것이다. 마웅진 역시 수십 명에 이르는 마웅의 병사들을 체포했다. 그러나 함부로 손을 대지는 못했다. 홧김에 각각 상대의 병사들을 체포하기는 했지만 어쨌거나 이들 모두가 손연령 휘하였던 탓이었다. 한마디로 유명무실한 봉강대리封疆大吏인 둘은 혹시나 일어날지 모를 병변兵變이 두려웠다.

손연령으로서는 이렇듯 복잡하고 불안한 내부를 정돈해야 하는 일이 시급했다. 광서 병마도통으로 부임하자마자 정신없이 바쁘게 움직인 것도 다 그 때문이었다. 일정을 보면 그가 얼마나 바빴는지를 알 수 있었다. 무엇보다 제독과 순무들을 불러 갖가지 현안에 대해 의논을 했다. 또 산재해 있는 사건들도 처리하지 않으면 안 됐다. 각 부서 간의 조율을 도모하는 것도 그의 일이었다. 너무나 바쁜 나머지 보름이 다 지나도록 집에는 단 한 번도 들르지를 못했다. 자연스럽게 공사정에게도 소홀할 수밖에 없었다.

하루는 그가 겨우 집에 들러 저녁을 먹고 있는데, 웬일인지 하늘이 갑자기 어두워졌다. 먹장구름도 낮게 드리우기 시작했다. 주변이 삽시간에 시커멓게 변했다. 뿐만 아니라 돌풍마저 불어대더니 정원의 오동나무를 부러져라 흔들어대고 있었다. 곧 폭풍우가 몰아칠 것만 같았다. 그런데 손연령이 대충 밥을 먹고는 또 밖으로 나가려고 했다. 그러자 공사정이 황급히 불러 세웠다.

"연령, 또 어디를 나가려고 그래요?"

"왜 그러시오?"

손연령이 손수건으로 입을 닦으면서 되물었다. 얼굴에는 어색한 웃음기가 번지고 있었다.

"며칠 동안 같이 있어주지 않았다고 그러시오? 심심한 거요? 일이 조금 복잡하게 돌아가서 정리정돈이 필요해서 그러오. 경정충과 상가희 두 사람이 철번을 하려고 한다잖소. 그러니 이곳 계림을 잘 눌러놓지 않으면 안 되오! 날씨가 좋아지면 같이 놀아주도록 하겠소. 여기는 좋은 데가 많소. 독수봉獨秀峰, 첩채산疊彩山, 상비산象鼻山, 칠성암七星岩……."

"그런 소리는 듣고 싶지 않아요! 나도 장군들을 만나고 싶어요. 그러니 당신이 좀 불러줘요."

공사정이 퉁명스럽게 말했다. 하지만 손연령은 크게 신경 쓰지 않는다는 표정으로 대답했다.

"그런 걱정은 하지 마시오. 내가 다 알아서 할 테니까! 우리 공주마마께서는 그냥 집에서 편히 앉아 복만 누리면 돼요!"

공사정이 손연령의 말에 부채를 부치면서 대꾸했다.

"나는 그런 복을 타고 나지 못했어요. 당신은 나를 보살처럼 모셔두고 싶겠지만 그렇게는 안 돼요. 나는 정남왕定南王의 군주郡主(왕이나 왕세자의 딸을 일컬음)예요. 관작官爵도 있어요. 그 사실을 명심하세요!"

"예, 공주마마! 명심하겠습니다!"

손연령은 장난기가 발동하는 모양이었다. 얼굴에 귀신 표정까지 지어 보이면서 대답했다. 하지만 밖으로 나가겠다는 의지에는 변함이 없었다.

"일등 시위 각하, 다른 분부가 없으시다면 그만 가보겠습니다. 마웅진, 김광조 등이 기다리고 있습니다."

공사정이 할 수 없다는 듯 머리를 끄덕였다.

"몇 사람 더 데려가지 그래요?"

손연령이 괜찮다는 투로 대답했다.

"괜찮소! 대량신 등이 여기에서 대기하고 있잖소. 무슨 일이 있으면 부르면 되오."

밖은 유시酉時(오후 5시~7시)밖에 되지 않았으나 완전히 어둠의 장막이 드리워져 있었다. 그 와중에 굵은 빗방울이 나뭇잎을 때리는 소리 역시 크게 들려왔다. 매서운 회초리 같은 바람이 창문 틈으로 들어오면서 휘장을 높게 말아 올리기도 했다. 공사정은 갑자기 두려움과 적막감에 휩싸였다. 빗방울은 창문을 더욱 사정없이 후려치고 있었다. 마침 그때 물병아리 같은 모습을 한 파란 원숭이가 맨발로 뛰어 들어오더니 거친 숨을 몰아쉬었다.

"고모, 여기는 무슨 날씨가 이래요. 툭하면 비나 쏟아지고!"

"어서 옷이나 갈아입어! 그러게 왜 쓸데없이 밖으로 쏘다니는 거야?"

공사정은 별 생각 없이 퉁명스럽게 대꾸했다. 한참 후 파란 원숭이가 옷을 갈아입고 나왔다. 이어 재채기를 하면서 말했다.

"고모, 밖에 고모를 찾는 사람이 두 명이나 있더군요. 그런데 문지기가 막아서고 있어서 못 들어오고 있어요. 액부 대인이 오셔야 통보해주겠다고 하는군요!"

"뭐 하는 사람들이야?"

공사정은 화가 많이 난 것 같았다. 그러나 치밀어 오르는 화를 꾹 눌러 참고 터뜨리지는 않았다.

"한 명은 서른 살 정도 돼 보이는 땅딸보였어요. 눈이 까만 콩 같더라고요. 다른 한 명은 쉰 살은 더 돼 보였는데, 부傅 뭐라고 하더라……?"

"부굉렬!"

공사정이 갑자기 몸을 흠칫 떨었다. 동시에 자신이 정말 보살처럼 집안에 모셔져 있다는 생각이 드는지 발끈 화를 내면서 창가로 다가갔다. 그러더니 바로 고함을 질렀다.

"거기 누구 없나!"

"소인이 있습니다."

빗속에서 누군가가 대답했다. 공사정은 바로 수행원인 유순량劉順良을 알아보았다.

"밖에 가서 전해. 부 대인 일행을 들여보내라고!"

유순량이 황급히 허리를 굽실거리면서도 주저했다.

"대량신 장군이 그러셨는데요, 손님은 반드시 먼저 액부 어르신을 만나야 된다고……."

"말도 안 되는 소리! 대량신이 네 아버지라도 된다는 말이야 뭐야? 얼른 가서 전해! 내 손님을 홀대하는 사람은 즉석에서 죽여버린다고!"

공사정은 말을 마치자마자 신경질적으로 창문을 닫아버렸다. 그리고는 의자에 앉아서 생각에 잠겼다.

"소신 하지명과 부굉렬이 공주마마를 만나뵈러 왔습니다!"

밖에서 누군가의 말소리가 들려왔다. 공사정은 황급히 일어나 손님 맞을 자세를 취했다. 곧 두 사람이 들어와 무릎을 꿇고 인사를 올리려 했다. 그러자 그녀가 황급히 말렸다.

"됐어요. 받은 걸로 하죠. 어서 앉으세요. 병부兵部 운귀사雲貴司(운남과 귀주 담당 관청)의 하 어른이시군요? 계림에는 언제 오셨어요?"

"소인 하지명은 귀주에 볼 일이 있어 왔습니다. 그러다 단독으로 공주마마를 만나 뵙고 싶어 이쪽으로 왔죠. 일주일도 더 됐습니다. 그러나 지금껏 만나 뵙지를 못했습니다."

하지명의 두 눈은 과연 까만 콩 같았다. 그러나 눈빛은 강렬하기 이를 데 없었다. 공사정은 위동정으로부터 그에 대해서 들은 적이 있었다. 구문제독 오육일과 함께 오배를 잡는 데 혁혁한 전공을 세운 유능한 인재라는 말을 수도 없이 들은 것이다. 그녀가 얼굴 가득 웃음을 머금었다.

"그대는 병부의 사관司官이자 시랑侍郎이에요. 나를 만나는 게 왜 그리 어렵다는 거죠?"

부굉렬이 갑자기 대화에 끼어들면서 대신 대답했다.

"공주마마를 만나는 것은 어렵지 않습니다. 그러나 단독으로 만나는 것은 쉬운 일이 아닙니다. 오늘 저녁에는 액부께서 취선루에서 오세종, 왕사영과 함께 술을 마신다고 합니다. 그래서 이렇게 틈을 내 찾아올 수 있었습니다. 꼭 공주마마에게만 말씀드릴 수 있는 일이라서 말입니다."

"취선루라뇨? 오세종, 왕사영은 또 무슨 얘기입니까?"

공사정이 깜짝 놀라 자리에서 벌떡 일어났다.

"공주마마, 고정하십시오."

하지명이 곁눈질로 부굉렬을 쳐다봤다. 그런 다음 자신의 말이 맞지 않느냐는 듯 입을 열었다.

"어때요? 공주마마께서는 모르고 계실 거라는 말이 맞지 않습니까!"

하지명이 다시 자세를 고쳐 앉으면서 말을 이었다.

"이 일은 차차 아시게 될 겁니다. 오늘은 다른 일을 말씀드리려고 왔습니다."

하지명이 소매 속에서 손때가 묻은 종이를 꺼냈다. 공사정에게 그것을 건네줄 때는 말의 어조가 확연하게 낮아졌다.

"혈서입니다. 한번 보십시오!"

공사정은 종이를 받아들자마자 등골이 오싹해지는 기분을 느꼈다. 종이에는 소름이 끼칠 정도로 많은 피가 묻어 있었다. 그녀는 상태가 심상치 않다고 생각했는지 멍하니 서 있는 파란 원숭이에게 은근한 어조로 명령을 내렸다.

"너는 문어귀에 가서 지키고 서 있어!"

글은 길지 않았다. 그러나 핏자국이 선명했다.

황제폐하께서는 부군 오육일의 죽음을 철저하게 수사해 주시기 바라옵니다. 아내 황씨가 눈물을 삼키면서 죽기 전에 쓰옵니다.

혈서는 꽤 오랜 시간이 지나서 그런지 색이 많이 변해 있었다. 그 혈서를 하지명이 뒤집었다. 혈서의 뒷부분에도 글자가 적혀 있었다.

오 장군의 부탁을 받고 채계준蔡啓遵(청나라 강희제 때의 문인. 자는 석공石公)이 《나강원》羅江怨을 적어드림.

공명功名도 마음속에 있고
풍류의 정도 간절하나
두 가지를 어떻게…….

아쉽게도 혈서 뒷장의 아랫부분에 있는 글자들은 잘 보이지가 않았다. 그러나 하지명은 글의 전체 내용을 아는 듯했다. 바로 설명하기 시작했다.

"이건 강희 팔 년에 오차우 선생님께서 오육일 군문에게 써준 것입니다."

공사정의 얼굴은 어느새 석고처럼 굳어 있었다.

비는 점점 세차게 내렸다. 갑자기 번개가 번쩍! 하면서 실내와 칠흑같은 창밖을 잠깐이나마 밝게 비췄다. 그러더니 곧 하늘을 박살낼 듯한 천둥소리가 이어졌다. 그 불빛에 비친 공사정의 얼굴은 창백함, 그 자체였다. 한참 후에 그녀가 떨리는 목소리로 물었다.

"알고 보니 오 군문은 비명에 갔군요! 이, 이건…… 어디에서……."

"오 제독의 아들인 오 공자와 유모가 지금 저의 집에 있습니다. 같이 도망 나온 교위도 함께 있고요."

부굉렬이 한숨을 내쉬면서 하지명을 거들고 나섰다.

"훌륭한 장군이 억울하게 소인배의 손에 죽음을 당하다니요!"

하지명은 더는 참지 못하고 눈물을 비 오듯 흘리기 시작했다. 오육일과의 추억이 떠오르는 모양이었다.

"오육일을 죽인 사람이 누구인가요?"

공사정은 괴로움과 분노를 동시에 느꼈다. 자신의 처지를 서서히 깨달은 듯 뭔가 두려운 느낌도 얼굴에 드러났다.

"상지신과 공주마마의 휘하에 있는 마웅과 대량신입니다."

부굉렬이 기다렸다는 듯 거침없이 대답했다. 하지명도 바로 한마디를 더 보탰다.

"또 오늘 저녁 액부 대인과 같이 술을 마시는 왕사영도 오육일을 죽이는 음모에 가담했습니다!"

하지명의 말에 부굉렬이 머리를 저으면서 다른 의견을 밝혔다.

"그건 불투명합니다. 왕사영이 오 제독을 죽이는 자리에 없었다는 사실은 이미 입증됐습니다."

그러면서 하지명에게 핀잔을 주었다.

"자네는 너무 의심이 지나친 것 같네."

그러나 하지명은 자신의 주장을 굽히지 않았고 바로 반론을 제기했다.

"그자는 여자처럼 곱상하게 생겼잖아요. 사람 꽤나 홀리게 생겼다고요. 게다가 재주도 많아요. 아마 굉렬 형님도 호감을 가지고 있는 모양인데, 그건 그자의 악랄함을 몰라서 그러는 거예요. 저는 단언할 수 있습니다. 그자가 오육일 장군을 살해하는 과정에서 주동자 역할을 했다는 사실을 말입니다. 그렇게 방심하고 계셨다가는 조만간에 땅을 치고 후회하실 겁니다!"

공사정은 두 사람의 의견충돌에 대해서는 관심을 둘 상황이 아니었다. 오육일의 의문사 사건이 워낙 갑작스레 닥쳤으니 그럴 만도 했다. 더구나 마웅과 대량신 모두 자신 휘하의 사람이 아니던가. 어쨌거나 그녀는 잠시라도 시간을 지체해서는 안 된다는 생각에 자리에서 벌떡 일어났다. 그런 다음 벽에 걸려 있던 보검을 내려서 손에 쥐었다. 시퍼런 칼날을 툭툭 치면서 생각에 잠겼다. 조용히 듣고 있기에는 너무나 부담스러운 쇳소리의 울림이 한동안 좌중에 맴돌았다. 그녀는 잠시 후 뭔가 결단을 내린 듯 하지명에게 물었다.

"나는 두 분의 말씀을 의심하지는 않아요. 하지만 오 제독은 워낙 대단한 실력자였어요. 그런데 어찌 그렇게 쉽게 당할 수 있죠? 아무려나 이 일은 그냥 넘길 일이 아닌 것만은 확실해요!"

공사정의 질문에 대답을 한 것은 하지명이 아니었다. 부광렬이 먼저 선수를 쳤다.

"유모가 그러더군요. 그자들은 처음에는 약효가 천천히 퍼지는 독약으로 오 군문을 해치려고 했다는 겁니다. 그러나 오 군문이 워낙 폐하의 총애를 한 몸에 받고 있는 사람이라 여의치가 않았죠. 만약 병이 났다는 소식이 전해지면 폐하께서 그 즉시 태의太醫를 보낼 것이 분명했으니까요. 그래서 서둘러 그냥 해쳐버리는 마수를 쓴 것 같습니다. 오 군문은 당시 습격을 당하던 연회석상에서 간계에 넘어간 것을 알고는 칼을 뽑아 열두 명에 이르는 왕부王府의 시위들을 죽였다고 합니다. 마웅의 얼굴과 다리도 그때 호되게 당한 거라고 합니다."

"증인을 데려오도록 하세요! 내가 이 문제를 계림에서 철저하게 조사하겠어요!"

공사정이 드디어 폭발했다. 분노가 하늘을 찌르는 듯했다. 그러자 하지명이 몸을 뒤로 젖히면서 황급히 손을 저었다.

"안 돼요, 안 됩니다! 우리가 여기에 온 것은 단순하게 고자질을 하기 위해서가 아닙니다. 단독으로 공주마마께 말씀을 드림으로써 각별히 신중을 기하시고 안전에 주의하라는 당부를 드리기 위해서입니다. 공주마마 휘하의 오랜 수족들은 여전히 많습니다. 그러나 이미 그 옛날의 충성심을 그대로 가지고 있는 사람들은 아닐 겁니다. 결정적인 순간에 목숨을 걸고 싸워줄 사람이 과연 몇 명이나 있을까요? 그걸 명심하셔야 합니다. 이 일은 조정에 알린다고 해도 어쩔 수가 없을 겁니다. 또 공주마마께서도 지금은 위험한 환경에 처해 있으니, 이 일과 관련해서는 손을 쓰지 마십시오. 알고 계시면서 조심하는 것으로 만족하라는 말씀입니다. 일을 크게 터뜨렸다가는 득보다 실이 더 많을지도 모릅니다!"

하지명의 말이 끝나자 부괭렬 역시 몇 마디 덧붙였다.

"공주마마께서는 최악의 경우를 염두에 두셨으면 합니다. 소신은 무슨 일이 있을지 몰라 몰래 삼천 명의 민병民兵을 키웠습니다. 혹 사태가 악화되면 공주마마께서는 소신이 있는 곳으로 오셔서 잠시나마……."

부괭렬의 말이 채 끝나기도 전에 공사정이 호쾌한 웃음을 터트렸다. 이어 호언장담을 했다.

"두 분은 나를 보통 여자로 취급하는 겁니까? 광서가 복잡하고 위험한 곳이 아니라면 폐하께서 왜 나를 여기에 보냈겠어요? 여기에는 아버지와 십수 년 동안 생사고락을 같이 한 삼군三軍의 육만여 병사가 내 휘하에 있어요. 마웅 그 자식이 함부로 들고 일어났다가는 자기가 먼저 박살이 난다는 사실을 알아야 할 거예요! 그자들이 설사 반란을 일으키더라도 내가 광서에 도사리고 있는 한 조정에 어떠한 위협도 되지 못할 거예요. 부 대인, 마음 푹 놓고 가서 군사들을 조련하고 계세요. 필요하면 내가 찾아갈 겁니다. 하 대인은 북경에 돌아가실 때 내 밀절密折(비밀상소문)을 폐하께 전해주세요. 내가 부 대인을 위해 군량미를 조금 더 신청을 해야겠군요."

"그러죠! 공주마마께서 상주문을 직접 작성해 주십시오!"

하지명이 까만 콩 같은 눈을 반짝이면서 대답했다.
"파란 원숭아!"
공사정이 굳은 얼굴을 한 채 지시했다.
"유순량에게 전해. 대량신더러 장군들을 전부 데리고 오라고 말이야!"
공사정이 말을 마치고는 부굉렬과 하지명에게 웃음을 지어보였다. 두 사람은 어안이 벙벙해 서로 번갈아보면서 쳐다보기만 했다. 갓 결혼한 새댁처럼 보이는 공주가 도대체 무슨 일을 벌이려고 하는지 궁금해 하는 눈치였다.
곧 삼사십 명에 이르는 장군들이 비를 맞은 채 공사정 앞에 모습을 드러냈다. 그중 대량신은 유독 불안한 기색이었다. 낯선 두 손님을 부담스러워 하는 것이 분명했다. 그가 둘을 잠깐 쳐다보고 나서 무릎을 꿇으면서 아뢰었다.
"소신 대량신이 유순량 등 마흔세 명의 장군들을 데리고 공주마마께 인사를 올립니다!"
대량신의 말이 떨어지기가 무섭게 수십 명이 일제히 무릎을 꿇었다. 일사불란하기 이를 데 없었다.
"대량신, 앞으로 좀 더 와 봐!"
공사정이 손가락을 까딱거리더니 냉소를 흘렸다. 이어 서슬이 시퍼런 칼날 같은 시선으로 그를 싸늘하게 노려보았다.
"자네는 도대체 무슨 짓거리를 하고 돌아다니는 거야! 우리 공씨 가문에서 자네를 그렇게 가르쳤는가!"
"소신이 무슨 잘못을 저질렀는지……."
"뭐라고?"
공사정이 차갑게 웃었다. 그러더니 뒷짐을 진 채 부들부들 떨고 있는 대량신에게 다가갔다.

"내가 묻겠어. 마웅의 얼굴에 난 상처는 도대체 어떻게 된 건가? 다리는 또 왜 그렇고?"
"공주마마!"
대량신이 걱정했던 일이 기어코 터지고 말았다는 듯 대경실색했다. 평소의 침착한 그가 아니었다.
"말 위에서…… 떨어져서…… 대나무 그루터기에 찔려서…… 그만……."
"좋아, 언제까지 거짓말을 하는지 어디 볼까?"
공사정이 바로 대량신의 말꼬리를 잘랐다. 그런 다음 극도의 공포로 일그러진 그의 얼굴을 노려보면서 물었다.
"자네는 우리 집에서 나고 자란 노재奴才(노비)야! 전에 보아保兒가 어떻게 죽었는지 모르지는 않겠지?"
"네…… 빨갛게 달군…… 철창에 갇혀서……."
"그래, 기억력 하나는 여전하군!"
공사정은 머리가 쭈뼛 일어설 만큼 냉정한 표정이었다. 이어 더욱 싸늘한 어조로 유순량에게 명령을 내렸다.
"불을 피워라!"
공사정이 명령을 내린 다음 놀란 표정으로 서 있는 파란 원숭이에게 시선을 돌렸다. 그녀는 잔인한 듯하면서도 인자한 얼굴이었다.
"너, 사람 죽이는 장면을 구경하는 걸 좋아한다고 했지? 이 고모가 어떻게 멋있게 하나 잘 봐둬라!"
부굉렬과 하지명은 겉으로는 아무렇지도 않은 듯 덤덤하게 앉아 있었다. 그러나 속으로는 혀를 내두르고 있었다. 그녀의 부하 다루는 수완과 솜씨에 적지 않게 놀란 것이다.
"공주마마, 소인이 죽을죄를 지었습니다!"

대량신이 갑자기 돼지 멱따는 소리로 울부짖었다. 공사정 쪽으로 황급히 기어와서는 그녀의 옷자락를 잡은 채 연신 눈물을 흘렸다.

"공주마마, 살려주십시오! 다 말씀드리겠습니다. 그것은 마 장군이 협박을 해서 마지못해……. 그러나 저는 오육일 장군의 털끝 하나 건드리지 않았습니다. 공주마마, 제발 한 번만 용서해 주십시오!"

"마웅이 도대체 뭐야? 자네 할아버지라도 되는가?"

공사정의 말에서는 더욱 살기가 번득였다. 급기야 그녀가 무표정한 얼굴을 한 채 비수를 꺼내 대량신에게 던졌다. 자결하라는 의미였다.

"오육일 장군은 조정의 봉강대리였어. 황제폐하의 명을 받고 삼번을 견제하러 광주廣州에 갔었지. 그런데 웅재대략雄才大略을 펴보기도 전에 너 같은 쥐새끼들한테 당했어. 부임한 지 채 한 달도 되지 않아서였어. 내가 너무 억울해서 너를 용서하지 못하겠어. 네가 지금까지 나를 모신 정분을 봐서 자결할 것을 권하니 그렇게 알도록!"

"공주마마, 감사합니다!"

대량신은 이미 삶에 대한 애착을 버렸는지 의외로 담담했다. 아마도 불타는 조롱에 갇혀 타 죽는 그 무시무시한 혹형을 피할 수 있는 것만으로도 다행이라고 생각하는 듯했다. 얼마 후 그는 조금도 주저하지 않고 비수를 목에 겨눈 채 찌르려고 했다.

"잠깐만!"

그 순간 하지명이 황급히 대량신을 제지했다. 이어 공사정을 향해서도 사정했다.

"공주마마, 대량신을 한 번만 용서해 주십시오. 제가 간곡히 부탁을 드리겠습니다. 죽어 마땅한 죄를 짓기는 했으나 주모자도 아니지 않습니까. 저는 공주마마께서 넓은 아량으로 용서하시고 이 사람에게 죗값을 치르고 공을 세울 기회를 주는 것이 더 낫다고 생각합니다."

"음!"

공사정이 잠시 고민에 잠겼다. 쉽게 결정을 내리지 못하는 눈치였다. 그녀는 사실 대량신을 죽일 생각은 없었다. 때문에 속으로는 자신에게 한 걸음 물러서게 만든 지혜와 계략을 낸 하지명에게 고맙다는 생각을 하고 있었다. 그녀가 드디어 대량신을 향해 말했다.

"좋아, 하 대인의 얼굴을 봐서 너의 개머리를 당분간 달고 있도록 해 주겠어. 대신 모든 장군들은 오늘 저녁부터 내 부대의 일원이 된다. 책임은 여전히 네가 지는 거야! 알겠지?"

"예! 예! 예! 알겠습니다! 살려주신 은혜에 꼭 보답을 하겠습니다, 공주마마! 또 하 대인께도 깊이 감사를 드립니다!"

대량신이 땀범벅이 된 채 연신 머리를 조아렸다. 그런 그의 귀에 공사정의 차가운 말이 다시 울려 퍼졌다.

"앞장 서. 취선루로 갈 거야!"

취선루의 술판은 막바지로 접어들고 있었다. 손연령은 자신의 저택에서 일어난 만만치 않은 사건에 대해서는 까마득하게 모르고 있었다. 오세종을 비롯해 마웅, 왕사영, 유연명劉連明 등 무려 열몇 명의 장군들과 함께 한바탕 주사를 부리면서 앉아서 횡설수설하고 있었다. 그러나 아래층에서 술자리의 흥이 깨지지 않도록 지키고 서 있던 서민진의 처지는 완전히 달랐다. 시위들을 거느린 채 위풍당당하게 쳐들어오는 공사정을 보는 순간 당황한 나머지 하마터면 자빠질 뻔했다. 얼마 후 그가 겨우 정신을 차리고 허리를 굽실거리면서 비굴한 웃음을 지었다.

"액부 대인은 위에 계십니다. 주석에 동석한 여자들은 없습니다."

"저리 꺼져!"

공사정이 서민진을 사정없이 밀쳐냈다. 그런 다음 살금살금 계단으로 올라섰다. 이어 복도에서 발걸음을 멈추고 창문을 통해 안을 들여다봤다. 술에 취한 손연령이 대나무 의자에 비스듬히 기대어 있는 모습이 시야에 들어왔다. 옆에서는 잘 생긴 선비 한 명이 퉁소를 불고 있었다. 마웅은 큼직한 상처가 새겨진 흉측한 얼굴을 한 채 고음 처리가 전혀 되지 않는 목소리로 노래를 부르고 있었다. 입도 괴상망측하게 쩍쩍 벌리고 있었다.

> 대왕의 위용은 사해四海에 가득하나,
> 오강의 강물은 너무나 거무튀튀해 항우의 목에서 나는 피가 영원히 붉게 물들지 못하는구나.
> 호걸의 기상도 사라지고, 강동으로 가지도 못하니 그저 귀신이 되는 수밖에 없구나.
> 후세에 남길 것이 없는 방랑객은 푸른 물이 옛정을 잃는 것을 슬퍼하도다!

노래가 끝나자 좌중의 사람들은 뭐가 그리도 좋은지 괴성을 질러댔다. 그리고는 다시 서로 술을 권하기 시작했다. 공사정은 군인인 마웅이 그럴듯한 가사를 읊었다는 것이 선뜻 믿어지지가 않았다. 하지만 그런 생각도 잠시였다. 남편 손연령의 목소리가 들려온 것이다.

"사영이 반주를 잘 했는데 노래가 엉망이구만. 세종이 부른 것보다 훨씬 못해! 벌주 큰사발 한 잔 마셔야겠소!"

손연령의 말에 왕사영이 퉁소 연주를 멈췄다. 그런 다음 손연령에게 퉁소를 건네면서 수줍은 듯 말했다.

"연령 형님, 이번에는 형님이 반주를 해야겠소. 내가 분위기 한번 살려보리다!"

왕사영은 생김새나 목소리가 완전히 여자 같았다. 밖에서 들여다보던 공사정도 놀라지 않을 수 없었다. 부드러움 그 자체인 저런 남자가 오육일을 죽이는 주동자 역할을 했다는 말인가? 공사정은 도저히 이해가 되지 않았다. 그때 흐느끼는 듯한 퉁소 소리가 울려 퍼졌다. 왕사영의 부드러운 목소리도 함께 퍼져 나가기 시작했다.

> 차가운 바람과 가을 달이 한가漢家의 오동잎을 끊는구나. 한 잎은 북쪽, 다른 한 잎은 남쪽, 또 다른 한 잎은 동서쪽으로 흩날리네! 병든 노구를 이끌고 쓰러져가는 누각에 올라 텅비어 아름다운 밤을 마주하네. 초목은 시들어 고통을 받고, 하나둘씩 꺼지는 촛불은 쓸쓸하기만 해라. 나의 병은 원래 마음의 병이니, 왜 억지로 약을 먹이지 못해 안달을 하는가. 항아리만 깨진 것이 아니라 금 주발도 없구나!

무척 매력적인 목소리였다. 그러나 왕사영은 박수갈채를 받기도 전에 바로 손수건으로 입을 막고는 기침을 하기 시작했다. 얼굴은 핏빛이었다. 그때 오세종이 황급히 다가가 그를 부축했다.

"사영, 병이 아직 완쾌되지 않았나? 얼마 전 내가 경耿 세백한테 편지를 보냈네. 흰 목이버섯 좋은 것으로 더 보내달라고 말이야. 그게 폐를 보양하고 화를 다스리는 데는 최고라고 하더군……."

그러나 오세종의 말은 공사정이 들이닥치면서 도중에서 끊기고 말았다. 뒤따라온 하지명은 경멸에 찬 시선으로 오세종과 골골대는 왕사영을 째려봤다. 파란 원숭이는 호기심 가득한 시선으로 실내를 두리번거렸다. 뒤에 따르던 대량신은 난감한 기색을 한 채 말없이 벽 모서리만 쳐다볼 뿐이었다.

"공주마마!"

사람들이 느닷없는 공사정의 출현에 깜짝 놀라 일제히 무릎을 꿇었다.

"……공주마마를 맞으러 나가지 못한 죄를 물어주십시오!"

"그대들은 손님이군!"

공사정이 그들의 사죄를 받는 둥 마는 둥 하면서 오세종과 왕사영에게 말했다. 그런 다음 정중하게 덧붙였다.

"늦은 시각이오. 특히 왕 선생은 몸이 성치가 않은 것 같소. 그러니 두 분은 우선 역관으로 가서 쉬는 것이 낫겠소. 유순량, 바래다 줘라!"

오세종과 왕사영은 마지못해 자리를 떴다. 공사정이 그 둘을 뒤로 한 채 손연령에게 말했다.

"상주국 장군, 광서는 자고로 지세가 험악하고 지형이 복잡한 전략적인 요새입니다. 한순간의 방심도 용납하지 않는 곳이에요. 동으로는 복건과 광동을 견제하고, 서로는 운남과 귀주의 발목을 잡아야 하죠. 요족瑤族과 묘족苗族이 섞여 있는 곳이라 항상 눈 부릅뜬 채 지켜야 하는 곳이기도 하죠. 솔직히 그렇게 해도 부족할 정도예요. 그런데 이런 곳에서 노닥거려서야 되겠어요? 나는 황제폐하의 명을 받들어 전략적 요새를 지키러 왔어요. 그런 이상 상주국장군도 자중자애하면서 나를 도와줬으면 합니다."

공사정의 말은 적당하게 예의를 갖추고 있었다. 하지만 그 속에는 군권軍權을 거둬들이겠다는 의미가 내포돼 있었다. 좌중에서 그 뜻을 모르는 사람은 없었다. 대부분의 사람들과 마찬가지로 손연령 역시 두려운 마음이 들었는지 즉각 충성 맹세를 하듯 소리를 질렀다.

"공주마마의 명령을 잘 받들겠습니다!"

"그렇다면 좋아요! 손 장군이 나를 위해주면 나도 손 장군을 박정하게 대하지 않겠어요. 오는 것이 있으면 가는 것도 있어야 하니까! 손 장군은 여전히 상주국장군이오! 병력 역시 손 장군이 지휘하세요……."

공사정은 얼굴에 미소를 잃지 않았다. 잠시 후 그녀가 다시 명령조의 말을 내뱉었다.

"군대의 배치, 장군을 비롯한 병사들의 강등과 승진 및 제독과 순무, 인접한 성들의 여러 번藩들과 하는 서신왕래, 회의 개최 등은 우리 두 사람이 상의해서 결정할 겁니다. 나는 수시로 그 결과를 조정에 보고해야 하니까요. 우리는 또 긴밀히 협력해 계림의 일을 잘 처리해 나가는 것이 무엇보다 중요합니다. 때문에 앞으로 잡것들과는 일정한 선을 긋는 것이 좋을 듯합니다!"

"예……!"

"내일 묘시卯時에 행원行轅(고급 관리의 임시 사무소)으로 삼군의 천총千總 이상의 군좌軍佐(고급 장교)들을 모두 집합시키세요. 우선 내가 좀 만나보고 싶어서 그래요. 또 황제폐하의 성유聖諭도 발표해야 하니까요. 손장군, 우리는 그만 집으로 갑시다!"

"예!"

손연령은 이내 어린 아이처럼 고분고분했다.

# 31장

# 조정의 철번撤藩 논의

오삼계가 놀랍게도 상주문을 올려 철번을 청원했다. 또 요동遼東으로 돌아가 쉬면서 건강을 회복하고 싶다는 생각도 피력했다. 그러나 그것은 상가희와 경정충의 철번 청원서보다는 3개월이나 늦게 북경에 전해졌다.

강희는 그 무렵 일을 조금 더 편하게 하기 위해 웅사리, 색액도, 명주 등을 건청문 서쪽의 시위방侍衛房에 한동안 머무르라고 명령을 내렸다. 그들은 그곳에 머물면서 강희를 도와 조정의 업무를 봤다. 또 변방의 주둔군을 교체하는 문제, 주변의 여러 동향을 살피고 의견을 수렴하는 것에서부터 시작해 상가희와 경정충의 두 번藩이 상경하는 동안 의식주와 보안 문제에 이르는 여러 가지를 일일이 신경을 썼다. 때문에 육부六部의 관리들은 매일 한아름이나 되는 문서들을 들고 시위방의 문전에 줄을 섰다. 그런 다음 순서대로 일을 보고 날이 어두워지면 문서들을 찾아갔다.

웅사리를 비롯한 세 사람은 매일 산적한 군보軍報와 문서들을 우선적으로 간추렸다. 또 그것들의 대부분을 강희에게 올려 보냈다. 결재가 끝난 문서는 다시 시위방을 거쳐 각 부서에 전달됐다.

"음, 오삼계가 드디어 대세를 읽었구먼."

웅사리가 숨을 길게 내쉬면서 말했다. 삼번이 철번하려 한다는 소식에 고무됐는지 얼굴에 화색이 돌았다.

"무력 충돌 없이 조용히 철번을 한다는 것은 이 나라의 경사가 아닐 수 없어요. 거국적인 행운이라고 할 수 있소!"

색액도가 길게 드리운 턱수염을 만지작거리면서 한참 후 웅사리의 말에 답했다. 그는 약간 우울한 기색이었다.

"하지만 너무 박수를 칠 일은 아니에요! 내가 보기에는 오삼계의 청원서에 뼈가 있는 것 같습니다. 문제가 될 부분이 많이 있다는 얘기입니다. 우리가 두 다리를 쭉 펴고 잘 수 있을 때는 그가 북경에 도착하는 날이 될 겁니다."

색액도가 조심스럽게 아직 기뻐할 때가 아니라는 주장을 펼쳤다. 그런 다음 고개를 돌려 명주를 바라봤다. 명주는 한 손으로 턱을 괴고 있다 별 이견이 없는 듯 색액도에게 말했다.

"제가 보기에는 색 대인의 말이 맞는 것 같군요. 오삼계 이 사람은 말보다는 행동을 지켜봐야 합니다. 워낙 말장난을 밥 먹듯 하는 사람이라는 말입니다. 그의 손자 오세종과 경계무耿繼武가 상지신에게 달려가 모의를 한 다음 날 바로 철번 청원서를 보냈다는 것은 뭔가 꿍꿍이속이 있는 것이 분명합니다. 저는 아직도 그렇게 믿고 있다고요. 겉으로 드러난 것에 현혹되지 말고 인자한 척하는 연극에 경각심을 놓지 말자고요. 때문에 낙양洛陽으로 군대를 보내자고 한 도해 장군의 건의는 여전히 유효하다고 봅니다. 계획대로 그쪽으로 파병을 할 겁니다. 또 오 선생님이 그랬잖습니까. '전쟁을 치를 능력이 없으면 평화도 말할 수 없다' 不能戰便, 不能言和고요."

명주의 말에 색액도가 자세를 고쳐 앉았다.

"싸운다는 것이 그렇게 쉬운 일은 아닙니다. 한번 싸움판에 나가 보면 알 겁니다. 그게 얼마나 힘든 일인지 말이오. 나는 군대를 지휘해봐서 알아요!"

마침 그때 편안한 복장을 한 강희가 종이 한 묶음을 들고 들어섰다. 그에 한 발 앞서 내무부 총관으로 있다 양심전 총관으로 새로 발령이 난 황경도 황급히 휘장을 걷으면서 안으로 들어섰다.

"여러 대인들, 폐하께서 오셨습니다. 영접할 준비를 하십시오."

"괜찮네!"

강희가 성큼 안으로 들어서더니 다음 한가운데 있는 의자에 앉았다. 이어 손가락으로 종이 묶음을 툭툭 치면서 말했다.

"그대들은 오삼계의 청원서를 어떻게 보는가? 어디까지 믿을 수 있겠나?"

웅사리가 기다렸다는 듯 일치되는 세 사람의 생각을 요약해서 아뢰었다. 강희는 한참 동안 가타부타 말을 하지 않았다. 그저 차를 마시면서 오삼계의 상주문을 앞뒤로 대조해 가며 반복해서 읽기만 했다. 그러다 드디어 입을 열었다.

"내가 두 번씩이나 읽어봤네. 아무래도 말 속에 뼈가 숨어 있는 것 같으니 신중하게 대처해야겠네. 웅사리, 짐이 손톱으로 줄을 그어 놓은 부분을 다시 한 번 읽어보도록 하게."

"예!"

웅사리가 청원서를 읽어 내려가기 시작했다.

……소인은 순치 원년부터 가진 재주 없이 운 좋게 선제의 은혜를 입었사옵니다. 무상無上의 지위도 누렸사옵니다. 실로 눈물이 베갯잇을 적시는 은혜라고 하겠사옵니다……. 죽을힘을 다한 결초보은으로 마지막 피 한 방울까지 조정을 위해 흘리려고 하옵니다. 그럼으로써 선제와 폐하의 은혜에 조금이나마 보답하고자 하옵니다. 그런데 요즘 들어 부쩍 눈이 침침하고 몸이 여의치가 않사옵니다. 자칫 폐하의 일을 그르칠까 걱정이 되옵니다. 그래서 이번 기회에 번의 지위를 버리고 요동으로 가서 휴양을 할까 하옵니다. 이제 비로소 조정에서는 서남西南의 우려를 덜 수 있을 것으로 생각하옵니다. 저 오삼계 역시 큰 잘못을 저지르기 전에 깨끗하게 물러나서 다행이라고 생각하옵니다. 성주聖主께서 못난 삼계를 깊이 사랑하시는 것이……

"서남의 우려라고? 이 말은 조정이 자신을 믿어주지 않는다고 비난하는 것이 아닌가? 또 '큰 잘못을 저지르기 전에'라는 말도 조금 이상해. 자책과 자탄을 하는 것 같으나 사실은 조정에 대한 분노를 간접적으로 표출한 것이라고 할 수 있어. 짐이 토사구팽을 했다고 생각하는 것 같아. 색액도, 어떻게 생각하나?"

색액도가 즉시 대답했다.

"폐하께서 훌륭한 판단을 하셨다고 생각하옵니다. 그러나 오 아무개가 순순히 철번에 응한다면 이런 말들은 그냥 해보는 소리쯤으로 흘려들어도 될 것이옵니다."

"음, 좋아! 이 말들이 진심에서 우러나온 말이고, 그가 철번에 기꺼이 응해준다면 이런 말실수쯤은 귀엽게 봐줄 수 있겠지. 문제는 이게 우선 말장난을 해놓고 뒤통수를 치기 위해 등 뒤에 몽둥이를 숨기는 연극일 수도 있다는 것이지. 그대들 생각에는 이 청원서를 어떻게 처리했으면 좋겠는가?"

강희의 물음에 명주가 대답했다.

"웅 공께서 초안을 작성하고 폐하께서 최종 결정을 하시는 것이 좋겠사옵니다."

명주의 말에 웅사리가 수염을 만지작거리면서 뭔가를 생각하는 눈치였다. 얼마 후 그가 입을 천천히 열었다.

"소인 생각에는 오삼계의 버릇없는 말에 대해서는 직격탄을 날리지 말고 애매모호하게 칭찬을 해주는 것이 어떨까 하옵니다. '그대의 뜻이 가상하니 청원을 허락한다' 이런 식으로 말이옵니다."

강희가 웅사리의 제안이 마음에 안 드는 듯 머리를 가로저었다. 그때 주배공이 문서를 한아름 안은 채 들어왔다. 강희가 황경에게 지시했다.

"이광지에게 입궁하라고 전하라."

강희의 명령에 황경이 놀란 표정을 지으면서 황급히 아뢰었다.

"폐하, 이광지는 상喪을 당했사옵니다. 밤에라도 황급히 내려가야 한다면서 업무를 인계해주고 있사옵니다."

"아, 그런가? 어머니인가, 아니면 아버지인가?"

"예, 부친상을 당했다고 들었사옵니다!"

강희가 갑자기 말을 멈췄다. 이광지 같은 보기 드문 인재가 새로 들어왔는데, 매몰차게 할 수는 없다는 생각이 든 것이다. 잠시 후 그가 다시 입을 열었다.

"상을 당한 것은 당한 것이고, 일단 들어오라고 하게. 또 같은 복건성 출신의 진몽뢰도 함께 들라 하게."

주배공이 대답을 하고 돌아섰다. 그러자 강희가 마침 다른 생각이 떠오른 듯 그를 황급히 불러 세웠다.

"자네가 갈 필요는 없네. 황경이 가서 전하면 될 것이야."

강희가 황경에게 지시를 내렸다.

"그 친구들을 불러다 주고 자네는 양심전에 가서 먹 좀 많이 갈아가지고 오게. 짐은 글을 다 쓴 다음에는 밖으로 나가 바깥바람을 좀 쐬다 들어와야겠어. 자네가 짐을 좋은 곳으로 데리고 간다고 했잖아? 그러니 오늘 여기에서의 시중은 더 이상 들지 않아도 되네."

강희는 황경에 대해 특별하게 나쁜 감정을 가진 것은 아니었다. 내무부에서 양심전으로 발령을 낸 이후부터 줄곧 관찰한 결과도 나쁘지 않았다. 무엇보다 성실하고 말수가 적었다. 게다가 강희의 의식주에 대한 배려도 지극히 세심했다. 강희로서는 큰 불만이 없었다.

그러나 소모자로부터 그가 오응웅과 죽이 맞아 돌아가는 것 같다는 얘기를 전해들은 다음부터는 조금씩 달라지기 시작했다. 조심해야 한다는 생각이 든 것이다. 더구나 대사를 의논하는 상황에서는 더욱 그래야 했다. 강희로서는 일부러 그를 따돌리는 경우가 종종 있었다.

황경이 나가고 얼마 지나지 않았을 때였다. 이광지와 진몽뢰가 간발의 차이로 잇따라 들어섰다. 강희는 즉각 문 앞을 지키고 서 있던 목자후와 노새에게 명령을 내렸다.

"아무 일 없이 들락날락하는 관리들과 태감, 잡인雜人들은 절대로 들어오지 못하게 하게. 짐이 중요한 일을 상의중이니까."

"상을 입은 상서롭지 못한 몸으로 폐하를 뵙사옵니다. 무슨 성유가 있으시온지요?"

이광지가 머리를 조아렸다. 진몽뢰는 말없이 이광지가 하는 대로 인사를 하고는 시선을 강희의 얼굴에 고정시켰다. 그의 의중을 점치는 듯했다.

"이건 오삼계의 철번 청원서야. 좀 훑어보게."

강희가 다시 주배공에게 고개를 돌렸다.

"주배공, 자네도 말해보게. 짐은 오늘 그대들의 말을 들어볼 참이야. 회신을 어떤 식으로 해주는 것이 좋을지 한번 보라고."

이광지가 상주문을 차근차근 읽었다. 그런 다음에는 진몽뢰에게 건네줬다. 진몽뢰 역시 강희가 손톱으로 자국을 낸 부분만 재빨리 읽고는 주배공에게 상주문을 넘겼다.

이광지가 먼저 입을 열었다.

"폐하! 소인이 보기에 폐하께서는 대의를 주창한 평서왕의 입장을 치하하면서 청원을 받아주는 것이 좋겠사옵니다. 신하의 도리에 맞지 않는 어휘에 대해서는 대강 넘어가 주는 것도 좋을 듯하옵니다."

진몽뢰는 이광지와는 의견이 달랐다. 뭔가 단단히 생각을 한 듯 머리를 조아리면서 입을 열었다.

"소인 생각은 다르옵니다. 그자의 무례한 말에 대해 일침을 가하지 않으면 아마도 조정을 우습게 볼 것이옵니다. 반면 잘못된 부분을 분명하게 지적할 경우 그자는 오히려 조정이 자신을 진심으로 대한다고 생각할 것이옵니다. 조정에 대한 의심도 버리지 않을까 싶사옵니다. 그것이 철번에 유리한 방향이라고 생각하옵니다."

강희는 진몽뢰의 제안에 깜짝 놀랐다. 이광지와 생각이 너무 달랐기 때문이었다. 하지만 자세히 생각해보니 둘 다 일리가 있었다. 그는 선뜻 결단을 내리지 못했다. 고개를 돌려 주배공에게 물을 수밖에 없었다.

"그대 생각은 어떤가?"

주배공이 황급히 무릎을 꿇으면서 대답했다.

"철번 요구를 들어주시는 것은 당연하다고 생각되옵니다. 그러나 허락만 하고 교만하기 이를 데 없는 헛소리에 대해 반박하지 않는다면 조정의 철번 의지가 부족한 것으로 비춰지지 않을까 걱정이 되옵니다. 그렇다고 너무 심하게 꾸지람을 하게 되면 불필요한 의심을 불러일으킬 수도 있사옵니다. 따라서 소인 생각에는 폐하의 은혜와 위엄을 두루 보여 주는 것이 최고로 좋은 방책이 아닌가 싶사옵니다."

강희도 사실 주배공과 같은 생각을 하고 있던 차였다. 때문에 바로 반색을 했다.

"좋아! 그런 내용으로 자네가 직접 초안을 작성하게. 자네가 큰소리를 쳤으니 말이야."

"예, 폐하!"

주배공이 조심스럽게 일어나더니 잠시 뭔가 생각을 하는 듯했다. 그러나 그 다음부터는 일사천리였다. 붓을 들자마자 글이 술술 나왔다.

> 그대의 마음이 갸륵하고 뜻이 가상하다. 청원을 받아들이겠다. 짐은 이미 감문혼을 운귀 총독으로 발령을 냈다. 그대의 뜻을 이어받아 운귀를 잘 다스릴 것으로 믿어마지 않는다. 그대는 그대의 번과 더불어 휴양에 들어가나 지위는 여전할 것이다. 또 공로 역시 영원히 사직에 남을 것이다. 뿐만이 아니다. 토사구팽의 졸렬한 보복도 없을 것이니 걱정을 덜기 바란다! 그대가 말을 달려 북경으로 달려오면 짐은 백화百花를 흔들고 진수성찬을 차려 환대하겠노라.

주배공이 자신이 쓴 글을 한번 훑어봤다. 그러더니 먹물이 흐르지 않게 후! 하고 불어 말린 다음 두 손으로 공손하게 강희에게 바쳤다.

"잘 썼군! 우선 풍자가 있고 또 권위도 있어. 경고 역시 마찬가지고. 계시啓示를 나타내는 글도 없지 않고. 사실 오삼계는 너무 의심이 많은 듯해. 그렇게 큰 공을 세운 사람이 요동으로 금의환향한다는데, 누가 힘들게 하겠어? 또 감히 힘들게 할 수도 없지 않겠어?"

강희는 감개가 무량한 듯 머리를 숙였다. 강희가 계속 침묵을 지키자 이광지와 진몽뢰가 자신들의 생각을 피력하려고 했다. 그때 갑자기 강희가 다시 입을 열었다.

"이광지, 그대는 상을 당했다고 하던데?"

이광지가 머리를 조아리면서 대답했다.

"예, 폐하."

강희가 이광지의 말에 탄식을 토했다.

"짐이 보니 그대의 상심이 큰 것 같군. 얼굴이 안 돼 보여. 신경 좀 써야겠어. 사실 지금은 짐이 급히 인재가 필요한 시점이야. 짐이 너무 이기적인지는 몰라도 자네를 붙들어 매어 두고 싶은데, 어떤가?"

이광지가 황급히 대답했다.

"신은 감히 폐하의 뜻을 받들 수가 없사옵니다! 아버님은 갑자기 돌아가시고 백발의 노모께서는 동구 밖에 나와 이 못난 자식을 기다리느라 속이 타십니다. 그런 집안 걱정을 하면서 어떻게 나랏일에 전념할 수 있겠사옵니까!"

이광지의 눈에서는 눈물이 방울져 내리고 있었다.

"그렇다면 그대 뜻대로 하게. 예로부터 충신은 효자에서 나온다고 했어. 더 이상 만류하지는 않겠네."

강희가 다시 한참을 생각한 다음 덧붙였다.

"그대와 진몽뢰는 모두 짐이 대단히 아끼고 중용하고 싶은 신하들이야. 또 두 사람은 막역한 사이인 것으로 알고 있어. 그러니 둘이 같이 고향에 내려가는 것이 어떨까 싶어. 장례 치르는 일도 만만찮으니 진몽뢰가 도와주기도 하고. 또 진몽뢰도 고향에 계신 부모님을 찾아뵙게 되니 일석이조 아닌가. 진몽뢰, 그대가 짐을 위해 해줄 일도 하나 있으니 말이야. 어떤가?"

과거에 급제하는 것과 황제의 명을 받들어 고향에 돌아가는 것은 아마도 세상 모든 선비들의 희망사항이라고 해도 좋을 것이다. 진몽뢰로서는 상상도 못한 너무나 큰 행운을 잡았다고 할 수 있었다. 그는 멍하니 서 있다가 한참 후 정신을 차리고는 부랴부랴 엎드리며 감사를 표했다.

"성은이 망극하옵니다. 폐하의 은혜를 가슴에 아로새겨 결초보은하겠사옵니다. 그런데 무슨 지시이옵니까?"

"지금 형세가 대단히 복잡다단해. 그러니 만큼 사건이 터졌다 하면 결코 작은 일이 아닐 거야. 복건성은 연해 지역이야. 동으로는 대만과 인접해 있지. 또 서쪽으로는 삼번과도 마주 하고 있으니 한마디로 전략적 요충지라고 단언해도 좋지. 짐은 두 사람이 고향으로 돌아가 조정을 위해 유익한 일을 많이 해줬으면 해. 하지만 지금은 구체적으로 어떤 일인지 알려주는 것은 어렵네."

강희의 눈빛이 반짝거렸다. 뭔가 알아서 큰일을 해달라는 당부인 듯했다. 그러자 이광지가 머리를 조아렸다.

"폐하, 죄를 무릅쓰고 말씀을 올리겠사옵니다. 만약 부득이한 경우가 생기면 소인들이 경정충의 번에서 일자리를 찾아 일해도 괜찮겠사옵니까?"

"진몽뢰는 괜찮으나 그대는 안 되네. 자네는 상을 당한 상서롭지 않은 몸이잖은가. 알겠나?"

"예, 폐하!"

이광지와 진몽뢰가 동시에 대답했다. 얼마 후 강희가 종이에 뭔가를 황급히 적은 다음 진몽뢰에게 건네줬다.

"범승모에게 번고藩庫(번의 금고)에서 이 돈을 꺼내라고 하게. 짐이 이광지에게 장례식 비용으로 하사했다고 하게. 이걸로 모자랄 것 같으면 더 꺼내도 괜찮네!"

"삼십만 냥!"

진몽뢰는 종이를 받자마자 눈이 휘둥그레지면서 벌어진 입을 다물지 못했다. 금액이 너무 컸던 것이다.

"이렇게 천문학적인 액수를 보면 범 대인께서 난색을 표할 것 같사옵니다."

"아니야. 반드시 줄 거야! 범승모가 그 정도로 아둔한 사람이라면 내가 복건성으로 보내지도 않았어!"

강희가 자신감 넘치는 어조로 말했다. 이광지와 진몽뢰는 강희의 은혜에 거듭 감사하고는 물러갔다. 그러자 그들이 물러가기를 기다렸던 웅사리가 머리를 갸웃거렸다. 그러더니 약간 주저하면서 여쭈었다.

"폐하, 조정에도 국고가 적지 않게 비어 있사옵니다. 그런 돈이 있으면 가져다 국고를 채워야 하옵니다."

강희가 호탕하게 웃으면서 웅사리의 말꼬리를 단박에 잘랐다.

"그대도 어떨 때는 바보 같은 면이 없지 않아 있는 듯해! 짐은 범승모가 번고를 털어 이광지에게 줄 것이라고 믿네!"

"그러나 알고도 모를 것이 사람의 마음이라고 하지 않사옵니까! 만약 두 사람이 돈에 눈이 멀어 의리를 저버린다면……."

명주가 대화에 끼어들었다. 이미 강희는 말뜻을 알아차린 눈치였다.

"짐이 어떻게 말해야 그대들이 알아들겠나?"

강희가 답답하다는 듯 이마를 찌푸렸다.

"복건이 돈을 먹는 만큼 안정이 된다면 나는 천만 냥이 들더라도 아깝지가 않을 거야! 이광지가 만약 소인배라면 짐의 왕법王法을 절대 벗어나지 못하게 돼 있어. 그러나 이광지가 둘도 없는 군자라면 얘기는 달라지지. 이 돈으로 경정충의 발목을 잡는다면 남는 장사가 아니겠어? 철번 전에 그쪽의 은을 많이 써주면 써줄수록 이롭기도 하고!"

강희의 말은 너무나 간단명료했다. 이를테면 조정의 돈이 아닌 적이 될지 모르는 상대의 돈지갑을 열어 자신이 인심을 얻는 계략이라고 할 수 있었다. 한마디로 일석이조가 아니라 일석수조를 생각하는 전략이었다.

"우리의 돈과 식량은 하나같이 너무 부족해."

강희가 걱정어린 어조로 솔직한 자신의 생각을 피력했다. 그는 최근 대량의 군사 업무를 처리하면서 분명하게 느끼는 것이 하나 있었다. 바로 돈이 없으면 아무것도 되는 게 없다는 사실이었다. 식량과 돈은 모두 백성들이 피땀을 흘린 결과라고 해도 좋다. 그러나 직예를 비롯해 산동, 산서, 하남 등 곡창지대는 땅이 남아돌아도 경작할 사람이 부족했기 때문에 큰 걱정이 아닐 수 없었다. 강희로서는 속이 타 입이 바싹바싹 마를 지경이었다. 그가 한참 근심에 잠겨 있더니 좌중을 향해 나지막하게 한마디 던졌다.

"비파 소리가 고르지 않으니 어떻게 해야 하지?"

"그렇다면 비파의 줄을 갈고 다시 연주하면 되옵니다!"

주배공이 옆에서 강희의 말을 듣고는 황급히 대답했다. 자신에게 물은 줄 알았던 것이다.

"애석하게도 줄이 이미 끊어졌네!"

강희가 두 손을 펴 보였다.

"비파가 아직 있사옵니다. 그러니 맑은 소리가 흘러나오지 않을까 걱정할 필요는 없지 않겠사옵니까?"

"짐의 걱정은 바로 그 맑은 소리를 흘러나오게 만들 줄이 없다는 거네!"

강희가 씁쓸한 웃음을 지어보였다. 명주를 비롯해 색액도, 웅사리 등은 두 사람이 갑자기 선문답을 주고받자 무슨 말인지 몰라 고개를 갸우뚱거렸다. 그때 막 안으로 들어서던 위동정 역시 어리둥절하기는 마찬가지였다. 주배공 또한 마지막에는 강희의 뜻을 간파하지 못했다. 그가 조심스레 입을 열었다.

"어디라고 할 것 없이 대나무 소리가 파도 같사옵니다. 어찌 비파의 줄이 없다고 걱정하시옵니까?"

"쉬운 일이 아니네!"

강희가 한숨을 내쉬었다. 그런 다음 위동정을 향해 말했다.

"우리 군신들은 오늘도 배불리 먹었어. 하지만 백성들은 어떻게 배를 채우고 있겠나? 색액도는 장이蔣伊가 그린 열두 폭 그림이 조정을 비난한 작품이라고 했어. 그러나 짐은 그렇게 보지 않네! 그 속의 난민도難民圖, 지옥도地獄圖, 수재도水災圖, 한재도旱災圖…… 어느 것 하나 진실 아닌 것이 없지 않은가? 어떤 것은 짐이 직접 본 것과 그렇게 똑같을 수가 없었어! 그대들도 밖으로 나가 보면 바로 알게 될 거야. 수없이 많은 비옥한 땅이 황폐해져가고 있다는 사실을 말이야. 짐에게는 경작지에서 열심히 땀 흘려 일하는 백성들이 비파의 줄이나 마찬가지야!"

그랬었구나! 주배공은 강희의 속마음을 비로소 알게 되자 속으로 탄복했다. 입술을 질근질근 씹으면서 한참을 생각에 잠겼다. 이윽고 그가 큰 소리로 아뢰었다.

"그와 관련해서는 소인에게 한 가지 방법이 있사옵니다. 여자들의 전족纏足을 금지시키면 밖에 나가 일할 수 있는 노동력이 지금보다 배는 더 늘어날 것이옵니다!"

"전족을 푸는 정책을 실시하라고요? 그건 옛 성현의 가르침에 어긋나는 겁니다."

위동정이 말도 안 된다는 듯 자신도 모르게 대화에 끼어들었다. 그러자 웅사리가 맞받아쳤다. 싸늘한 목소리였다.

"그런 성현의 가르침이 어디 있습니까! 여자에게 전족을 실행한 것은 당나라 말기 때부터 내려온 아주 나쁜 관습입니다. 천 년이나 내려오는 동안 그로 인해 입은 피해가 적지 않아요. 사람이 부족해 농사를 못 짓는 시점에서 여자들의 전족을 풀어준다면 쉽게 받아들여져서 시행하는 데도 크게 어려움이 없을 겁니다. 후세에도 여자들을 전족의 괴로움에서 해방시켜 준 공덕이 무량하다는 칭찬을 오랫동안 받을 거요. 오랫동안의 뿌리 깊은 관습인 탓에 쉽게 고쳐지지 않을까 하는 걱정은 있습니다만!"

"맞는 말이야!"

강희는 기쁜 표정을 숨기지 않았다. 사실 전족 금지령이라면 돈도 들지 않고, 또 당장 이익이 될 뿐만 아니라 후세에도 칭송을 받을 좋은 일이었다. 그러니 주저할 이유가 없었다. 게다가 전족이라는 것을 모르던 만주족 부녀자들조차 산해관을 넘어온 이후부터는 한족에게 동화돼 따라 하기 시작했다. 백해무익한 악습에 동화될 이유가 어디 있다는 말인가! 오히려 이런 것은 한족 여자들이 동화돼야 하는 것이 아닌가! 만약 그렇게만 된다면 강희로서는 지나치게 한족에 동화되어 간다고 비난하던 원훈元勳들의 입도 막을 수 있을 터였다. 강희는 터져나오는 웃음을 금할 길이 없었다. 전족 금지령은 좋은 점만 있지 나쁜 점은 하나도 없다는 생각이 들었다.

"주배공, 그대는 정말 대단한 재주꾼이야. 어떻게 그런 생각을 다 했나 그래! 좋아, 그런 내용을 골자로 조서를 작성하게."

"예, 폐하!"

강희가 자리에서 일어나 기지개를 켰다. 장시간의 대화에 약간 지친 듯했다. 그가 위동정을 돌아보며 물었다.

"자네, 오늘도 당직인가?"

주배공은 강희의 명령에 따르기 위해 돌아서서 나가려고 했다. 강희가 미처 못한 말이 있었는지 그런 그를 다시 불러 세웠다.

"자네 말이야, 지금 당장 병부의 도해에게 가지 않아도 되네. 짐이 아직 할 말이 남아 있어. 자네와 위 군문 두 사람은 짐과 바람을 쐬러 잠깐 나갔다가 오자고."

강희는 말을 마치자마자 바로 밖으로 나왔다. 여유 있게 뒷짐을 진 채였다.

"폐하께서는 어디로 바람을 쐬러 가려고 하시옵니까?"

위동정이 건청문 앞에서 강희의 뒤를 바짝 따라가면서 여쭈었다. 강희가 발걸음을 멈추더니 고개를 돌리며 물었다.

"오응웅의 집이 여기에서 먼가?"

주배공이 순간적으로 깜짝 놀라 걸음을 멈췄다. 위동정 역시 놀라서 뒤로 주춤거렸다.

"멀지는 않사옵니다. 바로 선무문 내의 석호 골목에 있사옵니다. 설마 폐하께서는 지금 그리로 가신다는 말씀은 아니시겠죠?"

"짐은 바로 그 사람 집으로 가려는 거야."

강희가 허허 하고 웃었다. 그러자 주배공이 황급히 나서면서 만류했다.

"폐하께서 무슨 용무가 있으시면 소인에게 말씀을 해주시옵소서. 소인이 가서 전하고 오겠사옵니다."

"짐은 아무런 걱정도 하지 않아. 그런데 왜 두 사람은 그렇게 겁을 먹고 그래! 전에 오배 같은 거물 집에도 짐은 위 군문을 비롯한 네다섯 명만 데리고 직접 찾아가기도 했잖아?"

강희의 말은 틀린 것은 아니었다. 그러나 위동정은 강희와 함께 오배의 집을 찾았을 때를 떠올리자 이내 소름이 끼쳤다. 위험천만했던 장면이 세월이 많이 흐른 지금에도 악몽 비슷하게 남아 있었던 것이다. 그가 정신을 가다듬고 아뢰었다.

"그때는 얼마나 놀랐는지 모르옵니다! 베개 밑에서 칼을 찾아내고 나니 소인도 제정신이 아니었사옵니다. 그렇다고 발끈할 수도 없었고요!"

"그때 '이게 뭐냐?'면서 발끈하고 화를 낸 게 누군데 딴 소리를 하고 있어!"

강희가 농담을 던졌다. 위동정을 골려주려는 의도가 다분했다. 그가 다시 말을 이었다.

"짐은 만승지군萬乘之君이야. 짐이라고 해서 위험한 곳으로 찾아가고 싶겠나? 하지만 그대들도 한 가지 알아둬야 할 것이 있어. 지금 오삼계의 철번 청원서가 북경에 도착하지 않았는가. 지금 이런 상황에서 오응웅의 등을 한번 쓸어주고 오지 않으면 안 돼. 주배공을 데리고 가는 것은 차제에 그 이름도 유명한 번왕의 아들을 만날 기회를 주고 싶어서야."

"소인한테요?"

주배공이 깜짝 놀라면서 물었다.

"그래!"

강희가 머리를 무겁게 끄덕였다. 그리고는 차가워지는 발에 온기를 더하기 위해 가볍게 뛰면서 덧붙였다.

"자네는 잘 패하는 장군이 되고 싶다고 했지? 나를 모르고 상대를 모르면 최종적으로 그렇게 될 수가 없지!"

위동정은 아무래도 마음이 놓이지 않았다. 결국 건청문으로 되돌아와서 당직근무 중이던 낭심을 불러 함께 움직이도록 했다. 또 소륜 등의 시위들에게는 먼발치에서 따라오면서 성가聖駕를 몰래 호위하라는 명령을 내렸다. 그럼에도 마음이 놓이지 않았는지 다시 돌아와 말도 대기시켜 놓았다.

강희와 위동정, 주배공, 낭심 네 사람은 서화문에서 자금성까지 나와 바로 선무문으로 달렸다. 때는 한겨울인 탓에 어디나 할 것 없이 꽁꽁 얼어붙어 있었다. 말발굽 소리도 유난히 크게 들리는 것 같았다. 얼마 후 강희가 크게 심호흡을 하면서 차가운 공기를 들이마시고는 주배공에게 물었다.

"집집마다 도마 소리가 요란한 것 같지 않나?"

주배공이 가볍게 머리를 저었다. 자신은 모르는 일이었다.

"소인은 잘 모르겠사옵니다."

"배공은 남쪽 사람이라 잘 모를 법도 하옵니다. 오늘은 동지冬至이옵니다. 작기는 하나 그래도 명절이옵니다. '동짓날 물만두를 먹지 않으면 귀가 얼어 떨어진다'는 말도 있는 그런 날이죠. 그 때문에 집집마다 물만두 소를 만드는 중인 것 같사옵니다."

위동정이 가볍게 강희의 궁금증을 해소해줬다. 강희가 환하게 웃었다. 사실 명절이라고 고기로 물만두를 빚어 먹는 것은 얼핏 보면 별것 아닐 수도 있었다. 그러나 은근히 의미하는 바가 적지 않았다. 강희는 그 사실을 알기 때문에 한결 기분이 좋아졌다. 강희는 2년 전 이맘때를 생각했다. 그때는 거리에 걸식을 하거나 등에 팻말을 꽂은 채 노래를 하면서 팔려가기를 기다리는 아이들로 그득했다. 그러나 불과 2년 만에 많은 것이 달라져 있었다! 우선 우후죽순처럼 늘어난 정육점이 눈에 많이 띄었다. 또 어물전, 찻집, 술집, 옷가게, 금은보석가게, 문방구점, 철물점 등도 눈에 들어왔다……. 한마디로 백성들이 필요로 하는 것은 다 있었다. 물론 규모는 크지 않았다. 하지만 그런대로 모양은 내고 있었다. 앞으로 번화가로 성장할 수 있는 가능성이 충분히 엿보였다. 만약 남쪽에서 전쟁만 일어나지 않는다면 충분히 가능한 일이었다. 무기를 만드는 대신

농사짓는 데 필요한 농기구를 만들기만 해도 큰 도움이 될 터였다. 하기야 무모한 전쟁에 쏟아 부을 돈으로 나라의 원기를 회복시키는 데 쓴다면 불과 몇 년 사이에 또 다른 모습으로 탈바꿈하지 못할 것도 없었다.

강희는 겨우 18세에 불과한 청년이었다. 당연히 국정 면에서나 인생에서나 경험은 적었다. 능력도 아직은 대단하다고 하기 어려웠다. 그러나 청춘을 불살라 두 팔 걷어붙이고 한바탕 멋지게 천하를 살펴보고 싶은 욕구는 누구보다도 강했다. 그는 가슴속을 뒤흔드는 뭔가 뜨거운 기운을 느꼈다. 그때 옆에 있던 낭심이 채찍을 들어 앞을 가리키면서 아뢰었다.

"바로 저기가 오 액부의 저택이옵니다!"

# 32장

# 바둑돌과 하늘의 도리

강희를 비롯한 군신君臣 네 사람은 겉으로 보기에는 평범하기 이를 데 없는 오응웅의 저택인 액부부로 들어섰다. 문지기는 당연히 안으로 들어가 먼저 아뢰겠다고 나섰다. 그러나 강희가 그저 안내만 하라면서 말렸다. 일행 넷은 문지기를 앞세운 채 한 사람만 겨우 지나갈 수 있는 좁은 통로를 거쳐 후당後堂으로 향했다.

후당으로 가는 길은 어둡고 침침했다. 길가에 이끼도 가득했다. 위동정과 낭심은 강희를 사이에 두고 마치 납치라도 해가듯 바싹 붙어 걸었다. 장검에 손을 얹고 경계하는 눈초리로 주변 동향을 살폈다. 강희도 생각보다 음침하고 으스스해 보이는 집 구조가 마음에 걸리는 듯했다. 하기야 어디나 할 것 없이 시커멓고 고요해 어딘가에서 불쑥 누군가 뛰쳐나올 것 같았으니 그럴 만도 했다. 그러나 주배공은 전혀 위협을 느끼지 않는 듯 활개를 치면서 걷고 있었다. 가끔 뒤돌아보면서는 호기심

가득한 눈초리로 주위를 둘러보는 여유도 보였다.

후당에 이르렀을 때였다. 문지기가 들어갔다 이내 나오면서 아뢰었다.

"어르신들, 액부 대인은 지금 후당에 안 계십니다. 아마도 호춘헌에 있을 것 같습니다. 소인이 가서 아뢰겠습니다!"

"그럴 것 없네. 같이 가자고! 우리 대인은 액부와 허물없는 사이니까 그런 인사치레는 필요없네."

위동정이 다시 문지기를 말렸다. 어떻게든 사전에 통보하는 것을 막으려는 심산이 분명했다. 정원의 배치가 워낙 복잡하고 이상했으니 오응웅을 찾기 전에는 문지기를 먼저 보내지 말아야 할 것 같았다. 그러자 문지기는 아무런 의심 없이 네 사람을 화원으로 안내했다.

"이곳은 원래 명나라 때의 주 귀비周貴妃의 당숙인 주연유周延儒 선생의 자택이었습니다. 그러나 안이 너무 비좁고 답답하게 꾸며져 있어 액부 대인은 늘 이곳 호춘헌에 계십니다."

문지기가 시키지도 않았는데 집에 대한 설명까지 곁들였다. 다섯 사람은 월동문을 나섰다. 그러자 갑자기 가슴이 확 트였다. 문의 양 옆에는 커다란 아름드리나무가 두 그루 서 있었다. 또 나무 사이로 자갈로 꽃무늬를 장식해 놓은 좁은 길이 저 멀리까지 이어지고 있었다. 일행이 조금 더 걷자 앙증맞기 그지없는 호수湖水와 가산假山이 보였다. 대나무와 고목들로 둘러싸인 정자 옆의 전망대는 각별히 일행의 눈길을 끌었다. 사람들이 흔히 말하는 관성대觀星臺였다. 가산 주위로는 20여 개의 분재가 여기저기 무질서하게 놓여 있었다. 그러나 일견 무질서한 듯했으나 나름 우아한 정취를 발산하고 있었다. 그 북쪽으로는 한 줄로 늘어선 네 개의 긴 처마가 눈길을 끄는 방이 있었다. 그곳은 다른 특징은 거의 없었다. 그저 동쪽으로 작은 쪽문 하나, 남쪽 담벼락 쪽으로 수십 그루의 버드나무만이 보일 뿐이었다. 정원은 그다지 넓지는 않았으나 배치가 정교했다. 나름 아담한 것이 장점이었다. 봄에 왔다면 바둑을 두거나 책을 읽기에는 그만인 한적한 곳이었다.

"자네는 그만 가보게!"

위동정이 문지기를 보냈다. 저 멀리 호춘헌 앞에 있는 마른 넝쿨 밑에서 바둑을 두고 있는 오응웅의 모습이 한눈에 들어왔던 것이다. 옆에는 내무부에서 문서 관리를 책임진 적이 있었던 낭정추가 앉아 구경을 하고 있었다.

네 젊은이가 멀리서 느릿느릿 팔자걸음으로 걸어오는 것을 먼저 발견한 사람도 낭정추였다. 그가 바둑판에 머리를 박고 있는 오응웅에게 나지막하게 말했다.

"액부, 폐하의 시위인 위동정이 왔습니다."

오응웅은 사실 힐끗 보고 진작부터 위동정이 왔다는 사실을 알고 있었다. 그러나 일부러 못 본 척했다. 바둑알을 잡은 채 깊은 사색에 잠긴 것처럼 머리도 들지 않았다. 그가 퉁명스럽게 한마디 툭 던졌다.

"매일 보던 사람인데, 왜 그래?"

"액부는 놀아도 정말 멋지게 논단 말이야. 겉으로 보는 것과는 다른 완전한 별천지가 있었군!"

강희가 오응웅 쪽으로 다가가면서 말했다. 오응웅과 바둑을 두던 황보보주가 강희의 말을 듣고는 황급히 몸을 일으켰다. 그러더니 네 사람 모두 모르는 얼굴이라는 표정으로 오응웅에게 물었다.

"이분들은……?"

"폐하!"

오응웅이 갑자기 대경실색하면서 외마디 소리를 내질렀다. 동시에 바둑알도 떨어뜨렸다. 넋이 나간 사람처럼 황급히 황보보주와 낭정추를 끌어당기는 것도 잊지 않았다. 세 사람은 한꺼번에 엎드린 채 정신없이 머리를 조아렸다.

"폐하께서 왕림하셨는지도 몰랐으니, 소인 오응웅 죽을죄를 지었사옵니다!"

강희가 너무 그러지 말라는 식으로 오응웅을 일으켜 세웠다. 얼굴에는 미소를 머금고 있었다.

"그대는 짐을 잘 몰라서 그러는 것 같아. 만약 짐이 이런 것을 가지고 화를 낸다면 진晉의 혜제惠帝보다도 못한 황제라고 해야 하지 않겠어? 어서들 일어나게!"

강희는 말을 하면서 계속 황보보주를 눈여겨보았다. 평상복 차림이기는 하나 예사롭지 않아 보였던 것이다. 그의 부리부리한 눈매나 지혜가 번득이는 눈빛, 이마와 눈썹 사이로 뿜어져 나오는 기품은 보통 사람의 그것과는 많이 달랐다.

강희는 액부부가 별다른 게 없다고 생각하던 차였다. 그러나 이런 사람을 키우고 있다면 생각을 달리 해야 했다. 놀라지 않을 수가 없었다. 하지만 그는 전혀 감정을 드러내지 않은 채 덧붙였다.

"위 군문이 이쪽은 낭정추라고 했지! 그대는 이름이 어떻게 되나?"

황보보주 역시 오삼계가 하루에도 수십 번 입에 달고 다니던 '황제'를 가만히 눈여겨봤다. 첫눈에 소탈하고 일거수일투족이 점잖은 성숙한 청년황제라는 사실을 알 수 있었다. 오삼계가 말하던 '젖비린내 나는' 코흘리개는 절대 아니었다. 강희가 자신에 대해 묻자 그는 황급히 머리를 숙였다.

"소인은 평서왕 오삼계 휘하의 부장인 황보보주이옵니다!"

"오, 보주! 그 용감무쌍하다고 소문난 타호장군 말인가? 역시 뭔가 다르군!"

강희가 얼굴을 들고 잠깐 뭔가를 생각하는 듯하더니 찬탄을 쏟아냈다. 황보보주는 강희가 자신에 대해 알고 있다는 사실에 놀라지 않을 수 없었다. 그가 황급히 감사를 표했다.

"보잘것없는 소인을 기억해주시는 것에 감사드리옵니다!"

황보보주를 바라보는 강희의 눈이 순간적으로 반짝였다. 그러나 이내 실망하는 것 같았다. 그는 좌중의 사람들이 그 변화를 눈치라도 챌 것이 두려웠는지 이내 하하하 웃음을 터트렸다.

"계속 바둑을 두게. 그대들의 흥을 깨버리는 몹쓸 사람이 되고 싶지는 않으니! 짐은 구경이나 하겠네. 낭정추와 위동정, 낭심, 주배공 모두 이리로 오게. 앉아서 구경이나 하자고!"

바둑은 이미 중반으로 치닫고 있었다. 치열한 승부의 흔적이 역력했다. 판세는 백돌을 쥔 오응웅이 일방적으로 유리했다. 네 귀 중에서 세 귀를 장악하고 있었다. 또 한가운데인 천원天元 일대의 황보보주의 흑돌 30점은 물샐틈없이 포위돼 있었다. 거의 생존할 가능성이 없어 보였다. 오응웅의 승리는 거의 기정사실이나 다름없었다. 그럼에도 황보보주는 돌을 던지지 않았다. 마지막 한 귀라도 빼앗기지 않으려고 안간힘을 쓰는지 주저주저하면서 수를 놓고 있었다. 주배공이 그런 모습을 보더니 머리를 저으면서 가볍게 한숨을 내쉬었다.

오응웅이 주배공을 힐끔 쳐다봤다. 그러나 이내 자신의 백돌을 들더니 주저하지 않고 황보보주의 집을 공격하기 시작했다. 황보보주는 연주에 있을 때 오차우에게 바둑을 몇 수 배우기는 했다. 그러나 워낙 실력이 낮은 초보자였다. 아무래도 오응웅을 상대하기에는 역부족인 듯했다. 그가 가망이 없다고 생각했는지 자리에서 일어났다.

"내 돌이 모조리 죽어버렸군요! 창피해서 더 이상 버틸 수가 없네요!"

"그대는 고수한테 한 수 배우기는 한 것 같아. 치명적인 약점이라면 이기고자 하는 마음이 너무 앞서고, 상대의 돌을 잡겠다는 살심殺心이 지나치다는 거지. 그러니 실수가 많을 수밖에."

오응웅이 황보보주의 바둑 실력에 대한 자신의 생각을 말했다. 그런 다음 으쓱하는 표정으로 강희를 힐끔 쳐다보고는 한마디 덧붙였다.

"바둑의 고전인《난가경》爛柯經에 나오는 유명한 말을 못 들어봤는가? '약하면서도 복종하지 않는 자는 갈수록 굴복을 하게 되고, 이기고자 하는 마음이 조급한 사람은 갈수록 망하게 된다'弱而不伏者愈屈, 躁而求勝者多敗라는 말 말일세."

주배공은 오응웅의 말에 마음이 적지 않게 상했다. 두툼한 입술을 씰룩거린 채 "살심이 지나치다"느니 뭐니 하면서 상대를 훈계하려 드는 그에게 한바탕 면박을 주고 싶었다. 하지만 그냥 말없이 조용히 바둑을 지켜보자고 강희가 말했으므로 억지로라도 참지 않으면 안 됐다. 그가 가볍게 미소를 지으면서 입을 열었다.

"액부 대인, 대도大道의 심오함을 어찌 말로 다 설명할 수 있겠습니까? 《역경》에 나오는 말도 있지 않습니까? 들어보셨는지 모르겠네요. '궁하면 변하고, 변하면 통하고, 통하면 오래 간다'窮則變, 變則通, 通則久는 말이 그렇죠. 황보 선생이 졌다고 돌을 거둬들여서 그렇지 아직 가망이 있어요. 이 상태로는 여전히 승패를 논하기 어렵다고 봅니다."

"그래? 아직 손을 써볼 만하다는 얘기인가?"

강희가 주배공의 말이 의외라는 듯 물었다.

"소인이 보기에는 액부 대인의 바둑이 오히려 승리를 기대하기 어려울 것으로 보입니다. 아쉽게도 황보 선생은 전체적인 바둑의 포석에 약한 것 같네요."

주배공은 이미 오응웅의 바둑 실력을 어느 정도 파악했기에 이어지는 말에 여유가 물씬 묻어나고 있었다.

"그렇다면 주 선생께서 이어받아서 해보지 그러오! 말투를 들어보니 자신감이 넘치는 것 같은데! 혹시 국수國手(대단한 고수)일 수도 있으니, 나에게도 한 수 가르쳐 주시오."

오응웅이 무작정 세게 나오는 주배공을 쳐다보면서 침을 삼켰다. 주배공은 말없이 강희를 바라봤다. 강희가 웃으면서 말했다.

"큰소리를 쳤으니 책임을 져야지!"

주배공은 강희의 허락이 떨어지자마자 바로 자리에 앉았다. 미리 생각을 한 듯 순식간에 오응웅의 백돌 옆에 자신의 흑돌을 붙였다.

"과연 대단하오!"

오응웅은 별것 아니라 생각하고 속으로는 코웃음을 치면서 겉으로는 찬탄을 토했다. 그러는 한편 미리 생각을 한 듯 한 발 뒤로 물러나 자신의 백돌을 단단하게 이었다.

"침착하고 욕심을 내지 않으면 많이 이긴다는 말이 생각나오! 주 선생 같은 사람을 일컫는 말인 것 같소."

주배공은 오응웅이 자신을 비웃고 있다는 사실을 모르지 않았다. 그러거나 말거나 자신의 집을 두텁게 하는 데만 전념했다. 그러자 조금씩 위기에서 벗어나는 듯했다. 얼마 후 그가 오응웅의 중앙과 귀의 연결 부분을 차단해버리는 승부수를 던졌다.

"그것 참 묘하오!"

오응웅은 말은 그렇게 하면서도 여전히 주배공의 실력이 별것 아니라고 확신했다. 소맷자락을 잡고 한손으로 가볍게 착점을 하면서 여유 있게 상대에게 훈수도 뒀다.

"막무가내로 나가는 것보다는 침착하게 자신의 집을 보완하는 것이 더 낫지 않을까요!"

"액부 대인!"

주배공이 점점 교만해지는 오응웅을 더 이상 봐주지 않겠다는 듯 준엄하게 불렀다. 기를 꺾어놓을 준비를 다 마친 듯했다. 그가 드디어 입을 열었다.

"대인께서는 《위기십삼편》圍棋十三篇을 숙독했을 것으로 생각합니다. 그 안에 이런 대목이 있습니다. '바둑은 소도小道이기는 하나 사실 병도兵道와 일맥상통한다'는 말입니다. 원래 불리한 입장에 몰려 있는 쪽은 심모원려를 하지 않고 마구 행동합니다. 또 쓸데없는 손동작으로 상대의 눈을 혼란하게 만드는 사기술을 쓰는 경우도 많죠. 하지만 유리한 쪽은 침착하고 여유로운 자세로 일관합니다. 승패에 연연하지 않기 때문에 입방아를 찧는 일도 없고요. 손짓을 마구 하는 것도 우습게 생각하죠!"

주배공이 《위기십삼편》의 〈사정편〉邪正篇을 인용하면서 오응웅을 훈계했다. 오응웅의 거만함이 눈에 거슬렸던 것이다. 오응웅 역시 그의 말이 자신을 빗대 한 말인지를 모르지 않았기에 얼굴이 귀밑까지 빨개졌다. 그러나 속으로는 냉소를 흘렸다.

'아직까지는 입이야 살아 있지. 조금 있어 봐라. 꼬리를 내리고 도망가게 만들어 줄 테니까!'

오응웅이 곧 이를 악문 채 더욱 세차게 공격을 하기 시작했다. 그러나 주배공은 오응웅의 반격에 끄떡도 하지 않았다. 오히려 오응웅의 빈틈을 족집게처럼 찾아내 바싹 추격했다.

오응웅도 만만하지 않았다. 가볍게 주배공의 허점을 공략했다. 불과 몇 초 사이에 가운데 포위당해 있던 주배공의 흑돌 30점은 한꺼번에 죽고 말았다. 오응웅은 호쾌하게 웃음을 터뜨리면서 사로잡은 흑돌을 두 손 가득 들어서 주배공에게 넘겨줬다. 바둑판은 삽시간에 백돌 천하가 돼버렸다.

강희는 결과를 미리 예측한 듯했다.

"배공, '이기고 지는 것은 병가의 일상적인 일'勝敗兵家之常事이라고 했어! 자, 그만 하지."

"폐하! 아직 끝난 것이 아니옵니다. 한 수만 더 둬도 되겠사옵니까?"

주배공은 침착했다. 그런 다음 다시 자신의 흑돌을 집어 가볍게 백돌 사이에 착점했다. 순간 오응웅은 그제야 한가운데 몰린 자신의 백돌들이 완벽하게 연결되지 않았다는 사실을 깨달았다. 주배공은 바로 그의 그 약점을 간파하고 사정없이 공격을 가한 것이었다. 그는 주배공의 한 수가 자신에게 있어서는 그야말로 천하의 살수殺手라고 생각했다. 무릎을 치면서 후회했다. 아무려나 삽시간에 오응웅의 백돌은 주배공의 흑돌에 의해 허리 잘린 지렁이 신세로 전락하고 말았다. 이후 주배공은 백돌들이 아우성을 치거나 말거나 무찌르고 움켜잡았다. 또 때에 따라서는 묶어버리거나 밀어붙이고 따라 붙었다. 한마디로 모든 수를 다 동원했다. 오응웅은 정신없이 따라 움직여야 했다. 그러다 급기야 만회하기 어려운 패국을 눈앞에 두게 됐다.

한참 후 오응웅의 백돌은 여기저기에 몇 개만 달랑 남아 있었다. 그로서는 넋을 놓고 바둑판을 바라볼 수밖에 없었다. 그가 황급히 표정을 바꾸었다.

"멋모르고 까불었소!"

그러나 오응웅은 말은 그렇게 하면서도 전혀 패자의 모습을 보이지 않았다. 대국에서 졌다고 생각하기는커녕 조금 전까지 바둑판에 매달린 채 아등바등하던 표정조차 얼굴에 드러내지 않았다. 심하게 말하면 오히려 이긴 자의 여유를 즐기는 듯했다.

그러나 황보보주는 달랐다. 너무나 감격한 나머지 찬탄을 금하지 못했다.

"오 액부께서는 요동에서도 고수로 통하십니다. 그런데 주 선생님은 더 대단하시네요. 제가 삼십 점이나 빼앗겼는데도 이기셨네요!"

강희 역시 입이 귀에 걸려 있었다. 이번 바둑의 승부에 커다란 의미를 부여하는 듯했다. 그는 실제로 뭔가 좋은 조짐을 예고하는 것 같다는 느낌을 받았다. 황궁이었다면 아마 즉석에서 주배공에게 상금을 두둑하게 줬을지도 모를 일이었다.

"액부 대인, 사람은 역시 자기 자신을 잘 알아야 합니다. 액부가 진 것은 아무래도 상대의 돌을 잡아야겠다는 생각이 너무 강했기 때문이 아닌가 싶습니다. 기도棋道는 인도人道와 일치합니다. 또 인도는 천도天道와 일치하죠. 바둑알은 삼백육십 개에 이릅니다. 이는 주천지수周天之數(해, 달 등이 궤도를 한 바퀴 도는 것을 주천이라고 함. 때문에 사계절을 의미함)와 일치합니다. 이외에 흑백이 각각 반반인 것은 음양의 조화와 일치하는 겁니다. 바둑판이 네모나고 바둑이라는 것이 조용함을 지향하는 것은 땅의 안정과 같은 의미를 가지죠. 바둑돌이 둥글다거나 움직이는 것은 하늘의 변화와도 같은 것입니다! 액부께서 평상심으로 바둑판을 대하고 합리적으로 움직였으면 괜찮았을 겁니다. 자신의 일을 다 하고 대도大道를 따랐다면 이런 참패는 당하지 않았을 게 아닌가요?"

주배공이 아무렇지도 않게 줄에서 풀어진 구슬이 미끄러지듯 술술 얘기를 이어나갔다. 마치 오응웅에게 훈계를 하는 듯했다. 듣기에 따라서는 비아냥으로 들을 수도 있었다. 오응웅은 당연히 화가 치밀었다. 그러나 억지로 참고 입을 열었다.

"선생의 고담준론을 듣고 있자니 갑자기 도가 통하는 듯한 느낌이 드오. 하지만 천도도 좋고 인도도 좋으나 궁극적으로는 누구의 치밀함이 먹혀 들어가느냐가 중요한 것 아니겠소? 모략이 깊으면 멀리 내다볼 수 있소. 따라서 승리를 쟁취할 수 있을 것이오. 반대로 모략이 밑바닥을 드러내면 코앞밖에 바라보지를 못하오. 당연히 실패하게 되는 거요. 사람은 반드시 하늘을 이기기 때문에 병법에서는 '오래 생각하면 이기고, 짧게 생각하면 진다'多算勝, 小算不勝라고 하지 않았겠소?"

"사람이 하늘을 이기는 것은 소세小勢입니다. 하늘이 반드시 사람을 이기는 법이죠. 그것이야말로 대세大勢입니다. 하늘을 따르지 않고 순리에 응하지 않는 것은 소세를 얻으려다 대세를 잃는 것과 마찬가지입니다! 액부 대인, 사람을 망하게 하는 길은 여러 갈래이나 성공으로 이끄는 길은 하나뿐이지 않겠습니까?"

주배공도 지지 않았다. 흥이 나는 듯 지친 기색조차 없이 대꾸를 했다.

황보보주는 이미 주배공의 멋진 논리에 확 빠져들었다. 속으로 연신 감탄사를 연발했다. 그는 흡족한 모습으로 편안하게 앉아 있는 강희를 쳐다봤다. 그러자 갑자기 오차우가 뇌리에 떠올랐다. 이내 마음이 착잡해졌다. 위동정 역시 주배공에 대한 찬탄을 금치 못했다. 그가 보기에 주배공은 오차우를 능가할 만한 호쾌함이나 풍류는 없는 것 같았다. 하지만 침착함과 치밀함, 모든 것에 통달한 것 같은 말이나 솔직함은 오차우보다 더 우위에 있는 듯했다.

오응웅은 주배공이 바둑에서부터 언변에 이르기까지 자신이 감히 넘보기 쉽지 않은 상대라는 사실을 인정하지 않을 수 없었다. 더 이상의 대화를 했다가는 손해 보는 쪽은 자신일 것이라는 생각을 했다. 그가 갑자기 웃음 띤 얼굴로 화제를 바꾼 것은 어쩔 수 없는 선택이었다.

"폐하, 정신없이 바둑 얘기만 했사옵니다! 폐하께서 처음으로 누추한 곳을 찾아주셨는데 말이옵니다. 여태까지 차 한 잔도 대접하지 않고 있었다니!"

오응웅이 바로 낭정추를 향해 머리를 돌렸다. 뭔가 지시를 하려는 눈치였다.

"어서 가서 공주가 작년에 보내온 혁살인향차嚇殺人香茶를 가져와서 폐하께서 맛보시도록 하게."

강희가 오응웅의 말에 깜짝 놀랐다. 차 이름이 너무 무시무시했던 것이다. 그가 물었다.

"무슨 차 이름이 그런가? 놀라 죽을 정도의 향기를 품은 차라는 뜻인가?"

"동정호洞庭湖의 벽라봉碧羅峰에서 나는 차이옵니다. 그저 열 몇 이랑의 차산茶山에서 나는 것으로, 맛이 기가 막히옵니다. 차를 따는 여자들이 품속에 안고 오는데, 열기를 받은 찻잎에서 갑자기 기묘한 향기가 나더랍니다. 그래서 여자들이 깜짝 놀랐죠. 그 후로 혁살인향차라는 이름을 붙였답니다. 여동생이 해마다 아버님한테 효도하기 위해 구하는 차이온데 저에게도 조금 보내왔사옵니다."

오응웅이 멀어져가는 낭정추를 바라보면서 천천히 아뢰었다. 얼마 후 낭정추가 차 한 줌을 들고 다시 나타났다. 강희는 일찍이 오배의 집에서 여아차女兒茶라는 희귀한 차에 대해 들어본 적이 있었다. 굳이 위험을 무릅쓰고 혁살인향차를 마실 필요가 없을 것 같았다.

"끓일 필요는 없네. 좋은 차인 만큼 궁으로 가져가서 천천히 음미하면서 마시겠네."

오응웅 역시 오배의 집에서 있었던 여아차 사건에 대해서 들은 바가 있었다. 강희의 의심이 발동했다고 생각할 수밖에 없었다. 그가 그냥 웃어넘기려고 할 때 강희가 다시 입을 열었다.

"짐이 심심해서 바람을 쐬러 나왔다가 여기까지 왔네. 그런데 궁금한 것이 하나 있네. 그대 아버님의 건강은 요즘 어떠신가?"

황제가 아버지에 대해 물어오면 신하는 반드시 머리를 조아려야 했다. 오응웅은 황급히 무릎을 꿇고는 머리를 조아리면서 대답했다.

"소인의 아버지는 서신을 자주 보내오십니다. 그때마다 최근 삼사 년 사이에 건강이 너무 안 좋아졌다고 말씀하셨습니다. 자주 어지럽고 눈 질환도 심하신 모양이옵니다. 눈이 침침해 책도 못 읽으시고 물체도 희미하게 보인다고 하시더군요. 지난번에도 쓰러지셨는데, 하마터면 중풍에 걸릴 뻔했다고 하셨습니다. 각별한 주의가 필요한 것 같사옵니다."

강희가 잠시 뜸을 들인 후에 말했다.

"그렇다면 지난번에 짐이 보내준 산삼도 별 효험이 없을 것 같네. 내일 내무부로 가서 천마 열 근을 가져가게. 짐이 시켰다고 하면 될 거야. 인삼은 아무 곳에나 함부로 쓰면 확실히 안 되는 거야."

오응웅은 강희의 말에 감동을 받았다. 울먹이면서 연신 머리를 조아렸다.

"폐하께서 저희 부자에게 베풀어주신 은혜는 바다와도 같이 깊사옵니다. 죽을 때까지 갚아도 다 못 갚을 것이옵니다!"

"그러지 말게! 어떤 일은 짐이 뭐라고 콕 집어서 말할 수가 없네. 자네 아버님이 철번 청원서를 보내왔기에 짐이 수락을 했네. 대신 중의 어떤 사람은 평서왕이 진심이 아닐 것이라고 해. 그 부분에 대해서는 자네 아버님 쪽 사람들도 걱정을 하고 있는 듯해."

강희의 말은 진지했다. 일부러 마른기침까지 했다. 좌중의 사람들은 잔뜩 긴장하지 않을 수 없었다. 숨조차 제대로 내쉬지 못했다. 한참 후 강희가 다시 말을 이었다.

"이런 말은 조서詔書에는 써넣을 수가 없네. 운남이나 광동, 복건 쪽에 전해지면 좋지 않을 테니까 말이야!"

오응웅은 마치 등에 가시가 박힌 것처럼 불안했다. 그러나 딱히 뭐라고 할 말은 없었다. 그저 연신 머리만 조아릴 뿐이었다.

"물론 그런 것들은 소인배들의 짧은 식견이라고 생각해!"

강희가 약간 흥분한 듯 자리에서 일어났다. 그러더니 뒷짐을 진 채 거닐다가 바둑판을 쳐다보면서 말을 이어나갔다.

"짐은 어려서부터 책을 읽으면서 천하는 세상 만민의 것이라는 사실을 일찌감치 터득했어. 그럼에도 진작에 철번을 단행하지 않은 것은 명나라의 반란분자들이 소동을 피울 것을 염려했기 때문이었지. 그러다 이번에 철번을 하는 것은 백성들이 편안해지도록 하기 위해서야. 그대 아버님은 과거에 혁혁한 전공을 세웠어. 또 이번에는 주도적으로 철번을 요청해 왔고. 짐으로서는 그것이 그렇게 고마울 수가 없네. 이토록 대의大義를 분명하게 생각하는 현명한 왕을 어디 가서 구하겠는가!"

강희가 잠시 말을 멈췄다. 그러다 다시 목소리를 높였다.

"또 애초에 자네 아버님은 산해관을 넘어올 때부터 영원히 서로를 배신하지 않기로 조정과 혈맹을 맺었어. 사람은 신의를 기본으로 해야 해. 자네 아버님이 조정을 배반하지 않는데, 짐이 의리 없는 군주가 될 리가 있겠는가?"

강희의 말은 구구절절 옳았다. 진솔함도 묻어났다. 그의 말을 들어보면 오히려 의심이 많은 쪽은 오삼계라고 할 수 있었다. 이거 정말 그런 것 아닌가? 낭정추와 황보보주까지도 그렇게 의문을 가질 정도였다. 그 순간 강희가 이들의 의문에 대답이라도 하듯 덧붙였다.

"짐이 심장을 꺼내 보여준다 하더라도 딴 생각을 품는 사람이라면 믿으려 들지 않겠지. 공적으로는 자네는 짐의 신하야. 또 사적으로는 짐의 고모부이기도 하지. 그러니 우리 사이에 못할 얘기가 뭐가 있겠어? 오늘 주고받은 얘기를 편지에 써서 자네 아버님한테 전해드려. 먼저 의심을 버리라고 말이야. 더욱 중요한 것은 소인배들의 충동질에 넘어가 식염食鹽을 만들고 동전을 주조하는 거야. 그러지 말라고 전해줘. 짐이 보기에는 그래봤자 아무 소용이 없어. 안 그런가?"

"예, 폐하! 폐하께서 이토록 진심으로 대해주시니 저희 부자는 죽을 각오로 보답할 것이옵니다. 그렇지 않으면 천벌을 받을 것이옵니다!"

오응웅이 죽어라 머리를 조아렸다. 생각할 필요도 없다는 투였다.

"자네가 북경에 너무 오래 있는 것 같아. 사실은 그것도 안 좋아! 꼭 짐이 자네를 인질로 잡아두고 있는 것 같으니 말이야. 안 그런가?"

"예……, 아니옵니다!"

오응웅의 창백한 입술이 심하게 떨렸다. 심장이 금방이라도 터질 듯 심하게 요동치는 것처럼 보였다. 그는 솔직히 이럴 때는 어떻게 대답해야 할지 도무지 알 수가 없었다. 머릿속이 텅 비어버렸다고 해도 과언이 아니었다.

주배공과 위동정 역시 걱정과 긴장으로 가슴을 졸였다. 강희가 오응웅을 북경에서 놓아주겠다는 생각을 한 것으로 판단했으니, 그럴 만도 했다.

강희는 속으로는 코웃음을 치고 있었다. 하지만 말투는 더욱 침통하게 바뀌기 시작했다.

"인질로 잡아뒀느니 뭐니 하고 말하는 사람들은 도대체 무슨 고약한 심보를 가진 자들인지 모르겠어! 짐이 뭐 사람 죽이는 데 이골이 난 사람인 줄 아는 모양이지? 또 함부로 연좌제를 적용해 처벌하는 나쁜 군주라고 생각하는 것은 아닌지 몰라! 자네도 봤다시피 오배는 너무나도 큰 죄를 저질렀어. 하지만 짐은 오배를 죽이지 않았어. 어디 그뿐인가. 오히려 그 사람의 넷째아우를 승진까지 시켜줬다고! 자네는 짐과 절친한 사이인 데다 집안 어른이기도 해. 그런데 짐이 어찌 그런 악한 마음을 품을 수가 있겠나!"

강희의 말은 확실히 틀린 말은 아니었다. 좌중의 사람들은 자신들도 모르게 서로 얼굴을 번갈아 쳐다봤다. 강희의 정확한 의중을 파악하기가 쉽지 않은 모양이었다. 강희는 그러거나 말거나 말을 계속 이어갔다.

"자네 아버님의 건강이 좋지 않다고 했지. 자네는 아들 된 도리를 다 해야 하네. 자주 찾아뵈어야겠지. 그게 인지상정 아니겠나!"

강희의 말은 결론을 향해 달려가는 듯했다. 어투도 더욱 부드러워지고 있었다.

"이제는 됐네. 짐이 자네 아버님에게 요동에 멋진 왕궁을 하나 지어줄 거야. 그러니 자네가 가서 잘 모시도록 해. 지금까지 못한 효도도 하고. 이번 기회에 소인배들의 입도 좀 막아놓고 말이야. 언제든 북경에 오고 싶으면 짐이 다 알아서 해 줄 거야. 천하는 넓고도 넓네. 자네가 가보지 못한 곳도 상당하겠지! 짐의 혜비惠妃인 납란納蘭씨가 곧 출산을 앞두고 있어. 황자皇子를 낳으면 태자소보太子少保인 자네가 많이 챙겨줘야 할 거야. 짐이 자네를 써먹을 곳이 한두 군데가 아니야."

강희는 최선을 다해 오응웅에게 장밋빛 인생을 그려주고 있었다. 위동정은 그제야 강희의 의중을 헤아릴 수 있었다. 강희는 오응웅에게 까불지 말고 황제의 그늘에서 잘 살라는 얘기를 하고 싶었던 것이다. 위동정의 얼굴에 비로소 혈색이 감돌았다. 몰래 안도의 숨을 내쉬었다. 낭심과 주배공 역시 두근두근하던 가슴을 진정시킬 수 있었다.

"예! 폐하의 명령에 따르겠사옵니다. 황자를 시중들 준비도 하겠사옵니다!"

오응웅의 뜨거웠던 피는 빠른 속도로 식기 시작했다. 언제 들끓었나 싶을 정도였다. 자기를 갖고 들었다 놨다 하는 강희가 밉기 그지없었다. 속으로 이를 갈면서 분노했다.

'아들 좋은 줄은 알아가지고. 아들이 나올지 재수 없는 계집애가 나올지 어떻게 알아? 이도저도 아닌 괴물이 나올 수도 있고!'

오응웅은 속으로 악담을 해대면서도 허리를 굽실거렸다. 그러면서 옆에 서 있는 황보보주와 낭정추를 힐끔힐끔 쳐다보았다.

황보보주와 낭정추는 오응웅과 같이 강희의 말을 들었으나 완전히 다른 느낌을 받았다. 천자이자 만승지군인 강희가 오응웅의 집에까지 찾아와 고작 거짓말이나 늘어놓지는 않았을 것이라고 생각한 것이다. 물론 강희의 말이 완전히 진심이라고는 단언하기 어려웠다. 하지만 다소 과장된 부분이 있더라도 그것은 조정과 함께 손잡고 잘해보자는 뜻이 내포돼 있다고 생각했다. 두 사람은 진짜 그렇게 믿었다.

"자네는 여기에서 소인배들의 간계와 부채질에 놀아나지 말게나. 평서왕에게 편지를 보내 흠차가 곧 간다고 전해주게. 반드시 조정에서 만족할 만한 처리 방법을 찾아야 할 거야. 또 평서왕이 흡족해 하고 백성들도 좋도록 처리해야 하겠지."

강희는 자신의 말에 아예 대못을 박았다. 잠시 후에는 경고성 결론과 작별인사도 전했다.

"우리 군신은 반드시 잘 협력해 치국안민治國安民의 시대를 일궈내야 해. 만약 주판알을 잘못 튕겼다가는 시체가 산더미처럼 쌓이고 피가 강물을 이룰 거야. 늘 그걸 명심하게나!"

강희는 쇠귀에 경 읽기가 될 수도 있는 치국안민에 관련한 말을 마치고는 의미심장한 미소를 지었다. 그런 다음 세 사람을 데리고 곧바로 돌아섰다. 오응웅은 대문 밖까지 따라나와 배웅을 했다. 그제야 그는 자신의 속옷이 흠뻑 젖어 있다는 사실을 깨달았다.

오응웅의 집을 나서 궁으로 돌아가면서 주배공이 여쭈었다.

"폐하, 조금 전 저희들은 얼마나 놀랐는지 모르옵니다! 폐하께서 액부를 진짜 운남으로 돌려보내시려는 줄 알았사옵니다!"

"거짓이기도 하지만 진심이기도 했어."

강희는 채찍을 날리면서 다시 한 번 차갑게 내뱉었다.

"그대가 가서 전하게. 병부와 자네의 순방아문의 관리들에게 내일 입궁하라고 말이야. 짐이 육경궁에서 장강長江 일대에 병력을 배치하는 문제에 대해 검토하려고 하네."

# 33장

# 양기륭, 반란을 모의하다

오응웅이 강희 일행을 보낸 때는 미시未時(오후 1시~3시)가 넘은 시각이었다. 그는 황보보주와 낭정추더러 쉬라고 하면서 보냈다. 그런 다음 서둘러 아버지 오삼계에게 편지를 쓰기 시작했다.

오응웅이 작심하고 썼을 법한 편지의 내용은 전에 없이 길었다. 일단 주배공이 바둑을 두면서 했던 아리송한 말들을 다 적었다. 내용에 다 포함됐다. 귀에 걸면 귀걸이, 코에 걸면 코걸이가 될 만한 말들 역시 다 그대로 담았다. 강희의 말들은 아예 토씨 하나 틀리지 않게 적어 넣었다. 편지의 끝부분에는 상당한 분노도 포함시켰다.

……강희의 간사함과 교활함은 천고千古의 제왕들 중에서도 따를 사람이 없습니다. 부왕께서 철번을 하지 않으신다면 당장 발등에 불이 떨어질 것 같습니다. 그러나 큰 화는 입지 않을 듯합니다. 또 철번을 하신다면 당장은

무사하겠으나 나중에는 돌이킬 수 없는 화를 입을 것으로 생각됩니다. 천하 신민臣民들의 꿈과 우리 오씨 가문 구족九族의 운명이 그야말로 부왕父王의 일념에 달려 있습니다. 부디 신중에 신중을 기하시기 바랍니다. 영명한 결단이 한족 왕실의 강산에 행운을 가져다주기를 기대합니다!

오응웅은 주위가 어둑해져서야 비로소 비밀서신을 완성했다. 다음 순서는 복잡할 것이 없었다. 밀랍으로 편지봉투를 단단하게 봉한 후 다음 날 내무부로 가서 천마를 받아 편지와 함께 심복의 편으로 아버지에게 보내면 되었다. 그는 모든 것을 다 마무리한 후에야 비로소 황보보주와 낭정추를 다시 불러 함께 저녁을 먹었다.

세 사람은 모두 나름대로의 생각에 깊이 잠겨 있었다. 특히 황보보주는 마음이 답답한 듯했다. 신경도 많이 날카로워져 있었다. 저녁도 먹는 둥 마는 둥 했다. 결국 그는 자리에서 일어섰다.

"세자께서 특별한 말씀이 없으시다면 저는 먼저 들어가겠습니다."

낭정추 역시 황보보주를 따라 일어섰다. 의기소침한 표정이었다. 그러자 오응웅이 그들을 격려했다.

"다들 낙심할 것 없어. 이제부터 진정한 힘겨루기가 시작되는 거야!"

하지만 오응웅의 목소리에는 박력이 없었다. 조금 갈라져 있었다. 그는 두 눈을 살짝 찌푸리면서 흔들리는 촛불을 바라보면서 또박또박 말을 이었다.

"철번이 말처럼 그렇게 쉬우면 진즉에 했을 거야! 쉽지가 않으니 이런 난리법석을 떠는 것이 아니겠어? 세종이 개네들이 몰래 모의를 하자마자 세 번왕이 앞을 다퉈 철번 청원서를 냈어. 여기에는 분명 뭔가가 있을 거야. 왕사영이 먼저 섬서로 가서 왕보신 휘하의 이십여 명 장군들을 구워삶아놨다고. 싸움이 일어나면 '왕 독수리' 꼴 한번 우습게 될 거야. 또 지금 손연령이 꼭두각시 신세이기는 해. 그러나 다른 사람들은 몰라도 나는 그 사람을 잘 알아. 지금은 비록 힘이 부족해서 말 잘 듣는 강아지처럼 공사정을 졸졸 따라다니지만 그런 걸로 만족할 사람이 절대 아니야. 대단한 야심가라고! 왕사영이 가서 한바탕 부채질을 해놓았으니까 불이 붙게 돼 있어. 그때 가서는 공사정 그년이 아무리 뛰어봤자 벼룩 아니겠어? 그러니 우리 모두 정신을 바짝 차리자고. 팔 걷어붙이고 멋지게 한판 승부를 겨뤄보자는 말이야!"

오응웅의 말은 상당히 고무적이었다. 하지만 황보보주의 귀에는 별로 들어오지 않았다. 심정이 복잡하기 이를 데 없었던 것이다. 한참을 침묵하던 그가 마침내 입을 열었다.

"세자, 세자께서는 아무래도 북경에 계시는 만큼 조심하시는 것이 좋을 듯합니다. 이런 말은 할 필요도 없겠으나 세자께서 지시하는 대로 움직이겠습니다."

"정말 자네는 부왕의 심복이 되기에 전혀 부족함이 없는 사람이야. 충성심이 가상해!"

오응웅의 눈빛이 갑자기 빛났다. 황보보주가 더없이 믿음직스러운 것 같았다. 하지만 어조에는 여전히 조심스러움이 묻어 있었다.

"이제 우리는 더 이상 집안에만 앉아 있을 때가 아니야. 모든 수단을 다 동원해서 이 호랑이굴을 빠져나갈 길을 만들어야 해! 나도 이제부터는 양기륭과 애매모호한 사이로 지내서는 안 되겠어. 적극적으로 다가가서 내 편으로 만들어야겠어. 현재의 우리는 아무래도 힘이 너무 약해. 탈출을 한다고 해도 직예를 벗어나지 못하고 덜미를 잡힐 게 분명해."

말을 마친 오응웅이 머리를 들어 대청마루에 걸려 있는 편액을 바라봤다. 작품이라고 할 것도 없는 크게 대단하지 않은 그런 솜씨의 글이었다. 그것은 그의 아버지가 처세에 늘 참고하라고 써준 열 글자였다.

得意不快心, 失意不快口.

잘 나갈 때는 마음가짐을 단단히 하고, 실의에 빠졌을 때는 입조심을 하라는 말이었다. 오응웅은 글을 일별한 후 눈을 감았다. 의자에 앉아 반쯤 기대어 명상에 잠겼다. 마치 자신의 온갖 용기와 지혜를 긁어모으려고 하는 것 같았다. 한참 후 그가 껄껄 웃으면서 말했다.

"주전빈 그 좀스러운 자식이 지난번 말싸움에서 이겼노라고 으쓱해 했었어. 또 어디 가서 으스대고 다니지나 않는지 모르겠어. 그자는 나한테 불청객 노릇을 서슴지 않았지. 그렇다면 나 역시 찾아가서 한바탕 물을 흐려놓고 오는 것도 잘못됐다고 할 수는 없겠지!"

낭정추가 오응웅의 말에 깜짝 놀라는 기색을 보였다.

"지금 그 사람한테 가시려고요? 너무 서두르는 것은 아닐까요?"

"전혀 아니야!"

오응웅은 이미 마음을 굳힌 듯했다. 미리 준비라도 한 것처럼 의자의 등받이를 탁 치면서 일어났다.

"나도 오랫동안 고민했어. 용호상박의 격돌이 벌어질 경우 뒤를 봐줄 사람은 딱 한 사람만 있으면 돼. 황보보주만 있으면 걱정 없어!"

오응웅은 말을 마치자마자 바로 돌아섰다. 그런 다음 준비돼 있던 세 개의 대접에 술을 철철 넘치게 따르고는 황보보주와 낭정추에게 건넸다. 그리고는 대접을 들고 선창했다.

"건배!"

소모자는 오삼계가 철번을 청원했다는 소식과 관련한 정보를 일단 단단히 챙겼다. 또 강희 일행이 오응웅의 자택으로 찾아가 바둑을 뒀다는 정보 역시 잘 포장해 놓았다. 그의 발걸음은 곧 고루鼓樓 서쪽 거리에 있는 주전빈周全斌의 집으로 향했다. 그곳에서 군사軍師 이주李柱에게 정보 보고를 할 요량이었던 것이다. 얼마 후 그는 종삼랑의 무리들이 대거 몰려 있는 호랑이굴에 들어섰다. 원래 양기륭은 소모자를 처음 본 순간부터 대번에 쓸 만한 재목이라는 것을 알아봤다. 또 양기륭이 보기에 소모자는 왕진방이나 황사촌, 또 아삼 등이 구비하지 못한 조건도 확실하게 갖추고 있었다. 그것은 바로 어린 나이와 아는 사람이 많은 넓은 발, 눈치 빠르고 똑똑하다는 사실이었다. 심지어 그는 황경으로부터 강희가 소모자를 앞으로 크게 등용할 것이라는 사실 역시 들어 알고 있었다. 여러모로 떠본 결과도 상당히 좋았다. 투자를 하면 충분히 본전을 뽑고도 남을 인물이라는 판단이 섰다. 때문에 그는 소모자에게 금전 공세도 서슴지 않았다. 소모자를 통해 한몫 단단히 잡으려고 안간힘을 기울인 것이다. 그는 그렇게 하기 위해 왕진방이 소모자와 접선하는 과정을 과감하게 생략했다. 자신과 이주가 직접 소모자를 관리하기로 결정했다. 또 그는 황경과 소모자를 갈라놓고 한데 어울리지 못하게 했다. 이 때문에 소모자는 종삼랑 패거리들과 얽히는 순간부터 잘 나가는 소식통이 될 수 있었다.

소모자가 가져온 정보는 삽시간에 조용하던 주전빈의 집안을 발칵 뒤집어 놓기에 충분했다. 초산, 주상현, 장대, 진계지, 사국빈 등 몇몇은 그래서인지 서로 머리를 맞댄 채 수군수군하면서 앞으로의 정국을 점치느라 부산했다. 반면 굴러온 돌인 소모자에게 밀려날 위험에 처한 박힌 돌 황사촌은 말 그대로 앙앙불락하고 있었다. 체면이 영 말이 아니게 된 탓이었다. 왕진방이라고 크게 다르지 않았다. 아무렇지도 않은 듯했으나 중간에 붕 떠버린 처지에 화가 치미는지 공방대만 뻑뻑 빨고 있었다.

양기륭은 이에 대해서 이미 대충 전해들은 차였다. 그래도 뒷짐을 지고 대청마루에 나와 사람들을 둘러봤다. 하나같이 소모자를 둘러싸고 이것저것 캐묻느라 정신없는 모습들이었다. 소모자는 갑자기 주목을 받게 되면서 화제의 인물이 되자 기분이 좋은 모양이었다. 어깻짓을 하며 신이 나서 떠들어 댔다. 의자에 대충 걸터앉아 침을 튕기면서 얘기하는 모습이 예사롭지가 않았다. 이주가 양기륭이 나오는 것을 발견하고는 벌떡 일어서면서 큰 소리로 말했다.

"태자마마께서 오셨다! 무릎을 꿇고 인사를 올려라!"

이주의 말에 좌중의 사람들이 하나같이 무릎을 꿇었다. 그런 다음 일제히 외쳤다.

"천세!"

양기륭은 그러나 좌중의 사람들에게는 시선 한 번 주지 않은 채 곧장 소모자에게 다가갔다. 마치 오랜 친구를 대하듯 어조도 굉장히 부드러웠다.

"자네가 가지고 온 정보는 그야말로 대단한 것 같아. 그것들을 어떻게 알았지? 그건 그렇고 다들 일어나 앉아. 편하게 얘기하라고. 다음부터 향당香堂의 대회大會가 아닐 때는 이런 격식은 차릴 필요가 없어."

소모자가 재빨리 한쪽 무릎을 꿇었다. 그런 다음 별것 아니라는 표정으로 대답했다.

"저는 주위에 아는 사람들이 많잖아요! 안에서 운남에 전하는 정기廷寄는 새로 천자의 옥새를 관리하게 된 하계주라는 양반한테서 들었죠. 또 안이 오 액부 대인 댁에 갔다는 사실은 액부부에서 일하는 소인의 어릴 때 불알친구가 몰래 알려줬죠!"

소모자는 강희에게 '황제'나 '만세'라는 표현을 쓰지 않았다. 그저 '안'이라는 뜻의 '內'라는 무난한 단어를 구사했다. 양기륭의 심사를 뒤틀리지 않게 하려는 의도였다.

양기륭은 의자에 앉아 부채를 폈다. 그리고 부채에 쓰인 글자를 보는가 싶더니 얼굴을 돌려 초산에게 물었다.

"초산, 자네는 이 두 가지 일을 어떻게 보는가?"

"이 두 가지는 사실 한 가지나 마찬가지입니다. 조정에서는 전쟁을 벌이는 것이 두려울 겁니다. 그렇다고 약한 모습도 보이기는 싫겠죠. 그래서 평화롭게 철번을 유도하는 쪽으로 분위기를 이끌어가기 위해 고민하는 것 같네요."

초산은 원래 피부가 거무튀튀한 데다 상당히 과묵한 성격이었다. 그래서 표정을 읽기가 무척이나 어려운 사람이었다. 그러나 양기륭이 묻자 전혀 주저하지 않은 채 즉각 대답했다.

"내 생각에는 강희가 오응웅을 떠보려고 갔던 것 같아. 그쪽도 굉장히 불안하다는 얘기가 아니겠는가!"

각로閣老로 통하는 장대의 말이었다. 나이는 많은 사람이었으나 목소리는 유난히 컸다.

양기륭은 눈을 껌벅였다. 생각에 잠긴 모습이었다. 사실 그가 제일 두려워하는 것은 다른 게 아니었다. 바로 '화평'和平이었다. 하기야 그럴 수밖에 없었다. 아무런 혼란도 발생하지 않은 채 철번이 순조롭게 마무리되는 날에는 두 호랑이가 싸우는 틈을 타 어부지리를 챙기려던 자신의 모든 야무진 꿈이 사라질 수 있었으니까. 더구나 자신은 그걸 노리고 종삼랑의 수만 명 신도를 확보하지 않았는가. 만약 아무짝에도 써먹지 못하는 날에는 그것보다 더 억울한 일도 없을 터였다. 그가 그런 걱정에 사로잡힌 채 뭔가 만족스런 대답을 기대하는 듯한 눈길을 자신의 군사인 이주에게 보냈다.

"두 사람의 말이 모두 일리가 있어. 청 조정 입장에서는 당연히 일이 크게 번져 나라의 원기가 꺾이는 싸움을 하지 않으려 들겠지. 그러니 탐색도 해보고 떠보기도 하는 게 전혀 이상하지는 않아."

이주가 좌중을 둘러보면서 자신의 의견을 밝혔다.

"지금 급선무는 그들이 무슨 생각을 하느냐를 점치는 것이 아닙니다. 무슨 일을 벌이고 다니는지를 파악하는 겁니다. 계지 동생은 각 지역의 정세에 대해 여러분들에게 자세하게 얘기해 주는 것이 좋겠소. 여러분들의 이해를 돕게 말이오."

이주가 거명한 인물인 진계지는 양기륭이 임명한 이른바 총독이었다. 정보통인 탓에 모든 정보를 도맡아 수집하는 책임을 맡고 있었다. 그가 자신의 이름이 불려지자 바로 목소리를 가다듬으면서 입을 열었다.

"지금 조정에서는 열하, 요동, 내몽고 일대에서 대대적인 군사훈련을 하고 있습니다. 훈련에 동원된 총 병력 수는 약 삼십오만 명입니다. 기세가 아주 하늘을 찌른다고 하더군요. 며칠 전에는 알필륭이 각지의 군사훈련 모습도 순시하고 왔다고 하고요. 또 조정의 돈 십만 냥으로 프랑스 예수회 소속 신부인 장성張誠(제르비용Gerbillon)을 초청해 홍의대포紅衣大炮(16세기 유럽에서 주로 전함에 설치하던 대포)를 만들기도 했어요. 이 일은 강희도 아주 중요하게 생각하는 것 같더라고요. 직접 둘러보기까지 했으니 말이죠. 이 외에 청해青海, 내몽고, 외몽고 등에는 만리장성 이남으로 들어오는 길목마다 관문을 설치했어요. 지방관의 말 징발 역시 엄격히 통제했고요. 반면에 조정이 징발한 말은 예년에 비해 배로 늘어났다고 해요. 미한사 같은 사람은 군량미 징발에 굉장히 열을 올리는 경우에 속하죠. 예년보다 3할 가까이 더 징발했다고 하네요. 현재 상황에서 보면 오삼계 쪽에 어려움이 더 많기는 합니다. 그러나 전쟁을 준비하는 자세는 흐트러짐이 없어요. 오히려 더하면 더했지 주춤하지 않는 것 같습니다. 아직도 서장西藏으로부터 꾸준히 말을 사들이고 있는 듯합니다. 병력 수도 십삼좌十三佐를 더 늘린 것에서 볼 때 많이 늘었고……."

진계지는 군사 방면에 대해서는 훤히 꿰고 있는 듯했다. 거의 한 시간이나 쉬지 않고 말했다. 마지막으로 한마디 덧붙이는 것도 잊지 않았다.
"이 소식들은 모두 각 지역 향당香堂의 당주들이 보내온 것들입니다. 아무래도 백문이 불여일견이라는 말을 들을 수 있는 정보들입니다."
"서로가 치열하고 팽팽하게 맞서고 있는 것이 지금의 정국이에요. 조정에서는 경정충이 철번을 요구하자 응해줬어요. 또 상가희의 철번 요구 역시 들어줬죠. 그러나 상지신에게 왕의 지위를 계승하도록 해달라는 그의 요구는 들어주지 않았죠. 이외에 오삼계의 청원서에 은근하게 내포돼 있는 불만들의 경우는 눈 딱 감아주고 그대로 수락했어요. 이 모든 기백과 배짱은 웬만한 사람이 보여줄 수 있는 게 아니에요. 아무튼 대단한 오랑캐 종자라니까! 그러나 오삼계 역시 한족의 자존심을 내걸고 순순히 먹히기를 원치 않을 테니 한바탕 붙는 것은 시간문제라고 해도 좋죠."
이주가 진계지의 말에 토를 달았다. 그러자 양기륭이 뭔가 생각을 하는 것 같더니 주상현에게 말머리를 돌렸다.
"황궁 안은 어떻게 돌아가는 것 같은가?"
주상현은 치밀함에 있어서는 누구도 따를 자가 없었다. 양기륭의 질문에 대답할 때도 그랬다. 자신의 입을 양기륭의 귓전에 대고 한참을 소곤거렸다. 소모자는 그 바람에 열심히 귀를 기울였는데도 단 한마디도 듣지 못했다. 물론 그는 자신이 여러 사람들의 말에 귀를 기울인다는 느낌을 주지 않을까 하는 생각을 하지 않은 것도 아니었다. 일부러 무관심한 척하면서 손가락으로 땅바닥에 그림을 그린 것도 다 그 때문이었다. 한참 후에 양기륭이 머리를 끄덕이면서 말했다.
"사람은 그만하면 된 것 같으니 더 이상 끌어들이지 말게. 강희가 이미 우리를 의식하는 것 같으니 말이야."
순간 소모자는 흠칫 놀랐다. 땅에 금을 긋고 있던 손이 부르르 떨릴 정도였다. 그때 이주가 몇 마디를 덧붙였다.

"오삼계는 귀가 얇고 바람개비 같은 작자라서……. 만약 조정에서 유혹과 위협을 병용하는 전략을 구사해 구슬리고 윽박지른다면 쉽게 넘어갈 위인입니다. 그러니 우리는 마냥 굿만 보고 앉아 있어서는 안 됩니다. 그자를 대신해 일을 좀 저지르고 다녀야 합니다. 그래야 그자가 울며 겨자 먹는 식으로 군사를 일으켜 강희와 한판 붙어볼 생각을 할 겁니다."

이주의 말에 초산이 맞장구를 쳤다.

"군사의 말씀이 아주 일리가 있어요. 우리가 오응웅을 대신해 황궁에 독을 살포한다든지 이런저런 요언을 날조한다든지 해야 합니다. 그런 다음 대외적으로는 운남에서 한 짓이라고 소문을 퍼뜨려 버리는 겁니다. 그러면 조정에서 오삼계를 가만히 놔둘 리가 없죠. 분명히 발끈하고 일어날 거라고요."

왕진방은 비밀모의가 구체적으로 모양을 갖춰 가면 갈수록 가슴이 더욱 심하게 두근거렸다. 모든 껄끄럽고 위험한 일이 자신의 임무가 되지 않을까 부담스러워 전전긍긍하고 있었던 것이다. 그는 미리 선수를 쳐서 자신에게 부여될 임무를 떨쳐버려야겠다고 생각했다. 바로 그 순간 소모자가 갑자기 큰 소리로 말했다.

"그런 일을 황궁 안에서 한다는 것은 말도 안 되는 얘기예요! 여러분은 태감 일을 해보지 않은 탓에 잘 모를 거예요. 그런 일이 얼마나 위험한 일인지 말입니다. 여기 왕진방, 황사촌 두 태감도 앉아 있으니 물어보세요. 누가 선뜻 나서서 할 수 있겠는가 물어보시라고요! 황제 주변에 있는 사람들은 하나같이 귀신이에요. 눈치 하나는 기가 막히거든요! 게다가 다른 사람에게 덤터기를 덮어씌운다고 했는데, 그것도 그래요. 저한테는 일을 시키지도 않겠지만 절대로 못해요. 더 이상 살기 싫은 사람이나 하고 싶으면 하라고 하세요!"

소모자의 말이 끝나기 무섭게 밖에서 갑자기 웃는 소리가 들렸다.

"이거 본의 아니게 훔쳐 듣게 돼서 어떡하오? 공공연하게 우리 부자를 모함하려는 밀모를 일삼다니! 우리 아버지는 당당한 청나라의 충신이오. 철번도 자청하신 분이오. 그런데 도대체 누가 협박을 한다고 그러오? 우리 오씨 가문이 여러분들 부모를 때려죽인 철천지 원한이 있는 것도 아닌데, 왜들 그렇게 비인간적으로 나오시오?"

곧 두 사람이 성큼 안으로 들어섰다. 그중 앞선 사람이 먼저 몇 발자국 앞으로 성큼 다가왔다. 의자를 끌어당기더니 양기륭 옆에 다리를 꼬고 앉았다. 그러는가 싶더니 바로 담뱃불을 붙여 길게 연기를 뿜어냈다. 얼마 후에는 야유하는 듯한 눈초리로 좌중을 휙 둘러보기도 했다.

좌중의 사람들은 자신들의 밀모를 누군가가 엿듣고 있을 것이라고는 꿈에도 생각하지 못했다. 야심한 시간인 데다 주전빈의 집은 경계가 삼엄하기로 유명했다. 그래서 안심하고 있던 차에 불쑥 누군가 들어오니 놀라움은 배가 될 수밖에 없었다. 그들 앞에 모습을 드러낸 사람은 바로 땅딸막한 체구에 어깨가 완전히 딱 벌어진 오응웅이었다. 그래서 그런지 일거수일투족에는 주위를 압도할 만한 위엄이 묻어났다. 성격 역시 맺고 끊는 것이 분명할 것 같았다.

오응웅의 뒤에 가서 선 사람은 다름 아닌 황보보주였다. 장검에 손을 얹은 채 매서운 눈초리로 양기륭의 뒤통수를 내려다보고 있었다. 그 위풍은 마치 불법을 수호하는 호법천왕護法天王의 그것과 같아 보였다. 사람들은 저마다 간이 오그라드는 느낌에 사로잡혔다.

"하도 할 얘기가 없으니까 아무렇게나 떠들어본 겁니다. 액부 대인이 농담과 진담을 가리지 못할 분이 아니니까 걱정은 않겠습니다만…….
여봐라, 차를 가져오너라!"

주전빈은 아무래도 주인이었으므로 황급히 변명을 늘어놓았다. 무거운 침묵을 참지 못했다.

"나도 농담을 해본 겁니다. 그런데 일러둘 말이 있습니다. 나에 대해 잘 모를까봐 노파심에서 하는 소리인데, 나는 원래 혼자 노는 것을 좋아하는 사람입니다. 더군다나 다른 사람을 대신해서 죗값을 치러줄 정도로 군자답지도 못합니다. 그래서 내 성질을 아는 사람은 나를 건드리지 않는 편입니다. 하여튼 정말 웃기는군요. 내가 그렇게 호락호락하게 보입니까?"

오응웅이 차를 마시면서 목소리를 높였다. 그러자 진계지가 굳은 얼굴을 한 채 맞받았다.

"각하의 앞날도 솔직히 그다지 평탄하지만은 않을 걸요? 물론 평서왕께서 요동으로 돌아가고 각하께서 효도를 다해 모신다면 더할 나위가 없을 것입니다. 만약 오씨 가문의 조상들께서 음덕을 잘 쌓으셨다면 가능할 수도 있습니다. 하지만 평서왕이 철번에 항거한다면 북경으로 끌려와 철창에 갇히는 것은 순식간의 일이 될 겁니다. 각하 역시 머리 하나 제대로 건사하기가 쉽지 않을 거고요!"

"설마 그렇게 될까요? 황제가 오늘 나한테 다녀가셨습니다. 철번 후에는 오히려 한몫 단단히 잡을 수 있을 것 같던데요? 철모자왕鐵帽子王(청나라 때 세습되었던 특수한 왕의 작위)도 될 수 있을 것으로 생각합니다."

오응웅이 가소롭다는 듯 대답했다. 그 순간 좌중의 사람들은 동시에 할 말을 찾지 못했다. 소모자가 전달한 정보에는 이런 내용이 없었던 것이다.

"그렇다면……."

이주가 순간적으로 목소리를 높였다.

"철모왕관까지 쓸 준비가 돼 있는 고귀한 어르신께서 무슨 일로 이 야밤에 부르지도 않았는데 이곳에 와서 기웃거리는 겁니까?"

오응웅은 정곡을 찌른 이주의 말에 약간 당황했다. 그러나 이내 여유를 되찾고는 탁자에 기댄 채 대답했다.

"이 공李公, 여러분들의 말이 전혀 일리가 없다고는 하지 않았어요. 솔직히 상의할 일이 좀 있는 것은 사실입니다. 아버님께서 만약 의병을 일으킨다면……."

"평서백平西伯(오삼계는 명나라가 망하기 전에는 평서왕이 아닌 평서백이었음)이 의병을?"

양기륭이 거만하게 의심스런 표정을 지었다. 그러더니 큰 소리로 오응웅에게 힐난을 퍼부었다.

"평서백은 혼자서는 절대로 의병을 일으킬 수 없소! 그는 원래 명나라의 신하였소. 그런데 난데없이 의병이라니! 새로운 나라를 세우겠다는 거요? 만약 그렇다면 결과는 불 보듯 뻔하오. 오늘 각하가 주배공과 둔 바둑에서 참패를 당했듯 그런 결과밖에는 나오지 않을 거요!"

오응웅은 양기륭 등이 확보한 정보가 빨라도 너무 빠르다는 사실에 깜짝 놀랐다. 담뱃불을 붙이려던 성냥개비가 다 타들어가도록 들고 있다 손이 뜨거워져서야 얼른 꺼버린 것도 그 때문이었다. 그가 어색한 웃음을 흘리면서 말했다.

"아버님이 당연히 새로운 나라를 세우지는 않죠. 하지만 당신이 새로운 조정의 주인이 될 것인가의 여부는 내가 장담할 수가 없소!"

오응웅은 체면 때문에 쏘아붙이기는 했으나 속은 그렇지 않았다. 꼬고 앉은 다리가 살짝 떨렸다.

양기륭 역시 크게 다르지 않았다. 불안한지 몸을 떨면서 냉소를 흘렸다.

"나는 대명大明의 삼태자三太子요. 옥첩과 금패가 이 사실을 증명하오.

누가 감히 나와 겨룰 수가 있겠소?"

오응웅이 몸을 뒤로 젖히면서 담담하게 말을 이었다.

"나도 알 것은 다 아오. 그대는 확실히 주삼태자朱三太子가 틀림없소. 때문에 나는 그대가 새로운 조정의 주인이 될 수 없다고 확실히 못 박고 싶지는 않소. 지금은 그것을 논쟁할 때가 아니오."

양기륭의 표정이 약간 어두워졌다. 그는 한참을 머뭇거린 다음 다시 한 번 자신의 강력한 의지를 피력했다.

"단순하게 자신의 공명을 위한 연장선상에서 황제가 되고 싶어 한다면 그것은 분명히 이루지 못할 헛된 꿈이오. 하지만 천하의 백성들이 명나라의 부활을 요구하는 간절함이 오랜 가뭄 끝의 단비를 갈구하는 것과 같다면 얘기는 달라지오. 그러니 내가 어찌 몸을 사리고 가만히 앉아만 있겠소!"

"맞는 말이오!"

오응웅이 맞장구를 쳤다. 그러나 어조는 차가웠다.

"그래서 이런 제안을 하고 싶소. 우리 아버님은 명나라 황제의 깃발이 필요하오. 또 주삼태자는 아버님의 힘이 필요할 거요. 게다가 두 분 모두 백성들의 한을 풀어주기 위해 백방으로 노력하는 것은 마찬가지 아니겠소? 솔직히 요즘 상황은 좀 그렇소. 진秦나라가 사슴을 잃어버렸는데, 세상 모든 사람들이 너도나도 하면서 쫓아가는 형세요. 그러면 그 사슴이 마지막에 누구 손에 잡힐지는 모르는 것 아니겠소? 지금 급선무는 뜻이 맞는 사람끼리 손을 잡는 거요. 그런 다음 힘을 모아 대업을 이룩하는 거요. 나머지는 집안 식구끼리 문을 닫아걸고 잘 상의해서 결정하면 되오. 그러다 의견이 맞지 않으면 다시 치고 박고 싸우는 경우가 있더라도 말이오."

"손을 잡는다고 그랬습니까? 손을 백 번 잡으면 뭐합니까? 동상이몽을 꿈꾸면서 말입니다."

한편에서 조용히 듣고만 있던 각로 장대가 갑자기 대화에 끼어들었다. 그는 빙긋 웃으면서 자신의 생각을 계속 개진했다.

"주삼태자께서는 휘하에 자그마치 백만 명의 대군을 거느리고 있습니다. 그런데 뭐가 아쉬워서 다른 사람의 도움을 바라겠습니까? 용과 봉황의 자손들은 당연히 하늘이 도와줍니다. 세자께서는 괜히 축하주부터 마시면 속만 쓰릴 텐데요?"

"뭐요?"

오응웅이 즉각 장대를 째려봤다. 웬 거지 같은 늙다리를 다 본다는 투였다. 그가 비아냥거리면서 말을 뱉었다.

"감히 용과 봉황을 운운하다니! 그러는 그대는 출신이 어떻게 되오? 아하, 꽤나 귀에 익은 목소리이기는 하오! 가마를 메는 분이신가, 아니면 저쪽 시장에서 물만두를 파는 분이신가? 주제파악을 하지 못해서 그러는 것 같은데, 내가 옛 시를 한 수 들려드리겠소! '복숭아나무는 우물가에서 자라고, 자두나무는 그 옆에서 자랐네. 벌레가 복숭아나무 뿌리를 갉아먹으니, 자두나무가 복숭아나무를 대신해 죽었네'라는 시를 들어보았소? 자두나무가 복숭아나무를 대신해 희생한 것을 일컫는 거요. 요즘에 작은 것을 잃고 큰 것을 얻는다는 전략으로 쓰이는 말이오. 그대가 몰라서 그렇지 우리 아버님은 오래 전부터 주삼태자와 교분이 있소. 이번에 나와 타호장군 황보보주를 여기 보낸 것은 다른 뜻이 있어서가 아니오. 크게 한번 해보자는 뜻이오. 누가 없으면 따라 죽을까 봐서 그러는 것이 아니란 말이오. 우리는 필요에 의해 만날 뿐이지 서로 죽고 못 사는 사이는 아니잖소! 아버님 역시 백만 대군을 거느리고 있소. 관할하는 지역도 사방 천 리에 이르오. 그 실력에 어디 가서 주삼태자 같은 사람을 찾는다면 열 명이나 스무 명 만나는 것은 일도 아니라고 보오. 또 세상 천지에 주씨 성을 쓰는 사람이 어디 한 사람 뿐인가? 삼태자라고 이름을 붙이면 전부 주삼태자인 거지! 그런데 왜 하필이면 자신을 포용해 따뜻하게 녹여주는 사람을 멀리하고 배신할 수도 있는 늑대에게 집착을 하겠소?"

오응웅이 한참 동안이나 말을 늘어놓았다. 그런 다음 집안이 떠나가라는 듯 웃어댔다. 그의 기고만장한 언행에 초산이 가장 먼저 반응했다. 얼굴이 붉으락푸르락해지더니 독설을 퍼부었다.

"우리에게 쓸 만한 사람이 없는 줄 알고 지금 그러는 겁니까? 위로는 천헌天憲(조정이 제정한 법령)을 입에 물고 옥첩을 지닌 주삼태자께서 버티고 서 있습니다. 또 군사인 이주 공은 당대의 지사로 충분히 일익을 담당할 수 있습니다. 여기에 용맹하고 전투 잘하는 진계지 총독도 있습니다. 군대 지휘에 일가견이 있는 사국빈, 이재에 능한 장대 공 등은 더 말할 것도 없고……. 우리는 뭐 하나 아쉬울 게 없습니다. 운남의 그 불효불충한 썩을 놈한테 빌붙을 이유가 없는 거죠!"

오응웅이 즉각 냉소를 터트리면서 반격을 가했다.

"우리 아버님이 대군을 거느리고 서남 지역에 웅거한 지 이미 이십 년이 됐소. 하늘의 은총을 받은 탓에 휘하에 정예 병력과 맹장들이 구름처럼 많소. 게다가 모략이 뛰어난 대신들이 그야말로 일편단심으로 보필하고 있소. 그러니 숨을 한 번 내쉬면 산천초목이 뒤흔들리지 않겠소? 주섬주섬 옷 입는 소리에도 조야가 눈을 뜨오! 꾀주머니인 오세번, 기문奇門에 정통한 하국상, 계략의 달인 유현초, 장량의 기개를 능가하는 왕사영, 또 이 세상 어떤 보물과도 바꾸지 않을 황보보주 등을 거론하지 않을 수 없소. 특히 오늘 나를 따라온 황보보주는 천 근이나 나가는 무쇠솥도 번쩍 들어올리는 괴력의 소유자요! 이중 어느 누구를 내세워도 당신들의 거짓말쟁이인 초산, 흐리멍덩한 장대, 허수아비 주상현, 아첨군 사국빈, 분 냄새를 맡으려고 유곽이나 기웃거리는 기생오라비 진계지보다는 백 배, 천 배 나을 거요! 그런데 우리가 당신네들한테 빌붙는다고? 누가 그랬소?"

오응웅은 말을 하다 보니 점점 더 화가 치밀었다. 그야말로 단숨에 양기룡과 이주만 빼놓고는 나머지 사람들을 모두 쓰레기 취급하는 막말을 서슴없이 내뱉었다. 상대방이 먼저 아버지를 모욕하는 말을 아무 거리낌없이 해댔으니 그럴 만도 했다. 소모자는 옆에서 듣고 있다 하마터면 웃음을 터뜨릴 뻔했다. 오응웅이 오기 전에는 바보, 천치, 병신, 머저리라고 하면서 실컷 욕을 해댔던 양기룡의 부하들이 정작 당사자 앞에서는 꼼짝을 못하고 있는 것이 너무 우스웠던 것이다. 반면 심장병을 앓고 있는 왕진방은 불꽃 튀는 쌍방의 공방에 겁을 집어먹었는지 얼굴이 하얗게 질려 있었다.

"왜 그렇게 흥분을 하고 그러십니까?"

이주가 껄껄 웃었다. 그러더니 좌중을 향해 읍을 하면서 덧붙였다.

"조금 전 오 액부의 말씀이 맞습니다. 서로 잘난 척해봤자 도토리 키재기에 지나지 않습니다. 그러지 말고 서로 협력해서 공동대처를 해야 합니다. 괜히 우리끼리 치고 박고 하다간 엉뚱한 사람이 어부지리를 얻습니다."

"역시 이 선생은 현명하오!"

오응웅이 전혀 예상하지 못한 이주의 말에 살짝 허리를 굽히면서 고마움을 표시했다. 사실 그는 입씨름을 하기 위해 온 것이 아니었다. 주삼태자가 구축한 방대한 지하세력의 도움을 받을 수 있는지를 알아보기 위해 발걸음을 한 것이다. 인질이 된 입장에서 날개를 단 채 운남으로 날아갈 수는 없는 처지였으니 어쩔 수 없었다. 그래서 누가 아무리 심한 말을 하더라도 일단은 참아야 했다. 그런데 이주는 아주 우호적으로 나오는 것이 아닌가. 그는 좋아라 하면서 그에게 기대를 걸었다.

"솔직히 우리 아버님과 주삼태자의 부하들은 어디에다 내놓아도 손색이 없는 인물들이오. 저마다 영웅호걸들이라고 생각하오. 여러분들이 우리 아버님을 헐뜯지 않았다면 내가 왜 그렇게 험한 말을 했겠소?"

양기륭은 좌중의 분위기가 많이 부드러워지자 바로 자세를 고쳐 앉았다. 이어 오응웅에게 질문을 던졌다.

"오 액부, 액부 아버님의 뜻은 도대체 어떤 거요?"

"아직 답신을 받지 못해 뭐라고 확실히 말할 수는 없소. 그러나 여러분, 걱정은 붙들어 매도 될 것이오. 아버님은 절대로 앉아서 칼이 목에 들어오기를 기다리는 사람이 아니오."

오응웅의 말투에는 자신감이 넘치고 있었다. 다시 양기륭이 물었다.

"액부 생각에는 지금 당장 어떻게 하는 것이 좋겠소?"

"흙탕물을 만들어 놓는다는 것에는 찬성이오. 그러나 누구한테 죄를 덮어씌우는 것은 바람직하지 않소."

오응웅이 다시 한 번 양기륭 측의 전략을 반박하고 나섰다. 눈빛이 섬뜩했다.

"덮어씌울 수도 없소! 차라리 그러지 말고 암암리에 연락을 취해 황하 이북에서 결집하는 것이 좋을 듯하오. 그리고서 북경을 향해 약을 올리면 조정에서는 남쪽에 신경을 쓸 여유가 없을 거요. 우리가 그렇게 시간을 벌어주면 아버님은 천천히 치밀하게 준비해서 남쪽에서 의병을 일으키고, 그런 다음 남북이 호응하고 제후들이 중원에서 병력을 합치면……. 어떻소?"

사실 오응웅은 남쪽으로 탈출하지 못해 안달이 나 있었다. 그래서 이런저런 제안을 할 수밖에 없었다. 이주는 그런 그의 처지를 모르지 않았다. 그러나 서로 자신의 주군을 위한 일인 만큼 따로따로 놀지 않으면 안 됐다. 그가 간사한 웃음을 흘리면서 물었다.

"그러면 액부께서는 어떻게 하려고요?"

"그대들이 반란을 일으키려고 하는 것은 한족을 부흥시키기 위한 대사가 아니오? 그런데 내가 어떻게 몸을 사리겠소?"

오응웅이 거침없이 대답했다. 동시에 그는 산동의 포독고에서 주보상과 얼굴에 큰 흉터가 있어 '대파'大疤라는 별명으로 불리는 유철성劉鐵成이 결코 만만치 않은 세력을 확보하고 있다는 사실을 떠올렸다. 만약 북경 근교에서 일이 터지면 그들이 바로 호응해올 가능성이 대단히 높았다. 또 충분히 기대해도 되는 일이었다. 그런 생각을 아는지 모르는지 이주가 속으로 냉소를 흘리면서 말했다.

"이제부터 협력을 하기로 했으니 우리처럼 의리에 죽고 사는 사람들이 어찌 액부에게 혼자 위험한 탈출을 감행하도록 내버려 두겠습니까? 북경을 탈출하는 일은 우리에게 맡겨 주십시오!"

'뒤통수나 치지 마라, 이 자식아!'

그의 말에 오응웅은 속으로 욕을 마구 퍼부었다. 이주가 능구렁이라는 생각이 들었던 것이다. 이주 역시 오응웅이 겉보기와는 다르게 속에 여우가 몇 마리 들어앉아 있는 사람이라는 사실을 잘 알았다. 그로서는 오응웅을 없애버리는 한이 있더라도 운남으로 탈출하는 것은 어떻게든 막아야 한다는 결심을 다지고 또 다졌다.

그제야 양기륭이 천천히 입을 열었다.

"조조가 의심이 많기로 유명했지 않소. 내가 보기에는 액부도 막상막하인 것 같소!"

양기륭은 말을 마치자마자 안주머니에서 은패銀牌 하나를 꺼냈다. 그런 다음 정중하게 오응웅에게 건네주면서 덧붙였다.

"이것은 우리 종삼랑의 열두 개 신패信牌 중의 하나요. 이걸 가지고 있으면 전국의 그 어떤 종삼랑의 신도들이라도 액부를 보호해줄 거요. 하기야 그 이름도 유명한 타호장군이 철저히 보필을 하는데 무사히 탈출하지 못할 리야 있겠소?"

"태자께서는 정말 황제의 후손답게 기품이 돋보이오!"

오응웅이 기분 좋게 웃었다. 곧 자리에서 일어나면서 역시 은패 하나를 꺼내 양기륭에게 건네주면서 말했다.

"내가 진즉에 하나를 위조했소. 아니면 내가 오늘 저녁에 무슨 수로 이 밀실에 들어올 수 있었겠소? 이 가짜는 태자께서 가지고 있으시오. 그러면 이제 열 세 개가 됐군요, 하하하하……."

오응웅이 너털웃음을 터트리면서 고개를 돌리더니 황보보주를 쳐다봤다.

"내가 뭐라고 했는가! 헛걸음은 하지 않는다고 했지?"

오응웅은 뒤도 돌아보지 않고 휑하니 밖으로 나가버렸다. 황보보주가 말없이 그 뒤를 따랐다.

양기륭은 멀어져가는 오응웅의 뒷모습을 한참이나 노려봤다. 그러더니 쾅! 하고 가짜 은패를 탁자 위에 내팽개쳤다. 이어 냉소를 흘리면서 이빨 틈으로 내뱉듯 지시했다.

"전하라! 모든 신패는 폐기처분하고 전부 다시 만들라고 하라! 당분간은 암호로만 연락을 하라!"

# 34장

# 황궁에 침입한 도둑

강희 11년의 첫눈은 조용히 내리고 있었다. 처음에는 싸락눈처럼 보슬보슬 내렸다. 그러나 곧 거위털 같은 눈꽃으로 변하면서 하늘을 뒤덮었다. 북경은 삽시간에 소복단장을 한 그림 같은 모습으로 변했다. 그야말로 눈빛에 눈이 부셨다.

주배공은 아쇄와 오랫동안 만나지 못했다. 그러던 어느 날이었다. 그가 실로 오랜만에 난면 골목을 찾았다. 그러나 그는 도착하자마자 깜짝 놀랐다. 그녀의 집 거적문에 먼지가 켜켜이 쌓여 있고 창문에는 온통 거미줄이 쳐져 있었다. 마을 사람들에게 여러모로 물어본 결과 대충 소식을 알 수 있었다. 우선 아쇄의 아버지가 두 사람이 만난 후 얼마 지나지 않았을 무렵 한 많은 세상을 떠났다. 또 오빠는 돈을 벌기 위해 인삼을 캐러 흑룡강으로 떠났다고 했다. 가진 돈이 없었던 그녀는 아버지의 장례를 치르기 위해 어딘가로 팔려가기로 작정하고 돈을 우선 융

통했고 마을 사람들은 그 이후 그녀를 한 번도 보지 못했다고 전했다.

주배공은 순간 머릿속이 텅텅 빈 것 같았다. 아무 생각도 들지 않았다. 다리가 천 근 무게라도 되는 듯 무거워졌다. 그는 힘없이 터벅터벅 걸어서 겨우 순방아문까지 왔다. 그러나 들어갈 생각은 않고 그저 돌사자상 앞에 멍하니 서 있기만 했다. 머리에서는 한가득 쌓였던 눈이 녹아내렸다. 눈물은 자연스럽게 목구멍 안으로 흘러들어갔다. 그는 완전히 얼이 빠진 사람처럼 보였다.

"배공, 여기 있었군. 내가 얼마나 찾았는데!"

주배공이 자신을 부르는 소리에 놀라 뒤를 돌아봤다. 도해가 순방아문의 옆문에서 말을 타고 나오고 있었다.

"눈 구경 나왔다가 시간 가는 줄 몰랐네요. 그런데 군문께서는 어디 가시려고요?"

"가 보면 알아. 그 말은 주 대인께 가져다 드리게."

도해가 주배공의 질문에는 대답을 하지 않고 돌아서서 부하에게 지시했다. 그리고는 머리를 돌려 그를 바라봤다.

"폐하께서 우리를 접견하시겠다는 성지가 계셨어. 어서 말에 올라타게. 우리가 먼저 가면 의관衣冠이나 조주朝珠는 부하들이 가져다 줄 거야."

주배공은 도해의 권유에 따라 말에 올라탔다. 그러나 표정은 계속 밝지 않았다. 그저 망연자실한 표정으로 사방을 둘러볼 뿐이었다. 자연스럽게 말고삐도 느슨하게 잡았다. 두 사람은 어깨를 나란히 한 채 수십 명의 부하들에 둘러싸인 채 천천히 움직였다.

"왜? 갔다가 허탕을 쳤는가?"

도해가 여전히 평소와는 다른 표정인 주배공을 돌아보면서 위로의 말을 건넸다.

"세 살 먹은 아이도 아니고 잃어버리기야 하겠어? 내가 내일 순천부에 부탁해서 한번 알아보라고 하지!"

그의 말에 다소나마 걱정을 던 주배공이 감사를 표했다.

"군문, 잘 부탁드리겠습니다. 하지만 남의 입방아에 오르는 것은 싫습니다."

"매일 일도 손에 안 잡힐 정도로 안전부절 못하면서 그런 걱정까지 하면 어떻게 하나? 남들 눈 의식할 게 뭐 있어? 그런데 아쇄도 너무 했네. 좋아하는 사람이 여기에서 한자리하고 있다는 것을 알면서 아무 소식도 전하지 않으면 어떻게 하겠다는 거야?"

도해가 엉뚱하게 아쇄에게 화살을 날렸다. 주배공이 씁쓸한 표정을 지었다.

"그런 말씀 하지 마십시오. 아쇄는 제 은인이기는 하나 저를 좋아한다고는 말할 수 없습니다. 어쨌거나 저는 아쇄가 고생하는 걸 못 보겠어요."

"어려울 때 만난 사이니까 그렇겠지! 물 한 방울의 은혜를 양동이로 갚는 것이 사나이대장부의 본색이지. 그녀가 찾아오지 않은 것은 그럴 만한 사정이 있었을 거야."

도해가 주배공을 다시 한 번 위로했다. 주배공 역시 고맙다는 듯 머리를 끄덕였다. 이어 화제를 돌렸다.

"이렇게 늦은 시각에 폐하께서 왜 부르셨을까요? 무슨 일이 있는 걸까요?"

도해가 머리를 저었다.

"잘 모르기는 하나 아마도 북경 인근 지역의 방위 문제 때문에 그러시지 않나 싶네. 오응웅과 양기륭이 죽이 맞았다고 해. 한바탕 혼을 내주자고 하실지도 몰라!"

주배공이 말고삐를 잡아당겼다. 그런 다음 머리를 약간 들고 생각에 잠기는 듯하더니 다시 입을 열었다.

"그건 아닐 겁니다. 양기륭이 최근에 저지르고 다니는 일을 보면 진작 혼내줬을 겁니다. 그러나 참고 계시죠. 우리가 공격을 하면 양기륭이 오응웅과 더욱 깊은 관계로 발전할 것이라고 걱정하시기 때문에 그러시는 것 같습니다. 진짜 오응웅이 양기륭의 일에 적극적으로 개입한다고 생각해 보세요. 틀림없이 죽을죄를 지은 것 아닙니까? 그러면 오응웅을 처단하지 않을 수 없어요. 그럴 경우 오삼계에게 반란의 빌미를 제공할 수도 있습니다. 폐하께서는 그게 부담이 되시는 거죠. 조정, 아니 폐하께서는 항상 다른 사람들보다 한 수는 앞서 가시니까요! 하지만 그것도 위험한 일이기는 하죠."

주배공과 도해 두 사람은 이런저런 얘기를 나누다 어느새 오문 밖에까지 이르렀다. 부하 하나가 주배공의 제복을 챙겨들고 눈가루를 날리면서 달려오는 모습이 보였다. 오른쪽 곁문 입구에서는 먼저 당도한 웅사리와 명주, 색액도 등이 두 사람을 기다리고 있었다. 색액도가 여유만만하게 다가오는 주배공과 도해를 나무랐다.

"도 대인, 어떻게 장군 출신이 성지를 받들고도 이처럼 입조入朝하는 시간도 지키지 못합니까! 다른 일도 아니고 말이에요. 우리끼리 들어갔다가 폐하께서 물으시면 대답이 궁할 것 같아 들어가지 않고 기다렸습니다."

색액도에 이어 명주가 부드러운 어조로 덧붙였다.

"아무튼 폐하께서는 아직 근정전에서 양심전으로 돌아오시지 않았어요. 뭐 급할 것도 없고요."

곧 다섯 사람은 패찰을 내밀고 양심전으로 들어갔다. 명주의 말대로 강희는 아직 양심전으로 돌아오지 않았다. 그들은 일사불란하게 각자의 지위에 따라 돌계단 아래에 무릎을 꿇고 엎드린 채 기다렸다. 그제야 색액도가 나지막이 말했다.

"도 대인, 내가 잘 알지도 못하면서 괜히 짜증을 부렸습니다. 오문 밖에 서 있었더라면 발이라도 구르면서 추위를 쫓았을 텐데 이렇게 일찍 들어오니 괴롭네요. 동태가 되게 생겼어요!"

웅사리는 색액도의 호들갑에도 꿈쩍도 하지 않았다. 계속 꿋꿋하게 엎드린 채 무뚝뚝한 시선으로 뒤를 획 돌아보기만 했을 뿐 별 말이 없었다. 농담을 하려던 좌중의 사람들은 도로 입을 다물고 말았다.

"밀이 겨울에 눈을 많이 맞으면 다음 해 봄에는 아주 잘 자란다고? 황경, 자네 말은 참 듣기가 좋아!"

양심전의 수화문 밖에서 강희의 목소리가 들려왔다. 큰 소리로 웃고 말하는 모습이 기분이 매우 좋은 것 같았다. 강희는 장만강의 안내에 따라 무릎까지 오는 눈을 헤치면서 저 멀리서 걸어오고 있었다. 황경과 태감 한 명이 양쪽에서 팔을 부축하고 있었다. 강희가 자신이 부른 다섯 사람이 눈밭에 무릎을 꿇고 있는 모습을 발견했다.

"눈까지 내리는데 너무 그러지 말고 어서들 일어나! 웅사리는 나이도 많으니 앞으로는 번번이 이런 격식 차릴 것 없어. 정말 상서로운 눈이야. 내 눈에는 이게 다 눈이 아니라 밀가루 같아!"

다섯 사람은 곧 강희를 따라 양심전 안으로 들어갔다. 강희의 기분이 밝은 탓인지 아니면 궁전 안으로 들어와서 그런지 하나같이 온몸이 훈훈해지는 것을 느꼈다. 얼마 후 날은 곧 어둑어둑해졌다. 강희가 촛불을 밝히라고 지시를 내렸다. 그런 다음 위동정을 비롯한 낭심, 목자후, 노새 등의 시위들에게는 밖에 나가 있으라는 명령을 내렸다. 곧이어 웅사리 등 다섯 명에게는 차례로 자리에 앉으라는 손짓을 했다. 그가 책상 위에 2척 가깝게 높이 쌓인 문서를 가리켰다.

"짐이 즉위한 이래 문서들이 이렇게 많이 쌓여 있는 것을 보기는 이번이 처음인 것 같네. 여기에 예부, 형부, 병부, 호부의 서류들이 다 있어. 자네들이 나눠서 검토하면 짐이 한번 훑어볼 거야. 이상이 없으면 주배공이 깨끗하게 정리하도록 하지. 우리 오늘 밤을 새는 것이 어떤가? 재미있겠지? 다 못하면 내일 저녁까지 계속하고!"

강희의 제안에 웅사리가 먼저 대답했다.

"폐하께서 열심히 일하시는 것은 좋사옵니다. 그러나 이게 폐하께서 날을 새시면서까지 처리할 분량은 아니옵니다. 우선 소인들이 일차 검토를 해놓겠사옵니다. 폐하께서는 내일 최종 검토를 하는 것이 좋을 듯하옵니다. 폐하께서는 주무시다가 내일 새벽 오경 정도에 오시옵소서. 그때까지 저희들이 모두 마무리해 놓겠사옵니다."

강희는 웅사리의 말에 대꾸를 하지 않았다. 그저 서류더미에서 몇 뭉텅이를 덥석 가져가서는 검토하기 시작했다. 잠을 자지 않겠다는 의지를 행동으로 피력했다고 할 수 있었다. 그러자 주배공도 재빠른 동작으로 소매를 걷고 먹을 갈았다. 촛불을 책임진 궁녀의 행동 역시 빨라졌다. 각자의 앞에 촛불을 하나씩 밝혀주었다. 특별히 강희 앞에는 두 개나 더 많이 꽂았다. 궁전 안은 곧 쥐 죽은 듯 조용해졌다. 이따금씩 종잇장 넘기는 소리만 부스럭거릴 뿐이었다.

강희를 비롯해 다섯 사람이 일차 검토를 모두 마친 것은 대략 2경이 됐을 무렵이었다. 먼저 웅사리를 비롯한 네 명이 저마다 조심스럽게 검토를 마친 문서들을 제자리에 가져다 놓았다. 그 다음에는 강희가 자신이 검토를 마친 문서들을 주배공에게 넘겨주었다.

"이제는 자네가 바쁠 차례네. 저 사람들은 잠시 눈을 붙이게 하자고. 짐이 의문점이 있으면 그때 깨워서 물어볼 테니!"

강희는 말을 마치자마자 대신들 넷의 손을 거친 문서들을 자신의 앞으로 가져가 한 장씩 넘기면서 읽기 시작했다.

대전 안은 또다시 침묵이 흐르기 시작했다. 강희와 주배공은 각자의 일에 몰두하고 있었다. 할 일이 없어진 나머지 네 사람은 당연히 마음이 편치 않았다. "잠시 눈을 붙이라"는 강희의 배려에 따를 수도 없었다. 그저 졸다 깨다 하면서 숨죽인 채 앉아 열심히 일하는 강희의 모습을 지켜보기만 했다. 강희가 열심히 정사에 임한다는 소문은 이미 태감들에게 익히 들어 알고 있었다. 그러나 삼라만상이 고요한 야심한 밤까지 잠도 자지 않고 일하는 광경은 본 적이 없었다. 자꾸만 무거워지는 눈꺼풀을 지탱하면서 열심히 서류더미에 파묻혀 있는 모습을 지켜보다 급기야 밀물처럼 밀려오는 감동을 느꼈다. 웅사리는 더했다. 그는 속으로 '역사적으로 정사에 열심히 몰두한 군주로는 진시황과 당태종이 있었지. 그러나 그들 역시 폐하처럼 저러지는 않았을 거야!' 하면서 연신 감탄했다.

눈은 지치지도 않는지 계속 내렸다. 그야말로 거위털 같은 눈이었다. 백 년도 훨씬 더 된 궁전은 완전히 하얗게 뒤덮였다. 추억에 젖어들기 안성맞춤인 늦은 밤이었다. 위동정은 복도 저편에서 눈이 쏟아지는 밤하늘을 하염없이 바라다봤다. 갑자기 오차우와 함께 했던 기억들이 떠올랐다. 당시 그는《역경》을 읽고 있었다. 그러나 팔괘의 상생과 상극에 대해서 이해가 가지 않았다. 결국 오차우에게 가르침을 청했다. 오차우는 사람 좋은 웃음을 흘리면서 흔쾌히 가르침을 줬다.

"나하고 웅사리는 의견충돌이 자주 일어나지. 그러나 유독 이 부분에서는 생각하는 것이 같아. 위 군문이 물어온 것은 도가道家에서 중요하게 생각하는 역易이지 유가儒家에서 말하는 역이 아니야. 내 생각에는 이것은 아예 모르는 것이 낫네. 신하는 모든 일에 충효를 기본으로 삼고, 군주는 천하를 위한 마음이 먼저이면 되지. 그러지 않고 툭하면 술수에

나 의존하고, 대아大我가 아닌 소아小我의 안위와 영욕에만 연연하는 것은 곤란해. 위기 대처에 무기력해지고 무사안일주의에 빠지게 돼. 위 군문처럼 큰 포부를 가지고 있는 유능한 인재들마저 이런 사상에 빠진다면 이 나라는 어찌 되겠는가?"

위동정은 오차우의 말을 상기하면서 이번에는 궁전 안에서 밤을 지새우는 강희를 떠올렸다. 이럴 때 오차우가 옆에 있어 준다면 강희가 얼마나 용기백배할까 하는 생각이 자연스럽게 들었다. 그는 주배공도 뇌리에 떠올렸다. 오차우가 추천해 보냈다는 사실만으로도 보기 드문 인재일 것이라는 생각이 들었다. 이처럼 위동정이 오차우에 대한 그리움에 휩싸여 있을 무렵이었다. 강희의 목소리가 들려왔다.

"직예에서 발생한 이 사건은 너무 무겁게 처리하지 않았나 싶어. 짐의 생각에는 용서해주는 것이 좋을 것 같네, 명주."

"폐하의 인자하심은 충분히 이해하옵니다. 그러나 최도평崔度平이 밤에 흉기를 든 채 남의 집에 뛰어들어 땅 주인에게 중상을 입힌 것은 살인미수에 해당합니다. 그런 만큼 처형해야 마땅합니다. 하지만 그럴 만한 이유가 있었던 사실을 많이 참작했사옵니다. 또 효녀가 자신이 아버지를 대신해 죽겠다고 간청을 해오는 것도 고려했사옵니다. 이천 리 밖으로 유배를 보내는 것은 그나마 가볍게 처리한 것이옵니다."

강희가 명주의 말을 듣고는 한참을 생각하다 말했다.

"땅 주인 장張씨도 너무 비인간적이야. 갱명지更名地(원래 주인에게서 받아 이름을 바꿔 빌려주는 땅)를 마치 자신의 소유인 것처럼 그렇게 높은 땅값을 받아 챙기는 법이 어디 있는가! 최씨 집안 딸의 효심이 갸륵하니 최대한 가볍게 처리해주게!"

"소인은 봐줄 수 있는 선까지 봐 줬사옵니다. 폐하께서 소인이 내린 결정을 바탕으로 은혜를 베풀어 주시면 되겠사옵니다."

명주의 말에 강희가 한숨을 내쉬었다.

"특지特旨로 처리하게. 현지에서 사흘 동안 옥에 가뒀다가 내보내 주도록 하게. 노인이 칠십 고령인 데다 어린 것이 고작 여덟 살밖에 되지 않았다고 하니 어쩌겠는가. 한 명을 징벌하면 두 사람의 목숨이 왔다 갔다 할 판이야. 자네의 판결은 정확하기 이를 데 없어. 그러나 사람 사는 것이 꼭 딱딱한 법에만 의존해야 하는 것은 아니야. 인간사는 자로 잰 듯 획일적인 것이 아니거든!"

강희는 말을 마치기 무섭게 바로 입을 닫았다. 그러자 한참 후에 웅사리가 느릿느릿한 목소리로 입을 열었다.

"그쪽은 물난리로 작년 가을 추수를 거의 못했사옵니다. 장씨의 말이 어느 정도 일리는 있으나 너무 탐욕스러운 것도 사실이옵니다."

"호부에 명령해 구제해주라고 하게."

강희가 최종 결론을 내렸다. 이어 피곤한 듯 하품을 하면서 덧붙였다.

"그쪽 지방의 양부糧賦(곡물로 납부하는 토지세)를 감면해 주는 것은 어떨까? 자네 생각을 말해봐."

"폐하께 아뢰옵니다."

주배공이 웅사리 대신 황급히 입을 열었다.

"오늘 저녁 소인이 처리한 양부 면제 안건만 해도 일곱 건이나 되옵니다. 소인 생각에는 지금 당장은 너무 관대하게 해주는 것이 바람직하지는 않은 것 같사옵니다."

강희가 또다시 침묵했다. 속으로 갈등하고 있는 것이 분명했다. 목이 타는지 차를 한 모금 마셨다. 그런 다음 잠시 생각을 하더니 다시 입을 열었다.

"짐은 누구한테 좋은 소리를 듣기 위해 이러는 게 아니야. 하늘에서 먹을거리가 저 눈처럼 쏟아져 내렸으면 얼마나 좋겠나! 곧 춘궁기가 다가오는데 백성들이 굶지는 않아야 할 것 아닌가. 먹을 것이 없어 배를 쫄쫄 곯아봐. 눈에 보이는 게 어디 있나. 법도 배 부르고 등 따뜻할 때 지킬 수 있는 거라고. 곧 굶어죽게 생겼는데, 무슨 수로 법을 지키겠어!"

강희의 인정어린 말은 쥐 죽은 듯한 고요한 궁전에 조용히 퍼져 나갔다. 하지만 무게가 있었다. 위동정은 그의 말에 가슴이 찡해지는 감동을 온몸으로 느꼈다. 갑자기 찬바람이 사정없이 불어 닥쳤다. 위동정은 심하게 떨면서 두 팔을 감싸안았다. 그가 빨리 동상방東厢房으로 들어가 동료 시위들에게 털조끼를 가져다 줘야겠다고 생각하면서 돌아서던 순간이었다. 서쪽 복도의 지붕 위에 검은 그림자가 언뜻 비쳤다. 그는 그 자리에 멈춰선 채 그림자의 동향을 주시하기 시작했다. 검은 그림자는 여기저기 부산하게 살피고 있었다. 그러다 살짝 땅에 내려서더니 눈밭에 납작하게 엎드린 채 꼼짝하지 않고 있었다. 순간 위동정은 온몸의 신경을 곤두세운 채 고함을 질렀다.

"누구냐! 간덩이가 부은 자객이군!"

낭심을 비롯한 시위들이 위동정의 소리에 깜짝 놀라 허둥지둥 달려왔다. 저마다 칼을 뽑아든 채였다. 그야말로 비상사태에 돌입했다고 할 수 있었다. 그중에서도 노새가 가장 적극적이었다. 칼을 휘두르면서 앞서 달려 나가 한바탕 싸울 태세를 취하고 있었다. 그러자 낭심과 목자후가 가볍게 몸을 날려 계단 위로 올라섰다. 궁전의 문을 봉쇄한 것이다. 그런 다음 둘이 큰 소리로 말했다.

"폐하께서는 아무 걱정하지 마시옵소서. 저희들이 목숨을 걸고 보호하겠사옵니다!"

낭심과 목자후의 말이 끝나기 무섭게 수화문 입구에 서 있던 수십 명의 시위들도 우르르 칼을 든 채 달려왔다. 양심전에는 졸지에 물샐틈없는 포위망이 펼쳐졌다. 시위들은 하나같이 만반의 준비를 갖춘 채 눈 위에 죽은 듯 엎드려 있는 자객을 노려봤다.

강희와 대신들은 토론에 열을 올리다 말고 일제히 자리에서 벌떡 일어났다. 밖에서 자객의 침입 때문에 소란이 일어났으니 놀라지 않을 수 없었던 것이다. 특히 강희는 심장이 멎을 것 같은 두려움에 휩싸였다. 개국 이후 궁에서 이런 일이 발생한 적은 한 번도 없었으니 말이다. 그는 한참 동안 귀를 기울였다. 그러나 밖에서는 아무런 소리도 들리지 않았다. 이상하리만치 조용했다. 궁금해진 그는 천천히 궁전 밖으로 나왔다. 그러자 웅사리와 색액도가 황급히 들어가라고 말렸다. 명주와 도해, 주배공 역시 신속하게 강희의 앞을 가로막았다. 지붕 위에서 뛰어내린 다음 눈 위에 엎드린 채 꼼짝 않고 있던 자객은 강희를 보자 황급히 일어나 무릎을 꿇었다. 이어 머리를 조아리면서 큰 소리로 외쳤다.

"폐하!"

자객이 머리를 들었다. 순간 주배공은 깜짝 놀랐다. 희미한 불빛을 빌어 본 얼굴이 눈에 익었던 것이다! 강희 역시 자객을 알아보고는 외마디 소리를 질렀다.

"황보보주! 짐을 노리고 온 자객이 자네였나?"

좌중의 사람들에게 자객의 등장은 분명 놀랄 만한 일이었다. 하지만 더욱 놀라운 사실은 강희가 자객을 알고 있다는 것이었다. 위동정은 상황이 묘하게 전개되자 긴장이 약간 풀렸다. 그제야 자객을 자세히 살펴볼 수 있는 여유도 생겼다. 아, 그는 바로 오응웅의 집에서 바둑을 두던 그 무사가 아닌가! 그런 그가 높기로 유명한 자금성의 담장과 삼엄하기 이를 데 없는 경계를 뚫고 들어온 것에서 그치지 않고 눈까지 내리는 이 밤에 유유히 강희 앞에까지 나타나 무릎을 꿇고 있었다.

황보보주는 자객답지 않게 창백해진 얼굴을 한 채 입술을 실룩거렸다. 그러더니 급기야 엉엉 하고 울음을 토해냈다. 뿐만 아니었다. 가슴 속에

품었던 날카로운 비수를 비롯해 소매 안에 감춘 독침, 포승, 갈고리 등을 모조리 꺼내 땅바닥에 던졌다.

"저 황보보주는 사나이로 태어나 사람 구실도 제대로 못한 바보멍청이이옵니다. 지금까지 성군을 몰라보고 도적을 위해 나쁜 짓만 일삼았사옵니다. 그러니 더 이상 살아갈 명분이 없사옵니다."

황보보주가 동시에 머리를 뒤로 젖혔다. 이어 칼을 자신의 목으로 가져갔다.

"오늘 폐하 앞에서 자결함으로써 조금이나마 양심의 가책을 덜겠사옵니다. 더불어 다른 사람들에게 경종을 울려주고 싶사옵니다!"

"잠깐만! 짐이 할 말이 있네. 다 듣고 죽어도 늦지는 않을 걸세!"

강희가 황급히 소리를 질렀다. 이어 천천히 자신의 생각을 피력했다.

"역사적으로 보면 자네같이 죽어간 사람들은 참으로 많았어. 하지만 저지른 죄가 밉지 사람이 밉겠나. 양심의 가책을 느껴 그렇게 가볍게 죽는다고 모든 죄가 따라서 없어지기라도 한다는 건가? 자네가 죽는다고 짐에게 도움이 되는 것은 하나도 없어. 우리 대청大淸에도 마찬가지고! 자네가 죽어도 또 자객은 있을 것이고 더욱 악랄할 수도 있으니까. 죽을 수 있는 용기와 각오로 새롭게 시작하는 것은 어떨까?"

강희의 말은 진정성과 더불어 나이에 맞지 않게 위엄이 있었다. 구구절절이 비수가 돼 황보보주의 마음을 찔렀다. 뿐만 아니라 신기한 영험을 가진 단약이 돼서 황보보주의 상처난 곳을 치료해 주었다. 한마디로 웅사리처럼 박식한 사람조차 감탄을 연발할 만큼 논리정연하고 설득력이 있었다. 황급함 속에서 튀어나온 말들이 어떻게 저토록 심금을 울릴 수 있다는 말인가! 그는 혀를 내두를 뿐이었다. 강희는 웅사리가 자신에게 터뜨리는 찬탄을 아는지 모르는지 계속 말을 이어갔다.

"짐은 짐 자신을 믿네. 또 자네도 믿네. 일어나게. 어서 일어나라니까!

여러분들은 절대로 이 황보 선생의 털끝 하나라도 건드리면 안 돼. 그러면 즉각 죽음이야!"

원래 황보보주는 오응웅의 명령에 따라 건청궁에 있다고 알려진 금패 영전金牌令箭(황궁의 명령을 증명하는 화살 모양의 증표)을 훔치러 온 것이다. 오응웅으로서는 주삼태자의 은패를 확보했으니, 금패 영전마저 손에 넣으면 운남으로 탈출하는 것이 식은 죽 먹기라는 생각을 했던 것이었다. 그러나 그가 어찌 알았으랴! 호랑이를 때려잡아 오삼계를 구해준 그 의리의 사나이가 이때는 이미 오화산을 떠날 때의 그 황보보주가 아니라는 사실을 말이다. 황보보주는 일찍이 연주부에서 오차우와 오랫동안 지낸 바 있었다. 가까이에서 지켜보면서 오차우의 진면목을 알게 될수록 흔들리는 자신을 발견하게 됐다. 느닷없이 자책하고 까닭없이 좌절하는 자신 때문에 고민도 많이 했다. 그러다 절대 오차우와 같은 인재를 죽여서는 안 된다는 결론을 내렸다. 그가 본 오차우는 한족이었으나 여느 한족 학자들과는 많이 달랐다. 일편단심으로 오랑캐 황제를 섬겼다. 그는 바로 이런 인간 됨됨이에 매료됐던 것이다. 그로서는 굳은 절개와 지조로 어떤 시련에도 굴하지 않은 채 오로지 강희만을 위하고 아끼는 외고집 선비 오차우에게 인간적인 매력을 느꼈다. 처음에 그는 오차우가 황제의 스승으로서의 도리를 다하기 위해 그러는 줄로만 알았다. 하지만 시간이 흐르면서 서서히 달라졌다. 수많은 사람들이 강희의 업적을 칭송하고 엄지를 치켜세우자 오차우가 왜 그러는지를 알게 됐다. 반면 자신이 지금껏 섬겨온 오삼계는 사람들이 내뱉는 비난에 빠져 죽을 정도의 인간이라는 사실을 깨닫게 됐다. 그로서는 생각을 고쳐먹지 않을 수 없었다.

그럼에도 불구하고 그는 금패 영전을 훔치려고 황궁의 담장을 넘었다. 하지만 실패했다. 오응웅이 지시한 대로 건천궁에 먼저 가 봤으나 아예 손도 써보지 못했다. 그곳에는 한밤중인데도 시위들이 쭉 늘어서 있는 등 경비가 삼엄했던 것이다. 게다가 안팎으로 불이 대낮처럼 밝았다. 손을 쓸 엄두가 나지 않았다. 양심전으로 잠입해 지붕 위에서 두 시간 이상이나 군신들 간의 대화를 엿들은 것도 그 때문이었다.

그의 눈에 비친 강희는 부지런히 정사를 살핀다는 소문 그대로였다. 산적한 문서들에 머리를 파묻고 살피는 모습이 너무나 진지했다. 황보보주는 금패 영전을 훔쳐낸다는 것이 불가능하다는 판단을 내리고는 돌아서려고 했다. 바로 그때 그는 강희와 대신들이 최도평의 범행과 관련해 전개한 난상토론을 엿듣게 됐다. 자연스럽게 최도평에게 대한 인간적인 관대한 시선과 수해를 입은 백성들에 대한 진정한 부모관父母官의 자세를 느낄 수 있었다. 마음이 따뜻해진 것 역시 너무나 당연했다. 그가 본 강희는 위엄과 무소불위의 상징인 군주이기 이전에 후덕한 이웃의 형이었다. 또 너그러운 부모와 다를 바가 없었다. 백성들이 이런 황제를 도대체 어디에서 만날 수 있다는 말인가? 그는 자신이 금패 영전을 훔치러 온 도둑이라는 사실을 잠시 망각했다. 지붕 위에서 귀를 바싹 붙인 채 안의 대화를 들으면서 많은 생각을 했다. 그의 눈에 비친 오화산의 오삼계는 기생이나 끼고 술자리를 벌이면서 늘 흐느적거리는 인간이었다. 또 돈이나 마구 뿌려대는 인간 말종이었다. 강희와는 비교하는 것부터가 의미가 없었다. 그런 인간 밑에서 호의호식하면서 노닥거린 자신 역시 크게 다르지 않았다. 인간쓰레기라고 말해도 크게 틀리지 않았다. 때문에 그는 이번 기회에 강희 앞에서 모든 것을 속 시원하게 고백한 다음 자결을 하려고 마음을 먹었던 것이다.

황보보주는 강희의 진심어린 말에 마침내 검을 던지고 무릎을 꿇었다. 두 손을 뒤로 한 다음 울먹였다.

"동정 형께서 저를 포박해 주십시오!"

위동정 역시 미묘한 감정에 휩싸였다. 그러나 일은 일이었다. 장검을 내려놓고 그에게 다가갔다.

"위 군문, 그만 물러나!"

강희가 고함을 질렀다. 그러더니 잰걸음으로 계단 위에서 내려왔다. 그는 직접 황보보주를 일으켜 세운 다음 손을 잡은 채 궁전 안으로 들어갔다. 황보보주는 눈물을 비 오듯 흘렸다. 강희가 잡은 자신의 손을 빼내려고 하다 여의치 않자 계속 울기만 했다.

웅사리는 처음에는 황보보주를 의심했다. 그러나 그의 얘기를 다 듣고는 크게 감동을 받았다. 그가 조용히 입을 열었다.

"황보 선생, 방금 하신 폐하의 말씀을 잘 새겨들어야 할 거요. 오늘 이 자리에서 죽으면 그 진심은 충분히 전달될 수 있소. 그러나 그것은 충성이라고 볼 수 없소!"

"대인의 말씀이 지당하십니다."

황보보주가 떨리는 목소리로 대답했다. 사실 말은 그렇게 했으나 그는 자신의 눈앞에서 발생한 일이 도무지 실감이 나지 않았다. 마치 꿈을 꾸고 있다는 생각마저 들었다. 그러나 그는 곧 정신을 차렸다. 형언할 수 없는 비감함에 눈물을 주르륵 흘렸다.

"자네는 오삼계에게 받은 은혜 같은 것은 생각하지 말아야 하네."

강희가 예리하게 황보보주의 생각을 넘겨짚었다. 그리고는 덧붙였다.

"오삼계의 위선과 거짓의 눈물은 소인배들의 간사한 마음밖에는 살 수 없어. 그건 영원할 수가 없다고! 보다시피 자네 같은 훌륭한 인물을 놓치잖아! 지난번 오 액부의 집에서 자네를 처음 봤을 때부터 짐은 무척이나 자네의 처지를 애석해했다네!"

황보보주는 강희의 진심어린 말에 꽁꽁 얼어붙었던 마음이 녹아내리는 것 같은 기분을 느꼈다. 바로 감사의 말이 터져 나왔다.

"폐하께서 하신 말씀을 소인의 가슴속에 아로새기겠사옵니다."

황보보주는 현실로 돌아오자 난감한 표정을 지었다. 길게 한숨을 내쉬었다.

"인생살이라는 것은 마치 바둑과도 같사옵니다. 주 선생과 오응웅의 한판 대결처럼 몇 번을 치고 박고 해야 겨우 진리를 얻을 수 있는 것 같사옵니다. 소인은 오늘 폐하의 말씀을 한 글자도 빠뜨리지 않고 평생 음미하면서 살겠사옵니다. 그런데 지금 당장은 어떻게 하면 좋을지 모르겠사옵니다."

강희가 습관적으로 아래턱을 잡은 채 촛불을 응시하면서 대답했다.

"짐도 자네를 옆에 두고 싶어. 그러나 그러면 오삼계한테 빌미를 제공하는 격이 될 거야. 그래서 그건 안 되겠어. 짐의 생각에는 자네에게 뭐 하나 맡겨서 멀리 보내는 것이 좋을 것 같네. 나중에 전쟁터에서 오삼계와 싸우라는 얘기가 아니야. 자네를 필요로 하는 곳은 정말 많네!"

"훌륭한 장군을 얻으신 것을 축하드리옵니다."

명주가 희색이 만면한 얼굴로 아뢰었다. 그러나 본론의 내용은 달라졌다.

"그래도 소인 생각에는 황보 선생을 돌려보내는 것이 좋을 듯하옵니다. 굳이 주목받는 위치에 있지 않더라도 그쪽에 우리 사람이 한 명 더 있는 것이 의미가 클 것 같사옵니다."

강희 역시 거기까지 생각을 하지 않은 것은 아니었다. 그러나 황보보주를 다시 돌려보내는 것은 문제가 있었다. 무엇보다 그는 오씨 집안에서 잔뼈가 굵었다. 신세도 많이 졌다. 그런 그에게 일종의 간첩 역할을 하게 하는 것은 아무래도 가혹한 일이었다. 강희가 주저한 것은 그 때문이었다. 그러나 명주의 말에도 일리가 없는 것은 아니었다. 마침 그때 웅사리가 위동정에게 물었다.

"호신, 오늘 이 일이 밖으로 새어 나가겠습니까?"

"그럴 일은 없습니다. 처음부터 대문을 봉해버렸습니다. 게다가 큰 소동도 없었고……."

위동정이 자신 있게 대답했다. 그때 다시 황보보주가 이를 악물면서 결연한 의지를 다졌다.

"그러면 소인은 돌아가겠사옵니다! 제가 폐하에게 충성을 하려면 지금 이 상태로는 불가능하옵니다. 아무것도 가진 것 없이 빈손으로 충성을 논할 수는 없지 않겠사옵니까? 지금 오응웅이 뭔가 꿍꿍이를 꾸미는 것은 분명하옵니다. 그러니 만큼 그쪽에 폐하의 사람이 있을 필요가 있사옵니다. 또 제가 알기로는 태감들 중에는 종삼랑향당에 적을 두고 있는 사람이 많사옵니다. 그중에는 오응웅에게 매수된 자들 역시 적지 않사옵니다. 그러니 폐하께서는 의식주에 각별히 신경을 쓰셔야 하옵니다."

강희가 흠칫 놀라면서 고개를 끄덕였다. 황보보주가 그가 가장 관심을 두는 부분을 지적한 것이다. 사실 그 문제에 대해서는 소모자 역시 확실한 정보를 가지고 오지 못했다. 그는 이미 마음속으로 황보보주를 오삼계 진영으로 돌려보내는 것이 좋겠다는 명주의 말이 합리적이라는 판단을 내리고 있었다. 한참 후 그가 입을 열었다.

"좋아! 자네는 원래대로 돌아가는 것으로 하자고. 단 하나 잊지 말아야 할 게 있어. 절대로 무리해서는 안 된다는 거야. 불필요한 일은 전하지 않아도 좋으니까 조심하게. 급한 일이 있으면 위 군문을 찾도록 하게."

강희가 황보보주에게 신신당부를 했다. 그런 다음 서각西閣으로 들어가더니 금패 영전을 들고 나왔다.

"이걸 훔치러 왔다면서? 이렇게 시간을 지체했는데 빈손으로 돌아가면 안 되지. 가져가게!"

"만세! 만세! 만만세!"

황보보주가 강희의 마음 씀씀이에 다시 한 번 감동해서 눈시울을 붉히면서 큰 목소리로 외쳤다. 두 손으로 정중하게 금패 영전을 받아든 채 읍을 했다.

"그러면 죄 많은 소신은 이만 가보겠사옵니다!"

황보보주가 말을 마치고는 대전을 나갔다. 곧이어 몸을 비틀어 힘껏 솟구치더니 곧바로 어둠 속으로 사라져 버렸다. 순식간이었다. 사람들은 제비가 하늘을 나는 듯한 가벼운 그의 몸동작에 혀를 내두르지 않을 수 없었다.

"장만강!"

강희가 큰소리로 장만강을 불렀다.

"예, 폐하!"

"황경이 왔나?"

"황경은 휴가 중이옵니다."

"경계를 강화해야 할 거야! 오늘 저녁에 이 자리에 있었던 모든 태감과 궁녀들에게 입단속을 철저하게 시켜! 그러지 못하고 비밀이 새나가는 날에는……. 흥!"

"예, 폐하!"

# 35장

# 강희를 노리는 미인계

소모자는 오응웅이 야심한 시간에 황보보주를 황궁 안으로 잠입시킨 사실을 알고 있었다. 액부부에서 오응웅과 함께 이제나저제나 황보보주가 돌아오기만을 속을 끓이면서 학수고대하고 있었다. 오응웅이 지난번 직접 고루서가를 찾은 이후 양기륭은 그에게 특별한 일 하나를 맡겼다. 전적으로 오응웅과 연락을 취하는 일이었다. 그것은 소모자와 오응웅 둘 다 기대해 마지않던 일이기도 했다.

소모자의 안색은 황보보주를 황궁 안으로 잠입시킨다는 말을 처음 전해 들었을 때 그 자신도 모르게 확 변했다. 오응웅은 소모자가 무서워서 그러는 줄 알고 그의 어깨를 감싸 안아주었다.

"별의별 일을 다 겪어봤다는 자네가 웬일인가? 걱정하지 마! 황보보주의 재주도 자네가 늘 입버릇처럼 달고 다니던 호궁산이라는 사람에 비해 결코 못하지 않아. 목표로 하는 물건을 훔쳐내지 못하더라도 신변

안전은 문제가 없을 거야!"

소모자는 오응웅이 황보보주를 자객으로 보낸 것은 아니라는 말에 다소나마 위안이 되었다. 그러나 여전히 일말의 불안감은 떨쳐버리지 못했다. 나중에는 그런 안절부절못하는 기색을 오응웅에게 들킬까 싶어 자리에서 조용히 일어나려고 했다. 그러나 그럴 경우 괜히 의심을 자아낼 소지가 다분했다. 결국 다시 주저앉고 말았다. 이어 억지로 정신을 가다듬고 오응웅의 비위를 맞춰줬다. 그러다 나중에는 연거푸 술 몇 잔을 마시고는 몸에 이상한 반점이 돋는다는 핑계를 그럴싸하게 댔다. 역시 오응웅은 소모자를 당해내지 못했다. 아무리 그가 간사하고 교활하더라도 연기력에 관한 한 소모자를 따를 사람은 별로 없었다.

황보보주가 오응웅의 집으로 돌아온 것은 새벽 두 시쯤이었다. 오응웅은 이미 눈이 해롱해롱해진 상태에서 술병을 든 채 연신 혼자 술을 따라 마시고 있었다. 소모자는 너무 피곤한 나머지 눈을 반쯤 감고 옆에 앉아 있었다. 순간 정원에서 인기척 소리가 들렸다. 두 사람은 마치 불에라도 덴 듯 화들짝 놀라면서 자리에서 일어났다. 오응웅이 먼저 정신없이 밖으로 뛰쳐나갔다. 그러다 눈을 뒤집어쓰고 들어오는 황보보주와 부딪쳐서 그의 품에 안기는 모습을 연출하고 말았다. 소모자는 황보보주의 얼굴이 몹시 평화로워 보이는 것을 간파했다. 또 몸에 피가 묻어 있지 않은 것도 확인했다. 그제야 그는 안도의 한숨을 내쉬었다. 안심하고 다음 행동에도 나설 수 있었다. 황급히 얼굴 씻을 더운 물을 떠다 주고 마른 옷까지 챙겨주었다. 황보보주는 그 물로 얼굴을 대충 닦은 다음 따끈따끈한 황주가 담긴 잔을 두 손으로 감싸 쥐었다. 그러자 오응웅이 웃으면서 소모자에게 말했다.

"하여튼 아부 떠는 데는 당해낼 사람이 없다니까!"

"전생에 하인이었잖아요! 이 정도 눈치도 없이 어떻게 대단한 액부 댁의 밥을 얻어먹겠어요!"
소모자가 대수롭지 않은 듯 대답했다.
"오래 기다리셨죠, 세자!"
황보보주가 뜨거운 술이 목구멍을 타고 넘어가자 그제야 기운이 나는 모양이었다. 동시에 혀를 내두르면서 말을 이었다.
"하마터면 건청궁의 귀신이 될 뻔했네요. 경계가 하도 삼엄해 전혀 손을 쓸 수가 없었어요!"
오응웅이 약간 놀라는 표정이었다.
"안 되면 다른 방법을 생각해야지, 까짓것 뭐. 그런데 하도 오지 않으니까 슬슬 걱정이 되더라고!"
소모자도 질 수 없다는 듯 둘의 대화에 끼어들었다.
"그쪽 사람들 제가 다 알아요. 얼마나 악랄하다고요! 위동정, 낭심 이 자들은 매일 저마다 올빼미 눈을 뜬다고요. 잠도 없는 것 같아요! 아무튼 무사히 돌아오셨으니 나무아미타불을 삼천 번은 암송해야겠네요!"
"나를 뭘로 보고!"
황보보주가 일부러 굳어진 얼굴을 한 채 말했다. 거짓말을 해야 한다는 사실에 가슴이 세차게 뛰고 있었다. 그러나 내친걸음이었다.
"빈손으로 돌아올 것 같았으면 진작에 왔지!"
말을 마친 황보보주가 안주머니에서 금패 영전을 꺼냈다. 그런 다음 오응웅에게 건네주었다.
"아무래도 하늘이 세자를 보살펴 주시는 것 같습니다. 이것 역시 하늘의 뜻이 아니겠습니까?"
오응웅의 얼굴에는 기쁨이 넘쳐나고 있었다. 마치 주인 없는 생선가게에 나타난 고양이처럼 흥분에 떨면서 빼앗듯 금패 영전을 받아 들었다. 그가 그것을 불빛에 가까이 대고 살펴보더니 드디어 울음에 가까운 미친 듯한 웃음을 터뜨렸다.

"진짜야, 진짜라고! 하하하하…… 진짜……."

오응웅이 미친 듯 웃어대다 갑자기 뚝 멈췄다. 그러더니 머리를 돌려 황보보주에게 물었다.

"건청궁이 경계가 삼엄했다면서? 이걸 어떻게……."

"이건 양심전에서 찾아낸 겁니다. 황제가 부지런히 정무를 본다는 소문이 자자하더니, 오늘에야 직접 확인을 했네요. 삼경이 지나서야 들어가기에 살짝 훔쳐서 나왔습니다."

황보보주가 인삼탕을 마시면서 대답했다. 오응웅이 금패 영전을 만지작거리면서 소모자에게 얼굴을 돌렸다.

"이 물건은 건청궁에 있다고 자네가 그러지 않았나?"

"그게 아니었나요? 하계주가 왜 말을 안 했을까? 어디에서 꺼냈다고요?"

소모자가 의아하다는 표정으로 고개를 갸웃했다. 급기야 황보보주에게 슬며시 물었다.

"어둠 속에서 대충 만져봤죠. 작은 상자인 것 같았어요."

황보보주 역시 자신 없는 목소리로 대답했다. 그러더니 오응웅의 생각을 넘겨짚은 듯 되물었다.

"왜요? 잘못 가져왔나요?"

그때 소모자가 갑자기 손뼉을 치면서 말했다.

"이제야 알겠다! 오늘은 정말 여러모로 세자께서 복이 있는 날이네요! 이건 공사정이 돌려보낸 것이 틀림없어요. 그 자리에 놓아둔 채로 깜빡했나 봅니다."

"이것만 있어서는 안 돼!"

오응웅이 불빛을 쳐다보면서 생각에 잠기더니 안도의 숨을 내쉬면서 젓가락으로 안주를 집어 먹었다. 그리고는 다시 입을 열었다.

"주삼태자 그 자식이 나한테 덤터기를 씌우려 하고 있어. 자칫하면 내가 당할 수도 있고. 그럴 바에야 차라리 내가 먼저 발 빠르게 그자에게 손을 쓰는 것은 어떨까? 눈에는 눈, 이에는 이라는 말도 있잖아!"

"황제를 죽인다는 말입니까?"

황보보주와 소모자가 놀란 나머지 거의 동시에 소리를 질렀다. 오응웅이 주위를 두리번거리더니 나지막이 자신의 생각을 밝혔다.

"쉿, 조용히 해! 그건 아자가 알아서 할 일이야. 내게 다 생각이 있다고. 나는 양기륭 그런 개 대가리 같은 자식들보다는 한 수 위야!"

"구체적으로 어떻게 하겠다는 겁니까?"

황보보주가 못내 궁금한지 직설적으로 물었다. 오응웅은 기다리는 대답은 하지 않고 히죽 웃기만 했다. 그러더니 얼굴을 돌려 소모자에게 물었다.

"자네는 아직 어차방에서 물을 끓이는가?"

"예."

소모자가 머리도 들지 않은 채 대답했다. 시중을 드느라 여념이 없는 듯했다. 하지만 속으로는 이미 오응웅의 의중을 분석하고 있었다.

"고생이 많겠군."

"이제는 그러려니 해요."

소모자가 눈시울을 붉혔다. 갑자기 어머니가 생각난 것이다. 사실 그는 어머니를 끔찍이 모시는 효자였다. 지난번 호되게 야단을 맞고 나서 두어 번 집에 가기도 했다. 그때마다 어머니는 그가 다시 사고를 치지 않을까 걱정을 하면서 열심히 부처님께 기도를 드리고 있었다. 그래서인지 머리는 완전히 백발로 변해 있었다.

"자네, 양심전으로 돌아가고 싶은 생각은 없나?"

오응웅이 갑자기 물었다.

"가고 싶다고 되는 일도 아닌데요, 뭘."

소모자는 속으로 은근히 놀랐다. 그러나 대수롭지 않다는 듯 말하고는 젓가락을 놓으면서 천천히 물었다.

"액부께서는 왜 뻔한 걸 물으세요? 저라고 왜 큰물에서 놀고 싶지 않겠어요?"

오응웅은 자신만만한 표정으로 머리를 끄덕이더니 단호하게 말했다.

"내가 자네를 양심전으로 보내줄 수 있어. 단 조건이 있어. 나하고 주삼태자 사이에 양다리를 걸쳐서는 절대 안 되는 것이 조건이야. 둘 중 하나를 선택을 해야 해. 주삼태자는 그쪽 놈들이 사람들을 현혹시키기 위해 조작한 가짜야. 진정으로 자네를 키워줄 사람은 나밖에 없어!"

오응웅의 눈에서는 음흉한 빛이 번져 나오고 있었다. 옆에서 그의 말을 듣고 있던 황보보주는 긴장하지 않을 수 없었다. 손에서 땀이 나고 있었다. 도대체 오응웅이 무슨 속셈으로 엉뚱한 소리를 하는지 진짜 알 수가 없었던 것이다.

"액부께서는 무슨 뾰족한 수라도 있으십니까?"

황보보주가 기어코 직설적으로 물었다. 오응웅이 그제야 비밀스런 웃음을 흘리면서 대답했다.

"내가 입수한 정보에 의하면 주삼태자는 이미 황사촌을 구워삶았어. 강희를 독살하라고 시켰다는 거야. 우리 아버님의 목을 졸라 반란을 부추기는 한편 다른 사람의 칼로 나를 죽이려는 심보인 것이지. 흥, 흥! 머리는 꽤나 쓰는 놈이라니까! 그러니까 소모자 자네는 밤낮 황사촌만을 감시하고 있으라고. 그러다 때가 되면 손목을 잡아 비틀어 폐하께 끌고 가서 까밝히면 되는 거야. 어때? 양심전에 돌아가기에는 충분한 공로 아니겠어?"

"세상에!"

소모자는 오응웅의 말에 그야말로 대경실색했다. 입술이 바로 하얗게 질릴 정도였다. 머리카락이 쭈뼛 일어섰다. 경악이라는 말로는 부족하다고 할 수 있었다! 그러나 소모자는 갑자기 뇌리를 스치는 그 무엇을 느끼고는 황급히 말을 이었다.

"제가 만약 황사촌을 그렇게 만들면 주삼태자가 저를 가만 놔두겠어요? 아마 날로 먹겠다고 으르렁댈 게 분명해요!"

소모자의 말에 오응웅이 냉소를 터트렸다.

"어딜 감히! 그건 걱정하지 마. 내 사람을 건드리면 내가 가만히 있을 것 같아? 펄펄 끓는 쇳물에 쥐새끼처럼 거꾸로 처박아버릴 거야. 주삼태자 그 자식 별 볼 일 없다니까!"

"그러면……."

황보보주가 한마디 꺼내려고 했다. 그러나 그냥 삼키고 말았다. 오응웅은 그럼에도 그가 무슨 말을 하려는지 아는 듯했다.

"자네 방금 황사촌 얘기를 하려던 참이었지? 내 간에 붙었다가 주삼태자 그 자식 쪽으로 붙은 지가 이미 옛날이야! 같이 있었던 정분을 생각해 일이 끝난 다음 그 자식 집에 돈 좀 던져주면 돼."

말을 마친 오응웅은 피곤한지 하품을 했다. 그런 다음 창밖을 바라보면서 덧붙였다.

"날이 곧 밝으려고 하는군! 이번에 낭정추는 부르지 않았어. 지난번 황제가 다녀간 후로 어쩐지 눈치가 좀 이상해. 좀 지켜봐야겠어."

날씨는 갈수록 따뜻해지고 있었다. 궁중의 담벼락과 바닥에 깔린 청석靑石 사이에는 어느새 애기고사리 같은 풀들이 머리를 쏙 내밀었다. 곧 새파랗게 생명력도 키워갔다. 강희는 사실 지난해 봄에 아무도 몰래 시험 삼아 벼를 좀 심은 적이 있었다. 가을 추수 무렵에는 문무백관들을 불러 보여주고 싶은 생각도 없지 않았다. 또 수확량이 괜찮으면 벼농사를 황하 이북까지 적극 확대해 나가려고 했다. 그러나 8월에 느닷없이 이른 서리가 두 번이나 내렸다. 그 바람에 곡식은 단 한 알도 수확하지 못했다. 완전히 농사를 망친 것이다. 이 일로 인해 강희는 별로 기분이 좋지 않았다. 그러나 한 차례의 실패 때문에 포기할 강희가 아니었다. 봄이 돌아오자 더욱 그랬다. 황후를 시켜 벼 모종을 키우도록 했다. 논에 옮겨야 할 무렵에는 경산景山 뒤편의 논에 가서 직접 모내기를 하기도 했다. 담당 태감에게 자식 키우듯 열심히 키우라는 명령도 내렸다. 그는 그렇게 하고서야 궁으로 돌아왔다.

강희는 궁전 앞에 서서 따스한 봄바람에 얼굴을 맡기고 있었다. 한동안 느긋하게 봄볕을 쪼였다. 처마 밑에는 어느새 제비들이 보금자리를 짓느라 분주히 드나들고 있었다. 길조로 통하는 제비는 시골의 가난한 농부의 집에도, 금빛 찬란한 황궁의 처마에도 어김없이 찾아오고 있었다. 그래도 누구 하나 건드리지 못하니 얼마나 자유로운가! 강희는 그 생각이 들자 제비가 부러웠다. 그래서 꼼짝도 않고 제비를 쳐다봤다. 얼마 후 그는 조금 피로감을 느꼈다. 궁으로 돌아가야겠다고 생각했다. 그때 황경이 공손히 계단 아래에 서 있는 모습이 눈에 들어왔다.

"황경, 장만강은 어디에 있는가?"

"폐하께 아룁니다. 태황태후마마께서 대각사大覺寺로 불공을 드리러 가셨다가 뭔가를 빠뜨리신 모양이옵니다. 그것을 찾으러 갔사옵니다."

황경은 강희에게 잘 보이기 위해 무진 애를 쓰고 있었다.

"아, 그런가!"

강희가 대수롭지 않게 말하더니 갑자기 크게 웃고 나서 덧붙였다.

"지난번 자네가 가볼 만한 곳이 있다고 했잖은가. 이번 기회에 짐에게 구경을 좀 시켜 주는 것이 어떨까 싶네."

"그건, 소인이 감히……. 장 공공께서 진작에 안 된다고 했사옵니다. 태황태후마마의 뜻이라고……."

황경의 말이 채 끝나기도 전이었다. 강희가 바로 그의 말허리를 잘라 버렸다.

"자네가 짐을 꼬드겨 데리고 나가는 것이 아니야. 짐이 나가고 싶어서 그러는 거지. 그런데 누가 뭐라고 그런다는 거야? 짐이 밖에 나가려고 하는데, 장만강의 허락을 받아야 한다는 거야? 싫으면 관둬!"

강희는 바로 위동정을 부르려고 했다. 그러다 이내 발길을 돌렸다.

"목자후와 노새에게 뒤따라오라고 해. 우리는 먼저 가고."

황경은 그제야 마지못해 강희를 따라 나섰다. 일행은 모두 평상복으로 갈아입었다. 그런 다음 서화문이 아닌 신무문의 비밀 통로를 통해 밖으로 빠져나갔다.

북경의 거리는 시끌벅적했다. 거대한 시장이 따로 없었다. 곳곳에 술집과 찻집들이 그야말로 우후죽순처럼 들어서 있었다. 뿐만 아니라 외형도 몰라보게 고급스러워지고 있었다. 길옆에는 가게들이 즐비하게 늘어서 있었다. 비단 상점, 금은방, 문방구, 과일가게, 철물점, 가구점 등 그야말로 없는 것이 없었다. 심지어 술도가, 가죽수선집, 해물요리집, 자수점도 보였다……. 아무튼 필요한 것은 다 있었다. 강희는 날로 활기를 띠는 시장 거리를 거닐면서 가슴 뿌듯함을 느꼈다. 이 모든 것을 자신이 가져다 줬다는 생각이 든 것이다. 그럼에도 거리의 사람들은 어느 누구 하나 그가 바로 황제라는 사실을 모르고 있었다. 그는 그 사실도 너무 재미있었다.

자금성 서쪽의 시장통을 한번 휙 둘러본 강희 일행은 곧 앞문으로 나왔다. 그곳에는 또다른 풍경이 펼쳐졌다. 어디나 할 것 없이 극장, 회관,

식당들이 빽빽하게 늘어서 있었다. 극장 위에 세워진 나무팻말 위에는 그날 공연하는 연극과 배우의 이름도 비뚤비뚤하게 적혀 있었다. 어느 한 건물의 문에는 사람의 눈길을 끌 만한 글도 보였다. 대충 절강성 소흥의 민간 예능작품을 공연하는 장소라는 의미를 담고 있었다.

"이 집의 연극은 소흥 사람들만 보는 모양이군. 우리도 한번 들어가 보세!"

강희가 말을 마치자마자 안으로 들어서려고 했다. 그러자 황경이 황급히 말렸다.

"폐하께서 잘못 아셨사옵니다. 여기는 극장이 아니라 회당會堂(잔치를 할 때 예능인을 불러 공연하게 하는 장소)이옵니다. 연극을 구경하실 요량이면 육합거六合居가 좋사옵니다. 먹을거리와 볼거리가 풍성하옵니다!"

"그렇다면 거기로 가보자고!"

강희는 부채를 부치고 있었다. 흥미가 동하는 모양이었다.

육합거는 커다란 술집이었다. 옆에는 연극 공연장도 있었다. 연경당衍慶堂이라는 이름이었다. 그러나 사람들의 눈길을 더 끄는 것은 저 멀리에 있는 경운당慶雲堂이었다. 그곳은 더 크고 사람도 많았다. 강희는 사람들 틈으로 끼어들면서 그 앞의 팻말을 살폈다. '자운 아가씨의 비파 연주'라는 글귀가 적혀 있었다. 황경 등은 문 앞에 모여 그 글귀를 보고 있었다. 강희 역시 그쪽으로 다가갔다가 아무 말 없이 바로 육합거로 들어갔다.

육합거 안에는 손님이 많았다. 모두들 서로 뒤엉켜 앉은 채 술을 마시고 있었다. 종업원 하나가 강희 일행을 보더니 바로 달려왔다.

"손님들은 뭘 원하시나요? 이층에는 더 좋고 우아한 방들이 많습니다. 술을 마시면서 음식을 먹을 수도 있습니다. 또 노래를 들으면서 기예技藝를 볼 수도 있습니다……."

강희는 순간적으로 대답을 못했다. 육합거에 대해 아는 바가 없었으니 당연했다. 그러자 황경이 바로 응수를 했다.

"우리 어르신은 귀하신 분일세. 자네가 한 말은 턱도 없는 거야. 저 뒤 큰 건물의 가장 큰 방으로 잡아줘. 음식은 여덟 가지 해산물 요리로 올리고. 또 경운당에 가서 자운 아가씨도 데리고 와. 공연이 다 끝났으면 이곳으로 와서 한 곡조 뽑으라고 말이야!"

나이가 어려 보이는 종업원은 첫눈에 손님들이 물주라는 사실을 간파했다. 바로 바가지를 씌우려고 작심한 듯 수작을 부렸다.

"자운 아가씨는 요즘 인기가 많거든요. 부르는 사람도 많고요. 은자 스무 냥을 먼저 줘야 합니다. 그렇지 않으면 부르기 쉽지 않을 걸요?"

황경이 종업원의 잔꾀에 쓴웃음을 지었다. 그러나 어쩔 수 없다는 듯 그를 끌고 한편으로 가서는 20냥을 건네면서 나지막하게 말했다.

"자네, 가서 자운 아가씨에게 조용히 말해. 황씨 어른이 왔다고 말이야. 그러면 이 돈은 자네 것이 될 거야!"

종업원은 희희낙락하면서 쏜살같이 뛰어나갔다.

얼마 후 강희는 황경이 미리 얘기해둔 넓은 방으로 들어갔다. 예상대로 굉장히 분위기 있는 방이었다. 분재를 비롯해 자명종, 책장, 경대, 난방시설 등이 모두 갖춰져 있었다. 방 가운데에는 《삼국지》의 여걸들인 이교二喬(손책孫策의 아내 대교大喬와 주유周瑜의 아내 소교小喬)가 병서兵書를 보는 모습을 그린 그림이 걸려 있었다. 그 옆에는 간단한 글귀도 한 점 걸려 있었다.

> 하늘의 신선이 지상으로 귀양 온 지 삼천 년,
>
> 아직도 인간 세상에서만 지내는구나.

강희는 찬탄을 금치 못했다. 자신도 모르게 소리를 내질렀다.

"좋아!"

그러나 노새는 까막눈에 가까운 관계로 분위기를 파악하지 못하고 있었다. 그저 주위를 두리번거리기만 할 뿐이었다. 목자후는 그나마 나았다. 주변을 자세하게 살피다 뭔가 예사롭지 않음을 느꼈다.

"이봐요, 황 태감! 이거 어째 기생집 같은 분위기네요. 안 그래요?"

목자후가 말을 마치기도 전에 방에는 이미 상이 차려지고 있었다. 요리도 연달아 올라오고 있었다. 황경이 씩 웃으면서 대답했다.

"이건 이 집 주인장의 장사하는 기술과 관련이 있는 겁니다. 어떻게 기생집을 여기에다 차리겠어요?"

"아무래도 황경 자네는 여기 단골인 것 같군!"

그러자 강희가 두 사람의 대화에 끼어들었다. 그러나 더 이상 말을 하지 못했다. 속속 올라오는 요리들이 모두 그조차 많이 보지 못한 진귀한 것들인 탓이었다.

"황궁에 있는 태감 중에 저 같은 사람이 어디 하나둘이겠사옵니까? 하지만 폐하께서 좋아하지 않으면 앞으로는 고치도록 하겠사옵니다."

황경의 말이 끝날 무렵이었다. 밖에서 은방울 굴러가는 듯한 목소리가 들려왔다.

"어디서 오신 귀하신 분들인가요? 무슨 바람이 불어 여기까지 오셨을까요?"

목소리의 주인공은 자운, 바로 그 아자였다. 강희의 눈빛은 그녀가 들어오는 순간 그야말로 태양에 반사된 거울처럼 빛났다. 그럴 수밖에 없었다. 우선 그녀는 미끈한 몸매의 곡선이 그대로 드러나는 착 달라붙는 분홍빛 통치마를 입고 있었다. 또 봉긋 솟은 가슴께에는 보라색 꽃을 달고 있었다. 너무나도 매혹적이었다. 게다가 비파를 품에 안은 채 사람의 혼을 빼앗아 가는 미소를 지으면서 들어섰으니, 강희가 흥분하지 않는다면 오히려 그게 더 이상할 일이었다. 아자는 강희의 흔들리는 마음을 짐짓 모른 체하면서 꾀꼬리 같은 목소리로 인사를 올렸다.

"여러 대인들, 복 많이 받으세요!"

강희는 아자의 말에 순간적으로 멍해졌다. 그저 대답을 해야 한다는 생각으로 느닷없이 내뱉었다.

"다들 일어나!"

그러다 강희는 자신이 황제라는 사실을 너무 티를 냈다고 느꼈는지 이내 조용히 덧붙였다.

"이리 와서 앉으시오. 자네들 세 사람도 앉고!"

"대인들, 어서 드세요. 저는 기예를 파는 사람이니 대인들을 위해서 노래를 불러드리겠습니다."

아자는 계속 강희를 힐끔힐끔 쳐다봤다. 그래도 강희는 그 사실을 눈치채지 못했다. 그녀에게 완전히 정신이 팔린 탓이었다. 하기야 그녀가 풍기는 분위기는 강희를 정신 차리지 못하게 만들 만했다. 금세 단물이 빠질 것 같은 희고 보드라우면서도 탱탱한 얼굴이 대표적으로 그랬다. 발그스레한 것이 마치 연꽃을 방불케 했다. 나아가 작고 도톰한 입술은 마치 농익은 앵두가 그럴까 싶을 만큼 탐스러웠다. 새카만 눈동자에는 애교까지 철철 넘쳐흘렀다. 스르르 잠이 올 정도로 간드러진 목소리는 더욱 매력적이었다. 강희는 잠시 신분도 망각한 채 보통의 사내로 돌아가 있었다. 그의 시선은 이제 마치 그녀의 몸에 붙어 있음직한 자석을 그대로 따라가는 쇠붙이처럼 움직이고 있었다.

아자는 그러는 강희를 다시 한 번 힐끔 쳐다보면서 속으로 생각했다.

'보나마나 저 맥을 못 추는 백면서생이 황제가 맞겠지?'

아자가 그렇게 생각을 하고 있을 때 강희가 다시 입을 열었다.

"좋은 곡이 있으면 한번 연주해 보시오. 들어보게."

아자는 금세 손가락을 날렵하게 움직이면서 연주를 시작했다. 먼저 《연전락》宴前樂이라는 곡을 연주한 다음 《패왕별희》霸王別姬도 뜯기 시작했다. 전반적으로 애절한 곡이었다. 강희는 분위기에 취해 연신 술을 들이켰다. 얼마 후 아자가 《패왕별희》를 다 연주한 다음 조용히 말했다.

"이 곡은 대단히 슬픈 곡입니다. 그러나 흥을 제대로 돋워주죠."

아자가 다시 강희에게 추파를 던지면서 비파를 타기 시작했다. 노래는 그녀의 말대로 분위기 만점이었다. 강희는 어느새 취기가 도는지 손을 저으면서 명령을 내렸다.

"황경, 자네들은 그만…… 가보게. 나는 오늘…… 여기에서 자고…… 자고 가겠어."

"대인, 그건 안 됩니다."

노새가 갑자기 눈썹을 한데 모으더니 냉정하게 말했다.

"할머님과 마님께서 기다리십니다. 또 웅熊, 위魏 두 장원莊園의 대인들께서도 긴히 드릴 말씀이 있다고 찾아오셨습니다. 지금 기다리고 계십니다!"

아름답기 이를 데 없는 아자와 뜨거운 하룻밤을 보내고 싶었던 강희의 욕망은 지지리 눈치도 없는 노새 때문에 완전히 깨져 버렸다. 그렇다고 그가 버틸 수도 없는 일이었다. 돌아가야만 했다.

강희는 저녁 무렵 육합거에서 떨어지지 않는 발걸음을 옮겨야 했다. 그러나 양심전으로 돌아온 후에도 아자의 모습은 뇌리에서 사라지지 않았다. 급기야 한밤중에 황경을 몰래 불러 귓말로 지시를 내렸다.

"그 자운이라는 아가씨를 어디 조용한 곳에 데려다 놔, 알겠나?"

# 36장

# 자업자득과 전화위복

눈 깜짝할 사이에 무더운 6월이 찾아왔다. 찌는 듯한 더위에 궁중에서 가장 필요로 하는 것은 역시 물이었다. 사용량이 많아질 수밖에 없었다. 소모자는 여느 때처럼 물을 길어다 커다란 세 개의 항아리에 가득 채워 놓은 다음에 차를 끓이고 있었다. 마침 그때 황사촌이 메추리 조롱을 들고 유유자적하게 걸어오고 있었다. 아침을 배불리 먹었는지 아삼과 웃고 떠들어대는 것이 생기가 있었다. 그가 먼저 소모자에게 말을 건넸다.

"소모자, 지금이 언제인데 아직도 물을 끓이지 않은 거야? 목말라 죽겠다. 목욕도 좀 해야 할 것 같고!"

"내일이 유월 육일이야. 하루 참았다 내일 씻어!"

소모자가 아침부터 재수 없게 시비를 걸어오는 황사촌이 아니꼬와서 냉소를 흘렸다. 더 나아가 톡 쏘아붙이는 것도 잊지 않았다.

"어디 가서 늘어지게 처자빠져 있다가 온 거야. 술독에 빠졌던 거 아냐? 아침부터 물이나 찾고……. 목말라 죽는다면서? 죽으라고, 안 말릴 테니까! 또 툭하면 주인행세를 하려고 하는데, 나 소모자가 네 종이냐?"

소모자가 발끈 화를 내자 근래 그와 사이가 많이 좋아진 아삼이 웃어 보였다. 웬만하면 그만 하라는 뜻인 것 같았다. 곧 말싸움에 휘말리지 않겠다는 듯 도끼를 찾아 들었다. 장작을 패러 나갈 모양이었다.

6월 6일은 이른바 욕저절浴猪節이었다. 소모자는 말하자면 황사촌에게 하루 더 참았다가 돼지들하고 같이 목욕을 하라는 욕을 한 셈이었다. 황사촌은 소모자의 욕 아닌 욕에 화가 치밀었다. 결국에는 펄쩍펄쩍 뛰면서 악을 쓰기 시작했다.

"너 지금 나한테 반말한 거야? 쥐방울만한 자식이! 땡볕에 불이나 떼고 있는 주제에 어디서 까부는 거야? 명주 대인이 너를 잘 봐준다고 유세하는 거야, 뭐야? 너, 명심해! 너는 지금 어차방에서 물을 끓이는 소모자일 뿐이야! 주제 파악 좀 하고 살라고. 아무리 내가 보잘것없어도 나는 네 상관이야. 어디 근본도 없는 놈이 함부로 까불어!"

황사촌은 어제 저녁에 오응웅의 집에서 술을 마시던 소모자가 자신을 욕했다는 말을 들었던 터였다. 오응웅이 일부러 고자질을 한 것이다. 그러니 그가 더욱 흥분한 것은 당연했다.

소모자 역시 지지 않았다. 화가 치미는지 부지깽이를 저만치 팽개치더니 팔짱을 낀 채 대꾸했다.

"그러면 너 혼자 다 해먹어. 내가 이 일을 하지 않으면 네까짓 게 어떻게 할 거야?"

"됐어, 그만해!"

어디선가 또다시 나타난 아삼이 한아름 안고 온 장작을 땅에 내려놓은 다음 황급히 소모자를 말리면서 동시에 은근하게 달랬다.

"이러고 있을 여가가 없어. 방금 얘기를 들었는데, 양심전에서 물이 필요하다고 빨리 가져오래. 엎친 데 덮친 격이라고 황경도 병이 났다고 해. 너도 힘들면 저기 가서 좀 쉬어. 내가 할게."

소모자는 못 이기는 척하고 씩씩 대면서 구석진 자리를 찾아 팔베개를 한 채 누웠다. 그러나 그는 두 눈을 크게 뜬 채 황사촌의 일거수일투족을 감시하는 것을 잊지 않았다.

물이 끓기 시작했다. 그러자 아삼이 사용하고 남은 장작을 안고 밖으로 나갔다. 그 사이에 황사촌이 두리번거리면서 들어왔다. 그러나 그는 천장만 뚫어지게 쳐다보는 소모자를 더 이상 건드리지 않았다. 그저 한참 서성거리다 길게 한숨을 내쉬면서 찻주전자를 들고 나갔다.

"드디어 올 것이 왔구나!"

소모자는 자리에서 벌떡 일어났다. 그런 다음 10여 개의 찻주전자를 살펴봤다. 나머지는 다 제자리에 그대로 있었다. 그러나 유독 그가 매일 신경을 썼던 그 찻주전자는 보이지 않았다. 그는 번개같이 밖으로 쫓아나갔다. 그러나 무슨 생각이 들었는지 다시 들어왔다. 그런 다음 밧줄을 하나 챙겨 넣고는 난롯가에 다가가 숯을 꺼냈다. 순식간에 익숙한 솜씨로 얼굴과 손에 숯칠을 했다. 그는 그제야 천천히 황사촌의 뒤를 따랐다.

"누구야?"

수화문에서 경계 근무를 서던 노새가 소리를 질렀다. 소모자의 행동을 수상쩍게 본 것이었다. 그는 다시 한 번 엄하게 고함을 치면서 물었다.

"뭘 하는 거야?"

그러나 노새는 이내 얼굴과 옷에 온통 숯검정 칠을 한 소모자의 모습에 웃음을 터뜨렸다. 뭔가 나쁜 짓을 하는 것 같지는 않다는 판단이 선 모양이었다.

"노새 어른이군요!"

소모자가 그에게 달려갔다. 이어서 노새의 귓가에 대고 귀엣말로 뭔가를 속삭였다. 노새는 마치 한밤중에 염라전의 귀신을 보기라도 한 듯 대경실색했다. 곧바로 소리를 내질렀다.

"누가 감히 황제폐하를 모해하려고 들어! 빨리, 빨리…… 빨리 쫓아가!"

소모자는 노새가 소리를 지르면서 우왕좌왕하는 사이 황급히 수화문 쪽으로 빠져나가려고 했다. 그런데 갑자기 노새의 태도가 달라졌다. 소모자의 행동에 아직 확신이 서지 않은 듯 부리나케 제지를 한 것이다. 나중에는 죽을힘을 다해 소모자를 잡아당겼다.

"이런 칼 맞아 죽을 인간 같으니라고! 재수 없는 인간! 등신, 머저리야! 황사촌이 황제를 모해하려고 갔는데, 왜 병신같이 나를 붙잡는 거야?"

다급해진 소모자는 욕이라는 욕은 다 동원해 노새를 윽박질렀다. 발로 차고 이빨로 물어뜯기도 했다. 나중에는 주먹으로 치고 울며불며 난리법석을 떨었다. 그러나 노새의 힘을 당해내지는 못했다.

강희는 바로 그때 서난각에서 소마라고로부터 수학을 배우고 있었다. 당연히 밖에서 왁자지껄하는 소리를 들었다. 밖으로 나온 그가 문 앞에서 경계를 서고 있던 위동정에게 물었다.

"무슨 일이 있는가?"

위동정은 조금 전까지만 해도 상상도 못했던 눈앞의 광경을 뚫어져라 살펴봤다. 우선 앞에서는 황사촌이 땀을 비 오듯 흘리면서 허겁지겁 찻주전자를 들고 달려오는 모습이 보였다. 마치 번개를 맞은 듯 비실비실하고 있었다. 또 저쪽에서는 소모자가 발버둥치고 울면서 반드시 들어가 봐야 한다고 악을 쓰고 있었다. 아무튼 뭔가 심상치 않은 일이 벌어지고 있는 것만은 직감할 수 있었다. 그가 황급히 강희와 황사촌 사이를 막고 나섰다.

"소인이 알아보도록 하겠사옵니다."

그러자 강희가 큰 소리로 명령했다.

"아니야. 들여보내도록 하라!"

곧 소모자가 엎어질 듯 비틀거리면서 달려왔다. 그의 몰골은 완전히 말이 아니었다. 무엇보다 옷이 시위들에 의해 갈기갈기 찢겨져 나가 있었다. 또 숯으로 얼룩진 얼굴은 멍까지 들어 보기에 흉했다. 누가 할퀴기라도 한 모양이었다. 강희는 그 모습에 마음이 약간 가라앉았는지 무뚝뚝한 표정으로 물었다.

"정신 나갔어? 이런 꼴을 하고 어디를 함부로 쏘다니는 거야!"

"폐하, 엉엉……."

소모자가 풀썩 꿇어앉자마자 마구 울음을 토해냈다. 그러더니 억울함과 원한이 사무친 듯 계속 구슬피 울면서 황사촌을 가리켰다.

"저놈이 폐하께서 드실 찻물에 무슨 약을 타 가지고 오는 것을 소인이 봤사옵니다. 그래서 뒤늦게 눈치채고 죽기 살기로 쫓아 나섰사옵니다. 그런데 노새 저 사람이 못 들어오게 막는 바람에……. 폐하, 공작새의 날개가 꺾이니까 닭보다도 못하더군요."

강희는 소모자의 말을 듣고 경악을 금치 못했다. 안색이 돌변한 그가 매서운 눈으로 황사촌을 노려봤다. 황사촌의 얼굴은 사색이 되어 있었다. 사시나무 떨 듯 떨면서 황급히 변명을 했다.

"아…… 그런 게 절대…… 아니옵니다. 무슨 말인지 소인은 통 모르겠사옵니다. 소모자, 형제 같은 사이에 서로 다퉜기로서니…… 이런 식으로 모함하면 되냐?"

"입 닥치지 못해! 폐하께서 너한테 물은 게 아니잖아! 자네 이름이 황사촌인가?"

위동정이 버럭 소리를 지르면서 황사촌을 다그쳤다.

"소인…… 예, 그렇습니다."

황사촌이 머리를 조아리면서 대답했다. 마치 모이를 쪼아 먹느라 여념이 없는 닭 같았다.

"소모자가 그러더군. 자네가 찻물에 약을 탔다면서?"

"맹세합니다. 절대로 그런 일…… 없습니다!"

황사촌의 변명은 거의 필사적이었다. 하기야 말 한마디에 목숨이 달려 있으니 그럴 만도 했다. 그러나 소모자는 한 치의 양보도 하지 않았다. 다시 한 번 황사촌을 다그쳤다.

"내가 두 눈 똑바로 뜨고 봤다고!"

"폐하!"

황사촌이 직접 호소하는 것이 낫다고 생각했는지 강희에게 매달렸다. 얼굴은 이미 죽을상이 돼 있었다.

"하늘이 굽어보고 있사옵니다. 소인이 어찌 그런 벼락 맞을 짓을 하겠사옵니까? 설사 그런 마음을 품었다고 해도 그렇사옵니다. 매일 은銀으로 철저히 검사하고 다른 사람이 마셔본 후에야 비로소 폐하께 올리는 것을 아는 소인이 무슨 배짱으로 그런 짓을 하겠사옵니까? 소모자 저 자식이 소인과 싸우고 앙심을 품어서 저러는 것이옵니다. 폐하께서 제 말을 믿을 수 없으시다면 사람을 불러 마셔보게 하시옵소서."

"아미타불! 왜 무고한 다른 사람에게 마셔보게 해야 하나? 결자해지라고, 자네가 마셔보는 것이 어떻겠나?"

강희 옆에 있던 소마라고가 합장하면서 말했다. 대충 짐작이 간다는 듯 얼음처럼 차가운 얼굴을 하고 있었다. 황사촌은 소마라고의 말에 아무 대답을 하지 못했다.

"왜 대답이 없는가?"

강희가 예리한 시선을 던지면서 다그쳤다. 황사촌이 더듬거리면서 대답했다.

"폐하께 아뢰니다. 소인이 먹고 안 죽는다고 해도 증거가 될 수는 없사옵니다."

"무슨 말도 안 되는 소리! 부어 넣어!"

위동정이 차가운 어조로 주위에 명령을 내렸다. 노새가 가장 먼저 움직였다. 득달같이 달려들어 황사촌의 귀를 틀어쥐고 한 손으로 코를 잡았다. 그랬으니 황사촌은 입을 벌리는 수밖에 없었다. 그때 소모자가 잽싸게 찻주전자를 들고 다가섰다.

"고분고분 받아 마셔! 그렇게 하지 않으면 그냥 확 부어버리는 수가 있어!"

황사촌은 꼼짝을 하지 못한 채 꿀꺽꿀꺽 몇 모금 마시고 말았다.

황사촌이 약을 탄 것은 분명한 사실이었다. 그러나 약은 이틀 후에나 비로소 효과가 나타나는 것이었다. 당장 들통이 날 염려는 없었다. 황사촌은 그 사실을 당연히 알고 있었다. 때문에 머리를 빳빳하게 쳐들고 당당하게 소모자를 째려보면서 이를 악물었다.

'오늘 내가 죽지 않으면 내일 주삼태자가 너를 가만 놔두지 않을 거야!'

황사촌은 그렇게 소모자에게 속으로 저주를 퍼부었다. 자신이 있었던 것이다. 그러나 그가 한 가지 간과한 것이 있었다. 그 와중에 소모자가 극약인 비소를 몰래 털어 넣었다는 사실을 말이다.

좌중의 사람들은 황사촌을 가운데 두고 곧 나타날 발작을 기다렸다. 그러나 시간이 꽤나 흘렀는데도 황사촌은 멀쩡했다. 강희는 소모자가 헛소리를 했다고 판단하고는 어떻게 혼내줄까 생각하고 있었다. 바로 그때 황사촌의 악에 받친 소리가 들려왔다.

"폐하, 친히 보셨다시피 저는 멀쩡……."

그러나 황사촌은 말을 채 마치기도 전에 엄청난 통증을 느꼈다. 죽음이 임박해왔다는 사실을 본능적으로 느끼게 만들 정도의 통증이었다. 그의 얼굴은 순식간에 시퍼렇게 변해갔다. 눈을 비롯해 코, 입 등은 형체를 알아보기 어려울 만큼 심하게 비뚤어졌다. 소모자가 그 모습을 보고는 득의양양한 미소를 지었다.

"제까짓 게 발작을 하지 않고 배기겠어?"

강희는 괴롭게 죽어가는 황사촌을 지켜보다 너무나 놀랐다. 몸을 흠칫 떨면서 아주 넋이 나간 사람처럼 자리에서 일어났다. 그런 다음 눈을 크게 뜨고 한 발자국씩 뒤로 물러섰다. 동시에 놀라움에 어쩔 줄 모르는 소마라고의 팔을 덥석 잡았다. 극도의 두려움을 느끼는 듯했다.

황사촌은 약기운이 빠르게 퍼지자 몸을 고양이처럼 움츠린 채 머리를 땅에 댔다. 그리고는 띄엄띄엄 신음을 토했다.

"평서왕이…… 당신들…… 만주족 나부랭이들을…… 전부 죽여 버리라고…… 명령을 내렸지."

황사촌이 마지막으로 마음에 담아뒀던 말을 뱉어냈다. 그러더니 이내 조용해졌다. 그가 발작을 하고부터 완전히 죽기까지는 겨우 담배 한 대 피우는 정도의 시간이 걸렸을 뿐이었다. 소모자를 제외한 좌중의 사람들은 너무나 갑작스럽게 벌어진 사태에 놀라서 할 말을 잃었다.

"신형사愼刑司 사람들을 불러. 저 놈의 껍질을 벗기고 심줄을 빼라. 그걸 모든 태감들이 볼 수 있도록 전시하도록 해. 고기는 들개들의 먹이로 던져 주고! 또 이놈의 집안은 남녀노소를 막론하고 모조리 흑룡강으로 유배를 보내버려! 이 일은 낭심이 알아서 처리하도록."

강희가 이를 악물면서 지시했다. 얼굴이 무섭게 일그러져 있었다.

"예, 폐하!"

낭심이 큰 목소리로 대답하고는 돌아섰다.

"폐하, 잠깐만요!"

소마라고가 황급하게 나섰다. 그런 다음 강희의 귓가에 대고 속삭였다.

"저 자식 어머니는 명나라 황실의 유모였어요. 삼번과 관련이 있습니다."

강희는 소마라고의 말에 더욱 화가 치밀었다. 입술을 부들부들 떨었다.

"오삼계를 제거해버리지 않으면 이런 사건도 제대로 처리할 수가 없겠군!"

강희가 말을 마치자마자 눈을 감고 한참을 생각하더니 곧 손을 가로저으면서 결단을 내렸다.

"할 수 없군! 병으로 급사한 것으로 처리하도록 해!"

강희가 몸을 돌리더니 다시 소리쳤다.

"장만강!"

"예, 폐하!"

"어차방과 어주방에서 일하는 사람들을 철저히 조사해. 조금이라도 수상한 자가 있으면 바로 갈아치워 버려. 태황태후를 비롯해 황태후와 황후, 짐이 먹고 마시는 음식이나 물은 더욱 각별하게 신경을 쓰도록 하고!"

강희가 열이 나는지 웃옷의 단추를 몇 개 끌렀다. 그러다 한참 생각한 다음 다시 입을 열었다.

"소모자는 다시 양심전에서 일하게 하라."

커다란 풍파가 지나갔다. '오응웅의 치밀한 계획' 덕분에 소모자는 다시 양심전으로 돌아와 일할 수 있게 됐다. 연기에 검게 그을린 어차방에서 금빛 찬란한 궁전으로 다시 돌아온 것이다. 그는 모든 것이 꿈만 같았다. 물론 양심전은 그가 떠날 때와 별반 달라진 게 없었다. 그러나 익숙한 낯설음이라는 것도 없지 않았다. 다음 날 강희는 장만강을 육궁도태감六宮都太監으로 승진시켰다. 그렇게 되자 소모자는 자연스럽게 양심전의 태감들 중에서 일인자가 되는 영광까지 차지하게 됐다. 이로 인해 태감으로서는 최고의 대우인 육품의 남령정자藍翎頂子를 다는 기쁨을 누렸다. 뿐만 아니었다. 황제의 신임을 얻고 있다는 상징인 노란 마고자를 입을 수도 있게 됐다. 뜻하지 않은 행운에 정말 가슴이 벅찰 수밖에 없었다.

강희는 내전에 앉아 소모자로부터 오응웅과 주전빈의 집에서 있었던 그의 첩보 활동에 대해 상세하게 캐물었다. 한참을 듣고 난 그가 감탄을 했다.

"잘했어, 아주 잘했어! 자네가 태감만 아니라면 운귀 총독으로 보내주고 싶은 심정이야. 지금 심정이 딱 그래. 정말 독으로 독을 다스린다는 심정으로 오삼계와 한번 붙어보고 싶단 말이야! 그런데 이번 일은 사전에 짐에게 알렸더라면 더 좋았을 걸 그랬어."

"무엇보다 그 놈이 언제 손을 쓸지 몰라 감을 잡지 못해서 그랬사옵니다. 괜히 헛물을 켤까봐 말씀을 못 드렸사옵니다."

소모자가 눈웃음을 치면서 다시 말을 이었다.

"두 번째는 미리 폐하께 상주를 올리면 노란 마고자를 얻어 입을 수 없을까 두려웠사옵니다!"

강희는 숨김없는 소모자의 솔직한 말에 미소를 지었다.

"집에 가서 자네 어머니에게 전하게. 자네 둘째 조카를 입궁시키라고 말이야. 우선 거인擧人의 직급을 하사하겠네. 짐이 약속했다고 전해."

소모자는 얼마 전부터는 돈에 목을 매지 않아도 될 정도의 여유를 가질 수 있었다. 때문에 그로서는 강희의 말 한마디가 은 천 냥보다도 더 값지게 들릴 수밖에 없었다. 얼굴에는 내내 웃음이 떠나지 않았다.

그러나 소모자의 웃음은 달포를 넘기지 못했다. 문제의 그날 그는 말을 타고 집으로 돌아가고 있었다. 그런데 '제견왕'齊肩王 초산이 갑작스레 나타났다. 그는 본능적으로 불길한 예감을 느꼈다.

"초 대인, 이 시간에 웬일로……."

소모자가 말 위에서 미끄러져 내리면서 물었다. 얼굴에는 억지웃음을 지어 보였다. 이어 의례적인 인사를 올렸다.

"저녁은 드셨어요?"

"우리 태자께서 자네를 보자고 하시네!"

"그래요?"

소모자가 아래위 이빨을 딱딱 부딪치면서 소리를 냈다. 그러다 한참 생각에 잠긴 듯한 표정을 짓더니 덧붙였다.

"무슨 급한 일이라도 있습니까? 아니면 우리 집에 가서 술 한잔 마시고 천천히 가시든가요?"

솔직히 소모자는 언제 봐도 웃는 기색 없이 표정을 감추고 있는 초산이 부담스러웠다. 심지어는 으스스하게 느껴지기까지 했다. 그런데 오늘따라 안색이 더욱 예사롭지가 않았다. 그는 가슴이 세차게 뛰었다. 이윽고 초산이 그늘지고 음침한 얼굴로 소모자에게 대답했다.

"그럴 시간이 없네. 태자께서 기다리실 거야!"

소모자는 마지못해 따라나섰다. 그러면서 초산을 힐끔힐끔 훔쳐봤다. 도대체 무슨 일인지 조금이라도 알아내기 위해서였다. 나중에는 이것저것 말도 붙였다. 그러나 헛수고였다. 그는 입을 꾹 닫은 채 단 한마디도 하지 않았다.

고루서가에 도착했을 때는 날이 완전히 어두워져 있었다. 소모자는 정청正廳에 발을 들여놓는 순간 자신도 모르게 숨을 한껏 들이마셨다. 안에는 수십 개의 촛불이 밝혀져 있었다. 마치 대낮 같았다. 곧 그의 시야에 엄숙한 표정의 주삼태자의 얼굴이 보였다. 그는 평소처럼 높은 의자에 앉아 있었다. 그 주위에서는 이주를 비롯해 주전빈, 주상현, 사국빈, 왕진방 등이 험악한 인상을 한 채 일제히 소모자를 노려보고 있었다. 그는 호랑이굴에 들어선 것 같은 으스스한 공포에 몸을 오싹 떨었다. 좌중에는 무거운 침묵이 흘렀다. 어느 누구도 먼저 입을 열지 않았다. 할 수 없이 소모자가 마음을 굳게 먹고는 인사부터 올렸다.

"소모자가 태자마마께 인사 올립니다."

"왜 불렀는지는 아는가?"

주상현이 양기륭보다 먼저 입을 열었다. 목소리가 마치 커다란 바윗돌처럼 무겁게 들렸다. 그는 소모자를 처음부터 믿지 않았다. 소모자 역시 그와의 마찰을 피하기 위해 일부러 피해 다니고는 했다. 그런 주상현이 거두절미하고 본론부터 말하자 소모자로서는 극도로 긴장하지 않을 수 없었다. 그러나 소모자는 이럴 때일수록 당당해져야 한다는 생각을 다졌다. 급기야 자꾸만 가라앉는 마음을 다잡으면서 가슴을 쭉 펴면서 대답했다.

"알 것 같아요. 죽는 거 아니면 상 받는 일이겠죠!"

양기륭은 소모자의 솔직한 말에 적지 않게 놀랐다. 그런 말이 먼저 나오리라고는 생각조차 못한 탓이었다. 옆에 있던 이주 역시 몸을 흠칫 떨면서 큰 소리로 물었다.

"무슨 뜻이야?"

"별로 어려운 얘기도 아니잖아요? 태자마마께서 현명하신 분이라면 제가 상을 받을 것이고, 형편없는 분이라면 이 자리에서 죽겠죠!"

소모자의 말에 왕진방이 냉소를 흘렸다.

"말장난 하지 마! 다 소용없어! 황사촌을 강희에게 고자질하라고 누가 시켰어?"

왕진방은 성격이 도저히 종잡을 수 없는 인물로 유명했다. 때문에 이쪽 사람인 듯하다가도 저쪽 사람인 것도 같았다. 오죽했으면 오응웅과 양기륭이 서로 자기 편이라고 생각을 하고 있겠는가. 특히 양기륭은 더욱 그랬다. 소모자 역시 다르지 않았다. 어느 쪽에 진심을 두고 있는지 그때까지 간파하지 못했다. 때문에 왕진방의 질문에 어떻게 대답해야 좋을지도 몰랐다. 순간적으로 망설인 것은 다 그런 이유가 있었다. 그러나 그는 곧 에라, 모르겠다 하는 심정으로 진실을 말하기로 했다.

"황사촌이 찻물에 독약을 집어넣을 것이라는 얘기는 오 액부한테 들었죠. 오 액부가 시켜서 고자질했을 뿐이에요."

"그러면 자네는 오 액부의 사람이라는 말인가?"

양기륭이 처음으로 입을 열었다. 나지막했으나 살기가 등등했다.

소모자는 이럴 때 한마디라도 잘못하면 완전히 황천길로 간다는 것을 잘 알았다. 그래서 재빨리 머릿속으로 생각을 정리했다. 그런 다음 자신도 답답하다는 듯 웃음을 지어 보였다.

"종삼랑의 천서天書(교리를 적은 책)에 성주聖主의 명령에는 무조건 복종한다는 말이 있잖아요! 제가 하는 일이 누구한테 이로우면 저는 그 사람의 일꾼이라고 보면 되겠죠. 하지만 저는 그냥 마음 가는대로 일했을 뿐이에요. 천서가 이끄는 방향으로 나갔을 뿐이에요!"

"도대체 본심이 뭐야?"

양기륭이 매서운 눈빛으로 뚫어지게 쳐다보면서 물었다. 정확한 대답을 듣겠다는 듯 몸도 앞으로 숙였다.

"세상에서 가장 미련한 사람만이 물에다 독약을 타려는 생각을 한다고 봐요. 태자마마께서는 죄를 뒤집어씌우라고 하지 않으셨나요? 제가 황사촌의 행동을 고자질했다고 쳐요. 그래서 황사촌이 배후로 오응웅을 지목하면 바로 태자마마께서 원하는 바대로 되는 것 아니겠어요?"

"말장난 하지 마!"

이주가 으스스하게 웃으면서 소모자를 겁박했다. 이어 덧붙였다.

"오응웅이 어떻게 잘해줬는가? 또 태자께서는 뭘 어떻게 홀대를 했는가? 도대체 뭣 때문에 자네가 오가 그자의 일에 목숨을 걸고 뛰는지 궁금해!"

소모자는 고개를 돌려 이주를 외면했다. 그러나 곧 입을 비죽거리면서 웃어 보였다.

"군사 대인, 솔직히 말해보세요. 평서왕이 반란을 일으키지 않을 경우 우리끼리라도 하면 되겠어요?"

"당연히 안 되지. 그러나 강희가 죽으면 평서왕은 반드시 반란을 일으키게 돼 있어!"

이주가 소모자의 말이 터무니없다고 반박했다. 그러자 양기륭도 들을수록 화가 나는지 이를 악물며 버럭 고함을 질렀다.

"그러니 네놈이 대사를 그르쳐 놓은 게 아니고 뭐겠어! 향당의 법대로 이놈을 묻어버려!"

양기륭의 말이 떨어지기 무섭게 붉은 옷을 입은 시위들이 벌떼처럼 소모자에게 달려들었다. 소모자도 지지 않겠다는 듯 발끈 화를 내면서 발을 탕탕 구르며 고함을 질러댔다.

"너무 서두르는 것 아닌가요? 제가 보기에는 전부 제정신이 아닙니다! 강희가 살아 있다고 해도 평서왕은 할 것은 다 해요. 그런데 평서왕의 반란을 유도하기 위해 강희를 죽인다면 평서왕이 반란을 일으키기도 전에 이쪽이 먼저 망할 걸요? 그들은 분명히 여기에서 황사촌을 풀었다고 의심할 테니까요. 안 그래요? 생각없이 일만 벌이면 그만입니까? 저는 대책 없이 사고친 것을 막아준 거예요! 그런데도 은혜를 원수로 갚습니까?"

양기룽이 소모자의 말을 한참 듣는가 싶더니 천천히 손을 내밀었다. 시위들도 한 걸음 물러서도록 했다. 소모자의 말 몇 마디에 그가 대책이라고 마련해놨던 모든 것은 가볍게 뒤집어지고 말았다. 확실히 곰곰이 더 생각해볼 필요가 있었다. 이주가 부채 손잡이로 계속 손바닥을 내리치면서 물었다.

"우리가 먼저 망하다니?"

"지금은 사람이 많아서 말씀을 드릴 수가 없네요. 누가 무슨 생각을 품고 있는지 모르니까 말입니다!"

소모자는 모든 것을 오웅웅에게 다 뒤집어씌우기로 이미 마음을 굳힌 상태였다. 말도 더욱 그럴싸해졌다.

"지금의 상황은 위, 촉, 오 삼국시대와 완전히 똑같아요. 서로가 상대를 잡아먹으려고만 하지 먹힐 수도 있다는 생각은 안 하는 것 같네요."

"놔줘!"

양기룽이 드디어 시위들에게 소모자를 풀어주라는 명령을 내렸다. 소모자의 말을 통해 마침내 큰 깨달음을 얻은 것이다. 그는 강희가 죽으면 오웅웅이 즉각 고루서가의 비밀을 폭로할 것이라고 생각했다. 또 그 혼란을 틈타 오웅웅이 운남으로 도망을 갈 수도 있다는 생각을 했다. 그는 소모자를 똑바로 쳐다보기가 민망한지 한참 후에야 한숨을 내쉬면서 말했다.

"그러면 그렇다고 미리 확실하게 얘기를 했어야지!"

소모자는 그제야 위험에서 벗어났다고 생각했다. 그러나 내친김에 연극을 좀더 하기로 작정했다. 마치 억울한 누명을 뒤집어쓰고 있다 가까스로 벗어난 것처럼 엉엉 울면서 넋두리를 풀어놓기 시작한 것이다.

"태자마마, 저라고 해서 이렇게 될 줄 알았겠어요? 너무 급한 김에 양심전으로 막 뛰어갔던 것이죠!"

소모자는 자신이 연출하고 주연인 연극을 너무나도 잘 소화해내고 있었다. 그때 불쑥 왕진방이 끼어들었다.

"그때 내가 문화전에 있었어. 그러면 왜 먼저 나한테 알리지 않았어?"

소모자가 왕진방을 쳐다봤다. 원망이 그득한 눈길이었으나 이미 눈물은 그친 상태였다. 그가 냉소를 흘리면서 대답했다.

"그래서 그것 때문에 저를 아주 흙탕물에 처넣어 밟아버리려고 했어요? 문화전의 수장 역할을 하고 있는데, 아직 더 욕심이 있다는 말인가요? 어디까지 더 오르려고 그러는 겁니까? 자기는 미친 듯 올라가려고 아등바등하면서 저는 평생 숯검정이나 묻힌 채 있으라는 겁니까? 황사촌과 태감 어른의 화풀이 상대나 해주면서 살라는 말이에요?"

소모자의 말은 구구절절 다 맞다고 할 수 있었다. 왕진방은 화가 났으나 어떻게 할 도리가 없었다.

강희를 모살한 다음 반란을 일으키려던 양기륭의 계획은 오응웅에 의해 완전히 수포로 돌아가고 말았다. 그러나 소모자의 말에도 일리는 있었다. 양기륭을 비롯한 종삼랑의 수뇌들은 할 말을 찾지 못했다. 오응웅의 앞잡이가 분명한 소모자를 죽여 버리자고 벼른 것이 언제인가 싶었다. 양기륭은 할 수 없이 소모자와 이주, 초산만을 남겨두고는 전부 물러나도록 했다.

"군사의 말대로라면…… 우리는 오삼계가 들고 일어나기를 기다리는 수밖에는 없다는 말인가?"

양기륭이 이마를 찌푸렸다. 일 년 내내 한시도 몸에서 떠나지 않는 부채를 손에 쥔 채였다. 이주가 대답했다.

"이번에는 우리가 확실히 생각이 짧았습니다! 황궁에서 겁도 없이 그런 일을 벌인다는 자체가 위험천만했던 겁니다."
초산도 이주의 의견에 동조했다.
"그렇습니다. 우리가 손을 쓰기보다는 오응웅이 먼저 나서도록 만들었어야 했습니다. 오응웅은 북경에 연금돼 있었던 시간이 긴 탓에 우리보다는 더 급할 테니까요."
이주와 초산의 잇따른 말에 양기륭은 묘한 웃음을 흘리면서 덧붙였다.
"오응웅은 이미 그렇게 하고 있다고. 오문 앞의 전문가前門街에 있는 향당에서 전해온 소식에 의하면 그 사람은 이번에 대단히 머리를 굴린 것 같아. 아마 뒤통수를 치는 수법을 동원한다고 하지?"
이주와 초산은 양기륭이 입에 올린 이른바 뒤통수를 치는 수법이 무엇을 말하는지를 잘 알고 있었다. 당연히 알 턱이 없는 소모자는 자세히 묻고 싶은 충동을 강하게 느꼈다. 그러나 굳이 꼬치꼬치 캐물어 의심을 살 필요는 없는 일이었다. 그 안타까움은 꾹꾹 눌러 삼켜야 했다. 한참 후에 이주가 한숨을 내쉬면서 말했다.
"오응웅, 이 자식 진짜 만만치 않은 상대군요!"
양기륭이 머리를 끄덕이면서 동의하는 듯한 자세를 보였다.
"맞아! 절대로 운남으로 도망가지 못하게 막아야 해. 무슨 수를 써서라도 조정의 칼을 맞고 죽도록 만들어야 해!"
소모자가 두 사람의 말을 가만히 듣고만 있다 한마디 끼어들었다.
"오응웅이 며칠 전 조정의 금패 영전을 확보한 것 같더라고요. 운남으로 도망갈 준비를 단단히 하는 것 같아요!"
"소모자!"
양기륭이 깊이를 알기 어려운 눈빛을 소모자에게 보냈다. 그리고는 다시 말을 이었다.

"오삼계 그 늙다리는 버텨봤자 오래 못 가. 또 오응웅은 북경에 꽁꽁 묶여 있기 때문에 우리하고는 상대가 안돼! 그러니 괜히 왔다 갔다 하지 말고 알아서 잘 해!"

"물론이죠! 그런 계산도 못하면 제가 어떻게 태자마마께 이렇게 충성을 다하겠어요?"

소모자가 진짜 충성스러운 어조가 물씬거리는 목소리로 대답했다. 그러자 이주가 음흉한 웃음을 흘렸다.

"소모자, 금패 영전 사건은 자네가 강희한테 가서 바로 고자질을 해!"

"예!"

소모자가 대답했다. 시원시원했다. 그러나 그의 속은 그렇지를 못했다. 오응웅이 추진하려는 뒤통수를 치는 수법이 뭘 말하는지를 생각하느라 머리가 아팠던 것이다.

아무리 똑똑한 사람이라고 해도 전지전능할 수는 없다. 때문에 소모자로서도 양기륭이 자신을 계속 중용할 것이라는 사실을 예상하지는 못했다. 그러나 다음 날 소모자는 자신이 종삼랑 향당의 '시신사자'侍神使者가 됐다는 소식을 들었다.

# 37장

# 슬픈 오누이

강희는 육합거에서 아자를 만나자마자 그녀의 매력에 푹 빠져버렸다. 강희의 지시를 받은 황경은 말할 것도 없이 다음 날 바로 그녀에게 새로운 거처를 마련해줬다. 모든 것은 황경에게 강희를 꼭 육합거에 데려가도록 지시한 오응웅의 계획대로 돌아가고 있었다. 그러나 황경에게는 마음이 걸리는 사람이 있었다. 바로 양심전의 총책임자가 된 소모자였다. 소모자가 호기심이 많을 뿐 아니라 한번 물었다 하면 놓지 않는 성격이라는 것을 너무나 잘 알았기 때문이었다. 그러므로 만약 소모자가 무슨 눈치를 챘다 해도 결코 들켜서는 안 된다고 신신당부한 오응웅으로부터 치도곤을 당하지 말라는 법이 없었다. 아무려나 황경으로서는 소모자의 눈을 피하는 것이 가장 급선무였다.

강희는 연 며칠 동안 정신없이 바빴다. 무엇보다 육부구경六部九卿(육부는 이부, 호부, 예부, 병부, 형부, 공부. 구경은 봉상奉常, 낭중령郎中令, 위위衛尉,

태복太僕, 정위廷尉, 전객典客, 종정宗正, 치속내사治粟內史, 소부少府를 일컬음)의 관련 대신들을 불러 철번에 관한 일을 잘 처리하도록 당부했다. 또 각 지역에 흠차를 파견하는 일도 해결했다. 일단 상서尙書인 양청표梁清標는 광동, 좌시랑左侍郞인 진일병陳一炳은 복건으로 파견했다. 이어 운남에는 예부시랑인 절이긍折爾肯, 학사 부달례傅達禮를 보냈다. 강희는 그래도 불안했는지 병부시랑인 당무례黨務禮와 호부원외랑戶部員外郞인 살목합薩穆哈까지 딸려 보냈다. 이들의 목적은 오삼계의 가족을 북경까지 무사히 데려오는 것이었다.

이 모든 것은 강희가 수 년 동안 심사숙고해온 일들이었다. 그럼에도 눈코 뜰 새 없이 바쁘기는 마찬가지였다. 그러니 풍류를 즐길 겨를이 있을 리가 만무했다. 이런 와중에서도 황경은 어떻게든 강희의 관심을 아자에게 돌리려고 무지하게 노력을 기울였다. 몇 번씩이나 말을 붙여보려고 했다. 그러나 결정적인 기회가 오지 않았다.

그러던 어느 날이었다. 평소와는 달리 강희가 비교적 한가해 보였다. 소모자도 자신의 집에서 여는 어머니 생일잔치에 참석하느라 자리를 비우고 없었다. 황경이 그 틈을 타 슬그머니 강희에게 다가갔다.

"폐하, 지난번 지시하셨던 일은 소인이 잘 처리했사옵니다."

"그게 뭐였던가?"

강희는 상주문을 읽고 있었다. 객이객몽고喀爾喀蒙古(고비사막 북쪽의 몽고족으로, 막북漠北몽고라고도 한다. 현재의 외몽고 서부 지역과 신강新疆위구르자치구 일대)의 토사도土謝圖, 찰살극扎薩克, 차신車臣 등의 세 부족 내에서 발생한 내분과 관련한 내용이었다. 복잡할 것은 없었다. 당시 세 부족 중에서 가장 강력했던 토사도의 칸은 바로 이웃인 찰살극의 기습공격을 받아 애처를 빼앗겼다. 이 난리통에 토사도 칸은 죽고 딸 역시 실종돼 버렸다. 원래 이 세 부족은 청 조정에 귀속돼 있었다. 때문에 참패를 당한 토사도 부족은 조정에 상주문을 보내 자신들을 구원해줄 지원병을 요청했다. 그들은 고향땅을 돌려받게 해준 다음에 실종된 공주도 찾아달라는 부탁도 잊지 않았다. 살길이 막막한 유목민들을 살려달라고 간청한 것은 물론이었다. 강희는 그들의 간청을 외면하지 않았다. 황급히 포정사布政司에 지시해 산해관 이내로 들어온 유목민들을 잘 대우하도록 했다. 그러나 나머지 구조 요청은 솔직히 선뜻 받아들이기가 어려웠다. 강희는 고민하지 않을 수 없었다. 황경이 난데없이 나타난 것은 바로 이런 골치 아픈 일 때문에 강희가 골머리를 앓고 있을 때였다. 강희는 황경이 "잘 처리했다"고 하자 처음에는 무슨 말인지 모르겠다는 듯 물었다.

"언제 지시한 무슨 일이었지?"

"그날 육합거에서 돌아온 다음 폐하께서 아자 아가씨를 조용한 곳에 데려다 놓으라고 소신에게 당부하시지 않으셨사옵니까."

"오! 어디 있나?"

강희의 눈이 반짝거렸다. 곧바로 상주문을 한편으로 밀어놓으면서 즉각적인 반응을 보였다. 그러다 잠시 생각한 후에 다시 입을 열었다.

"궁에서 너무 멀면 안 되네. 저녁 먹고 짐이 대신들을 만나봐야 하니까!"

황경이 황급히 대답했다.

"멀지 않사옵니다. 제화문齊化門 근처에 있사옵니다."

그 말에 강희가 자리에서 벌떡 일어섰다.

"잘됐네. 안 그래도 일이 복잡해서 머리가 아프던 참이었어. 바람이나 쐬고 오지."

강희가 나가려다 말고 뭔가 거리끼는 것이 있는지 머뭇거렸다. 그날 저녁 분위기를 깨던 노새를 떠올린 것이다. 그러나 그것도 잠시였다. 그가 덧붙였다.

“시위들은 부를 필요 없어. 짐의 실력도 그 친구들보다 못하지는 않으니까 말이야!”

두 사람은 몰래 밖으로 나왔다. 하지만 맞은편에서 씩씩하게 걸어오는 소모자와 맞닥뜨렸다. 소모자가 강희와 황경이 자금성 밖으로 나가려는 차림을 한 모습을 보고는 인사를 올리면서 여쭈었다.

“폐하께서 어디를 가시는지 말씀을 해 주시면 급한 일이 있을 때 모시러 가겠사옵니다.”

강희가 소모자의 말에 얼굴을 살짝 붉혔다. 그러나 약간 난감한 듯 웃으면서도 할 말은 했다.

“바람 좀 쐬고 금방 돌아올 거야.”

소모자는 뭔가 이상한 생각이 들었다. 눈을 팽그르르 돌리면서 황경에게 물었다.

“혼자 따라가는 겁니까?”

황경이 말할 틈도 주지 않고 강희가 대신 대답했다.

“짐이 그러라고 했네. 편하게 있고 싶어서 시위들을 일부러 부르지 않았어.”

소모자는 적지 않게 놀랐다. 그러나 이내 웃음을 지으면서 아뢰었다.

“폐하께서 바람을 쐬러 가신다면 소인도 따라가고 싶사옵니다. 데리고 가 주시옵소서.”

“요즘 자네도 여러 가지로 힘들잖아.”

강희가 난색을 표했다. 그러더니 뭔가 떠올랐는지 다그치듯 말했다.

“오늘이 자네 어머니 생일이라고 하지 않았는가? 자네는 따라오지 말게. 짐이 자네 어머니에게 주려고 써놓은 ‘복’福자가 지금쯤 먹이 다 말랐을 거야. 그걸 가지고 어머니한테 가게!”

소모자는 사실 강희가 써놓은 그 글을 가지고 가려고 다시 돌아오던 참이었다. 아무래도 강희를 따라간다는 것은 무리였다. 더구나 강희는 그를 따돌리려고 아예 작정을 한 듯했다. 그는 그런 생각이 들자 바로 따라가는 것은 포기하는 편이 낫겠다는 판단을 내렸다. 그가 히히 웃으면서 대답했다.

"폐하께서 소인 어미의 생일까지 배려해 주시니 망극하옵니다. 그러면 오늘은 황 태감 혼자서 폐하를 모시고 다녀오는 수밖에 없겠네요."

소모자는 말을 마치자마자 궁전 안으로 들어갔다. 그런 다음 강희가 써놓은 글을 대충 말아 겨드랑이에 낀 채 부랴부랴 밖으로 다시 뛰쳐나왔다. 저 멀리 북쪽에서 아스라이 사라지는 두 사람의 모습이 보였다. 그는 황급히 위동정을 찾아갔다. 뭔가 이상한 생각이 들어 자초지종을 말해줘야겠다는 생각이 든 것이다.

위동정은 입술을 잘근잘근 씹었다. 한참을 생각하더니 목자후와 노새에게 지시를 내렸다.

"따라가 봐."

"그러다가 폐하께서 왜 따라오느냐고 물으시면 어떻게 합니까?"

목자후가 물었다. 그러자 노새가 웃으면서 입을 열었다.

"따라갈 필요 없어요! 분명히 육합거 그 계집애한테 갔을 겁니다. 우리는 그냥 옷만 갈아입고 거기 가서 기다리면 돼요."

위동정은 무슨 소리인지 의아하다는 표정이었다.

"네가 그걸 어떻게 알아?"

위동정이 다그치자 노새가 싱거운 웃음을 흘리더니 목자후를 쳐다봤다. 목자후는 어쩔 수 없이 그날 육합거에서 있었던 일의 자초지종을 위동정에게 들려줬다.

"이것들이 이제는 아주 뒤통수를 치려고 하는구만! "

위동정은 사태가 심각하다고 느꼈다. 말투에서부터 당황한 기색이 묻어났다. 그가 이를 악물었다.

"자네 두 사람이 가서 뒤집어 엎어버려! 만약에 일이 생기면 내가 책임을 질테니!"

소모자는 위동정이 당황할 때까지만 해도 도대체 어떻게 돌아가는 상황인지 잘 몰랐다. 그러나 "뒤통수를 친다"는 말을 듣는 순간 비로소 모든 것을 알 것 같았다. 동시에 양기륭이 했던 의미심장한 말이 불현듯 떠올랐다. 그는 너무나 긴장한 나머지 입술을 덜덜 떨었다. 유난스럽게 공포감을 느끼는 듯했다. 이 부분에 대해서만큼은 그가 위동정보다는 아는 것이 더 많았기 때문이다. 그러나 위동정은 별것 아닌 것처럼 말했다.

"뭐 그렇게 놀랄 일은 아냐!"

소모자의 생각은 위동정과는 달랐다. 그래서인지 말이 많고 빨라졌었다.

"여기에서 이러고 있을 때가 아닙니다! 육합거에 미리 가서 기다리는 것도 필요하지만 폐하 곁에 사람이 없는 것이 가장 큰일입니다. 황후마마께 말씀드려야겠습니다!"

위동정은 소모자의 말에 대답하지 않았다. 이런 일을 굳이 황후에게 알려 뭘 어떻게 하겠다는 것인가? 정말 대책이 없는 소모자였다. 그러나 그도 달리 뾰족한 방법이 없기는 마찬가지였다.

"이것 봐요, 형님! 아니 위 대인! 어서 뭐라고 얘기 좀 해보세요!"

소모자가 발을 동동 구르면서 위동정을 다그쳤다. 그리고는 어찌할 바를 몰라 호들갑을 떨었다.

"시간이 없어요. 아무튼 굉장히 위험합니다!"

소모자는 말을 마치기 무섭게 바로 행동에 나섰다. 위동정의 말도 들어보지 않고 저 멀리 뛰쳐나간 것이다. 위동정 역시 할 수 없이 소모자가 뛰어간 방향으로 휘하의 시위들을 보냈다. 또 웅사리와 색액도, 명주 등에게 빨리 들어오라는 통보도 했다.

소모자는 숨이 턱까지 차올랐다. 하지만 멈춰서는 안 됐다. 헐레벌떡거리면서 종수궁鍾粹宮 앞까지는 겨우 달려갔다. 그러나 그는 곧 어떻게 할까 하고 망설였다. 순간 황후가 아무리 대단하다고는 하나 황제의 권력에는 못 미친다는 사실이 뇌리에 떠올랐다. 황후에게 고자질을 했다가 나중에 괜히 두 사람 사이를 멀어지게 하는 꼴이 되는 경우에는 자신이 비참한 꼴을 당할 수 있다는 생각이 든 것이다. 그는 이런저런 생각을 굴리다 결국에는 종수궁으로 들어가지 않았다. 대신 자녕궁으로 발걸음을 옮겼다. 아무래도 이번 일은 태황태후가 나서서 해결하는 것이 더 낫다고 본 것이다. 그러나 공교롭게도 태황태후는 자녕궁에 없었다. 다행히 묵국의 친한 친구인 시녀가 소모자에게 태황태후의 소재에 대해 귀띔을 해줬다.

"태황태후마마께서는 지금 재궁齋宮에서 혜진대사님과 얘기를 나누고 계세요!"

소모자가 시녀의 말에 이마를 툭 쳤다.

"내 정신 좀 봐. 오늘이 재계일齋戒日인 줄도 모르고!"

소모자는 말을 마치고는 곧장 부리나케 재궁으로 내달렸다. 날개가 돋지 않은 것이 안타까운 듯한 행동이었다.

"무슨 일인데 이렇게 허둥대는 거야?"

혜진대사가 된 소마라고가 땀범벅이 되어 안색이 말이 아닌 소모자를 발견하고는 핀잔을 주었다. 속세에서는 조카로 대해온 그에 대한 애정이 목소리에서부터 잔뜩 묻어나고 있었다. 그러나 동시에 준엄하게 꾸짖는 것도 잊지 않았다.

"이제는 명색이 궁 하나를 책임지고 있는 총관이야. 이러고 뛰어다니면 다른 사람들이 큰일이라도 난 줄 알 것 아닌가!"

"정말 큰일이 났어요, 이모님! 아니 대사님!"

소모자가 숨을 고르면서 자초지종을 설명했다. 이어 끝에 한마디를 덧붙였다.

"황후마마께 아뢰어도 태황태후마마께 다시 말씀을 드려야 하기 때문에 곧바로 이리로 왔어요! 황후마마께는 가지 않았습니다."

태황태후는 소모자의 말을 전부 듣고 입을 딱 벌렸다. 눈도 휘둥그레졌다. 결국에는 탁자를 부서져라 내리치면서 무섭게 화를 냈다. 그러나 강희가 없는 곳에서 화를 내봤자 소용이 없다고 판단했는지 온몸을 부르르 떨면서 다시 자리에 주저앉았다. 곧 그녀의 입에서 분노의 일성이 터져나왔다.

"황제는 못난 짓을 한 적이 없어! 분명히 누군가가 꼬드겼을 거야. 소모자, 당장 찾아내! 그게 누구인지 말이야!"

"예!"

"노새에게 내 말을 전해. 어떤 불여우 같은 년인지 즉각 때려죽이라고."

"예!"

"내 명령도 전해! 보군통령아문과 구문제독아문의 도해와 조영열趙永烈, 길합吉哈, 또 주배… 그 뭐라는 사람이 있지? 그들 모두 성 내에서 철저하게 경계를 서라고 해!"

"예!"

"가봐!"

제화문은 명나라 때부터 이미 조양문朝陽門으로 이름이 바뀌었다. 그러나 사람들이 습관 때문에 그렇게 계속 불렀다. 강희가 탄 가마는 그 조양문을 나와 남쪽으로 꺾어졌다. 그런 다음 광거문廣渠門 북쪽의 작은 골목에 멈춰 섰다.

"이곳이옵니다!"

황경이 강희를 조심스럽게 부축해 가마에서 내렸다. 곧이어 웬 집 앞으로 다가가더니 가볍게 대문을 두드렸다.

"채명彩明, 우리 도련님이 아자 아가씨를 만나러 왔네!"

황경의 부름에 마치 기다렸다는 듯 문이 열렸다. 이어 안에서 하녀인 듯한 계집아이가 나타났다. 아이는 머리 숙여 두 사람에게 인사를 하더니 곧바로 장미꽃이 흐드러지게 피어 있는 통로를 따라 후당으로 안내했다.

그곳에는 아자가 벌써부터 기다리고 있었다. 그녀는 강희가 들어서자 매혹적인 웃음을 지어보였다. 은방울이 굴러가는 듯한 목소리로 한껏 강희를 즐겁게 했다.

"귀인을 만나려고 그랬나 보군요. 어제 저녁 불꽃이 신이 나서 춤을 추더라고요. 오늘 아침에는 까치가 크게 울기도 했고요."

아자는 말은 공손하게 했으나 자리에서 일어나지는 않았다. 도도한 자세였다.

강희는 아자를 다시 한 번 자세히 살펴봤다. 무엇보다 한족 왕조들이 황궁에서 입던 복장을 하고 있는 것이 특이했다. 또 자수무늬의 흰 적삼과 분홍색 주름치마는 푸르름이 가득한 정원과 잘 어울렸다. 더없이 화사하게 보였다. 그녀는 여전히 화장기가 별로 없는 탐스러운 얼굴을 하고 있었다. 꽉 잡으면 부러질 것 같은 섬섬옥수가 긴 소매 사이로 조금 나와 있었다. 강희가 서둘러 다가가 그녀의 손을 잡아 살며시 일으켰다. 그의 입에서는 다정한 목소리가 절로 터져나왔다.

"천자가 왔어도 당신 같은 미녀 앞에서는 무릎을 꿇었을 거요. 석류치마 앞에서 말이오!"

강희는 어느새 부드러운 아자의 손등을 살살 어루만지고 있었다. 그러나 아자는 애교스럽게 눈을 흘기면서 손을 살짝 뿌리쳤다.

"아이, 왜 이러세요!"

아자는 손이 자유로워지자 바로 강희의 가슴팍을 살짝 밀치고는 안방으로 쏙 들어가 버렸다. 강희는 이미 반쯤 넋이 나가 있었다. 정신없이 그녀를 따라갔다. 그새 황경은 이미 어디로 사라졌는지 보이지 않았다.

"제가 있는 곳에는 진수성찬이 없네요. 그저 과일로 손님 대접을 할 수밖에 없군요!"

아자가 교태를 부리면서 강희를 자리로 안내했다. 그녀의 말대로 과연 탁자 위에는 요리가 하나도 보이지 않았다. 대신 경덕진景德鎭에서 만든 희고 고급스러운 자기에 알록달록하고 싱그러운 제철 과일이 앙증맞게 담겨져 있었다. 색깔의 조화가 너무 아름다워 마치 그림 같았다. 강희는 침을 질질 흘렸다.

"과일도 주인을 닮아 한입 깨물고 싶을 만큼 먹음직하오. 그런데 너무 예뻐서 먹기가 부담스럽소. 어떻게 해야하오?"

"먹기가 아까우면 그냥 보고만 계시면 되잖아요! 황 대인께서 그러시더군요. 도련님은 아주 지체 높으신 귀인이시라고요. 그래서 제가 새로운 맛을 보여드리려고 해요!"

아자가 간지럽게 아양을 떨었다. 그러면서 슬며시 강희에게 슬쩍 다가앉았다. 강희의 가슴은 다시 뜨거워지기 시작했다. 얼마 후 그가 다시 입을 열었다.

"좋소. 새로운 맛을 보여주시오! 좋은 노래 있으면 한 곡 불러주고."

아자는 강희의 말이 끝나자마자 벽에 세워져 있던 공후箜篌를 가져다 반주를 하면서 노래를 부르기 시작했다. 얼마 후 노래가 끝나자 그녀는 미리 준비해뒀던 술을 탁자 위에 올려놓았다. 이어 자연스럽게 강희에게 한 잔을 따라준 다음 자신도 술을 반 잔쯤 받았다. 이어 얼굴을 살짝 붉히면서 추파를 던졌다. 강희가 그녀와 쨍!하고 술잔을 들어 잔을 부딪쳤다. 강희는 술을 마시기 전부터 이미 몸과 마음이 구름을 탄 듯 두둥실 떠다니고 있었다. 아무런 의심 없이 기꺼이 술을 입 안에 털어 넣었다. 그가 술을 꿀꺽 넘기는가 싶더니 불타는 눈을 들어 아자를 뚫어져라 쳐다봤다. 금방이라도 무슨 일이 벌어질 것만 같았다. 주체할 수 없는 정열이 화산처럼 폭발하려는 순간이었다.

그때 아자가 은은한 술 냄새를 풍기면서 강희에게 몸을 밀착하더니 자신의 적삼 단추를 하나씩 풀기 시작했다. 그러자 곧 탐스럽고 눈부신 젖무덤이 부끄러움도 잊고 모습을 드러냈다. 그녀는 더욱 몸을 강희에게 가까이 기대면서 코맹맹이 소리를 냈다.

"제가 오늘 너무 취했나 봐요. 이렇게 기대고 한숨 잤으면 좋겠어요!"

강희는 그런 마당에 남자의 본능을 더 이상 숨기고 싶지 않았다. 급기야 넋 나간 사람처럼 와락 아자를 끌어안았다. 가늘게 떨리는 손으로 어느새 그녀의 가슴을 만지작거리고 있었다. 그가 다른 한 손을 치마 속으로 넣으려 할 때였다. 갑자기 방문이 벌컥 열렸다.

황보보주였다. 그는 장검에 손을 얹고 다짜고짜 들어서더니 깜짝 놀라 입을 벌린 채 어쩔 줄 몰라 하는 강희의 손을 잡아끌고 밖으로 나갔다. 상황이 심상치 않았다. 그럼에도 아자는 별것 아니라는 투로 말했다.

"왜 이렇게 일찍 왔어요? 좀 더 놀아보고 싶었는데……."

그러나 아자의 말이 채 끝나기도 전에 황보보주는 이미 강희를 끌고 밖으로 바쁘게 걸음을 옮기고 있었다. 아자는 그제야 뭔가 잘못돼 가고 있다는 사실을 깨달았다. 얼굴이 순식간에 굳어졌다.

황보보주는 처음 밖으로 나갈 때는 그나마 강희의 손을 잡은 상태였다. 하지만 나중에는 아예 그를 한 팔로 끼다시피 하고 밖으로 빠져나왔다. 강희는 두 발이 땅에 닿지 않을 정도로 들린 채 광거문 밖으로 나왔다. 마침 그때 저 멀리에서 도해와 노새의 모습이 보였다. 황보보주는 그제야 강희를 내려놓으면서 이마의 땀을 훔쳤다.

"위험천만했습니다!"

강희는 여전히 몽롱한 상태였다. 다행히 술에 취하지는 않았다. 티 없이 맑은 하늘을 올려다볼 여유 정도는 있었다. 중천에 걸려 있는 태양이 눈부시게 내리쬐고 있었다. 때는 아직 한낮이었다. 그럼에도 더위 탓인지 길거리에는 사람들이 거의 보이지 않았다. 나무그늘 밑에서 몇몇 노인들이 한가롭게 잡담을 나누는 모습만 보일 뿐이었다. 너무나도 평화로운 대낮이었다. 그런데 난데없이 위험천만이라니! 강희로서는 궁금하지 않을 수 없었다. 그가 급기야 화난 표정으로 황보보주에게 물었다.

"지금 뭐하는 거야? 짐을 바보로 만드는 건가?"

"폐하! 한 발만 늦었더라면 큰일날 뻔했사옵니다. 그 여자 몸에는 독이 있었사옵니다!"

황보보주가 허리를 굽히면서 끔찍한 내용의 말을 내뱉었다. 청천벽력과 같은 말이었다. 강희는 전혀 예상치 못한 황보보주의 말에 등골이 오싹해졌다. 자신도 모르게 몸을 바르르 떨었다. 금세 얼굴이 파랗게 질렸다. 황보보주는 강희가 아무래도 믿지 않는 눈치를 보이자 덧붙였다.

"조만간에 실체가 드러날 것이옵니다. 소인은 먼저 아자에게 가보겠사옵니다. 아무래도 없애버려야겠사옵니다. 그렇지 않으면 소인은 다시는 오응웅에게 돌아갈 수 없게 되옵니다."

말을 마친 황보보주는 강희를 향해 정중하게 읍을 했다. 이어 오던 길로 되돌아갔다. 황경이 문 앞에 서 있다 그를 보자마자 소리를 질렀다.

"준비 다 끝났습니다, 장군! 아자 아가씨가 안에서 기다리고 있어요. 어서 들어가 보십시오!"

"나한테는 이런 게 안 통하지!"

황보보주가 갑자기 이를 빠드득 갈았다. 그러더니 갑작스럽게 돌아서면서 장검을 빼들었다. 순간 황보보주가 여전히 자신들의 편일 것이라고 생각했던 황경은 사색이 된 채 입을 실룩거렸다. 뭐라고 말을 하려는 듯했다. 그러나 그의 말보다 장검이 더 빨랐다. 어느새 그의 심장을 뚫고 등 뒤로 한 뼘이나 나와 있었다. 황보보주는 눈을 까뒤집으면서 숨을 거두는 황경을 외면한 채 피 묻은 칼을 쓱 뽑더니 바로 후당 쪽으로 달려갔다.

"쏴라!"

마침 그때였다 좌우의 담장 위에 매복 중이던 일단의 괴한들이 누군가의 명령에 따라 무자비하게 화살을 날리기 시작했다. 그러나 그런 습격에 당황할 황보보주가 아니었다. 미리 대비가 돼 있었다는 듯 냉소를 흘리면서 장검을 이리저리 휘둘렀다. 그러자 장검에 맞은 화살들이 맥없이 부러지면서 여기저기 날아가 꽂혔다. 악에 받친 괴한들은 번갈아 가면서 화살을 날렸다. 시간 차이를 두고 황보보주를 기진맥진하게 하겠다는 전략이었다.

"그만해!"

그 순간 대청의 문이 활짝 열렸다. 이어 어느새 눈부신 복장으로 갈아입은 아자의 모습이 보였다. 그녀는 손에 서슬 퍼런 비수를 들고 있었다. 그녀가 황보보주를 향해 손짓을 했다.

"내 머리를 베어가려고 온 것 아닙니까? 이리로 와요. 줄게요!"

황보보주는 의아스러웠다. 그렇다고 부지기수로 보이는 괴한들과 마냥 대치할 수만은 없는 일이었다. 곧 결단을 내린 그는 피 묻은 장검을 든 채 대청 안으로 들어갔다. 그의 손이 가볍게 떨리고 있었다.

"앉으세요."

아자 역시 파르르 떨고 있었다. 황보보주가 어정쩡한 자세로 앉자 그녀가 다시 말을 이었다.

"내 칼에는 신경 쓰지 말아요. 나는 지금껏 닭의 목도 한 번 비틀어 본 적이 없는 사람이니까요! 그러나 이미 다른 사람의 피가 묻은 당신 칼에 내 몸이 더럽혀지는 것도 원치 않아요. 죽이려면 내 칼로 죽여주세요."

황보보주는 깜짝 놀랐다. 아자가 목숨을 초개처럼 여겨서가 아니었다. 그녀가 조금 전과는 달리 자신의 고향인 산동 사투리를 썼기 때문이었다. 그는 기분이 묘했다. 게다가 그녀가 이렇게 순순히 받아들일 줄은 정말 꿈에도 생각하지 못했다. 의자에 털썩 주저앉으면서 절규하듯 외친 것도 다 그런 이유 때문이었다.

"나는 대왕은 배신할 수는 있으나 천자에게 등을 돌릴 수는 없소. 나는 이미 황제에게 충성을 다짐한 사람이오. 그러니 자결을 한다고 해도 말리지는 않겠소."

아자는 황보보주의 말은 듣는 둥 마는 둥 했다. 반면 술잔에 술을 철철 넘치게 따르는 모습은 결연하기 이를 데 없었다. 그녀가 말했다.

"이건 독주예요."

아자는 마치 벌주를 마시듯 술잔의 술을 순식간에 목 안으로 털어 넣었다. 그런 다음 씩 웃으면서 말을 이었다.

"죽는 마당에 거짓말을 하는 경우는 없어. 할 말이 있다. 들어줄래?"

아자가 갑자기 황보보주에게 하대를 했다. 황보보주는 더욱 이상한 느낌을 받았다. 순간 뭔가 떠오를 듯 말 듯한 아련한 기억이 뇌리를 스치고 지나갔다. 그는 아자를 놀라운 시선으로 바라보다 가만히 머리를 끄덕였다.

"어머니가 어디에서 어떻게 돌아가셨는지 알아?"

아자는 처연한 표정이었다. 황보보주는 망치로 뒤통수를 맞은 것처럼 멍해졌다. 순간적으로 몸부림을 쳤다. 아자를 처음 볼 때부터 가졌던 묘한 느낌이 이제는 현실이 될 것만 같았던 것이다. 그러는 사이 아자가 다시 덧붙였다.

"어머니가 돌아가실 때 누나한테 어떤 유언을 남겼는지 알아?"

황보보주는 오삼계 밑에서 수많은 싸움판을 전전한 이력을 자랑했다. 목숨을 건 적이 한두 번이 아니었다. 그 과정에서 별의별 사람을 다 만나봤다. 기상천외한 간계奸計도 여러 번 겪은 바 있었다. 때문에 하늘이 무너지고 땅이 꺼진다 해도 무서울 게 없었다. 지진이 일어나거나 화산이 폭발하는 것쯤은 일도 아니었다. 그러나 지금 아자가 하는 말은 달랐다. 별것 아닌 듯해도 그가 느낀 충격은 상상 이상이었다. 그는 경계하는 눈빛으로 아자를 노려봤다. 그러다 자리에서 일어나면서 떨리는 목소리로 엄포를 놓았다.

"너…… 너, 허튼소리 했다가는 죽을 줄 알아!"

"향과香瓜야!"

아자가 눈물이 그렁그렁한 두 눈을 들더니 황보보주의 어린시절 이름을 불렀다. 또 자신의 가슴팍을 가리키면서 떨리는 목소리로 말했다.

"이리로 와. 떨지 마. 누나의 칼로 죽여줘. 나는 차마 나 자신을 찌를 수가 없어……."

황보보주는 아자의 말을 듣는 순간 손에 들고 있던 장검을 맥없이 떨어뜨리고 말았다. 이제 모든 것은 분명해졌다. 아자가 울먹이면서 말을 이었다.

"대왕도 가짜고 주삼태자도 가짜야. 대왕은 청나라에서 시켜준 거고,

주삼태자는 자기 스스로 떠들고 다니는 거지. 그러나 나 황보옥皇甫玉은 진짜야. 물론 그 작자들도 한족이기는 하지만!"

아자가 말을 마치고는 눈앞의 동생을 뚫어져라 쳐다봤다. 눈에는 정감이 가득했다. 그녀가 다시 갈라지는 목소리로 부르짖다시피 외쳤다.

"향과야! 너는 이십 년 전에 헤어진 내 사랑하는 동생 향과가 맞아. 그런데 어떻게 하다 짐승보다 못한 만주족 새끼들한테 속아 넘어가 우리들을 괴롭히는 거니? 이 누나까지 죽음으로 밀어 넣게 된 거니……."

아자는 더 이상 말을 잇지 못했다. 동생의 너무나도 엉뚱한 행동에 가슴이 아픈 모양이었다.

"이 모든 것이…… 진짜라는 말이야?"

황보보주는 머릿속이 텅 비고 말았다. 온통 하얬다. 아무런 생각도 나지 않았다. 그가 할 수 있는 말은 오로지 "진짜야?"라는 말, 그것뿐인 것 같았다.

"아버지가 산동 환왕부桓王府에서 청나라 놈들한테 살해당한 후에 너도 난리통에 실종이 됐었지."

아자가 숨을 가쁘게 몰아쉬었다. 입가에서는 어느새 피가 흘러내리고 있었다. 극약이 약효를 발휘하기 시작하는 듯했다.

"나와 어머니는 소주蘇州로 도피했다가 다시 양주揚州로 피신했어……. 양주에서는 사史 대인이 장렬하게 순국하신 후 무려 삼십만 명이 한꺼번에 학살을 당했어! 완전히 피바다가 됐지. 관청과 가게들의 현판이 핏물 위에 둥둥 떠다닐 정도였으니까……."

아자의 목소리는 점점 가늘어졌다. 그러나 그녀는 마지막 힘을 쏟아냈다. 떨리는 손으로 품속에서 하포荷包(손으로 한 땀씩 기워 만든 자루 주머니)를 꺼내 황보보주에게 건네주었다. 그런 다음 띄엄띄엄 다시 말을 이었다.

"어머니가 가슴에 칼을 맞고 돌아가시면서 이걸……, 향과를 만나면 주라고 하셨어……."

"어머니!"

황보보주가 어미를 잃은 짐승처럼 울부짖었다. 그러더니 두 손으로 얼굴을 가리면서 통곡을 했다. 손가락 사이로 눈물이 하염없이 흘러내리고 있었다.

"누나, 오화산에서 우리는 매일 얼굴을 마주쳤잖아. 북경에 올 때도 같은 배에 탔고. 그런데 왜 이제야 얘기를 하는 거야! 이제 와서 나더러 어떻게 하라는 거야!"

"누나는…… 복수를 위해…… 일찌감치…… 몸을 버렸어. 하나밖에 없는 동생 이름을 더럽히고 싶지…… 않았어. 복수만 하게 되면…… 그만이라고 생각……."

아자가 마지막 숨을 몰아쉬는가 싶더니 불쑥 의자에서 일어섰다. 그러나 이내 비틀거리면서 다시 쓰러지고 말았다. 황보보주가 황급히 달려가 그녀의 축 늘어진 몸을 마구 흔들었다. 눈에서는 눈물이 비 오듯 쏟아지고 있었다.

"누나, 눈 좀 떠 봐! 누나, 해독약…… 해독약 있잖아?"

아자, 아니 황보옥이 맥없이 머리를 저었다. 이어 자신의 가슴에 스스로 비수를 꽂았다. 하지만 손이 너무 떨리는 데다 힘이 없었던 탓에 실패하고 말았다. 그러자 그녀가 가쁜 숨을 몰아쉬면서 다시 한 번 마지막 한마디를 내뱉었다.

"동생아, 나 먼저 가야겠어. 네가 내 동생이 맞다면…… 한 칼에 가게 해줘. 내 칼로……."

황보보주는 죽어가는 누나를 그냥 지켜볼 수밖에 없는 것이 한스러웠다. 마치 정신 나간 사람처럼 울부짖기 시작했다. 이 세상 어느 동물의 울부짖음이 그럴까 싶을 정도로 으스스하고 처량한 울음이었다. 그러다 이번에는 기가 막힌 듯 피식 웃기도 했다. 얼마나 시간이 흘렀을까, 황보보주는 마침내 결단을 내렸다. 더듬듯 천천히 몸을 움직여 누나의 손에 들려 있던 칼을 손에 쥐었다. 그리고는 갑자기 하늘이 떠나갈 듯한 웃음소리와 함께 처절하게 울부짖었다.

"하하하하! 하늘도 무심하십니다. 어찌 이런 일이 있을 수가 있습니까!"

황보보주는 이미 혼수상태에 빠진 황보옥의 가슴팍을 향해 비수를 꽂았다. 그런 다음 피 묻은 칼을 뽑아 한 번 쓱 쳐다보고는 자신의 목을 힘껏 찔렀다…….

**〈6권에 계속〉**